교군의
맛

교군의 맛 轎軍

명지현 장편소설

현대문학

차 례

김이가 달린다

덕은이의 검은 밥상

토끼 사냥
1980년 초여름

누군가를 위해 장시간 조리하면서 고된 줄 모른다면
미친 야망이나 사랑, 둘 중 하나다.
먹는 입을 사랑하지 않는 요리사는 없다.
궁극의 맛이란, 입이 겪은 황홀경이 만들어낸 감정의 찌꺼기다.
— 『이딴 얘기 받아 적어서 뭐하려고』(교균 이력은 여사 채록본 2)

　어두운 비탈을 뒤뚱거리며 오르느라 미란은 가쁜 숨을 몰아쉬었다. 라이트를 끈 검은 세단이 멀찌감치 떨어져 천천히 따라오고 있었다. 무거운 찬합을 쥔 미란은 느릿느릿 걸으며 노래를 불렀다. 설익은 밥을 씹듯 가사를 꼭꼭 새기며 낮게 흥얼거렸다. 주택가와 떨어진 공터는 평소와 다를 바 없이 잠잠하지만 묘한 긴장감이 감돌았다. 곧 터질 둑처럼 팽팽하게 부푼 공터의 적막한 공기, 노래라도 부르지 않으면 어둠의 모서리로 튕겨 나갈 것 같았다. 몸이 무거운 미란은 숨을 몰아쉬며 몇 소절 반복해서 웅얼거렸다.

　취입했던 곡 전부는 아니어도 대표적인 히트곡 몇 개 정도는 완벽하게 암송하고 싶었다. 나는 여기 있어, 당신은 거기 있어, 내가 먼저 왔어, 당신을 기다릴래, 그다음이 뭐더라? 이 빠진 옥수수처럼 드문드문 떠오르는 후렴구 때문에 좀처럼 다음 소절로 넘어가지 않았다.

음식 보따리를 내려놓고 미란은 잠시 한숨 돌렸다. 남편 주려고 교군에서 챙겨 온 찬합이 바위처럼 무거웠다. 오늘은 달빛도 숨어버려 공터 전체에 검정 페인트를 들이부은 것 같다. 주택가를 지나올 때 미스코리아 선발대회를 중계하는 아나운서의 음성이 귀에 잡혔다. 간만에 즐기는 화려한 볼거리에 쏠려 공터는 전보다 더 적막하게 버려졌다.

찬합에서 흘러나온 기름이 보자기 밑을 붉게 물들였다. 맵게 조린 닭찜은 남편이 좋아하는 음식이다. 미란은 닭다리를 뜯으며 웃어낼 남편의 얼굴을 떠올렸다. 그 머저리 웃음을 보려고 계모가 잔소리를 하든 말든 욕심껏 퍼 담았다.

뒤에서 자동차 엔진 소리가 들렸다. 미란이 인상을 찌푸리며 돌아보자 커다란 세단이 버티고 있었다. 길고 육중한 검은 승용차. 앞서 지나갈 거라 생각했던 세단은 불빛을 쏘며 서서히 따라왔다. 노란 불빛이 미란의 둥근 몸을 적나라하게 비췄다.

"배미란, 오랜만이야."

오랜만이라고 말하는 사내는 처음 보는 얼굴이다. 미란은 본능적으로 배를 감싸고 뒤로 물러섰다. 라이트가 꺼지고 자동차가 섰다.

"홀몸도 아닌데 이런 야산을 돌아다니면 어떻게 해. 조심해야지. 어서 타."

"누구세요?"

"가자고, 어른이 기다려."

어른이 기다린다고? 미란은 차 안쪽을 들여다봤다. 조수석에 한 명이 더 있었다.

"번지수 잘못 찾았어요. 난 당신들이 누군지도 모르고……"

결혼한 다음부터 미란은 그들을 만나지 않았다. 젊고 싱싱한 애들이 넘쳐나는데 나 같은 걸 왜 찾아. 만나달라고 애걸복걸해도 반응조차 없던 게 벌써 몇 년 전인데. 더군다나 예전의 그들은 이런 식으로 사람을 시켜 부른 적이 없다.

"꾸물대지 말고 타. 어른이 기다리셔."

"누구요?"

"다 알고 왔어. 애아버지가 찾는다니까."

운전석의 사내는 느물느물하게 웃으며 미란의 불룩한 배를 턱짓으로 가리켰다. 조수석에 탄 사람은 어둠에 가려 얼굴이 보이지 않았다. 어디서 웃기지도 않은 수작을 떨고 있어. 배 속 아이는 맹세코 남편의 아이다. 남편에게 친자식을 안겨주려고 무던히 애를 써서 얻은 귀한 아이다. 물론 김이는…… 미란은 딸애를 생각했다. 그 애를 낳은 뒤로 그들에게 뭔가를 요구하거나 소식을 넣은 적이 없다. 까마득하게 오래전 일이고 그 일을 아는 사람은 없다. 누구에게도 털어놓을 수 없는 일이었다.

미란은 그들을 외면하고 앞서 걸었다. 커다란 차를 탄 놈들이 느닷없이 찾아온 이유가 뭘까. 대통령이 바뀌었다. 김가와 이가 그 둘은 어떻게 되었을까. 불길한 예감은 몸속 어딘가에서 마구 둥당거렸다. 딸애를 확인하기 전에는 안심할 수 없다. 미란은 뒤로 돌았다. 막막한 어둠이 검은 안개처럼 시야를 막아섰다. 미란은 팔다리를 휘적휘적 저으며 빠르게 걸었다. 어쨌든 곧장 걸어가면 인가가 나오고 언덕 아래 만두가게 옆에 공중전화가 있다.

검정색 세단은 먹이를 쫓는 표범처럼 라이트를 끈 채 한 바퀴 돌아 미란의 뒤를 따랐다. 어둠 속에서 매캐한 흙먼지가 뿌옇게 피어올랐다. 미란은 걸음을 빨리 했다. 심장이 있는 자리부터 쿵쿵, 무력한 혈관을 타고 몸 전체에 북소리가 울렸다. 자동차는 만만한 먹이를 희롱하는 맹수처럼 빠르게 전진했다가 천천히 후진하며 흙먼지를 일으켰다. 다시 속도를 내다가 급정거했다가 이내 달려가며 미란을 시궁쥐처럼 몰았다.

"이봐, 얘기 좀 하자고. 아이 낳고 뭘 받기로 했어? 언제가 산달이지?"

이들은 배 속 아이를 오해했다. 어쩌면 김이의 존재를 모를 수도 있다. 오해를 감사해야 하나. 아니면 방심케 하려는 술책인가. 미란은 혼란스러웠다. 나쁜 과거는 사라지지 않았다. 이건 아주 나쁜 꿈이다. 아니 지금까지가 달콤한 꿈이었고 지독한 현실로 되돌아온 기분이었다.

인적이 드문 이곳을 빨리 빠져나가야 한다. 공중전화, 도움을 청할 사람, 남편. 누구든지 빨리빨리 나오라고 할 것이다. 남편에게 멀리멀리 도망가자고 해야 한다. 당분간 친정 출입도 하지 않고 아주 먼 곳으로 가서 애를 낳을 것이다. 김이와 남편, 그리고 배 속 아이, 우리는 전처럼 잘 살 수 있다. 그저 전처럼만 살면 된다. 그러면 된다. 그러고 싶다.

"빨리 타."

운전석에 앉은 사내가 차에서 내리려는지 안전벨트를 풀었다. 그가 잘근잘근 씹던 담배가 붉은빛 꽁무니를 달고 포물선으로 떨어졌다. 미란은 흙먼지가 가라앉은 어둠 너머, 빠져나갈 길을 둘러봤다. 비탈 아래 잡초 더미에 시멘트 관이 쌓여 있다. 동네 아이들이 술래잡기하는 장소. 차가 들어오지 못하는 가파른 돌무더기 언덕. 숨자, 일단 숨어버리자. 손에 든 찬합이 악몽으로부터 벗어나는 열쇠인 듯 미란은 보자기를 꽉 움켜쥐고 다시 뒤돌아 달렸다.

사내들의 웃음소리가 들렸다. 그들은 살찐 고양이처럼 우왕좌왕하는 미란을 보며 쟤, 왜 저래? 하며 킬킬거렸다. 튀어나온 저 배때기 좀 봐. 운전석의 사내는 핸들을 급하게 꺾어 자동차를 다시 빙그르르 돌렸다. 뒤룩뒤룩 살찐 암퇘지 같은 년! 어디에 숨었는지 보이지 않으나 멀리 가지는 못했을 것이다. 이거 아주 재미있는데?

후진하는 차 뒤에서 쿵! 둔탁한 부딪침이 감지되었다. 뭐야, 이거. 운전석의 사내가 고개를 돌려 후방을 살폈다. 보이는 건 없었다. 차 문을 열고 나온 사내가 뒤쪽으로 향했다. 뿌연 흙먼지 사이로 둥근 몸이 널브러져 있었다.

"에이, 제기랄. 이봐, 괜찮아?"

조수석에 있던 남자도 따라 내렸다. 운전했던 사내가 그에게 물었다.

"어쩌죠? 병원에 데려갈까요?"

"일으켜 세워봐."

"사모님이 겁만 주고 오랬는데……."

울음소리가 들렸다. 신음 비슷했다. 조수석에서 나온 남자는 미란을 물끄러미 내려다봤다. 그는 어디를 보는지 알 수 없는 묘한 눈길로 파르르 떨고 있는 둥근 몸체를 경멸스럽게 쳐다봤다. 엉덩이 부근의 검붉은 얼룩이 점차 크게 번져갔다. 찬합에서 쏟아진 붉은색 닭찜 또한 사내의 구둣발 아래 뭉개져 땅바닥의 상처처럼 붉게 번져나갔다. 사방은 고요하고 적막했다.

"강용수…… 강용수잖아? 나한테 이래도 돼?"

미란이 자신을 알아보자 조수석에서 나온 남자의 얼굴이 일그러졌다. 시간을 너무 많이 지체했다. 가자, 강용수가 서둘러 차로 돌아가려는데 미란이 신음처럼 내뱉었다.

"우리 애 잘못되면…… 책임져…… 강용수, 나한테 이러면 안 되잖아. 책임져! 전에 네가 했던 짓까지 다 말할 거야. 이번에는 안 참아!"

차 문에서 손을 떼고 강용수는 멈춰 섰다. 어디를 보는지 알 수 없는 기묘한 눈빛. 그의 눈동자 안으로 생각의 흐름이 빠르게 돌았다. 미란은 끙끙 앓으며 계속 웅얼거렸고 강용수는 그 입에서 튀어나올 말이 가져올 파장을 생각했다. 사촌 매형과는 여전히 상극이다. 누이는 우아하게 딱 잡아뗄 것이다. 이제 날개를 달고 막 날아오르려는데 저런 것에게 발목 잡힐 수는 없지.

아파, 너무 아파. 미란은 제 힘으로 일어서려 손을 내저었다. 강용수는 미란의 몸을 걷어차버렸다. 악! 찢어지는 비명 소리.

"버르장머리 없는 년. 그때 널 죽여버렸어야 했어."

운전석의 사내가 겨드랑이 밑으로 손을 넣으며 눈짓하자 강용수는 사방을 둘러보며 말했다. "총은 안 돼. 트렁크에 노끈 없나?" 강용수의 의중을 알아챈 사내는 가죽 장갑을 꺼내 하나씩 꼈다.

"연수동, 동탄 살인범 아직 못 잡았죠. 돌 맞고 죽은 여자들 얘기 못 들으셨어요? 제 고향에서는 토끼 잡을 때 요렇게 합니다."

사내는 발버둥 치는 미란의 양말을 우악스레 벗겼다. 돌멩이를 집어 넣은 양말을 미란의 입에 쑤셔 넣었다. 당장 숨이 넘어갈 듯 버둥거리는 미란을 물건처럼 취급하는 사내는 나머지 양말 한 짝에 사금파리를 잔뜩 집어 넣었다. 불룩해진 양말을 단단히 매듭지어 빙글빙글 돌렸다.

"우리 시골에서 동생들이랑 편먹고 토끼 많이 잡아먹었습니다. 토끼가 암만 달려봤자 길이 빤해요. 동생들이 먹성이 좋아 고라니도 잡아먹고, 개도

무지하게 삶아 먹였네요. 놈들이 머리가 좋아가지고 사냥에는 선수요, 선수! 동생들 깡촌에서 빼내 공부만 좀 시키면 검사 판사 다 해먹을 놈들인데 말이죠. 야학에서 공부해가지고 고입 검정고시도 단박에 척 붙었고요."

"그래? 서울로 데리고 와. 애들 공부시키는 거야, 뭐. 그런 건 미리미리 말했어야지. 집부터 장만하라고."

강용수는 든든한 대안을 제시하며 사내의 강직함을 탓했다. 사내는 사금파리가 든 양말을 꽉 움켜쥐고 허리를 숙였다. "감사합니다. 이 은혜 죽어도 잊지 않을 겁니다!" 충성을 맹세한 사내는 저쪽 어둠 속으로 기어가는 미란에게 성큼성큼 다가갔다.

한적한 공터에서의 사냥은 몹시 험악했다. 꺼져가는 미란의 의식은 끔찍한 고통과 분노 속에서 한 줄기 빛의 환상을 좇았다. 벙실벙실 웃어대는 해맑은 웃음이 스파크처럼 깜빡깜빡 나타났다. 피가 눈에 그득 차 아무것도 보이지 않았지만 남편의 환한 웃음이 보였다. 어린 김이가 보였다. 미안하다. 이렇게 되어 미안하다. 돌이킬 수 있다면, 돌이킬 수 있다면……

비서관은 해머를 내리치는 성실한 노동자처럼 연거푸 돌을 내리쳤다. 얼굴에 피가 튀고 셔츠가 온통 피투성이가 되어도 자신이 정한 목표를 향해 철저히 움직였다. 양말이 찢겨 사금파리가 사방으로 튀어나가자 발밑의 커다란 돌을 집어 들었다. 사내는 동생들을 생각하며 서둘렀다. 굶주린 동생들이 손가락을 빨며 토끼고기를 기다리던 때와 비슷했다. 예전에는 작은 토끼살점으로 충분했지만 지금은 더 큰 고기, 더 큰 노력이 필요하다.

그들이 차를 타고 떠난 뒤 공터에는 바람이 살랑 불고 전깃줄 우는 소리만 낮게 웅웅 울렸다. 야간통행 금지 사이렌이 울리자 모든 것이 멈췄다. 아무 일 없었던 듯 공터는 잠잠하게 숨죽이고 있었다. 콘크리트 더미에 함부로 버려진 사체는 꿈쩍하지 않았다. 다만 흙바닥으로 퍼져 나가는 끈끈한 피만 어떤 생명체처럼 홀로 묵묵히 움직였다. 붉은 피는 여기저기 흩어진 닭고기와 감자 조각을 뭉글뭉글 잠식해갔다. 그 속도는 느렸고 곧 멈출 테지만 분명 움직이고 있었다. 흙더미에 나뒹굴던 음식 조각들은 이내 붉고 끈끈한 색에 잠겨버렸다. 맵게 조려진 작은 덩어리들은 원래 붉은색이기도 했다.

김이는
수박처럼 단단하지

김이
내부 고발자

세상의 그 많은 고추는 새가 퍼트렸다.
고추는 제멋대로 스스로를 맵게 해 동물들로부터 자신을 보호했으나
새들은 매운맛을 즐겼다. 즐겼다기보다는 미각이 둔한 탓이라 해야 옳겠지만.
남미 고추가 전 세계로 퍼지게 된 이유는
새들의 부지런함과 자극을 즐기는 사람의 혀 덕분이다.

― 『이딴 얘기 받아 적어서 뭐하려고』 (교군 이력은 여사 채록본 1)

장롱에 옷가지를 개켜 넣던 김이는 코를 벌름거리며 골목을 굽어봤다. 다세대 주택과 바투 붙어 있는 중국집 주방에서 매캐한 연기가 솟구쳐 올랐다. 시퍼런 연기 너머로 민소매 차림의 주방장이 보였다. 주방장은 담배 연기를 풀풀 날려가며 방정맞은 뽕짝 메들리에 맞춰 몸을 흔들고 있었다. 누굴 또 죽이려고 저렇게 기를 쓰고 볶아젖히는 건가. 손님이 있기는 한가? 김이가 창밖으로 고개를 빼고 골목 끝을 살피자 예비군들이 중국집으로 하나둘 들어가고 있었다.

김이는 옷가지를 늘어놓고 주르륵 훑어봤다. 암만 봐도 결혼식장에 입고 갈 옷이 없다. 예식장에서 공장 사람들과 아버지를 만날 뿐인데 왜 이리 신경이 쓰이는 건가. 가고 싶은 마음 반, 가기 싫은 마음 반. 공장 사람

들은 청첩장을 보낸 것으로도 성이 차지 않는지 돌아가며 전화를 걸어 아우성이었다. 공장장은 불쑥 끼어들어 애인이 있느냐고 시시콜콜 물어댔다. 가만히 있어봐, 네 아버지 여기 있다! 김이가 괜찮다고 사양해도 공장장은 기어코 아버지를 바꿔주었다.

"어, 김이냐?" "네." 공장 사람들의 떠들썩한 목소리를 배경으로 한 아버지의 대꾸는 예전과 다를 바 없었다. "결혼식에 올 거죠?" "그래, 그래." 그 다음에는 할 말이 없었다. 예상에서 한 치도 벗어나지 않는 아버지와의 대화는 그대로 끝이었다. 칼처럼 잘라낸 세월이 아무렇지 않은 듯 무덤덤한 태도. 전화를 끊은 다음에도 김이는 계속 찜찜했다. 아버지에게 결별을 선언했을 때와 비슷한 반응이 아닌가. 그때도 아버지는 그래, 그래, 였다. 아쉬울 것 없다는 듯이.

아버지가 아쉽지 않다면 딸년도 아쉽지 않아야 맞다. 아쉽지 않은 얼굴로 한 번쯤 만나는 건 문제가 아니지만 시기가 문제였다. 하필이면 이런 때, 도로 백수가 되었다는 말을 어떻게 전할 것인가. 번듯한 남자라도 동반한다면 몰라도, 통속적으로 번득거리는 그 어떤 무엇으로 치장이라도 해야 그들과 대면할 용기가 생길 것 같았다.

골목에서 올라오는 냄새는 방금 전보다 단내가 짙어졌다. 김이는 코를 킁킁거리며 퍼런 연기에 숨은 볶음공식을 판별해냈다. 명백히 춘장과 양파를 센 불로 볶는 냄새다. 냄새만 좋으면 뭐하나, 맛은 지옥인걸. 바로 맞은편 '사동관'에서 제일 맛난 건 젓가락을 싼 포장지나 냅킨일 것이다. 전국의 식당이 균등한 맛을 자랑하는 단무지마저 짜서 혀가 문드러질 지경이니 메뉴판에 적힌 음식은 언급할 가치도 없다. 근처 예비군 훈련장의 낯선 입이나 찾아드는 식당이라 사장의 친부모조차 다른 중국집에서 사먹더라고 소문이 났다.

　이곳으로 이사 오던 날, 김이는 소소한 짐을 풀어놓고 가뿐하게 바로 옆 '사동관'으로 달려갔다. 이사하는 날은 역시 자장면, 이것은 수십 년간 이어온 우리의 미풍양속. 당연한 관습 때문이 아니라도 중국집 냄새에 홀려 다른 선택을 할 수가 없었다. 허기진 배를 움켜쥐고 찾아간 식당 안에는 방금 흙에서 기어 나온 것 같은 좀비 스타일의 노인만이 홀로 앉아 있었다. 노인은 무표정하게 텔레비전 뉴스를 보며 천천히 우물거리고 있었다.

　가까이에 중국집이 있어 정말 다행이다. 단골이 되면 아침밥도 간단하게 해결할 수 있으리라. 익숙한 그 맛을 만끽할 설렘으로 서둘러 비비고 비벼, 윤기 잘잘 흐르는 갈색 면발을 입에 넣은 순간, 김이의 얼굴이 푹 우그러졌다. 혀가 닿아서는 안 되는 이물질이 들어왔다는 공포. 이걸 씹어야 하나, 뱉어야 하나. 오, 이것은 묵은 기름에 찌든 탄내 나는 짠맛. 순백의 소금을 검정색으로 볶아낸 질척한 낭패감. 망연자실 허공을 바라보던 김이는 탁자 맞은편의 좀비 노인과 눈이 마주쳤다. 노인은 김이의 황당함을 알아차린 듯 검게 번들거리는 입술을 우물거리며 천천히 고개를 끄덕였다. 먹어라, 이곳은 지옥이고, 지옥에서는 이런 게 음식이다. 노인의 눈빛은 그렇게 말했다.

　노인의 무감각한 혀에 동의할 수 없었던 김이는 그대로 식당을 빠져나왔다. 아까운 지폐 몇 장을 하수구에 처박는 기분이었다. 쉬지 않고 달려 집에 돌아왔지만 그 고약한 자장면이 방 안까지 따라 들어올 것 같아 문을 단단히 잠그고 창문 닫고 커튼도 친 다음 양치질로 분노를 표시했다. 서민의 육신은 라면과 자장면의 위로로 버티는 것이다. 그런데 이게 뭐냐!

아무에게도 말하지 않았고 말할 기회도 없었지만 김이가 이 연립주택의 하고많은 방 중에서 이곳을 선택한 이유는 바로 저 중국집 주방 때문이었다. 처음 골랐던 3층 복도 옆방은 신식 보일러에 도배도 깨끗했지만 음식 볶는 연기가 살살 올라오는 이편 방에 무작정 끌렸다. 지금도 김이는 중국집 주방에서 어른거리는 불빛과 연기를 사랑한다. 담배를 피워 문 주방장이 복닥거리며 뿌연 연기를 피워 올리면 김이는 창가에 붙어 입맛을 다셨다. '사동관'의 지옥의 맛이 아닌 예전에 맛보았던 모든 음식을 그리워하며 주방의 불빛을 바라보았다.

거침없는 칼질, 불 앞에서 웍을 다루는 몸짓. 종일 분주하게 움직이는 주방을 보고 있자면 혼자 있어도 외롭지 않았다. 세상에서 제일 따스한 건 나를 위해 음식을 준비하는 요리사의 등짝이라고 생각했기에, 김이는 컵라면에 뜨거운 물을 붓거나 천 원짜리 김밥이 든 은박지를 벗겨내며 중국집 주방의 분주함에 스며들었다. 아이들은 엄마가 해주는 밥을 먹고 어른이 되지 않던가. 밥해주는 엄마가 없었던 김이는 세상 모든 음식의 어떤 성분에서 엄마를 발견해냈다. 그게 뭔지 구체적으로는 잘 몰라도 음식이란, 그런 거였다.

평일 오전, 빨래방은 한가하다. 텅 빈 속을 드러낸 세탁기가 층층이 쌓여 있는 빨래방의 말끔한 공간은 크레졸 냄새 때문인지 왠지 시체안시소를 떠올리게 했다. 지나치게 깨끗한 것들은 아주 더러운 것을 숨기려는 수작이야. 사람이라면 적당히 더럽게 살아야지. 김이는 쉰내 나는 빨래를 훌훌 털어 세탁기에 하나씩 집어 넣었다.

도무지 정리가 안 되는 머릿속은 포기하고 집 안이나 정돈하기로 마음먹은 정리주간 5일차. 옷장을 정리하면 빨래가 만발하고 생활용품을 정돈하면 쓰레기만 한가득이다. 치우고 버리고 치우고 버리고 치우고 빨래하고. 묵은 기억과 낡은 물품과의 전쟁 와중에 전화기에 남은 묵은 문자들도 줄줄이 삭제했다. 스팸문자를 쓱쓱 지우다가 기획실 동료가 보낸 문자를 발견했다.

'사장님 면담 왜 거부해? 다시 출근해야지. 제발 전화 받아.'

다시 출근이라. 출근, 출근. 내심 기다렸던 제안임에도 생각은 복잡했다. 김이는 세탁기 안에서 허연 거품에 휘둘리며 돌고 도는 옷가지를 봤다. 혼비백산으로 당하는 용가리 후드티와 해골 후드티의 절규. 청바지는 브래지어와 엉켜 빙글빙글 돌고 있다. 아마 회사로 돌아가면 다시 저렇게 될 것이다. 팽이처럼 돌고, 돌고, 휘둘리고.

팀원들의 부정을 폭로한 죄로 김이는 자의 반 타의 반, 두 달째 쉬는 중이다. 원룸 문가에 버려져 있던 배설물에 깜짝 놀라 살던 집을 내놓고 도망치듯 이곳으로 이사 왔다. 어느 집 개가 흘린 배설물일 수도 있으나 해코지당한 거라는 불안감을 이길 수 없었다. 그까짓 공갈 협박쯤이야 우습다고 생각했지만 쉽지 않았다. 비리를 저지른 부장은 사과를 하고 넘어갔고 그의 하수들은 여전히 근무 중이다. 회사를 시끄럽게 만든 내부 고발자만 손가락질 받았다. 세상은 윤리 교과서대로 돌아가지 않는다.

원대 복귀를 철회하기로 맘먹고 이사를 감행한 뒤로도 가끔 분노가 치밀었다. 화가 나면 밖으로 나가 무조건 달렸다. 뛰면 지쳤고 지치면 잠이 잘 왔다. 어느 날은 지하철로 세 정거장에 해당하는 거리를 내처 달린 적도 있다. 비싼 인삼뿌리 대신 중국산 우엉 썰어 먹고 힘내 달렸다. 그래도 의문은 남았다. 사라지지 않는 물음표가 속에서 늘 간질거렸다. 허탈한 마음을 일으키는 소용돌이의 핵심, 과연 직장이란 뭔가. 나는 왜 내쳐졌나.

직장이란 단어를 구성하는 것들을 잊으려 애를 써도 정오 12시면 어김없이 배가 고팠고 6시가 넘어가면 출퇴근길이 정체 중인지 궁금해 라디오에서 들려주는 57분 교통 정보에 귀를 기울였다. 좁은 방 안에 갇혀 있어도 사무실이 훤하게 떠올랐다. 도시락 통처럼 차곡차곡 분리되었던 사무실 배치도, 건조한 퍼런 형광등 불빛, 집기와 비품 사이에 비품처럼 끼여 있는 인간들. 월말이면 꼬박꼬박 월급이 나온다는 장점 외에 뭐가 있던가.

그들은 거래처에 내줄 돈을 부풀려 사이좋게 나눠 먹었고 거짓 서류를 허다하게 만들었다. 그들은 비리라는 말 대신 관행이라는 단어를 사용했었다. 참으로 몹쓸 관행이었다. 평면 모니터에 눈길을 꽂고 하루를 지내다 보면 인생조차 납작해졌고 상사들, 그 지겨운 인간들 비위를 맞추느라 고유 업무 외의 잡무를 해치우느라 허리가 휠 지경이었다. 회식도 잡무, PT도 잡무, 연례보고도 잡무, 배당된 기획물은 정정당당한 잡무, 사실 인생사 모든 것이 잡무다. 거대하게 뭉뚱그려진 잡무라는 직장이 나를 부른다고 바로 날아갈 것인가. 아니다. 이제는 너희들의 잡무가 아닌 내 고유의 잡무만 하련다.

세탁이 종료되자 김이는 한 덩어리로 엉킨 축축한 빨래를 하나씩 털어 포대에 차곡차곡 집어 넣었다. 빨래방을 나와 캐리어를 질질 끌고 횡단보도를 건너가며 김이는 생각했다. 월급은 소중하고 잡무는 하찮다! 비리는 비리답게 툭 불거져 나왔고 그놈들은 나빴다! 나는? 나는? 나 역시 나빴다. 업무능력이 대단치도 않은 주제에 동료들을 찌르다니. 옳지 않아, 옳았으면 했는데 이렇게 되었지. 아니, 옳았어. 옳았기에 병신 된 거야.

김이는 캐리어를 돌돌 끌고 장미화단 샛길을 가뿐하게 지나 현관의 우체통을 살펴봤다. 전단지 외에 302호 주소를 달고 도착한 건 아무것도 없었다. 계단이 최대의 난코스다. 이것만 거치면 빨래는 긴 여정을 마무리하고 집으로 골인한다. 바퀴가 장애물이라 김이는 계단 한 칸을 오를 때마다 으윽 기합을 넣어 캐리어를 끌어당겼다. 한 칸씩 끌어 올리는 작업이 2층까지는 제법 순탄해도 다시 3층으로 오르는 계단에서는 휴식이 잦아졌다. 밭은 숨을 몰아쉬는데 주머니에서 전화벨이 울렸다. 인사담당자의 전화인가? 김이는 목소리를 가다듬고 냉큼 전화를 받았다.

"네, 손김이입니다."

지나치게 발랄한 김이의 목소리가 복도에 쩌렁쩌렁 울렸다. 메말라가는 통장의 회생과 백수 청산을 고대하는 청명한 외침이다.

"오, 그래."

착 가라앉은 여자 목소리.

"잘 살고 있나. 아비하고는 같이 지내나, 아니면 떨어져 사나?"

"네?"

"아직 공장에 다닐 리는 없겠고. 밥은 먹고 사는 거야?"

교군 외할머니, 무시무시한 서태후다. 꽤 오랫동안 외가와 담쌓고 살았고 배짱 좋게 안부전화조차 생략하고 지냈기에 김이는 입안에서 참외 씨를 골라 뱉듯 소심하게 대답했다.

"아버진 계속 그 공장에 다니세요. 전 지금 서울에 있고요."

"아직도 공장? 그 나이에 안 잘리는 게 신통하구나. 하긴 쓸데없이 성실한 것 말고는 장점이 없는 인간이니까. 우직하게 버텨도 아직 말단이지? 청소나 하고 선반 같은 거 나르겠지."

알면서 왜 묻나. 김이는 뜨악한 표정으로 전화번호를 확인했다. 할머니도 휴대전화를 개통했나 보다. 촉촉한 목소리를 듣자니 할머니의 검은 입술과 검은 혀가 떠올랐다. 늘 붉은색 립스틱으로 위장하고 있지만 그 입술의 무시무시함을 모르는 사람은 없다. 그 검은 입술에서 풀려나온 목소리는 김이가 사는 동네 이름과 사는 곳의 평수를 물은 다음 전세인지 월세인지를 꼬치꼬치 캐묻다가 화통하게 웃어젖혔다. 김이 부녀의 지지리 궁상을 확인할 때면 튀어나오는 서태후다운 반응이었다.

교군 이 여사는 무해 무익한 굼벵이의 삶을 살아가고 있는 김이에게 잘난 사촌들의 근황을 일일이 열거하며 우등 인생과 비교당하는 슬픔을 맛보여주려 애썼다. 법무법인에 들어가 승진가도를 달리는 기주가 편지를 보냈더구나. 둘째네 큰 손녀 줄리가 이번에 컬럼비아 대학을 졸업했는데 알고는 있니? 김이는 전화기를 살짝 떼고 한숨지었다. 이름조차 낯선 외사촌들이 참 많다. 당신을 흡족케 하는 인생이 나와 무슨 상관이라는 말인가.

사촌들의 신상 퍼레이드는 퍼레이드답게 휘리릭 넘겨버리면 그만인데 이상하게 침이 고이기 시작했다. 서태후의 무처럼 아리고 매운 말투 때문인가. 콕콕 찌르는 어조 때문인가. 빨갛게 비빈 면발을 입안 가득 물고 있는 기분이 들었다. 매운 국수를 후룩후룩 빨아들여 부드러운 면발에 감긴 김치와 오이를 아작아작 씹는 느낌. 매운맛에 홀려 젓가락질을 서두르던 기억이 나자 침이 흥건해지면서 거대 위장이 무섭게 확장되었다. 꽤 잘 참아냈는데 안 먹고도 살 수 있다고 믿었는데, 할머니의 칼칼한 어조에서 매운 향기가 뿜어져 나왔다. 도발적인 매운맛에 첨가하는 딱 한 방울의 참기름! 김이는 침을 꿀꺽 삼켰다. 먹고 싶다, 먹고 싶어! 할머니 목소리를 젓가락으로 휘감아 후루룩 빨아 먹고 싶다.

"그래서 네게 일거리를 맡겨보려는데 말이다."

"네? 일이요?"

군침을 삼키느라 김이는 이 여사의 말을 놓쳤다. 내용을 잘 들으려 전화기를 바꿔 쥐다가 캐리어까지 놓쳐버렸다. 우당탕 캐리어가 계단 밑으로 떨어지자 박스에 든 빨래가 토사물처럼 울컥 쏟아졌다.

"뭐라더라? 내가 정신이 없어 애들한테 배워놓고 까먹었다. 잠깐 기다려라."

이 여사의 목소리가 누군가를 불러대는 동안 김이는 쏟아진 옷가지를 하나씩 집어 들었다. 용가리 후드티, 해골 후드티, 축축하고 무거운 데다 흙이 묻어 서걱거리는 스웨터, 청바지와 낡아 빠진 속옷들. 이게 뭔가. 간신히 돈 주고 빨아 왔는데.

수화기 너머로 사람들의 목소리가 비교적 선명하게 들렸다. 김이는 빨래를 주워 담으며 어떤 일이든 콧방귀 뀌고 거절할 것을 결심했다. 그동안 참 많이 당했다. 더 당하지 않겠다고 교군을 냅다 도망쳤던 게 언제였던가. 연못에 돌을 던진 다음 문짝을 발로 걷어차고 씩씩하게 빠져나왔다. 대문 밖에서 할머니 방을 향해 김이는 욕을 퍼붓고 침도 칵 뱉었다.

"잠깐 기다려라. 뭐가 그리 복잡한지, 원."

죄송하지만 지금 대단히 바쁜 와중이라고 김이가 읍소하자 이 여사는 물미역처럼 척척 감기는 목소리로 하소연을 늘어놓았다.

"바빠? 젊은 것들은 다들 바쁘지. 억울하게도 나만 늙었구나. 먹고 싶은 것도, 갖고 싶은 것도 없고 이렇게 고단할 수가 없어. 너희는 모를 거다. 매일매일 삭신이 쑤시고 아파. 사는 게 뭐 이런가 모르겠다…… 남은 날들이 전부 지푸라기같이 시시해 죽고 싶을 때가 많구나. 김이야, 네가 이 할미를 좀 죽여주겠니?"

유행가 가사를 읊으시나. 죽여주겠다고 대답하면 내가 죽일 년이 될 것이다. 김이는 서태후의 응석 어린 발언이 바로 눈앞에 펼쳐진 듯 허공을 째려봤다. 물기 어린 목소리를 가까이 들으면 왠지 식욕이 동했다. 오로지 식욕뿐. 이 여사는 잠시 뜸을 들이다가 말을 이었다.

"아니면 살려주겠니? 김이는 이 할미를 이해할 수 있지?"

유치원생을 다루듯 상냥하고 리드미컬한 동화 구연형 말투다. 시키는 대로 하라는 무시무시한 엄포가 든 상냥함이라 김이의 입에서 정직하지 않은 대답이 바로 튀어나왔다.

"네, 이해해요."

"고맙구나."

"그런데 제가 지금 너무 바빠서요."

교군 이 여사는 김이의 말을 뚝 잘라버리고 누군가를 바꿔준다며 부스럭거렸다. 저 멀리에서 "사진은 있어요"라고 굵직하게 대답하는 남자 목소리가 들렸다. 김이는 귀를 쫑긋 세웠다. 이 목소리 누구더라? 즉시 떠오르는 얼굴은 있지만 그럴 리가 없다.

"여보세요, 여보세요. 김이 씨? 접니다."

정말 그 사람인가, 믿을 수 없어 김이는 누구세요, 물었다. 그는 자신의 이름 대신 암호처럼 가지, 라고 짧게 대답했다. 가지가 거기 있다니! 교군에 그가 있다! 김이는 아랫입술을 꽉 물었다.

"관뒀었잖아. 언제부터 거기 있어?"

"그렇게 됐어요. 저기, 컴퓨터 회사 다닌다며? 교군 자료를 마저 정리해야 하는데, 전에 하다가 도망갔잖아. 나도 컴퓨터를 모르는 건 아니지만 아무래도 전문가가 낫잖아요?"

가지의 음성은 쾌활했다. 진주알을 잔뜩 물고 말하는 것처럼 언성이 촉촉하게 자글거렸다. 귀에 익숙하지 않은 존댓말이라 김이는 적잖은 거리감을 느꼈다.

"어떻게 거기 있나 신기하네. 다신 안 온다면서?"

"내가 언제? 아, 그건…… 설명하기 좀 그렇고. 일단 여기 몇 가지 파일로 만들어봤는데 메일 주소를 알려주면 보낼게요."

서태후가 옆에 있으니 편히 대답할 수 없을 것이다. 김이는 가지의 요구대로 메일 주소를 알려주었다. 잘못 알아듣는 것 같아 또박또박 불러주다 보니 목소리가 점점 커졌다.

"메일 내용이 뭔데?"

"다시 전화할게요. 화요일쯤 괜찮겠어? 의논 상대라도 해달라고."

"화요일 몇 시?"

"글쎄."

화요일이라는 하루는 방대하다. 가느다란 분침과 초침이 재깍거리며 온종일 숨통을 틀어쥐고 말 것이다. 벌써부터 숨이 막히는 것 같아 김이는 쏘아붙였다.

"정확히 몇 시 몇 분이라고 말해. 나 무진장 바빠."

"아침에 전화할게. 출근하기 전 화요일 아침. 알았지?"

간단한 인사 끝에 전화는 끊어졌다. 가지의 목소리도 동시에 사라졌다. 김이는 다리 힘이 풀려 계단에 털썩 주저앉았다. 폭풍우가 휩쓸고 지난 듯 계단 복도는 무서울 정도로 조용했다. 너무나 잠잠하고 고요해서 속에서 이는 광폭한 회오리가 몸을 뚫고 나올 것 같았다.

가지가 그곳에 있다니 믿을 수 없다. 왜 몰랐을까. 교군. 아, 교군. 지옥문이 활짝 열렸다. 바로 전 그의 목소리가 꿈처럼 아련하면서도 왠지 이렇게 될 것 같은 예감이 적중된 기분이었다. 화요일에 전화한다고 했던가. 화요일, 화요일. 메일은 언제 도착할 것인가.

잠결에 눈을 뜬 김이는 입맛을 다셨다. 다리 사이에 이불을 돌돌 말아 끼고 이리저리 뒤척거리다 손톱을 잘근잘근 씹었다. 한동안 잠잠했는데 또 시작인가? 다시 미치는 중인가? 속이 허하고 입맛이 동했다. 먹고 싶은 음식들이 허공을 둥둥 떠다녔다. 참다 못해 새벽 3시에 찬밥에 고추장 한 술과 버터 한 조각을 넣고 전자레인지에 이 분간 돌렸다. 빛깔은 보기 좋게 붉었지만 맛은 신통치 않았다. 맵고 기름지고 들큼한 배신감. 매운 갈증만 더해져 밤새 물을 들이켰다.

매시간 컴퓨터 앞에 앉았다. 스팸메일함까지 샅샅이 뒤져 최근에 도착한 모든 메일을 열었다. 사장의 면담 요청 메일만 도착했을 뿐 가지의 메일은 오지 않았다. 세 번이나 불러주었는데 주소가 잘못되었을 리가 없다. 바쁜가? 바쁘겠지. 교군 주방은 늘 쉴 틈 없이 돌아간다. 일꾼들이 빈둥거리는 꼴을 못 참는 서태후가 없는 일을 만들어 부려 먹기 때문에 잠깐의 짬도 나지 않을 것이다.

아침이면 김이는 농구화를 바짝 조여매고 동네를 달렸다. 달리면서도 내내 붉은 소용돌이가 빙글빙글, 온종일 빙글빙글 돌았다. 땀을 뚝뚝 흘리며 엎드려뻗쳐 30회를 달성하는 동안 입은 말라도 식욕은 사그라지지 않았다. 육신의 팔레트, 붉은색으로 채워놓아야 하는 공간이 몇 년째 텅 비어 바짝 말라 있었다. 강렬하게 타올라 온몸을 산화시킬 징그럽게 맵고 독한 맛. 매운맛에 흠뻑 취하고 싶은 건 혀가 아니라 가슴일지 모른다. 텅

비고 메마른 가슴이 가짜 불이라도 지펴달라고 안달복달이었다. 사람이 그리웠다. 누구라도 만나고 싶었다. 이왕이면 남자. 어떤 사내라도 좋으니 굵은 저음의 다정한 목소리와 대화를 나누고 싶다. 가지에게 전화를 걸어 메일에 대해 닦달해볼까. 그는 뭐라고 할까. 3년여의 공백기를 간단히 채워버렸던 그의 목소리. 가지의 목소리가 도무지 기억나지 않았다.

김이는 맵고 뜨거운 육개장을 찾아 종점 앞 식당으로 갔다. 벽에 걸린 메뉴판에는 설렁탕, 육개장, 종류별 찌개와 안주 따위가 줄줄이 적혀 있었다. 많은 음식을 제공한다는 건 결국 어느 것 하나 제대로 만들 수 없다는 뜻. 역시 점심시간임에도 손님 하나 없었다. 육개장을 주문했으나 주인은 오늘은 안 된다고 했다. 도로 나갈까 망설이며 주인의 얼굴을 본 김이는 저도 모르게 곰탕 주세요, 라고 외쳤다. 주인의 얼굴이 곰처럼 생겼다.

허연 곰탕 국물은 소가 지나간 물을 미지근하게 데워 커피크림을 듬뿍 넣은 밍밍한 맛이었다. 곰탕의 가면을 쓴 '프리마' 국물이거나 포장된 곰탕 베이스를 8, 맹물 2로 희석시켰거나 그 둘을 합친 다음 MSG를 듬뿍 쳤거나. 김이는 멀건 국물에 종잇조각처럼 말라비틀어진 파를 뿌리고 밥을 말았다. 녹말화가 진행된 밥알은 푸석푸석 묵은내가 났다. 밥통이라는 독방에서 오랜 무기수 생활을 했던 밥인 듯 밥알은 곰탕 국물을 스펀지처럼 빨아들여 구더기처럼 통통하게 부풀어 올랐다. 깍두기는 늙은이 팔꿈치살을 씹는 듯 질깃하고 지리기까지 했다.

주방장의 솜씨가 드러난 대목은 수육의 경이로운 얇기였다. 두께가 아닌 얇기. 김이는 편육을 들어 요리조리 살폈다. 어쩌면 이렇게 기술적으로 발라냈을까. 대패로 깎아도 이보다는 두꺼울 것이다. 네모반듯한 데다 얇디얇은 편육 조각은 고깃살 무늬가 인쇄된 종이 한 장을 넣어준 것 같았다. 복어회를 발라내는 고수의 솜씨도 이 편육의 얇기 앞에서는 무릎을 꿇고 말 것이다. 수육 조각은 바라보는 눈길이 민망한 듯 절반 툭 끊어져버렸다. 째려보기만 해도 갈라지네, 그간 붙어 있느라 애썼다. 바보멍청이 같은 맛을 꾸역꾸역 집어 넣고 있자니 한 숟갈에도 다양한 맛이 숨겨져 있던, 실핏줄처럼 세심하던 예전의 그 맛들이 그리웠다. 눈물 나게 그리웠다.

저녁을 거르고 잠자리에 들었으나 12시에 임박하자 속이 출출했다. 찬장을 뒤졌다. 컵라면에 뜨거운 물을 붓고 면발이 익는 동안 김이는 뚜껑을 문지르며 기도했다. 컵라면의 신이시여, 지금 이 순간 한창 타오르는 모든 연인에게 불화와 결별을 선사하시고, 한밤중 허기진 모든 자들에게 라면을 선택하게 하소서. 나트륨의 폐해로 얼굴이 붓고 부종으로 인해 두툼해진 눈두덩으로 출근하는 곤욕을 치르게 하소서. 나만 당할 수 없습니다, 아멘! 컵라면에 고춧가루와 고추장을 듬뿍 집어 넣어 꼬들꼬들한 면발을 단숨에 흡입했으나 헛헛한 속은 메워지지 않았다. 괜히 먹어 치운 530칼로리의 후회감에 짓눌려 김이는 신음했다. 이게 아니다. 이런 맛이 아냐.

미각은 지문처럼 천차만별이지만 김이가 간절하게 원하는 맛은 분명했다. 그것은 화통하게 혀를 볶는 맛, 미친 짐승처럼 길길이 날뛰는 맛, 울다 지쳐 혼절할 것 같은 맛, 뒷덜미를 찌르는 바늘 같고 심장을 관통하는 총알 같은 맛, 붉은 피를 머금은 맛, 목구멍을 태우며 배 속으로 쿵 떨어지는 맛, 8월의 태양 같은 맛, 심장이 두방망이질하는 맛, 영혼이 셀로판지처럼 얇디얇게 분리되는 맛, 쓰라린 칼침 같은 맛, 어머니로부터 물려받은 지독한 맛, 마약처럼 중독성이 강해 먹고 또 먹고 싶어지는 맛, 그것은 교군의 맛.

상상만으로도 입안이 침으로 그득 차자 푸른빛 가득한 교군이 눈앞에 확 펼쳐졌다. 한 걸음 내딛을 때마다 삐걱삐걱 비명으로 화답해주던 마룻바닥, 육중한 대들보, 그리고 늘 기묘한 냄새를 풍기던 그곳, 식재료가 그득그득 넘치게 쌓였던 교군의 주방이 성큼 다가왔다. 지금쯤, 아름다운 계절을 맞은 교군은 먹을 것이 지천으로 넘칠 것이다. 할머니의 음식, 서태후만의 솜씨를 실컷 먹을 수 있는 곳. 교군은 음식이고 교군은 향수다. 할머니의 검은 입술과 검은 혀도 잠깐 그리웠다. 소름끼치게 무섭지만 또 그만큼 매혹적이다. 교군의 매운맛은 너무 짜릿해서 아팠다.

아직 새벽 6시. 오늘은 화요일이다. 틀림없는 화요일. 어제가 월요일이었으니 화요일이 맞다. 한 시간 간격으로 김이는 계속 눈을 떴다. 화장실에 갔다가 이를 닦고 다시 누웠다. 분명히 아침 일찍 전화한다고 했다. 보낸다던 메일이 오지 않았으니 전화가 걸려올 확률은 낮다. 그럼에도 김이는 자꾸만 깼다. 시간은 약 올리듯 더디 갔다. 할 일은 없고 잠은 오지 않고 전화도 오지 않고 뭔가를 시작하기에는 너무 이른 시간. 그래도 한 시간 전보다는 밖이 훤해졌다.

스르륵 잠들었다가 계단에서 나는 발소리에 다시 깼다. 흐리멍덩한 의식 속으로 탁! 신문 떨어지는 소리. 곧이어 우유 배달부가 등장할 것이다. 전화를 받으면 우유처럼 순백한 태도로 응하리라. 메일 얘기는 묻지 않을 것이다. 안달 떠는 여자가 되고 싶지 않다. 서서히 잠에 빠져드는데 머리통에서 소리가 울렸다. 드디어, 전화벨이 울리고 있다. 김이는 반사적으로 베개 밑에 손을 집어 넣어 전화기를 꺼냈다. 최대한 맑은 목소리를 내고 싶었으나 아스팔트 바닥에 휘갈겨 쓴 크레용 글씨처럼 거칠고 굵게 여보세요, 했다.

"잤어?"

가지의 목소리가 엄청나게 가깝고 크게 들렸다.

"응."

"잠 깨우기 미안한데…… 나중에 할까?"

김이는 웃음기를 거두고 눈을 번쩍 떴다.

"왜 메일 안 보냈어?"

"보냈는데."

"안 왔어. 약속을 했으면 딱딱 지켜야지."

"방금 보냈어."

보냈다고? 김이는 이불을 박차고 일어나 컴퓨터 앞으로 잼싸게 슬라이딩, 파워 스위치를 발가락으로 눌렀다.

"보고 있어?"

안 보인다. 보이는 건 자신의 조급한 마음뿐. 중고 도매상에서 구입한 팔순 노인형 구닥다리 컴퓨터라 부팅 기다리다가 22세기를 맞을 것 같다. 로그인하기를 염원하다 자판 위에서 지쳐 죽고 무덤에 흙이 마를 즈음 컴퓨터 화면이 비로소 열리는, 그런 빌어먹을 속도라 아직도 한참이다. 김이가 물었다.

"그동안 죽은 줄 알았는데. 살아 있었네?"

"미안. 교군에 돌아오고부터 돌아가는 사정이 워낙 눈코 뜰 새 없어서 말이지."

우리도 남들처럼 사귀는 사이가 된 거냐고 물어보려던 찰나 느닷없이 사라졌던 남자. 다시 나타났어도 미안, 이라는 한 마디 말로 일축해버리는 남자. 어디 두고 보자.

"나도 교군과는 담쌓고 지냈었어. 재작년 어머니 기일에 동화사에 갔다가 스님께 연락처를 남겨두었는데 그게 외할머니에게 전달됐을 줄이야."

"난 외국에 있었어. 형이 파타야에서 사고를 치는 바람에…… 내가 가야지 누가 가겠어. 일 마무리되고 방콕 한식당에 1년 정도 있다가 아오모리로 갔어. 늦게 시작한 요리 인생, 내세울 경력을 만들고 싶었어. 나 그때는 콧수염 길렀었어. 객지에서 몸 고생이야 당연하지만 일본 음식이 좀 밍밍하잖아. 교군 음식 생각에 도저히 못 참겠더라고. 김이 앞에 떳떳하게 나타나고 싶었는데……."

가지의 지난 이야기들은 얇은 면발처럼 끊이지 않고 넘실넘실 이어졌다. 교군에서의 대우가 전보다 나아졌느냐고 묻자 가지는 하하 웃기만 했다. 김이는 메일함에 들어가 아이디와 비밀번호를 쳤다. 방금 날아온 〈제목 없음〉을 열자 편지글은 없고 첨부 파일만 세 개 들어 있었다.

"자료 정리 이제 다 된 거야? 그럴 줄 알았어. 결국 누군가 하게 마련이라니까."

"하기는 누가 해? 이제 시작인데. 아무래도 나가봐야겠다. 꾸물거리다가 오늘 일정이 다 미뤄지겠어."

가지와의 통화는 프롤로그도 시작하지 않았는데 벌써 막을 내렸다. 애피타이저, 메인요리 두 가지에 후식까지 둘이서 오붓하게 나누기를 기대했으나 가지는 물 한 잔 마시고 일어서는 형국. 김이는 얼떨결에 전화를 끊었다.

가지가 보낸 파일을 열어본 김이는 두 시간 동안 꼼짝 않고 컴퓨터 앞에 앉아 있었다. 허기진 자의 포르노, 교군의 음식 사진에 홀려버린 것이다. 다른 자료들이야 구구한 조리법을 스캔하거나 한글 파일로 만든 깨알 같은 글씨들이라 그다지 흥미가 없었지만 자료집에 넣을 것으로 추정되는 오백여 개의 요리 사진들은 모두 꿀 바른 듯 윤기가 잘잘 흘렀다.

붉게 조린 돼지고기의 윤기, 흥건한 국물에 젖은 맑은 고추씨김치, 튀김 옷 안으로 투명하게 보이는 연녹색의 고추튀김, 섹시한 초록 우거지로 감싼 김치포기, 검붉은 늪처럼 보이는 젓갈들, 살구빛 알을 가득 담고 있는 게장…… 볼수록 먹음직스럽고 생생해서 도무지 눈을 뗄 수가 없었다.

김이
아버지의 정강이

매운맛이 연속해서 들어오면
우리의 몸은 화상을 입었다고 착각해 비상이 걸린다.
맵게 먹을수록 피부재생 물질이 대량 분비되어 점차 곱고 예뻐진다.
미용 목적으로 섭취하려면 아주 맵게 연속으로 먹어야 한다.
중간에 포기하면 소용없다. 아무리 설명해도
내 얼굴을 보며 효과 없겠다고 낙심들을 하는데
각자 형편따라 나아지는 것이지 눈코입의 모양까지 바뀌진 않는다.
- 『이딴 얘기 받아 적어서 뭐하려고』 (교군 이먹은 여사 채록본 1)

"김이도 빨리 시집가야지. 만나는 남자 없어?"

"없어요."

"내가 중신 설까? 김이, 올해 몇 살이더라?"

"많아요."

"어떤 타입의 남자가 좋아?"

"안 가려요. 다 좋아요."

다 좋다 이거지, 공장장이 호감 가는 남성 타입을 계속 묻자 김이는 식장 안으로 눈길을 돌렸다. 웨딩마치가 울리는 예식장 안은 하객들로 꽉 들어차 발 디딜 틈이 없었고 로비 역시 북새통이었다. 단상 근처에 앉은 아버지는 화려한 공간의 화려한 구경거리에 넋이 빠져 싱글벙글 마냥 즐거워했다.

천안에서 다 함께 관광버스를 타고 온 하객들은 아버지의 공장 동료들이고 한때 김이의 동료들이기도 했다. 며느리를 맞아들이는 박 씨 아저씨는 물론이고 대부분이 김이를 보자마자 빨리 시집가라고 성화였다. 네가 어서 가야지. 아니면 네 아버지라도 먼저 장가 보내라.

"다 좋은데 김이는 가끔가다 욱하는 성미가…… 어, 아냐, 아냐. 머잖아 좋은 신랑 만나겠어."

왼쪽 어깨에 건 가방을 오른쪽으로 옮기려 했을 뿐인데 공장장은 손사래를 치며 김이에게서 한 발짝 물러섰다.

보는 사람이 많을수록 공장장의 쩔쩔 매는 시늉은 과장스러워지고 김이는 그악스러운 인물로 희화되었다. 공장에서 아르바이트하던 당시에도 그랬고, 어쩌다 아버지를 보러 놀러 가면 공장장은 사람들을 불러 모아 김이의 가격 실력에 대해 허풍을 떨었다. "김이가 합기도, 태권도 유단자에 무쇠주먹이다. 손 주임을 함부로 깔봤다가는 김이가 쥐도 새도 모르게 끌고 가 박살내는 거야. 내 얼굴이 왜 이런 줄 알아? 쟤한테 맞아서 이렇게 됐어." 공장장은 김이 아버지 손 씨가 젊은 것들에게 부림당할까봐 일부러 엄포를 놓았다. 악착스러운 딸년이 뒤에 든든하게 버티고 있으니 손 씨를 함부로 대하지 말지어다.

공장장 말대로 예전의 김이는 어린 쌈닭이었다. 아버지 뒤통수를 툭툭 갈기며 돌대가리, 머저리라 부르던 공장장, 다섯 살이나 어린 주제에 아버지에게 반말지거리하며 휴일이면 집안일까지 부려 먹었던 부장, 고된 일은 아버지에게 떠넘기던 직공들까지, 김이의 응징 대상은 많았다. 그들에게 뜨거운 맛을 보여주려고 김이는 동네 도장에 다니던 선배 언니에게 무공 실력을 연마했다. 급하면 껌 좀 씹는 선배 언니나 거친 친구들을 동원하면 그만이라고 생각했던, 겁 없는 중학생 시절이었다.

공장장은 김이의 거침없는 일격에 놀라 바로 고꾸라졌다. 키 큰 어른을 공격할 때는 발돋움하고 힘껏 튀어 올라 박치기로 내리꽂는 공법이 매우 효과적임을 그때 배웠다. 공장장이 쌍코피를 흘리자 공장 어른들이 일제히 김이를 꾸짖었다. 잠깐 위축되었지만 어쩔 줄 몰라 싹싹 비는 아버지를 보며 김이는 여기서 물러서면 안 된다고 생각했다.

아버지 그만 빌어. 잘못한 게 없는데 왜 굽실거려! 빌지 마! 얻어맞지도 마! 다른 데 취직하면 그만이야! 김이가 암팡지게 내지르고 손을 잡아끌자 아버지는 벙실벙실 웃으며 동료들에게 손을 흔들었다. 분노로 이글거리는 딸년의 기세와는 관계없다는 듯 태평하고 해맑은 얼굴이었다. 집에 가는 길에 김이는 아버지와 함께 포장마차에서 떡볶이를 먹다 감정이 북받쳐 울어버렸다. 손 씨는 고개를 갸우뚱하며 김이에게 물었다. 떡볶이가 매워? 이게 매워? 질질 울 만큼 매운지 알아내려 떡볶이를 남김없이 먹어 치웠던 아버지.

어느새 식이 끝나고 사진 촬영까지 마쳤다. 뷔페 식당의 긴 줄에 선 공장장과 김이는 함께 앉을 자리가 남았는지부터 살폈다. 서울은 사람이 많아, 언제 왔는지 아버지가 김이 앞에 서서 중얼거렸다. 새치기하지 말라고 곱게 지적해도 아버지는 앞사람을 제치고 끼어들었다. 뷔페 음식 때문에 기분이 좋아 빙글빙글 웃다가 생각만큼 순서가 빨리 돌아오지 않자 잠깐잠깐 시무룩해졌다. 공장장이 저 앞에서 접시에 음식을 담기 시작하자 손 씨는 그 모습을 자세히 보려고 김이 등을 떠밀었다.

"아버지, 이런 데선 체면을 지켜야 해."

"나도 알아."

"다 공짜가 아니니까 조금씩 드시라고."

아버지는 고개를 끄덕이며 조용히 웅얼거렸다.

"돈 냈으니까 많이 먹으래. 나도 알아."

김이는 음식에 정신이 팔린 아버지를 보며 한숨지었다. 오늘은 또 얼마나 대단하게 먹어 치울까. 걸신 빙의 되신 분이라 이미 전투 태세, 상체가 음식이 진열된 쪽으로 쏠려 있었다. 김이는 아버지의 소맷부리를 힘껏 잡아당겼다. 참 오랜만에 만났는데 마주 앉기도 전부터 짜증이 일었다. 지겨워, 지겨워. 창피하고 지겨워.

예식장의 뷔페 음식이란 원래 그저 그렇다. 화려하게 진열된 음식들은 지나치게 달고 짜거나 식어 빠져 본래의 순순함이 사라진 상태로 식객들을 유혹했다. 김이는 두어 번 접시를 채워 갖다 먹고는 그대로 앉아 있었다. 이미 교군의 사진을 본 뒤라 규격화된 맛이 약간은 경멸스러웠다.

폐백을 마치고 나타난 신부와 신랑이 테이블을 돌며 하객들에게 인사하는 동안 아버지는 기름 범벅인 잡채를 빨아들였다. 그는 한 접시에 여러 가지를 담지 않았다. 오직 단일 품목을 사랑하기에 프랭크 소시지 수북하게 한 접시 해치우고 누린내가 심하게 나는 갈비찜을 그득 담아 들이마신 다음, 지우개처럼 딱딱하게 굳은 찰떡과 인절미, 바람 든 무보다 더 맛없는 멍든 사과와 배 등등을 황송하고 미안해하는 표정으로 부지런히 날라 왔다.

인파를 헤치고 식당 안을 누비는 아버지의 불편한 걸음새에 김이의 눈길이 꽂혔다. 한쪽 다리의 걸음새가 균형이 맞지 않았다. 절뚝거리는 것도, 질질 끄는 것도 아닌 묘하게 기우뚱한 자세였다. 다리가 불편하냐고 물어도 손 씨는 우물우물 씹느라 말이 없었다. 또 넘어졌어? 병원에는 간 거야? 김이가 몇 번이고 물어도 손 씨는 싱글싱글 웃기만 했다.

공장장이 김이에게 맥주를 권했다.

"손 주임 지난겨울 빙판에서 세 번 자빠졌거든. 병원에 가긴 갔어. 자꾸 겹질리니까 낫질 않는 거지. 밑천이라고는 몸뚱이뿐인데 저러고도 일은 척 척 잘해."

"화단에 물 주다가 그런 거죠? 공장 뒷마당 그 화단 없애면 안 되나요?"

"손 주임이 얼마나 보기 좋게 가꿨는데 그래. 와서 보면 그런 소리 안 나올걸. 본사 회장님도 볼 때마다 칭찬하셔. 네 아버지 화단 덕에 점수 많 이 땄다니까."

원래부터 손 씨는 관절이 좋지 않았다. 젊었을 때 당한 고문후유증 때 문에 날씨가 우중충하면 늘 빙글빙글 웃던 얼굴이 침침해지곤 했다. 그런 데 나이 들고서는 화단 때문에 더 심해졌다. 눈이 오나 비가 오나 손 씨는 지하수를 끌어다 공장 뒷마당 화단에 물을 줬다. 그의 화단 가꾸기는 주 어진 업무가 아닌 자발적으로 임하는 취미다.

7년 전 겨울, 손 씨는 얼어붙은 화단에 호스를 대고 물을 뿌리다가 빙 판에서 크게 넘어졌었다. 겨우내 깁스를 하고 절룩거리며 아이스스케이팅 링크처럼 두꺼워진 빙판에 계속 물을 줬다. 한겨울 화단에 물 주는 짓은 동면하는 개구리 깨워서 밥 먹이는 것처럼 천하의 쓸데없는 짓이라며 사 람들이 뜯어말리고 김이가 화를 내도 소용이 없었다. 그는 행동수칙이 입 력된 터미네이터처럼 굴었다. 사람이 세끼 밥을 꼬박꼬박 먹으니 화단의 꽃들도 제때 밥 먹어야 한다는 게 손 씨의 지론이었다.

"말해 뭐하냐. 네 아버지 쇠고집을. 화단이 문제가 아니라 몸이 예전 같 지 않아서 그런 거야. 우리 나이 되면 몸이 녹슨 기계 같아서 어디 한 군데는 고장 나게 마련이다. 나이 들수록 옆구리 덥혀주는 사람이 있어야 하거든."

공장장은 말을 하다 말고 손 씨를 힐끔거렸다. 손 씨는 자신의 젓가락질을 요리조리 빠져나가는 묵을 상대하느라 시근덕거리고 있었다. 공장장의 목소리가 은밀해졌다.

"하청업체 조선족 아줌마가 손 주임한테 넌지시 말 좀 넣어달라는데. 사람은 순하고 좋아. 네가 좋다면……."

"어디 한두 번이에요? 그러다가 다 갔잖아요. 제가 왈가왈부할 문제가 아니죠."

김이는 맥주잔을 비웠다. 부녀사이 끝내자고 절연을 선언한 주제에 뭐라고 나서겠는가.

"그래도 이번에는…… 손 주임을 진짜 좋아해. 살림 차려주면 둘이 아주 잘 살 것 같더라."

김이는 골이 난 표정이었다. 속없는 아줌마들은 아버지의 순해 빠진 웃음에 덜컥 넘어가기도 잘한다. 계속 정 붙이고 살아준다면 고맙지만 지금까지 해피엔딩은 없었다.

"다들 진짜 좋아해서 왔었죠. 아버지가 돈이 많은 것도 아니고 재미도 없고, 사실 뭐 볼 게 있겠어요. 근데 좋다고 왔다가 다 갔잖아요."

"왜 다들 갔니?"

왜 다들 갔을까. 그냥 갔다. 하나도 남김없이 결국 다 갔다. 아버지는 그 아줌마들 이름조차 기억하지 못하지만 김이는 전부 알고 있었다. 그 많은 아줌마들을 김이가 먼저 많이, 아주 많이 좋아하고 따랐었다. 돌아선 마음을 되돌리게 하려고 얼마나 애썼던가. 그들은 모진 말도 하지 않고 좋게 좋게 인사하고 스르르 사라져 다시는 오지 않았다. 세간이 다 사라진 빈집에 혼자 남아 가재도구라도 들고 가줘서 다행이라고 생각했었다. 왜 다 갔느냐고? 왜 다들 갔던가. 나도 가고 싶었다. 그 아줌마들처럼 나도 멀리멀리 도망가고 싶었다.

새로운 음식 공략에 나서는 아버지를 김이는 눈으로 붙잡았다. 먹는 건 둘째 치고 제발 미안해하지 않았으면 좋겠다. 접시 가득 수북하게 음식을 담아 오면서 슬금슬금 눈치를 보는 아버지에게 다른 분들이 기다리니 그만 드시라고 김이는 계속 말했다. 남들 몰래 눈짓하거나 꼬집은 것까지 합하면 열 번은 넘게 지적했다. 이런 음식조차 황송해하며 허겁지겁 먹는 아버지라니.

김이가 간섭할 때마다 공장 사람들은 평소에 못 드시는 좋은 음식 천천히 들게 하라고 했다. 네가 자꾸 잔소리를 하니 손 주임님이 눈치를 보시잖니. 고통의 핵심을 찌르는 말이었다. 평소에 못 먹는 좋은 음식. 김이는 아버지가 늘 먹는 검정 봉지에 든 순댓국과 밥을 떠올렸다. 아버지는 지금도 그렇게 끼니를 해결하고 있을 것이다. 김이도 그걸 먹고 성장했다. 봉지에 든 밥을 먹고 무럭무럭 키가 컸고, 봉지에 든 국을 먹고 손톱 발톱이 자랐다. 봉지 밥에 비하면 식장 뷔페가 좋은 음식임은 틀림없다.

김이가 스물네 살 되던 해, 추석이었을 것이다. 손 씨는 당직 때문에 명절에도 출근했고, 김이 혼자 절에 찾아가 차례를 지낸 다음 교군에 들렀다. 서로의 근황을 나누는 외가 친지들에게 김이는 대수롭지 않게 버스기사 일을 한다고 털어놓았다. 재수 끝에 들어간 대학, 휴학과 복학을 반복하며 등록금을 맞추느라 계속 동동거리는 상황에 지쳐 대형면허를 따고 진지하게 덤벼든 일이었다. 어른들은 허허 웃으며 김이는 역시 에너제틱해, 뭐든 경험해봐야 안목도 늘고 야무지게 성장하는 거야, 하며 격려해 주었다.

외가에서 가끔 용돈을 받아가는 처지라 솔직히 털어놓지 않았을 뿐, 김이는 초등학교를 졸업하던 겨울방학부터 게임방에서 동전 바꿔주기로 시작해 순댓국집에서 쟁반 나르기 등 갖은 아르바이트로 도가 텄다. 아르바이트 경력으로는 거의 백전노장의 수준이라 자부했고 마을버스 기사는 정말 어렵게 얻은 일이라 자부심이 컸다. 식사를 마친 친척들이 술판을 벌인 동안 이 여사가 김이를 안방으로 불러들였다. 이 여사는 길게 운을 떼지 않고 김이에게 야멸찬 직구를 날렸다.

"그놈을 만나게 되면 반드시 죽일 거다. 네 친아비 말이다."

친아버지가 따로 있다는 말을 난생처음 들은 김이는 일단 웃었다.

"웃지 마라. 농담 아니다. 환경이 태생을 이겨먹으면 안 되지. 야망을 품으라는 말이야. 네 친아비는 돈 많고 힘 있는 가진 자들 중에서도 손꼽히는 인물인데 네가 왜 비루먹은 망아지처럼 살아야 하나 모르겠다. 네 아비라고 믿고 있는 인간처럼 밑바닥 인생 살지 말란 말이다. 손 서방 따위 잊어버려."

김이는 그 은밀한 충고가 전반적으로 우스웠다. 이만큼 자라도록 일언반구 없다가 느닷없이 친아버지 어쩌고 하며 야망을 품으라니. 더군다나 돈 많고 권력 있는 친아버지라는 설정은 여기저기서 얻어들은 스토리를 덕지덕지 붙인 것처럼 매우 진부하게 들렸다. 오매불망 번쩍이는 것들을 사랑하는 당신의 야망을 나에게 투사하는 건가? 드라마틱한 인생을 갈구하신 건가. 본인이 직접 주인공을 하시지 왜 나를 끌어다 붙이나. 아버지와 내가 그렇게 만만한가.

김이는 이 여사의 늘어지는 잔소리를 귀에서 지우고 밖에서 울리는 노래를 들었다. 애조 띤 노랫소리가 할머니 목소리보다 천배는 듣기 좋았다. 누군가가 〈남몰래 흐르는 눈물〉을 서툰 발음으로 부르고 있었다. 어머니의 실패로 인해 딴따라는 절대 안 된다는 묵계가 있어 외가 친지들 중 가수를 직업으로 택한 사람은 없지만 대부분 흥이 많고 노래 실력이 만만치 않았다. 이왕 놀려면 제대로 놀자며 외사촌이 사들인 신형 가라오케 기계가 완벽한 반주를 선보이고 있었다. 비장의 노래를 준비해둔 김이는 빨리 밖으로 나가 마이크를 잡고 싶었다. 그저 시키는 대로 따르겠다고 고분고분 받아들이자 이 여사는 의심 가득한 눈초리로 물었다.

"진짜 아비 따로 있다는 말 어디서 들은 적이 있나? 얘가 놀라지도 않네. 누가 그런 얘기 해주든? 죽은 네 엄마와 나만 아는 비밀인데. 아차, 아는 사람이 하나 더 있구나. 이준이한테 들었니?"

"이준 아저씨도 알아요? 전 지금 처음 들었어요. 그래서 친아버지가 누군가요?"

"몰라."

"몰라요?"

"그게 몹시 복잡해서 말이다. 누군지 알면 찾아갈래?"

"아뇨."

"왜?"

"찾아오면 만나는 주겠지만 굳이 만날 필요 있나요? 혹시 저한테 돈 준대요? 아하, 내 그럴 줄 알았어. 유산상속인 거죠? 상속세 많이 나오나요? 세금이 좀 아깝기는 해도, 준다면 거절은 하지 않을게요. 얼마 준대요?"

"헛물켜지 마라. 어쨌거나 너도 급을 올리려고 노력해라. 기껏 대학 다니다가 운전수가 뭐냔 말이다. 그런 짓 하려면 아예 여기 들어와. 방이야 많잖니. 나한테 예의범절이랑 음식을 배워라. 보란 듯이 잘 살아 복수해야지. 내가 못하면 너라도 복수해야 하지 않겠니. 교군의 자존심이 걸린 문제다. 네 앞날을 생각하면 초조해지는구나."

"저는 신경 쓰지 마시고 편히 사세요. 말씀 끝나셨으면 저 나가봐도 되나요?"

"한바탕 눈물 바람이 일까 조마조마했는데 담담해서 좋구나. 김이 너는 원하는 걸 품에 넣고 독하게 앞만 보고 달려. 네게 도움 안 되는 것들은 다 떨거지니까 팽개치라고. 지금 네 아비가 도움이 되지 않잖니? 그놈 치다꺼리하다 네 인생 말아먹을래? 그놈은 버려. 네 엄마가 처음 그놈 데리고 와 인사시키는데, 아이고. 저기 저 빨간 방석에 앉아 미련스럽게 처먹을 때부터 미란이 인생 갉아먹을 거라 짐작했지. 이제는 네가 그 꼴이구나."

김이는 고개를 끄덕였다. 아버지를 버리라는 말에 적극 동의, 만세삼창을 하고픈 심정이었다. 인생 갉아먹는다는 표현 또한 매우 그럴듯했다. 송충이 아버지에 솔잎 딸년의 구도를 할머니는 어떻게 꿰뚫고 있을까. 아무에게 말한 적이 없는데 말이다.

현관 열쇠를 잊어버려서, 한자를 읽지 못해서, 보험아줌마에게 사기당해서, 전세계약서를 꾸밀 줄 몰라 난감해하는 아버지에게 긴급호출이 오면 기말고사나 아르바이트도 포기하고 곧장 달려갔던 대기조 고명딸의 비애를 무슨 자랑이라고 떠들겠는가. 그런 골칫덩이 아버지를 버리라니 고맙지, 고맙기는 한데 딱 거기까지만. 나는 할머니 입맛대로 만드는 요리가 아닙니다. 나를 새 접시에 옮겨 담으려 하지 마세요. 김이는 이 여사에게 꾸벅 인사를 올리고 안채 취조실을 빠져나왔다.

그날 마당의 음주가무단에 합류한 후에도 김이의 머릿속은 꽤나 복잡했다. 아무렇지 않은 척했지만 전혀 아무렇지 않은 건 아니었다. 할머니는 허튼소리를 하는 사람은 아니다. 그런데 내 이름이 손김이가 아니라면 무슨 김이가 되는 건가. 키워준 아버지, 성씨를 꿔준 바보 아버지를 앞으로 어떻게 대해야 할까. 빚졌으니 갚아야지. 이자를 얼마로 쳐서 갚아야 하나. 아, 이것 참. 꽝 뽑은 인생, 뭐 이렇게 복잡한 인생이 하필 내 것이란 말인가.

김이는 그날 밤 상당히 요란하게 놀았다. 근심은 풀어놓고 〈다 함께 차차차〉라는 노래를 듣자 그것이 정답인 것 같아 오장육부 깊숙이 숨겨두었던 재기를 끄집어내 그 어느 때보다 신나게 놀았다. 모두를 자지러지게 만든 댄스, 불 위에서 요동치는 오징어 트위스트, 마을버스 기사 특유의 정류장 안내 멘트를 선보인 끝에 김이는 열화와 같은 갈채와 앙코르를 받았다.

그 밤, 하늘에는 별이 유난히 많았다. 친지들은 저마다 매운 열기에 들떠 괜한 호언장담을 하고 시비를 걸고 작은 일에 흥분하다가 지쳐 떨어지면서 울적해했다. 하늘에는 별, 땅에는 왁자하게 떠들어대는 별, 별들. 김이는 턱을 쳐들고 점점이 북두칠성을 손가락으로 짚었다. 인생 별거 있나. 자신을 만들어 이 세상에 내놓은 건 이상하고 복잡한 관계의 고리가 아니라 저 황홀하게 빛나는 별들이라 생각했다. 그러자 자격지심의 두께가 한층 얇아진 것 같았다.

그 후로 한동안은 잠잠했는데 김이가 대학을 졸업하고 취직 준비를 하던 즈음부터 호출이 잦아졌다. 김장을 담는 날이나 술이나 메주를 빚는 날이면 이 여사는 김이를 불러들여 노동인력으로 활용하려 들었다. 이 여사가 음식을 가르치려 들 때마다 김이는 고장 난 환풍기처럼 멍해졌다. 왜 하필 나를 괴롭히는가. 교군 서태후는 언제나 두려운 존재였다. 외할머니란 어감에 든 부드럽고 따스한 치마폭과 같은 느낌이 전혀 없었다. 김이에게 서태후는 세련된 부자 아줌마, 능수능란하게 사람을 다루면서 차츰 기운을 빨아먹는 무시무시한 마녀와 동급이었다. 어릴 때부터 그랬다. 도무지 만만한 구석이 없었다.

이 여사는 김이에게 뭐든 음식을 만들어 대령하라 했다. 김치를 만들려고 날배추에 고추장을 발랐던 김이, 국간장과 왜간장이 뭔지 아예 몰랐던 김이, 로션 바른 손으로 시금치를 무쳐놓고 아, 이런 향기 나는 나물을 화장품 회사는 알고 있을까, 제보를 해야 하나 혼자 감격하던 김이. 그런 김이인지라 할 수 있는 음식이 많지 않았다. 프라이팬에 들러붙어 걸레가 된 달걀프라이를 내놓자 이 여사는 매우 서태후답게 캬이캬이 웃었다.

"요리 재주가 없다면 자료 정리라도 해라."

이 여사는 김이에게 팔만대장경처럼 엄청난 분량의 자료를 보여주며 이것이 바로 교군의 역사라고 일갈했다. 수십 권의 낡은 공책에는 교군 특유의 조리방식과 손님접대 메뉴, 사입한 식재료의 가격과 분량 등등이 갖가지 글씨로 적혀 있었다. 낡은 공책 더미가 교군의 중요 역사인지는 몰라도 정리방식에 대한 기술적인 부분이 취약한 데다 앞으로 이 일에 묶여 서태후에게 계속 간섭받을 거라 생각하자 김이의 골이 지끈거렸다.

"책자에 든 내용은 상당히 재미있지만…… 이런 건 조리학과 학생에게 맡기면 눈에 불을 켜고 덤빌걸요. 저보다는 적임자가 따로 있지 않을까요."

"내 속에 든 창자를 아무에게나 맡길 수는 없다. 음식도 못하는 네가 교군의 핏줄로 행세하고 싶으면 이거라도 해야지. 할 만하니 시키는 거다."

권리는 없는데 의무와 책임은 왜 그리 단단한가. 그 후 김이는 교군으로 불려오면 이 여사의 사정권 밖에서 놀았다. 뭐든 푸짐하게 먹고 빈둥빈둥 가지와 시시덕거리다가 잽싸게 집으로 돌아갔다. 운 나쁘게 서태후에게 걸리면 자료정리가 진행되지 못하는 핑계를 이것저것 갖다 붙이며 모면하려고만 했다. 미꾸라지처럼 요리조리 빠져나가는 손녀를 손아귀에 쥐지 못한 이 여사는 김이와 마주치면 일단 여러 종류의 트집을 잡아 잔소리 랩을 퍼부어댔다.

래퍼들의 오리지널 랩이 기존에 대한 저항을 표현했다면 이 여사의 잔소리 랩은 김이의 일거수일투족을 지적하는 의도로 전개되었다. 복장이 그게 뭐냐, 너는 가정교육이 필요해, 바보 아비와 살다 보니 네가 세상의 처세를 익히지 못했구나, 그러고도 교군을 덥석 먹겠다는 거냐? 이 여사는 괜한 억지를 부렸다. 그 검은 입술에서 흘러나온 지독한 말은 김이를 어둡게 물들였다. 검은 혀는 기린의 초록빛 혀처럼 이질적이어서 사람의 몸에 든 물건처럼 보이지 않았다. 그 검은 혀가 길게 빠져나와 자신의 몸을 칭칭 감아댈 것만 같았다. 대체 왜 그러시느냐고 김이가 저항하자 이 여사는 어디서 토를 달고 나서느냐고 마구 욕을 했다.

네가 뭔데 토를 달아? 토를 달아? 토를 단다고? 나는 토를 달았지, 토하지는 못했어. 그야말로 토할 것 같은 기분이었다. 반응이 느린 김이의 랩은 실컷 당하고 집으로 돌아가는 길이나 곤한 잠에 빠져들려는 찰나, 터진 봉지에서 국물이 새어나오듯 서글픈 리듬으로 느릿느릿 튀어나왔다. 이제는 안 간다. 다시는 가나 봐라! 단단히 결심을 하고도 김이는 또 불려가서 또 당했다. 교군에는 가지라는 남자가 싱그러운 햇살처럼 버티고 있고 맛난 음식이 넘쳤기 때문에 욕을 얻어먹어도 욕欲에 홀려…… 계속 불려가서 혼쭐이 났었다.

김이는 어두컴컴한 방에 홀로 앉아 자신을 검게 만든 검은 말들, 그리고 검은 세상을 생각했다. 이렇게 살다가는 시커멓게 물들어 그림자가 되거나 완전히 사라질 수도 있다. 결단이 필요했다. 가지가 교군을 관두고 사라져버린 즈음 김이도 그곳을 향한 발길을 딱 끊었다. 자신의 원죄가 무엇인지는 몰라도 더는 당하고 싶지가 않았다. 잊어버리면 그만인 일이었다.

컴퓨터 하드를 깨끗이 날려버리듯 말끔하게 처음부터 시작, 가볍게 다시 시작, 완벽하게 독립된 인간으로 뚜벅뚜벅 살아가리라. 가지, 가지, 날버린 가지 안녕, 아버지와도 안녕, 할머니의 검은 입술과도 안녕. 교군과 교군에 관련된 부속 인간들 때문에 스스로를 미워하고 싶지 않았다. 김이는 혼자만의 공간에 둥지를 틀고 모두와 절연해버렸다. 외로움이라는 요람으로 들어가자 몹시 안온하고 따스했다. 때맞춰 직장을 얻었고 그것으로 산뜻한 새 출발이 가능할 줄 알았다. 그랬었다. 내내 그렇게 살려고 했었다.

김이
다시 원점

김치가 붉은색 일색이 된 다음부터 사람들 성격이 화끈해졌다.
당신이 가까운 사람과 격하게 싸웠거나 누군가가 죽이고 싶게 밉고,
술기운을 빌려 벌거벗거나 덩실덩실 춤과 노래를 즐겼다면
핏속에 흐르는 매운 기운이 동했기 때문이다.

― 『이딴 얘기 받아 적어서 뭐하려고』 (교군 이력은 여사 채록본 1)

　화창한 금요일 오전, 김이는 예상치 못한 전화를 받았다. 가지는 다짜고
짜 이십 분 후면 집 앞에 도착한다고 했다. 볕이 좋아 2층 창틀에 이불을
널던 참이었다. 오후에는 회사에 들어가 임원들과 면담을 하기로 예정되
어 있었다. 그 약속, 아직 네 시간이나 남았다. 원체 피하고 싶은 일이었다.
이제 와 구질구질하게 뭘 설명하겠는가, 하면서도 가슴속에 넣어뒀던 단
단한 울분이 슬슬 녹으며 사연 가득한 점액질로 줄줄 흘러나왔다. 할 말
이 너무 많아 문제였다.
　그런데 당장 이십 분이라. 허둥지둥 십구 분, 십팔 분, 십칠 분에서 십삼
분 사이, 거울 앞에서 신속하게 머리를 빗고 외모를 정비한 후 김이는 바
람처럼 날아갔다. 제과점 앞 버스정류장에서 10미터 위, 주정차 단속구간

에 주황색 트럭이 서 있었다. 오, 반갑다. 엔지! 교군의 구닥다리 트럭을 발견한 김이는 친구를 만난 것처럼 손부터 흔들었다. 손을 흔들면 엔지가 오래전에 키우던 강아지처럼 꼬리를 흔들며 달려올 것 같았다. 바퀴를 감싼 둥근 곡선과 투박한 생김새 때문에 엔지는 우직한 삽살개를 닮았다.

가지는 보이지 않고 차 안에는 검은색 양복과 검은 넥타이가 옷걸이에 걸려 있었다. 엔지의 본네트를 어루만지자 뜨끈한 온기가 느껴졌다. 엔지는 No Good. 구닥다리 외제차인 탓에 자질구레한 사고가 날 때마다 수리비 부담이 커 교군 사람들은 NG라고 불렀다. 짐칸에 실려 있는 스티로폼 박스와 종이박스 서너 개에서 해물 비린내가 살살 풍겼다.

시장에 들렀던 건가, 아니면 장례식장 갔다 왔나. 김이가 추리를 하는 사이 저만치에서 가지가 비닐봉지를 털레털레 흔들며 나타났다. 김이가 얼떨떨해서 손을 들어 올리자 가지는 산만하게 떠들며 인사를 대신했다. 이 동네에는 유명한 막국수집이 있고 건너편 아파트에 자신의 고모가 산다는 둥, 허공에 손가락질을 해가며 횡설수설하다 봉지를 척 내밀었다.

"이거 먹어."

봉지 안에는 아이스크림과 음료수가 두 개씩 들었다. 김이는 캔디바를 골라잡은 다음 음료수를 벌컥벌컥 마시는 가지를 힐끔거렸다. 구릿빛으로 반들반들한 얼굴이 수염 때문에 약간 까칠해 보였다. 달라진 점은 발견할 수가 없었고 전반적인 느낌은 뭐랄까, 전처럼 바보 같았다. 데친 가지, 가을볕에 말린 가지, 그런 가지다. 오랜 세월 홀로 다독였던 감정의 판타지가 폭발하기는커녕 전에 본 잡지를 다시 펼친 기분이었다.

"여기 왜 왔어?"

"이거 먹이려고."

가지는 김이에게 봉지를 들어 보였다. 김이는 쳇, 하며 웃었다. 우리 집을 어떻게 알았느냐고 묻자 가지는 서울 시내 지도가 이 속에 있다며 자신의 머리를 톡톡 쳤다.

"박 선장님 친지 장례식에 들렀다 오는 길이야. 밤새 빈소 음식 준비하느라 한숨도 못 잤어. 어르신이 문상객들 울게 최대한 맵게 만들라고 해서 농도 조절하느라 죽을 뻔했다고. 사람이 죽었는데 초상 치르는 분위기가 멀뚱멀뚱 잠잠하면 안 되잖아. 아, 목구멍이 아직도 따가워. 지금 그거 먹고 울 사람들이 불쌍하네. 진짜 징그럽게 맵거든. 새벽부터 서둘러서 국통 다섯 개 운반해주고 박 선장님이 준 새우랑 젓갈을 싣고 오는데…… 목은 타고 눈은 뻑뻑하고…… 졸려서 운전을 할 수가 있어야지."

횡설수설하는 버릇은 여전했다. 그런데 빈소 음식이라. 할머니 빈소 음식은 워낙 맛있다. 고기 건더기가 듬뿍 든 불곰탕은 은근하게 얼큰하고 개운하게 칼칼해서 먹다 보면 눈시울이 뜨거워지고 가슴이 얼얼해진다. 한바탕 울고 나면 알 수 없는 만족감이 드는 기묘한 국밥. 김이는 침을 꼴깍 삼키며 국밥을 입안 가득 밀어 넣듯 아이스크림을 크게 베어 물었다.

"그거 갈색 찬밥을 말아 먹으면 끝내주게 맛있잖아?"

"그렇지, 고추씨와 북어 우린 육수로 지은 밥. 그 밥이 매운 국과 만나면 밥알에 밴 매운 기운이 확 올라오면서 바로 죽지."

"그 밥, 누룽지가 정말 맛있어. 밥 식히는 냄새도 맵고. 우리 어머니 기일에는 다 같이 모여 그걸 먹어. 우리 어머니를 전혀 모르는 사람들까지 오열하면서 두 그릇씩 먹어 치우더라고. 왜 우는지도 모르면서 울고 남이 우니까 따라 울고."

"울라고 만든 음식이니까. 매워서 눈물 나다가 진짜 슬퍼서 울고…… 어쨌든 우는 사람들 보면 덩달아 울게 돼. 감정이 전염되는 건지."

음식이라는 공통분모를 찾았기에 서먹했던 분위기는 사라졌으나 개인사는 온데간데없고 얼큰한 국밥만 떠올랐다. 그립고 아련한 불곰탕. 뜨끈하고 얼큰한 국밥 한 그릇이면 10년 먹은 체증이 확 풀릴 것이다.

가지는 목이 타는지 아이스크림을 성큼성큼 베어 먹었다. 김이는 중요한 사실을 놓치지 말라고 지적했다.

"돼지바는 바삭바삭한 초콜릿 껍데기도 맛있지만 핵심은 안에 든 딸기잼이야."

"돼지바니까 이게 바로 선지구나. 돼지 선지."

가지는 아이스크림 안에 혀를 밀어 넣어 정성껏 딸기잼 선지를 파먹었다. 돼지가 땅바닥에 주둥이를 박고 용을 쓰듯 가지는 입가에 온통 초콜릿을 묻힌 채 음미했다. 달싹거리며 유연하게 움직이는 건강한 선홍빛의 혀. 그의 못된 혀가 관능의 도구처럼 보였다. 김이가 물었다.

"아이 있어?"

"무슨 애?"

"그사이 장가 안 갔어? 딱 보니 생활에 찌든 아저씨구만."

"장가는 무슨. 하루 스물네 시간 풀가동되는 교군에서 딴생각할 겨를이 어딨어. 알잖아. 들들 볶이는 거." 가지는 아이스크림 막대를 힘껏 빨고는 김이에게 물었다. "엔지 다시 보니 어때, 타보고 싶지 않아?"

"잘 나가?"

"잘 나가지. 황야를 달리는 거친 코뿔소라고 할까. 몰아볼래?"

가지는 자동차 키를 휙 던져주었다. 김이가 머뭇거리는 사이 가지는 하품을 늘어지게 하며 조수석에 올라탔다. 차 안은 노총각의 자취방에서 나는 특유의 비린내가 고여 있었다. 엔지를 타는 게 아닌 가지의 이불 속에 들어가는 기분으로 김이는 쭈뼛쭈뼛 운전석에 앉았다. 의자 간격을 조절하고 백미러 위치도 보기 좋게 고쳤다.

김이가 조심스레 열쇠를 돌리자 엔진 소리가 부앙 요란하게 터져 나왔다. 좋았어. 그런데 안전벨트는 미인대회 출전자들이 어깨에 거는 휘장처럼 길게 늘어져버렸다. 그래도 채워두라는 가지의 충고에 김이는 헐렁한 안전벨트를 두르고 기어를 변속했다. 가속 페달을 살짝 밟자 첫발은 약간 쿨렁거렸으나 이내 부드럽게 전진했다. 서서히 2차선으로 진입하고 속도를 올렸다. 다 좋은데 음악이 에러다. 구닥다리 자동차에 맞는 구식 고고 리듬이라니.

"잘 나가네. 이런 걸 왜 세워두기만 했대?"

"우리 엔지 작정하고 손보면 쌩쌩하게 회춘할 텐데. 늙어서 그런지 브레이크가 전 같지 않아."

"브레이크? 그게 제일 중요한데!"

"조작법만 익히면 간단해. 기어는 여기에 놓고 딸깍 소리 나면 브레이크 페달과 가속 페달을 동시에 밟아. 방법만 배우면 몰고 다니는데 전혀 문제 없어. 해봐. 이런 클래식 카가 어디 흔해? 다들 부러워하지. 어, 직진하면 길 막혀. 좌회전해서 한참 달리다 보면 큰길 나와."

"지금 어디로 가?"

"교군. 짐칸의 타이거새우가 빨리 집에 가자고 아우성이야. 얼음이 녹으면 썩어버릴 거야. 썩은 새우 들고 가면 난 사형이야. 밟아, 더 세게 밟아."

김이는 교군까지 갈 수는 없다고 외쳤다. 오후에는 회사에 가야 하는데, 사장과 약속이 되어 있는데. 난 내릴 거야. 김이의 선언을 노랫소리로 덮어버린 가지는 메일로 보낸 사진을 봤느냐며 소감을 물었다. 소감이고 뭐고 김이는 노래가 거슬렸다. 아픈 강아지가 낑낑거리는 것 같은 여가수의 목소리는 나른하고 불쾌했다. 묘하게 압박당하는 기분. 언제부터 가지가 이렇게 후진 노래만 들었지? 교군의 자료 파일에 관해 긴 시간 머리를 짜냈다는 제안이 가지의 입에서 막힘없이 흘러나왔다. 김이는 엔지가 제치고 지나는 많은 차량들처럼 가지의 제안을 휙휙 넘겨버렸다.

"다른 곡 없어?"

"이 노래 몰라?"

"몰라."

"이 노래를 모르다니 정말 큰 문제다, 김이."

어디서든 들었겠지. 마을버스 기사를 하던 시절에는 종일 라디오를 틀고 다녔고, 지금도 늘 오디오를 켜놓고 작업한다. 유행가란 흐르는 공기와 같아 부지불식중에 섭취한 노래가 어디 한둘일까. 그런데 이 노래는 불편하다. 왠지 잊어버렸던 약속을 뒤늦게 기억해낸 것 같은, 잘못을 채근하고 질책하는 것 같은 기묘한 멜로디다. 대체 이런 감정을 뭐라고 해야 하나.

"후지다. 오랜만에 하는 운전인데 신나는 노래 없어? 바꿔봐."

"그러지 말고 잘 들어봐. 입에 짝짝 붙잖아. 나는 여기 있어, 당신은 거기 있어."

"조 앞에서 세울래. 외가에 가기도 싫고."

"안 돼. 큰일 나. 실은 내가 운전면허 정지기간이라 조심해야 하거든. 음주 단속에 걸려가지고."

"설마."

"비밀 지켜. 어르신 귀에 들어가면 나 죽어."

"작정하고 나한테 운전 시켰구나. 할머니한테 걸릴까봐 겁나? 알고 보면 우리 할머니, 음주운전 많이 했어. 그 지역에서 최단기간 최고 벌점을 획득했다고 자랑했었지. 언젠가는 교통경찰 멱살 잡고 흔들다가 쇠고랑 찰 뻔했잖아. 그런데 정지기간에 차는 왜 끌고 왔어?"

가지는 새벽에 빈소로 국통과 밥을 배달할 사람이 없었다고 변명하며 품에서 부스럭부스럭 종이를 꺼냈다. 붉은색의 서류는 100일 정지기간을 알려주는 경찰서장의 경고장이었다. 훌륭하네. 훌륭하셔. 김이는 연이어 하품을 하는 범법자에게 매운 비난을 마구 던졌다. 하는 수 없다. 잠시 교군에 들렀다가 곧장 돌아오면 된다. 서태후는 장례식장에 있으니 마주칠 일은 없지 않은가.

엔지는 우직하게 잘 달리고 새로운 카세트테이프에 든 쿠바 중창단이 우렁차게 흥을 돋웠다. 수동식 운전의 재미는 쉴 틈 없이 변속을 해줘야 한다는 점. 속도를 늦추는 방식이 다소 복잡했지만 금세 몸에 익었다. 시카고의 올드팝이 흘러나오자 가지는 눈을 감고 목청을 높였다. 김이는 조용히 웃었다. 좁은 공간에 그와 단둘이 앉아 있는 지금이 아주 오래전부터 당연하게 지속했던 것처럼 편하고 익숙했다. 엔지, 정말 잘 나가네.

"그런데 어르신이 정말 음주운전 했었어?"

"우리 서태후, 과거사 엄청 화려하시지. 엔지의 첫 주인이 할머니잖아."

김이는 교군의 트레이드마크 시보레 픽업트럭 엔지의 고색창연한 역사를 들려주었다. 강아지처럼 주인에게 버림받은 엔지. 사랑받지 못한 만큼 열심히 사랑해줘야 하는 엔지. 오래전, 교군에 묵었던 미군 장교가 본국으로 돌아가면서 자신의 트럭을 교군에 넘겼다. 공짜 선물이 아니라 밀린 하숙비를 대신한 지불이었다. 물방울무늬 스카프를 머리에 쓰고 양끝이 뾰족하게 올라간 선글라스를 낀 서태후가 엔지 운전석에서 찍은 사진도 있다.

이 여사는 운전면허를 딴 날 바로 엔지를 몰고 나가 남의 콩밭에 뛰어들었다. 도축장으로 향하는 돼지를 들이받은 일도 있다. 본인이 죽였다는 사실은 묻어버리고 치른 값에 비해 터무니없이 고기가 질겼다며 불만이 대단했다. 이럴 줄 알았으면 주인 없는 참치나 연어를 치어 죽일 걸 그랬다고 투덜거리자 교군 사람들은 고개를 끄덕였다. 이제 곧 엔지를 몰고 바다로 돌진하겠구나. 저게 수륙양용이었네. 차체가 튼튼한 덕분에 대형 사고를 일으키고도 전혀 다치지 않았던 이 여사는 엔지 덕분이라고는 말하지 않고 "내 운전 실력이 워낙 담대하고 기술적이라 다친 사람 하나 없이 돈만 좀 날렸잖니"라고 말했다. 조금 날린 게 아니라 꽤 많은 수리비를 날렸으나 저지른 사고의 크기에 비하면 어쨌거나 저렴한 편이었다.

이 여사의 총애를 받던 엔지는 화려한 전성기를 마감하고 오래도록 창고에 처박혀 있었다. 배달 위주로 식재료를 받다 보니 트럭의 쓰임이 전처럼 많지 않은 데다 무한정 들어가는 휘발유에 수리비 대비 이용가치가 점점 떨어지기 때문이었다. 그런데 엔지가 살아났다. 김이는 바로 옆에 가지가 있고 백전노장 엔지가 시내를 활보하는 지금 이 순간이 거짓말 같다고 생각했다.

경기도 외곽 인터체인지에서 김이는 가속페달을 힘껏 밟았다. 곧 교군에 도착할 것이다. 멀고도 가까운 그곳. 가지는 어느새 곯아떨어져 규칙적인 숨을 내뱉었다. 발랄한 라틴음악에 감겨드는 그의 숨소리가 깃털처럼 가벼웠다. 날은 청명하고 내리쬐는 볕이 오가는 차량에 은비늘처럼 쏟아졌다. 김이는 낮게 흥얼거렸다.

모든 것이 회생하는 봄, 직장으로 돌아가지 않아도 그럭저럭 잘 살 것 같은 자신감이 언뜻 스치고 지나갔다. 까짓 거 이긴다, 이길 수 있다. 서태후의 검은 입술, 그 입술에서 뿜어내는 검은 빛깔도 간단히 이겨낼 것 같은 기분이었다. 어쩌면 그것은 극복 대상이 아니라 자신의 내부에 도사린 의혹인지 모른다고 김이는 생각했다. 의문이 일어도 대면할 용기가 없어 스스로 어둡게 지워버렸던 것들. 그게 구체적으로 뭔지 모르지만 이번에도 달아나기 싫었다. 컴컴한 어둠을 벗겨내고 제 눈으로 똑똑히 확인하고 싶었다. 제 결심을 확인하듯 김이는 속도를 올렸다. 엔지는 교군이 뿜어내는 거대한 에너지에 순종하며 기세 좋게 빨려 들어갔다.

진정한 고문이란 판단불능 상태에서 고통스레 억압당하는 것이다. 김이는 자신의 선택으로 꿀꺽꿀꺽 먹어 치우면서 형틀에 묶여 입으로 쑤셔 넣어지는 혹독한 고문을 떠올렸다. 이것은 선택이 아니라 억압이다. 고문의 주체는 황홀한 맛이었다. 맛이 없다면 왜 먹겠는가. 맛이 강림하여 맛에 유혹당하고 맛에 홀려 배가 터져 죽어도 그만.

"또 원하는 게 뭐야? 말해봐, 해줄게."

"저야 뭐든 오케이죠."

30년 넘게 주방을 장악해온 교군의 이인자 정인은 조리대 앞 스탠드석에 김이를 앉혀놓고 즉석에서 음식을 하나씩 만들어냈다. 뭐든 심드렁해하고 시큰둥한 얼굴이라 심드렁 여사로 불리는 정인은 김이가 원하는 건 뭐든 만들어준다고 호언장담했다. 일 얘기는 나중에 하자. 지금은 먹는 시간이야.

김이는 안락한 의자에 등을 깊이 밀어 넣고 천장부터 바닥까지 천천히 살폈다. 이곳은 특별한 손님만 대접하는 간이 조리실이다. 손님용 정찬을 조리하느라 급박하게 돌아가는 별채 주방은 규모도 크고 부속기관이 복잡하게 붙어 있지만 이곳 간이 조리실은 일반 가정집 부엌처럼 작다. 소수의 특급 브이아이피들만 따로 모시는 공간이라 진귀한 물건은 이곳에 더 많다. 그릇은 명인 도예가들의 작품을 사용하고 젓가락조차 일본에서 공수해 온 특별한 공예품이니 음식재료는 말할 것도 없다.

호시절에는 외국의 유명 요리사들을 초청해 이 자리에서 솜씨를 선보였다. 삿포로의 튀김 명인, 사천요리의 대가, 퓨전한식의 벨기에 요리사 등등이 이곳에서 강의 겸 요리를 해주었다. 그러나 최근에는 썰렁한 공간이 되어버렸다. 도마는 바짝 말랐고 냉장고는 음료수만 가득이다. 이 여사가 손에서 칼을 내려놓은 뒤부터 브이아이피 고객을 따로 대접하는 행사가 시들해진 것이다.

김이는 벽에 걸린 시계를 보며 사장과의 면담 약속을 떠올렸다. 이미 늦었다. 회사에는 양해를 구하는 전화만 했다. 무책임하게 달아나는 것 같아 속이 편치 않아도 약속을 미루자 족쇄에서 풀린 기분이었다. 김이는 마음이 홀가분해질 핑계거리를 찾아 두리번거렸다.

"제가 도울 일은 없어요?"

"성가시게 굴지 말고 먹기나 해. 자료에 관한 얘기는 나중에 하자고."

고문 기술자다운 일격이었다. 주는 대로 먹기나 하라니.

김이는 외할머니의 떡볶이를 얘기했다. 떡이 준비되어 있지 않다는 말에 바로 포기해버렸지만 매콤한 비빔국수 못지않게 떡국 떡으로 만든 동그란 떡볶이가 그리웠다. 길쭉하게 썬 대파가 수북하게 얹혀 있던 붉은 동그라미들. 사선으로 칼집을 넣어 구운 통통한 대파, 책갈피처럼 벌어진 하얀 줄기의 얇은 결마다 검붉은 소스가 스며들었다. 거뭇거뭇 불에 구운 대파의 그윽하고 다디단 맛은 찰진 떡보다 더 맛있었다.

심드렁 여사 정인도 떡볶이 예찬에 침을 튀겼다.

"그럼, 밭에서 갓 뽑아낸 파가 얼마나 맛나니. 불에 직접 구워 특유의 단맛과 향이 진해지거든. 멸치 육수도 보통 정성이 아니지. 멸치 하나만 넣는 게 아니라 보통 여섯 가지 이상을 집어 넣어 센 불에 폭폭 고아낸 육수로 떡을 익히니까 국물만 먹어도 정말 맛있지. 무쇠솥에 떡을 넣고 달달 볶다가 불에 구운 대파를 넣는 거야. 야참으로는 그거 이상이 없는데 아쉽다. 봄에는 가래떡을 뽑지 않거든."

정인은 작은 항아리에서 한 덩어리의 잘 익은 김치를 꺼냈다. 초록빛 우거지로 단단하게 감싼 김치가 도마 위에 올랐다. 치렁치렁한 우거지 치마를 젖히자 붉은 국물이 흥건한 관능적인 속살이 보였다. 잘 익은 김치는 새콤한 냄새를 풍기며 정인의 칼날을 유감없이 받아들였다. 썩썩 김치 써는 소리는 시원하고 호쾌했다. 한겨울 마당에 내리는 눈발, 그 하얀 눈을 밟고 지날 때 나는 소리와 비슷했다.

"이건 작년 김장이야. 독 안에서 있던 거라 끝내준다."

김치를 입에 넣자 아릿하고 깊은 향이 입안에 꽉 들어찼다. 찌르르한 감촉 때문에 마치 입안이 감전된 것 같았다. 김치를 보호하는 작은 군인들이 혀를 공격하는 듯 사이다처럼, 고추냉이처럼 배추의 여린 살점이 얼얼하게 씹혔다. 어떻게 이런 김치가 있나. 시원하고 칼칼하고 아삭하고 요염한 맛. 순박한 배추에게 무슨 짓을 했기에…… 그 맛을 다시 파악하려고 김이는 김치 조각을 집어 먹고 또 집어 먹었다. 밥과 함께 먹고 국을 들이켜며 먹고. 진정한 고문이 시작된 거였다.

심드렁 여사 정인은 감자와 데친 문어를 볶아가며 유리병에서 간장에

졸인 고추장아찌를 꺼냈다. 리드미컬한 동작의 연속이었다. 마치 크고 작은
북을 연달아 치는 드러머 같았다. 리듬을 탄 재빠른 동작으로 도마 위에서
파를 통통 썰다 국을 들여다보고 간장병을 꺼내고, 데친 나물을 꺼내 조물
조물 무치면서 순식간에 여러 개의 접시를 반찬으로 채웠다. 소금에 절인
오이를 두 손으로 꼭 짜자 땀처럼 뿌연 국물이 뚝뚝 떨어졌다. 영혼이 빠져
나간 오이를 고추씨 뿌린 고기와 볶는 사이, 계란 옷을 입힌 호박은 달궈진
프라이팬 위에서 노릇노릇 익었다. 동그란 호박은 뜨거운 팬 위에서 기름을
빨아들이고 부글부글 거품을 내뱉으며 단내를 한껏 풍겼다.

　간이 조리실에서 보이는 유리창 밖은 온통 푸른색이었다. 교군의 정원
에는 봄빛이 만연한 푸른색이 이미 도착해 있었다. 황토색 건물을 둘러싼
붉은 담장에 담쟁이넝쿨이 슬슬 손을 뻗치고 있었다. 노곤한 포만감에 젖
어 김이는 훅 숨을 내뱉었다. 정인다운 맛이었다. 봄처녀의 꽃무늬 치마처
럼 청량하게 너울거리는 맛. 서태후의 음식은 좀 더 강렬하고 뚜렷하게 용
트림하며 사람을 후려쳐 완벽하게 매료시키지만, 정인의 맛은 끌려가는
도중 쉴 틈이 있어 약간은 만만하고 느슨했다. 두 사람의 맛은 비슷하고
도 많이 달랐다. 물론 정인의 맛을 잔잔하다 방심했다가는 느닷없이 몰아
치는 해일에 익사당할 수 있다. 달아날 샛길을 봐가며 음미해야 하는 것
이다.

　정인은 조그마한 자기주전자에 든 까만 액체를 종지에 부어 내줬다.

　"이거 간장 아니니까 살짝 찍어, 진짜 맵다."

　김이는 종지를 들어 냄새를 맡았다. 콜타르처럼 검고 끈끈한 액체에서
슬픔이 어린 진한 향기가 났다.

　"아, 이 냄새. 은근히 매운데 뒷맛이 구수한, 신선한 흙 맛이랄까. 교군만

의 향이 바로 이거죠."

입맛을 다시며 김이는 숨을 멈췄다. 기억은 주로 공간에 스며 있다지만 김이의 기억은 혓바닥에 숨어 있었다. 혀의 미뢰들은 산호초처럼 일렁이며 새로운 맛을 입력하고 오래전 기억을 슬며시 복원시켜 주었다. 김이는 다시 깊이 냄새를 들이마셨다. 이것은 그립고 수치스럽고 마음 스산한 추억이 담뿍 든 냄새다. 비 오는 날 툇마루 밑에서 시큼하게 풍겨 오르던 나무 묵은내와 비슷하고 담장 밑 이끼 낀 그늘에서 풍기던 냄새와도 비슷하고 백화점 비상계단에서 맡았던 냄새와도 비슷하고 비 온 뒤 으쓱 자란 싱그러운 풀냄새와도 비슷했다.

"이 소스가 교군의 역사야. 이건 집장원액이 아니라 오십 배 희석시킨 건데도 이렇게 독해. 원액을 그대로 먹으면 장기가 녹아 죽는다는데 정말인지는 모르지. 집장이 든 항아리 하나 완성하려면 4년이 넘게 걸려. 육간장이라고 된장에서 뽑은 간장에 쇠고기, 해산물, 야채 다 집어 넣고 최소 2년 이상 숙성시키거든. 거기에 고추효소 넣어서 비율대로 달여 넣고, 에효, 나야 뭐, 어르신 만드시는 것 어깨너머로 봤는데도 통 모르겠더라. 아무튼 집장이 교군의 보물이야."

새끼손가락으로 찍어 맛을 본 김이의 얼굴이 호두껍질처럼 일그러졌다. 쿨럭 기침이 나왔다. 짜고 맵다. 보통 매운 게 아니라 혀를 기절시키는 지독한 맛이다.

"이 소스가 모든 요리에 들어가요?"

"기본 간을 맞추는 데 쓰이는 거지. 기름에 넣고 끓여서 향신유도 만들고 젓갈을 담가 김치 속에 넣고 나물 위에 한 방울 떨어뜨리고. 교군에서 만든 된장, 간장, 고추장, 밑반찬에 김치, 그리고 이 집장. 이것이 기본 공식이야. 이게 별것 아닌 것 같아도 한번 맛들면 죽을 때까지 못 벗어나잖니."

"마약 장사네요?"

정인은 조리실 찬장에서 작은 호리병을 꺼냈다. 고추술, 진갈색의 술에서 향긋한 매운내가 풍겨 나왔다.

"자, 쭉 마셔. 내가 알코올중독 될까봐 일주일에 아홉 번 마시던 술을 절반으로 줄였잖아. 오늘은 금주하는 날이니까 요만큼만 마셔야지. 김이도 오랜만에 왔으니 맛 좀 봐. 이게 얼마 만이야."

술잔을 높이 들었던 김이는 아무 언질도 없이 바로 술잔을 입안에 털어버리는 정인에게 말했다.

"건배 안 해요?"

"교군 주방에는 건배 따위 없어. 이건 전쟁이니까 죽기 살기로 먹고 마시는 거야. 마시다 죽어 쓰러지는 놈을 밟고 올라 마시고, 더 마시고. 대작 상대가 빨리 죽어야 내가 더 먹지."

김이는 술잔을 기울여 한 모금 입에 물었다. 박하사탕처럼 화한 맛. 물파스를 혀에 문지르는 감촉. 술잔을 가파르게 기울여 꿀꺽 삼키자 목구멍으로 넘어간 액체가 순간 고체로 변한 듯 위장으로 쿵 떨어졌다.

"화아, 뜨겁네. 이게 무슨 맛이죠?

"죽는 맛."

"아, 정말 그래요. 으으."

"이건 뭐랄까. 바로 앞에 가로막힌 벽을 향해 돌진하는 맛이지. 누가 더 빨리 달려 세게 부딪치나 내기."

말이 필요 없다. 몸으로 느끼는 수밖에. 김이는 가쁜 숨을 몰아쉬며 몸의 변화를 감각했다. 한 잔 술에 열기가 확 솟구쳤다. 무명천 위에 떨어뜨린 핏방울처럼 순식간에 퍼져 나가는 짜릿하고 매운 기운. 복부를 중심으로 활활 이는 불길이 순식간에 사지로 퍼져 나갔다. 오, 이것은 뭔가. 눈앞에 보이는 모든 사물에 추가 달린 듯 무겁게 보였다. 플래시가 터진 것처럼 눈이 부셨다. 김이는 다시 잔을 높이 쳐들었다. 악명 높은 고추술은 검붉은 빛깔. 고추술, 지독한 술.

짝수 년의 가을이면 교군 일꾼들 모두 벌겋게 달아오른 얼굴로 허둥지둥 바빴다. 매운 술을 빚느라 온 집안에 붉은 기운이 넘실거리고 콜록콜록 기침 소리가 끊이지 않았다. 고두밥을 찔 때 나오는 수증기는 그대로 독가스였다. 술지게미를 버무리거나 걸러낸 날은 눈이 시리고 온몸이 덴 것처럼 화끈거렸다. 술이 발효되며 뿜어져 나오는 매운 기운에 지하 저장고의 벌레들도 못 견디고 죽었다. 까만 후추 같은 벌레의 잔해는 빗자루로 한참을 쓸어내도 끝이 없었다.

교군의 고추술은 아는 사람들만 아는 기묘한 술이다. 맛을 아는 손님들에게만 조금씩 판매했는데 거저먹겠다고 엉겨 붙는 친지들에게는 아주 야박하게 굴었다. 벼르고 벼르다가 잔치 끝물에 그 술 좀 맛보자고 친지들이 한목소리로 요청하면 이 여사는 마지못해 딱 한 병만 내주었다. 워낙 독한 술이라 알코올 기운에 잔뼈가 굵은 주당이라도 희석해서 맛만 볼 뿐, 세 잔 이상은 금물이었다.

첫 잔을 마시면 옛 애인에게 전화를 걸게 되고 두 번째 잔을 마시면 칠순 노인들이 댄스 배틀을 뛰고 셋째 잔에 접어들면 죽은 조상이 나타나 빨리 가자고 손을 잡아끈다고 한다. 가자, 가자, 빨리 가자. 네가 안 가본 그곳으로! 술병에서 튀어나온 저승사자를 본 사람은 살겠다고 엉금엉금 기어가다 푹 고꾸라졌다. 교군에서 술 마시다 사흘 뒤 부산에서 정신 차

63

린 사람도 있었다. 이것은 단순한 술이 아니다. 내 영혼 깊은 곳의 어둠을 끌어내는 무시무시한 마약이다. 주당들은 교군의 고추술을 찬미하며 소리 높여 외쳤다. 가자, 가자, 날 부르는 그곳으로, 인생 끄트머리의 종착역이 저기 보인다! 어서 술을 주시오!

연탄 때던 시절, 술 창고를 드나들며 귀한 술을 야금야금 훔쳐 마시던 불 영감쟁이가 아궁이 앞에서 혼절한 일이 있었다. 하마터면 목숨을 잃을 뻔했다. 연탄가스 때문이 아니라 독한 술 때문에 위장에 구멍이 나 죽을 뻔했다. 노리는 사람이 많다 보니 술 걸러내는 날은 일꾼들을 휴가 보냈고 술이 든 지하창고에는 자물쇠를 겹겹이 달았다. 저장고 열쇠의 행방을 모두들 궁금하게 여겼다. 지하 저장고에는 맛난 것이 그득그득 쌓였다는데 당최 들어갈 방법이 없네. 이 여사가 끈을 길게 매단 창고 열쇠를 꿀꺽 삼켜 위장 깊숙이 숨겨두었다는 말까지 나왔다.

"으아, 취하네요."

눈꺼풀이 축 처진 김이가 젓가락을 닭 날개에 들이댔지만 집을 수 없었다. 위치를 조준하기가 쉽지 않았다. 닭 날개는 날개라서 자꾸만 날아가려 했다. 정인이 혀를 찼다.

"이제 시작인데 벌써 눈이 풀렸어. 실력이 이래가지고서야 어디 써먹겠어?"

술기운이 만든 목구멍의 길을 따라 맹물처럼 가볍게 술이 흘러들었다. 굽이굽이 빨간 술, 못돼먹은 미친 술…… 김이는 매운 취기를 떨쳐내려 휘적휘적 킬리만자로 정상을 향해 달렸고 양쯔강을 헤엄쳐 대서양으로 나아갔다. 깨끗하게 비운 잔을 머리에 대고 터는 동안 정인은 새 술단지를 꺼냈다. 손님들의 저녁 식사 시중을 마친 주방 일꾼들이 왁자하게 떠들며 간이 조리실에 들어왔다. 손님에게 대접하고 남은 음식을 해치울 방법은 먹어 치우는 것. 단시간 전력 달리기를 한 김이에게 새로운 마라톤 레이스가 펼쳐졌다. 본격적인 술자리가 시작된 거였다.

머리가 아파 깼다. 아니 목이 말라 깼다. 자궁 속 태아처럼 웅크린 김이는 이불 속으로 파고들었다. 서울과 다른 서늘한 공기에 으스스 춥고 머리는 깨질 듯 아팠다.

가까스로 눈을 뜨자 어스름한 새벽빛이 이부자리에 스며들고 있었다. 물에 푼 잉크 빛깔이었다. 열린 창으로 들어오는 바람에 커튼이 가볍게 흔들렸다. 김이는 머리맡의 자리끼로 천천히 손을 뻗었다. 누구의 배려인지 모르는 꿀물도 술만큼이나 독했다. 앞마당의 벚나무가 창틀을 어루만지듯 구불구불한 가지를 얹고 있었다. 나무 그림자는 언제나 무섭다. 기괴하게 구부러진 가지가 악의를 가지고 덤비는 사람의 손처럼 보였다.

어떻게 이 방에 들어와 잤는지 기억이 나지 않았다. 간밤의 기억을 주워 담으려 해도 모래알처럼 산산이 흩어져버렸다. 간신히 떠오르는 건 고작해야 뭉개진 말투에 시큼한 술 냄새, 가파른 계단에 이어지던 어둑한 돌담, 형광등 아래 하얗게 빛나던 얼굴들…… 잔상은 어지럽고 모든 것이 흉몽 같았다. 두통만은 진짜인 듯 머리가 쪼개질 것 같았다.

"우린 전부 죽게 될 거야! 우린 전부 죽게 될 거야!"

공포에 질려 헐떡거리는 목소리, 그 목소리가 밤새 괴롭혔다. 환청인 줄 알면서도 꼼짝 못하고 그저 무력하게 당하고만 있었다. 한동안 그 목소리를 듣지 않고 살았는데 역시나 완전히 사라진 게 아니었다.

"우린 김이 때문에 전부 죽게 생겼어, 애를 어쩌려고 낳은 거야!"

불편한 잠 속에서 그 목소리는 알람처럼 반복해서 울렸다. 그게 언제였던가. 그 목소리의 시대는 이미 지났고 아주 멀어졌는데 당시의 그 목소리만 가위로 잘라낸 듯, 펄떡펄떡 뛰는 어떤 생물체처럼 생생하게 살아 있었다. 유년기의 몽환이 아니라 아예 귓속에 들어 있는 귀지처럼 태연하고 당연하게 존재하고 있는 것이다.

교군 툇마루에서 그 목소리를 들었을 즈음 김이는 버려졌다. 여름밤의 그 목소리가 어린 김이를 멀리멀리 추방시켜 생소한 곳으로 던져버렸다. 그곳은 아우슈비츠 포로수용소, 자유가 없는 곳, 가짜 부모에게 훈육 받는 곳. 여름이 지나 겨울이 오면 보육원 아이들의 얼굴에는 너나없이 하얀 버짐이 서리처럼 일었다. 똑같은 추리닝, 똑같은 속옷, 똑같은 식판, 똑같은 이불, 늘 똑같이 되풀이되는 반찬.

크리스마스트리에 솜을 얹고 엉터리 장식을 했던 저녁, 김이는 빨간 코트를 받았다. 칼라에 검은색 털이 달린 고급 코트였다. 전부 죽게 될 거라고 했는데 누군가에게 코트를 선사 받았다. 담요를 덮어쓴 것처럼 큰 사이즈의 빨간 코트에는 신세계백화점의 공작새 마크가 박힌 가격표가 달려 있었다. 보육원 선생이 내 월급과 맞먹는다며 놀라던 가격의 빨간 코트였다.

아우슈비츠 수용소에서 제공하는 푹 퍼진 국수의 면발에도 그 목소리가 끼어 있었다. 애를 어쩌려고 낳은 거야! 김이는 그 목소리를 허겁지겁 건져 먹었다. 가끔 교군으로 전화를 걸었다. 아는 전화번호라고는 그게 전부였다. 할 말이 없어 아무 말 하지 않았다. 여보세요, 전데요, 모두들 살아 있나요? 라고 묻고 싶었지만 주먹처럼 뭉쳐진 물음은 워낙 크고 단단해 입 밖으로 나오질 않았다.

아버지와 통화하고 싶었는데 매번 할머니가 전화를 받았다. 할머니는 살아 있었다. 살아남은 할머니는 늘 화난 목소리로 전화를 받았다. 때로 겁에 질려 제발 전화하지 말아달라고 애원했었다. 김이가 내준 침묵에 간절하게 호소하던 할머니의 음성. 그래도 김이는 원장실에 들어가기만 하면 몰래 전화를 걸었다. 걸었다가 끊고 걸자마자 끊어버리고. 교군이 사라지지 않고 전화를 받아준다는 사실만으로 위로받던 시절, 봄볕 아래 앉아 있어도 허기에 붙들려 몹시 추웠다. 외롭고 두려워 늘 추웠다. 한여름에도 서늘한 보육원 마당에는 폐지가 잔뜩 쌓여 있었다. 개인에게 할당된 분량의 폐지를 어디서건 주워 와야 했다. 버려진 아이들만큼이나 세상 곳곳에는 버려진 폐지들이 흔했다.

김이는 주워 온 폐지 더미에 끼어 앉아 혼자 고민했다. 나는 여기서 죽게 되나? 무릎에 허옇게 일어난 때를 손톱으로 긁어내며 불투명하고 침침한 자신의 처지를 해석해냈다. 결론은 하나였다. 정말 다 죽은 거야, 아빠도 엄마도 다 죽은 거야. 그렇지 않다면 내가 여기 있을 이유가 없어. 눈물이 뚝뚝 떨어졌다. 김이는 착지할 곳을 몰라 공중에서 헤매는 새처럼 울었다. 나이 들어 눈물 참는 기술은 놀랍게 진화했으나 내버리지 못한 눈물은 안에 갇혀 늘 질척거렸다. 버림받은 어린아이가 안에 들어 있는 한 철갑 무장은 필수였다.

교군 사무실의 컴퓨터는 광고에서나 봤던 최신형이다. 가지가 최근 자료들을 입력하던 중이라 책상 위는 동그란 커피잔 자국과 빵 부스러기가 흩어져 있었다. 김이는 입력된 파일을 살피다가 흐흥 웃었다. 이 정도는 컴퓨터 자격증 없는 중학생들도 눈 감고 척척 만드는 수준인데. 김이는 문서 작업용 프로그램 몇 개를 다운로드 받았다. 이것만 있으면 작업은 그리 어렵지 않다. 마음이 느긋해지자 김이는 창밖을 내다봤다.

연초록빛 새순으로 치장한 나무들은 갈채를 보내듯 바람에 흔들렸다. 2층 지붕을 덮은 서부해당화는 나뭇가지마다 꽃봉오리가 깨알처럼 다닥다닥 붙어 봄을 예고하고 있었다. 서부해당화 분홍색 꽃은 화려하다 못해 천하게 보일 정도로 유난스러웠다. 기와지붕 위로 벚나무와 서부해당화가 삐죽이 올라와 있어 봄이면 근처를 지나는 사람들의 찬탄을 불러일으켰다. 흔치 않은 서부해당화의 이름을 알지 못하는 동네 사람들은 교군을 벚꽃집이라고도 불렀다. 봄에는 누르스름한 벽체와 대비되는 윤기 나는 까만 지붕이 연분홍빛 구름에 가려지고 담장 위로 우거진 조팝나무는 팝콘같이 조롱조롱한 하얀 꽃잎을 매달고 교군 옆 길목을 하얗게 물들였다.

교군은 하나의 왕국이다. 아주 오래전에는 단출한 하숙집이었고 그다음에는 고급 요릿집이었다가 지금은 회원제 게스트하우스가 되었다. 니은자 모양의 한옥건물인 안채는 담장 하나를 사이에 두고 일반 주택처럼 거실, 안방, 조리실, 목욕탕 등의 부속 시설이 있고 객실과 주방으로 이루어진 별채는 낮은 건물 세 채가 디귿자 모양으로 바투 붙어 있다. 안채의 한옥과 조화를 이룰 수 있게 신관 별채도 살구색 황토벽에 검정 기와를 올렸지만 마당 너머 홀로 뚝 떨어진 별채의 객실동 하나는 일제강점기에 지어진 것이라 일본식 주택의 원형을 지니고 있다.

마당이 넓은 고택인 교군은 해방 전부터 가마꾼들이 가마를 세워놓고 밥을 먹거나 낮잠을 자던, 이를 테면 버스 종점과 같은 공간이었다. 오래전 근처에 유명한 도요지가 있어 깨지기 쉬운 그릇을 역이나 시장까지 조심조심 나르는 운반수단이 필요했던 것이다. 마부들과 인력거꾼들은 교군에서 일거리를 배당받았는데 기차역과 비교적 멀리 떨어진 이곳이 쉼터가 된 이유는 여기가 조선시대부터 가마를 제작하는 장소였기 때문이다. 그 사실을 자랑하듯 대문 옆에 교군輔軍이라는 한자로 새긴 석축이 서 있다. 무성한 대나무가 석축을 감싸듯이 안고 있어 교군의 원래 뜻이 뭐든지 간에 그럴싸하게 보인다는 이유로 석축을 제거할 수 없었다. 사실 나이가 지긋한 손님들이나 그 뜻을 알아챌 뿐이지 젊은 사람들은 고택을 근사하게 꾸며놓은 일식집으로 알았다.

교군 고택이 건축 잡지에 실린 적이 있다. 한때 교군의 식객으로 묵었던 건축학과 교수가 집안 구석구석을 측량하고 사진과 글로 세심한 기록을 남겨주었다. 애정 어린 기록은 감사한 일이나 보수공사를 하려 들 때마다 교수는 원형 그대로를 유지해야 한다며 사사건건 간섭했다. 건축 역사를 위해 일상의 불편함을 감수할 이 여사가 아니다. 옆에서 아우성을 치든 말든 골목을 사이에 둔 옆집 두 채를 사들여 주차장과 길을 넓혔고, 해마다 야금야금 증축공사를 해 고택은 겉에서 보는 것보다 안이 훨씬 넓어졌다. 자꾸만 새로운 시설을 추가하다 보니 오밀조밀한 구조는 미로처럼 복잡하기 짝이 없어 취객들은 화장실 갔다가 길을 잃었고 술래잡기하던 아이들은 종종 실종이 되었다.

별채 뒷마당 지하창고를 향하는 구불구불한 통로를 따라 들어가면 안은 딴 세상처럼 넓고 깊었다. 아이들이 함부로 드나들까봐 지어낸 얘긴지는 몰라도 아주 오래전 어느 멍청한 하인이 그 창고에 갇혀 벽을 긁다가 죽었다는 괴담이 전해 내려왔다. 김이와 사촌들이 진짜로 그런 일이 있었느냐고 묻자 불 영감쟁이가 천연덕스럽게 대답했다.

"그 하인놈이 창고를 지키고 있어서 장맛, 김치 맛이 그렇게 좋은 거지.

아직도 그놈이 김치랑 먹게 밥 달라고 벽을 벅벅 긁어. 밤에 자다가 벅벅 벽 긁는 소리가 나면 찬밥 덩이를 던져줘야 해. 아니면 밤새 긁어."

아이들은 비명을 지르며 달아나 별채 뒷마당은 얼씬도 하지 않았다. 벽 긁는 소리는 쥐 때문이라 해도 일꾼들이 찬밥귀신을 위해 지하실에 찬밥을 떨어뜨려 놓는 전통은 여전했다.

김이의 외할아버지, 배택수의 세 번째 처인 이덕은 여사는 제 속으로 낳은 자식 하나 없이 오로지 뛰어난 요리솜씨만으로 교군을 지배해왔다. 나이 많은 남편이 갈 길을 가버린 뒤에도 전처 소생들과 딸린 식솔들을 후하게 챙기고 친지 어른들을 정성껏 대접하는 것으로 자신의 입지를 확고하게 다졌다. 워낙 제 솜씨 자랑에 에너지를 쏟는 타입이라 누구든 가리지 않고 불러다 먹이고 재우는 재미로 교군 고택을 왁자하게 만들었다. 명절이나 제삿날이면 친지들은 문중의 장손 댁에는 잠시만 들렀다가 교군을 중심으로 모여들었다. 먹는 재미를 마다할 사람은 없었다.

친지 대부분이 실컷 얻어먹는 값으로 이 여사를 추켜세우고 든든한 의논 상대로 여겼으나 단 한 사람, 작고한 남편의 막내 여동생인 '안성고모' 만 예외였다. 이 여사가 생전의 남편과 스물다섯 살 차이였기에 노인들과 나란히 어른 행세를 해도 여든일곱 살 막내 시누에게만은 꼼짝 못했다. 먹성 좋은 노인은 풍성하게 차려진 밥상의 맨 상석에 앉아 천천히 오물오물 즐겁게 먹어 치우면서 말이 많았다. 정신을 놓기 전에는 다소곳하게 예의 차리는 어른이었으나 여든 고개를 넘어가면서부터 정신이 오락가락, 모두 가 불편해하는 얘기를 아무렇지 않게 떠들어댔다.

안성고모는 걸핏하면 식사 시중드는 이 여사를 젓가락으로 가리키며 쪼그라든 입술을 오물거렸다.

"덕은이 얘가 원래 종년이었잖아…… 중인 출신만 돼도 겸상이 부끄럽지 않은데 얘는 사당패거리가 젖동냥으로 살려낸 개구멍받이 천출이라고. 돈이 좋긴 좋구나. 교군꾼들 밥해 먹이던 부엌데기가 돈 좀 만지니 정경부인처럼 차려입었네. 그럼 뭐해? 세상이 뒤집어져도 종년은 죽을 때까지 종년인 거야."

훈훈한 분위기에 찬물을 끼얹는 발언을 덮으려 친지들이 다른 화제를 끄집어내면 노인은 한 박자 쉬었다가도 잠깐의 틈이 보이면 바로 수위를 올렸다. 목소리는 가늘고 힘이 없지만 음절을 딱딱 끊어가며 주요 대목을 강조하는 노련미를 과시했다.

"덕은이가 교군에 들어오고부터…… 참 많이, 죽었다. 전처를 독, 살, 시키고…… 그렇게 빼앗은 서방마저 골 터트려 죽이고…… 그 예쁜 미란이가 복중 아이를 낳지도 못하고 험하게 죽었지. 우리 오라버니들도 덕은이 이 집에 들어오고부터 줄줄이 죽었단다. 미국 사는 맏이도 뭐라더라, 그래, 하여간…… 개도 죽었어. 대전에 사는 둘째 올케도 죽었지? 그다음에 또 누가 죽었더라? 덕은이가 또 누구를 죽였나?"

외국에서 사고로 죽은 친지며 숙환으로 사망한 누구누구까지 살뜰하게 나열하는 어깃장에 이 여사는 말도 안 된다는 듯 웃다가 농담치고는 지나치다며 기막혀 하다가 저 인간은 왜 아직 살아 있나, 하는 눈으로 늙은 시누를 등 뒤에서 째려봤다.

"형님도 참. 동네 개가 죽어도 내 탓이겠네요. 그게 벌써 몇 년 전 일인데. 명줄 따라 자기들이 간 걸 어쩌라고요? 그래요, 다 내가 했어요. 김일성도 내가 죽였고 박정희도 내가 죽였어요."

그러면 노인은 아, 그래? 박정희도 네가 죽였니? 그런 것들까지 용케도 네가 죽였구나, 하며 고개를 크게 끄덕였다.

그때만 해도 명절에는 이 여사가 직접 조리했기에 이 여사의 심기가 불편해질까봐 친지들은 전전긍긍했다. 흥분하거나 화가 나면 가뜩이나 매운 요리가 더 매워졌기 때문이다. 이 여사가 샐쭉해지면 친지들은 아이고, 오늘도 끝내주겠구나, 겁을 먹었고 예상대로 맵디매운 음식이 등장하면 귀신에 홀린 듯 먹어 치우고는 너도나도 녹다운이 되었다. 잘 얻어먹으러 왔다가 매운 기운에 지치면 원인 제공자인 노인을 타박할밖에. 농담도 눈치 봐가면서 살살 하세요. 모두가 은근히 눈을 부라려도 노인은 후퇴를 몰랐다.

"다른 건 몰라도…… 둘째 올케는 틀림없이 덕은이가 죽였다. 그러고는 저 자리를 차지한 거야. 그 사람이 지병이 좀 있었지만 그리 간단히 죽을 인물은 아니었는데 말이야. 생전의 상희는 얼마나 곱고 예뻤니. 동경 유학까지 한 신여성이었는데 하필이면 제가 부리던 몸종한테 죽었지. 이 교군이 원래 상희 친정에서 내준 게 아니니. 처가살이하던 오라버니가 장인 장모 월북하고 못 내려오는 바람에 덜컥 건진 물건이지. 우리 오라버니가 언젠가 그랬다. 알고도 받아들였다…… 어쩔 수 없었다. 이렇게 맛있는 걸 계속 먹으려고 흉악한 덕은이 짓을 알면서도 모른 체한 거야. 그저 종년으로 두고 써도 맛난 건 계속 먹을 수 있는데 뭐하러 마누라로 삼았을까? 그러니 줄줄이 죽어 나갔지. 혀가 죄다. 혀가 죄야."

친지들은 노인의 장단을 맞춰주며 허허 웃었다.

"교군인데 다 죽어 나가는 게 당연하죠. 먹다 죽는 거죠. 밥 한 번 먹을 때마다 고꾸라졌다가 살아났다가 도로 죽는 재미로 먹는 거 아닙니까? 참 죽을 지경으로 맵네요."

매운 기운에 헐떡거리며 웃고 떠드는 와중에도 줄초상을 치렀던 그 여름의 참상을 기억하는 이들은 무겁게 가라앉은 얼굴로 입을 다물었다. 매력덩어리 미란이를 참혹하게 잃었던 그해 여름. 그 시절의 고통이 아직 물러나지 않았기에 쉽사리 죽음을 입에 올릴 수 없었다. 더군다나 미란이가 남긴 딸, 김이가 오면 과거 얘기를 꽁꽁 숨겨야 했다. 친지들은 그 여름을 지워버리려 일부러 왁자하게 노래를 부르거나 술잔을 돌리고 떠들썩하게 놀았다. 교군을 감시하는 어둠의 눈이 있다면 그 눈에게 보여주고 싶은 것은 바로 변함없는 활기였다. 봐라, 우리는 아무렇지 않다. 우리는 이미 이겨냈다.

손님들이 교군에 오면 내 집 밥상처럼 편하다고 칭찬하는 이유는 개별적 취향을 중시하는 정성 때문이었다. 이 여사는 단골들의 식사 취향을 귀신처럼 기억했다. 교군에 처음 오는 손님에게는 반드시 독상을 대접해 어떤 음식을 주로 들었는지 파악했고 구하기 힘든 비싼 재료도 당사자가 원한다면 기어이 만들어 내줬다. 손님들에게 제값은 꼭 받아냈지만 때로 단골과의 신의를 위해 손해를 보기도 했다. 음식으로는 남는 장사가 아니라 다른 곳에서 남긴 이문을 재료값으로 날린다고 할 정도였다.

어릴 적 김이가 물려낸 독상을 살펴본 이 여사는 다음 끼니에도 따로 독상을 냈다. 생강밥에 외장아찌, 얼큰한 쇠고깃국과 해삼창자젓, 청양고추튀김과 두부찜, 푹 익은 갓김치 등등이 같은 것으로 각각 두 그릇씩 나왔는데 미묘하게 맛의 차이가 있었다. 김이가 먹고 난 밥상의 빈 그릇을 살펴본 이 여사는 고개를 끄덕였다.

"핏줄 어디 가는 게 아니네. 네가 외할아버지 식성이로구나. 어찌 그리 고리타분한 것만 긁어 먹니? 네 외할아버지도 징그럽게 맵고 짠 것만 밝했다. 그렇게 짜게만 드셔서 관에 묻혔어도 썩지 않는 젓갈이 되었을 거다. 머리끝부터 발끝까지 소금으로 꽉 차 있으니 말이다."

"저도 앞으로 그렇게 되나요, 젓갈?"

김이의 물음에 이 여사는 흥흥 웃었다.

"제 입에 맞아 찬이 달면 그만이지. 많이 먹어라. 먹는 음식이 몸과 성정을 만드는 거다. 이 할미는 안 봐도 알지. 아마 너는 지독한 년이 될 거야. 난 밍밍한 것들은 싫다. 세상은 독한 것들이 만드는 거야. 그것들이 맘대로 주물러서 모두가 이 지경이 되었지. 이왕이면 아주 독한 년이 되려무나."

김이는 이 여사의 입술을 가만히 들여다보았다. 늘 진한 빛깔의 립스틱으로 감춰온 검은 입술과 그 속에 든 검은 혀. 혀를 감추느라 애쓸 때마다 그 속에 감춰둔 검은 혀가 더욱 두드러지게 떠올랐다. 평생 맵고 독한 음식을 가까이하다 그렇게 되었다고 들었기에 김이는 교군에서 음식을 먹고 나면 거울 앞에서 혀를 내밀어 확인해보곤 했다. 그 검은 입술과 혀가 한편으로는 무서웠고 한편으로는 부러웠다.

뭘 먹어서 혀가 그리되었느냐고 사촌들이 묻자 이 여사는 웃지도 않고 "연탄을 먹었다"고 말했다. 연탄도 알고 보면 꽤 맛나다는 장난말에 그대로 속아 넘어간 김이는 광에 있던 연탄을 슬쩍 뜯어 먹었다. 양치를 해도 텁텁한 입이 오래도록 서걱거려 꽤나 고생했었다. 비소가 맛나다면 그대로 비소를 주워 먹었을 것이다. 맛의 선각자 서태후가 제시하는 맛은 언제나 믿음직했으니까. 서태후라는 별칭이 괜히 붙었겠는가. 한 끼에 아흔 가지 요리를 늘어놓고 먹었다는 미식가 서태후가 교군의 지배자로 환생한 것이 틀림없었다.

"할머니도 독하지요?"

"그럼, 난 독하고 나쁜 것들 중에서 으뜸이야. 난 뭐든 둘째는 싫다. 하려면 첫째, 으뜸이 되어야지. 이 정도는 돼야 남들을 부리고 호령할 수 있지 않겠니?"

독한 인간이 되려면 독한 것을 먹고 약아빠져야 한다. 김이는 다디단 엿 중에서도 맵게 곤 계피생강 엿을 제일 좋아했다. 어른들이 혀를 내두르며 먹는 쏘가리탕도 맵다는 말 한 번 하지 않고 땀을 뻘뻘 흘리며 먹었고, 샛노란 겨자 범벅의 새우강회도 눈물을 꾹 참고 먹어 치웠다. 어른들이 대단하다고 놀라면 칭찬으로 알아듣고 더욱 열심히 먹었다. 매운맛을 즐길 수 있는 독한 결심이란 한 가지였다. 아버지처럼은 되지 말아야지!

고등학교 다닐 무렵까지 손 씨 부녀는 교군을 함께 드나들었다. 촌수에 대해 까막눈인 데다 외가 친지 누가 누군지 헷갈려도 명절에 외갓집의 부름을 받으면 부녀는 일주일 전부터 신이 났다. 이북이 고향인 손 씨 쪽으로 친척이 아무도 없어 명절에는 달리 갈 곳이 없었다. 잘 먹고 잘 살아 윤기가 반질거리는 외가 친지들 틈바구니에서 손 씨 부녀만 도드라지게 초라했지만 남의 시선 따위 신경 쓸 겨를이 없었다. 평소에 못 먹는 화려한 음식에 정신이 팔려 마냥 오케이였다.

객실은 명절 때만 텅텅 비었다. 투숙객들은 여행을 떠나거나 집으로 돌아갔고 일꾼들도 이 여사가 내준 귀한 음식을 들고 고향으로 향했다. 평소에는 손님들 때문에 발걸음은 조심조심, 말소리도 조용조용해야 했지만 그때만은 아이들 각자 마음에 드는 방을 차지하고 복도를 뛰어다니며 소란하게 떠들며 놀았다. 미로처럼 이어진 복도와 빈방들은 상당히 신비했고 모험욕에 타오르게 했다.

조리실은 날 잡아 모여든 전부를 먹일 음식을 제공하느라 바빴고 서태후 마님의 진두지휘 아래 움직이던 친지들은 북적북적 와글와글 음식 준비보다 떠드는 목소리로 더욱 소란했다. 남자들도 사소한 노역에서 벗어날 수 없어 어수선하게 움직였는데 손 씨는 그중 제일 분주했다. 마당의 가지치기는 기본이고 잡목을 한군데로 모아 태운 다음 망가진 울타리를 손보고 목욕탕의 깨진 타일을 교체하느라 쉴 틈이 없었다. 처갓집에 온 사위가 아니라 잡일을 하러 온 노무자처럼 바빴다. 새벽부터 땀을 뻘뻘 흘리며 온갖 일을 해결한 손 씨는 밥상 앞에서는 굽실굽실 황송해하며 꾸역꾸역 음식을 먹었다.

아버지, 굽실거리지 마! 여기 일하러 왔어? 김이가 투덜거리면 손 씨는 허허 웃었다. "나는 죄인이야, 죄인이 무슨 낯짝으로 공짜 밥을 먹어?" 김이가 제일 싫어하는 죄인이라는 말, 참 많이 들으며 자랐다. 죄인의 딸이 되기 싫어 때로 교군이 몸서리치게 싫었다. 김이는 되는대로 허겁지겁 먹어 치우는 아버지에게 저 빨갛고 매운 것부터 씹으라고 옆구리를 찔렀다.

"아버지도 쩔쩔매지만 말고 좀 독해봐. 이런 거 먹고 독해져야 남들 앞에서 호령하고 당당해지는 거야."

아버지는 내키지 않는 얼굴이었다.

"아유, 참 맵다, 매워."

김이는 그깟 것도 못 먹어 눈물을 질질 흘리는 아버지가 한심해 겨자를 듬뿍 풀어 넣고 고추장 범벅을 해 보란 듯이 먹었다. 맛을 느낄 겨를도 없이 김이는 섭취방식으로 저항했고 스스로가 만든 경쟁의 룰에서 이기고자 몸서리쳐지게 매운 음식을 먹어 치웠다. 결과는 중독이었다. 온순한 맛은 교군이 지배하는 세상에서는 아무짝에도 쓸모가 없었다. 아무리 비싸고 고급스럽고 특이한 요리가 등장해도 맵지 않으면 꽝이었다.

"김이야, 팥빙수 먹자."

정인이 조리실 문가에서 밋밋한 목소리로 외쳤다. 빙수라는 이름이 불러온 시원한 감각에 김이는 급작스레 목이 타는 것 같았다. 숙취는 아직 가시지 않았다. 목구멍을 메운 뻑뻑한 모래가 물기를 원하는 것이다. 교군에서는 늘 이런 식이다. 그 배 속이 원하는 것을 귀신처럼 짐작하여 짠, 내놓는다.

별채 객실동 툇마루에 정인과 김이가 마주 보고 앉았다.

"연유 섞은 우유를 얼려놨었거든. 팥도 무르게 잘 삶아졌어. 이거 한 그릇 훌훌 먹고 나면 몸이 꽁꽁 얼어서 다시 뜨거운 술이 그리워진단다."

눈처럼 소복하게 담긴 유백색 얼음이 뭉그러진 팥에 덮여 있었다. 아삭한 얼음 사이로 고소한 호두가 부드럽게 씹혔다. 머리통이 찌르르, 어지럽고 뻑뻑했던 목구멍이 새벽녘 눈길처럼 싸늘하게 촉촉해졌다.

"고추술, 진짜 지독해요. 아직까지 멍해요. 그 술, 요즘은 해금되었나봐요? 예전에는 자물쇠로 꽁꽁 잠갔잖아요."

"어제 먹은 건 내가 만든 짝퉁이야. 어르신 작품을 감히 우리끼리 마실 수는 없지. 진짜배기는 한 수 위야. 그런데 오늘부터 일할 수 있니?"

"결국 저밖에 할 사람이 없나요? 일꾼들 많잖아요. 다들 바쁘면 학생 아르바이트를 고용해도 되고요."

"교군의 노하우가 들어 있는데 아무나 시킬 수가 있나. 내가 가지에게 맡겨서 최근 자료를 입력하기는 했는데 어르신이 그걸 알고는 노발대발하셨어. 일꾼들의 배신을 많이 겪었기에 누구도 믿을 수가 없는 거야."

요즘은 간편한 문서작성 소프트웨어가 하루가 멀다 하고 속속 등장해 작업이 수월해졌다. 영리한 소프트웨어를 이용해 파일을 차곡차곡 입력하면 그만인 일이다.

"할머니 잔소리 듣기 싫어서 내키지는 않지만, 자료를 몽땅 싣고 집에 가서 작업해 올게요."

"여기 들어와 지낸다면서? 먹고 싶은 게 너무 많아 작업하는 동안이라도 신세지겠다고 했잖아. 이제 와 왜 딴소리야?"

"그런 말 했어요? 제가?"

간밤의 기억이 흐릿한 김이는 제 이마를 짚었다. 술김에 오케이를 했던 모양이다. 결국 이렇게 되는구나. 어쩌면 그만큼의 세월이 필요했기에 가능한 일인지도 모른다.

"수상해. 가지하고 김이가 난 수상하더라. 전부터 둘이 티격태격 싸우는 꼴이 수상했어. 다시 만나니 또 불꽃이 튀는 거야? 난 그릇끼리도 이렇게 한군데로 포개기 싫은 사람이야. 정분날까봐. 내가 92년도에 재혼하려고 할 때 어르신이 얼마나 반대를 많이 했는지 아니? 호르몬 때문에 피가 뜨거워지면 음식 간이 세진다나? 석 달 열흘 고민했는데 도저히 여기를 떠나서는 못 살겠더라고. 결과적으로는 잘한 선택이었어. 7년 가까이 주말마다 만났는데 이젠 지겨워. 어르신은 지금도 내가 만나는 남자들 일일이 간섭하셔. 고추가 크냐, 작냐. 밥은 뭘 사주더냐."

"그런 것까지 할머니에게 허락받아요?"

"한때는 아예 연애 금지였다. 요리사의 혈액 농도는 늘 적정 수준을 유지해야 한다고. 지금은 숯가마에 들어가 한바탕 땀을 빼잖니. 아, 연애라. 부럽네. 가지 저놈이 은근히 수컷 냄새를 피운다니까."

"취해서 그런 거죠. 취해서. 혹시 해서 드리는 말인데요. 할머니한테는 농담이라도 어젯밤 일 전하지 마세요."

"나 믿지 마. 난 어르신께 고자질하는 재미 외에 인생의 낙이 없는 사람이야. 밑의 애들 잘못하는 거 죄 일러바쳐서 혼나게 하는 재미로 살거든. 그래야 내가 신뢰받지 않겠니? 파릇파릇한 데다 어르신을 신처럼 떠받드는 쟤네들 사이에서 꿋꿋하게 내 자리를 지키려면 보이는 대로 싹을 잘라야지. 정적들을 제거해야 된다는 말이야. 전에도 김이가 부엌에서 실수한 거 내가 다 일렀어. 항아리 깨고 김치 망치고, 또 뭐더라? 맞다. 쑥 뿌리 뽑아 완전히 멸종시켰을 때."

"아, 엄청나게 혼났었는데."

"그러라고 일렀지. 하하, 심복이 쉬운 줄 알아? 피도 눈물도 없어."

"저는 정적이 아니잖아요. 가뜩이나 저는 할머니한테 미운털이 박혀서."

"미운털이라니. 어르신은 김이를 좋아해. 하하하."

정인은 목젖이 보이게 활짝 웃어젖혔다. 다람쥐는 도토리를 좋아해, 뱀은 쥐를 좋아해, 벌은 꿀을 좋아해. 이 여사는 김이를 좋아해. 말하자면 먹잇감으로 좋은 김이, 할머니에게 잡아먹힐까봐 매번 달아났던 김이.

"어르신은 김이와 화해하고 싶어해."

"할머니와 싸운 적 없어요. 화해할 일도 없고요."

"어르신이야말로 외로운 사람이야. 남편도, 자식도, 친정도 없이 사방에는 전부 입, 입들뿐이지. 다들 돈 달라, 먹여달라고 입만 딱딱 벌리잖아. 나이 탓인지 요새 들어 부쩍 옛날 얘기를 많이 하시네. 어르신은 장지에서 바로 남해 여행 가셨어. 김이가 맡은 작업 잘 좀 해주고 교군에서 편히 지내다가 가. 잘 먹여 푹 쉬게 하라고 하셨어. 일부러 자리를 피해주신 것 같아. 김이 편하라고 말이야."

"할머니는 평화와는 거리가 먼 분이죠. 그래서 무섭고요."

"여기는 권태롭고 지루한 평화 따위는 없어. 하루하루가 전쟁이야. 어르신, 쾌락주의자잖아. 언제 죽을지 모르니 더 잘 먹고 더 잘 놀자 주의. 한 번 사는 인생 아등바등 살지 말고, 잘 먹고 즐기자. 김이도 한 살이라도 젊을 때 실컷 즐겨. 나처럼 살지 말고. 어제 보니까 가지 쳐다보는 김이 눈빛이 촉촉해도 나름 엄격하던데? 음주운전 하는 놈 재수 없다고 욕하더라, 대차게."

"제가요?"

"현대인의 윤리 덕목 제로인 인간이니 빨리 해고시키라며? 알았다고 이제 그만하라고 말려도 취해가지고 음주운전 나쁘다고 말하고 또 말하고, 또 말하고. 김이, 뒤끝 있더라?"

이건 또 뭔가. 비밀을 지켜달라던 가지의 부탁을 짓밟았다니. 술이 원수인가, 인간성이 문제인가.

"그건 그렇고 일을 해야지. 기록은 하나도 빠짐없이, 영수증이나 숙박부도 빼지 말고 일목요연하게 찾아볼 수 있도록 정돈했으면 해. 어르신 노안으로도 한눈에 볼 수 있게 만들라고 하셨어. 지금까지는 공책에 내용을 적고 사진 첨부했는데, 지금이 그런 시대는 아니잖니? 시대별로 날짜별로 기록의 원안을 살려서, 조리법에는 사진을 첨부해 한눈에 알 수 있게 해줘. 필요하다면 사진은 더 찍을게. 아르바이트 비용은 시급이 좋겠니? 건당 계산하는 게 좋겠니?"

김이는 정인의 말이 귀에 들어오지 않았다. 아무리 취했어도 그렇지. 가지의 약점을 직장 상사에게 고자질하다니, 한 번도 아니고 여러 번이나. 폭로, 폭로쟁이, 가벼운 주둥이, 동료의 등에 칼을 꽂아 넣는 내부 고발자의 인간성. 김이의 머릿속에는 수치스러운 단어만 감돌았다. 내 품에는 칼이 몇 개나 들어 있는 것일까.

김이
남녀상열지사 금지조항

요즘 사람들은 순채 맛을 모른다.
순채는 얼음을 삶듯 끓는 물에 데쳐 그대로 먹거나 식초나 된장으로 무쳐 먹는다.
매끄러운 식감과 은은한 향을 어찌 말로 할 수 있을까.
젊은 애들에게 설명을 하려 드니 무슨 음식과 비슷하냐고 물었다. 막막했다.
잃은 것이 어디 그뿐이랴. 지난 세월에 옛것을 놓치고
요즘 사람들의 새것이 낯설어 오도 가도 못하는 이 내 마음.
망각은 귀한 것만 쥐고 떠나고 사소한 원망만 내 동무가 되었다.

－ 『이딴 얘기 받아 적어서 뭐하려고』(교군 이먹은 여사 채록본 1)

자책주간 자숙의 사흘째. 그간의 전례를 미루어 보건대 가슴을 쾅쾅
칠 만큼 뼈아픈 실수도 일주일이 지나면 흐리멍덩 흐지부지해지고 망각을
위한 한 주가 다시 지나면 어느 정도 잊혀지게 마련이다. 김이는 자책감이
말갛게 희석될 때까지 일단 한 주 동안, 몸 사리고 조심하자 마음먹었다.
운수 나쁜 일들은 연이어 터지기 때문에 그다음 날아들 재수 없는 일들
을 예비하지 않으면 또 당한다.

호들갑 떨며 차도를 달리다 정복 경찰에게 딱지를 선사 받은 날, 집에
오자마자 옆구리에 담이 결렸고 아프다고 누워서 밥 먹다가 체했었다. 삼
중추돌이었다. 불행의 삼중추돌. 인생의 부비트랩이란 허둥지둥하는 자를
일차로 노린다. 자책주간은 언행 조심, 사람 조심, 음식 조심, 술 조심, 폭로

조심, 고발 조심. 부디부디 조심.

김이는 가지에게 사과했다. 음주운전 사실을 먼저 발고한 자신의 주둥이가 몹시 부끄럽다고 고백하자 가지는 머리만 벅벅 긁었다. 아직 화났어? 무안해? 기분 나빠? 눈을 내리깔고 김이가 다그치듯 묻자 가지는 머리 안 감은 지 사흘이 되었다고 했다. 그의 곱슬머리가 소프트아이스크림의 부드러운 결처럼 구불구불 말려 있었다. 요리사 주제에 위생관념이 저렇다니, 정인 아줌마에게 이를까? 해당관청 위생과에 고발해야 하나? 아, 안 된다. 더는 고발할 수 없어. 자책주간 자숙의 사흘째, 김이의 고발정신은 살얼음처럼 찰박거리는 트라우마가 되어 스스로를 위축시켰다.

김이는 별채를 오갈 때마다 가지를 힐끔거렸다. 마치 곰돌이 푸가 꿀단지를 바라보듯 김이는 침을 꼴깍 삼키며 가지를 바라보았다. 하얀 유니폼 차림으로 투숙객에게 친절하게 말을 건네는 그는 숙련된 요리사처럼 보였다. 아니, 그는 이미 요리사다. 요리학교 출신, 요리사 경력자들도 시루떡의 팥고물처럼 툭툭 떨어져 나가는 이곳에서 그는 당당히 유니폼을 입고 있다. 교군 출신이면 어디 가서든 알아준다고 하더라. 경력 쌓기는 좋은 곳이야. 가지에게서 그런 말을 들었을 때 김이는 약간 기분이 나빴다. 다른 건 몰라도 이때만큼은 서태후의 심정이 이해되었다. 기껏 키워줬더니 나가려고? 경력 쌓으려 여기서 버티는 거냐.

취직 시험 동아리에서 김이는 가지를 처음 만났다. 선배의 자취방에 빈대 붙었던 그는 산발한 헤어스타일, 헐렁한 힙합바지에 민소매 차림으로 침 뱉는 것 같은 건들거리는 말투를 구사했다. 나는 양아치요, 라는 팻말을 걸고 있는 듯 불량한 용모와는 어울리지 않게 청소 하나는 끝내주게 잘하던 남자였다. 콧등까지 덮은 수북한 그의 머리카락을 올려다보며 얼굴에 콤플렉스가 있는 모양이라고 김이는 생각했다. 당장 지낼 곳이 없어 숙식이 가능한 곳이면 어디든, 허드렛일도 마다하지 않는다고 징징거리기에 우리 외가에 가서 일해보지 않겠느냐고 김이가 먼저 물었다.

교군이라는 곳이 월급 적고 일은 험해도 먹는 것만큼은 최고라는 김이의 설명에 이정목이라는 남자는 픽 비웃었다. "내가 뭐든 다 잘하지만 특히 요리라면 좀 한다고." 그는 잡다하고 시시한 자신의 경력을 김이와 동년배들에게 자랑하며 턱을 치켜들었다. 그래봤자 모 식당에서 아르바이트로 불 좀 만져봤다는 얘기. 라면에 치즈나 소시지 좀 넣고 끓여봤다는 얘기.

김이가 간단하게 호구조사에 들어가자 그는 피식피식 웃으며 건방을 떨었다. "난 더없이 완벽해. 뭘 더 알고 싶어서? 나랑 사귀자는 거야?" 주먹이 불끈거렸으나 이다음의 재미를 위해 참았다. 김이는 이런 인재를 몰라봤다며 당장 교군에 가보자고 잡아끌었다.

견습생 정도야 교군의 국무총리 격인 심드렁 여사 정인의 면접만으로 당락이 결정되지만 그날따라 심심했던 이 여사가 이정목을 안으로 불러들였다. 호랑이 서태후가 송곳 같던 시절이라 김이의 기대가 한층 커졌다. 오호라, 제대로 밟아주시겠군. 벼락호통이 떨어지길 기대하며 안채 쪽으로 귀를 기울였다. 이제나 얻어터지는 소리가 들리려나, 저제나 깨갱 꼬리 마는 소리가 들리려나. 김이는 더벅머리 가지가 사정없이 깨져 곤욕 치르기를 기대하면서도 잘 알지도 못하는 사람을 사전조사 없이 냉큼 데려온 자신의 성급함을 후회했다. 덤터기를 쓸 수 있다는 두려움이 일었던 것이다.

면접을 마친 그가 멀쩡한 얼굴로 방에서 나오자 김이는 안채로 쪼르르 들어갔다. 이 여사는 돋보기를 끼고 요리책을 읽고 있었다.

"석 달간 월급 없다고 했더니 대답은 시원하게 잘하더라. 삽살개 닮은 놈이라 붙임성이 찰떡같구나. 뭘 할 줄 아느냐고 물었더니 다 잘한대. 다 잘하는 쓸데없는 놈이 산천초목에 널리고 널렸지. 저놈도 기껏해야 밥이나 축낼 거다."

"들이시려고요?"

"왜, 내치라고?"

"잘 버텨낼까요?"

"걱정 마라. 허우대가 멀쩡해 밥값은 하겠더라."

이정목이라는 남자에 대해서는 완전히 잊어버리고 몇 달이 흘렀다. 서태후의 부름을 받아 교군에 별생각 없이 갔던 김이는 마당을 쓸고 있는 말쑥한 유니폼의 잘생긴 남자를 발견했다. 잘생겼다고 후하게 점수를 매긴 이유는 그전에는 사람이 아니었기 때문이다. 삽살개가 이마를 드러내자 더는 삽살개가 아니었다. 진한 눈썹에 길게 찢어진 눈매, 그는 미남은 아니어도 남자였다. 수컷 냄새 풍기는 남자.

가지는 표범 같은 날카로운 얼굴로 바닥에 쪼그려 앉아 마늘 껍질을 깠고 쪽파를 다듬다가 멸치 대가리를 뜯었다. 풍신은 그럴듯한데 몰래몰래 멸치를 주워 먹는 궁상맞은 자태라니! 예전의 거만한 태도는 온데간데없고 김이에게조차 찰떡같은 붙임성으로 스스럼없이 굴었다. 그는 부지런하고 싹싹한 데다 고된 일에도 몸 사리지 않는다는 평을 듣고 있었다. 심드렁 여사 정인은 가지에게 적응력과 친화력 모두 합격점을 주었고 심지어 저런 애를 하나만 더 데려오라면서, 가지를 복사기에 넣어 여러 명 뽑아내 쓰고 싶다는 말까지 했다.

일이 힘들지 않느냐고 김이가 묻자 그는 웃으며 엄지를 추켜올렸다.

"어르신 카리스마가 굉장해."

"우리 할머니야 뭐, 워낙."

"머리통을 열 대 넘게 맞았어. 가까이 있다가 국자로 대가리를 얻어맞고 어르신과 멀리 떨어져 안전할 줄 알았는데 불꽃이 번쩍! 어르신은 타격 승률이 아주 높아. 언제 어디서 날벼락이 떨어질지 모른다는 긴장감에 식욕이 아주 좋아졌어. 맷집이 좋아지려면 잘 먹어야지. 사는 날까지 열심히 먹어야지."

과연 교군에 데리고 왔던 날보다 체격이 보기 좋게 불어나 있었다. 김이는 자신의 머리통을 가지에게 들이댔다.

"난 정수리에 큰 혹이 생긴 적이 있어. 열다섯 살 때, 어른들보다 먼저 젓가락 들었다가. 쏟아지는 욕 세례와 함께 날아든 것에 여기를 정통으로 맞았거든."

가지도 김이의 머리통을 유심히 내려다봤다.

"무슨 도구?"

"잘 기억이 안 나는데, 방짜 유기 밥뚜껑이었던 것 같아."

"아, 저런, 그건 스테인리스보다 단단해서 완벽한 살인도구지. 하하, 난 아직 방짜 경험이 없어서."

"곧 경험하게 될 거라 장담해."

"교군 출신 중에 유명한 요리사도 많던데. 그 사람들도 다 맞아가면서 배운 거겠지?"

"얼굴이 못생기면 더 맞아."

가지, 이정목은 교군에서 한 달 동안 가지요리만 만들어 먹고 가지가 되었다. 도매상에 전표를 잘못 써준 바람에 가지가 든 박스 스물다섯 개가 교군으로 배달되었던 적이 있다. 여러 군데 수소문해 간신히 납품일자와 주문물량을 맞췄다는 도매상의 하소연에 이 여사는 주문실수를 한 그를 불러들였다.

"신뢰는 목숨보다 중요하다. 가지 값은 네놈 월급에서 제할 테니, 물러터지기 전에 알아서 먹어 치워. 하나라도 버렸다가는 내 손에 요절날 줄 알아라."

이 여사가 요절을 낸다면 반드시 요절나게 마련이라 그는 밥도 국도 먹지 않고 오로지 가지요리만 먹었다. 의리상 가지 먹어 치우기 운동에 동참했던 동료들은 얼마 지나지 않아 나가떨어졌으나 그는 침통한 얼굴로 매번 다른 가지요리를 만들어 먹어 치웠다. 가지찜, 가지구이, 가지냉채, 숯불에 구워 먹는 양념 가지구이, 돼지고기와 숙주를 넣은 가지볶음, 가지무침, 가지장아찌, 그는 연구에 연구를 거듭했다.

저놈이 만든 게 의외로 맛있다는 평이 돌자 이 여사는 가장 자신 있는 요리로 세 가지만 가져와 보라고 했다. 이 여사가 아무 타박하지 않고 말없이 고개를 끄덕이자 교군 사람들은 너도나도 가지가 든 접시에 젓가락을 들이댔다. 대단한 별미는 아니었지만 맛이 특이했다. 가지 덕분에 인정받은 가지는 오른손은 사용도 하지 않았다며 거드름을 피웠다. 정목이라는 이름 대신 가지라고 불리게 되면서 견습생 딱지를 뗀 것이다. 가지 박스가 다섯 개 남아 있던 시점이었다.

자책주간 자숙의 나흘째, 김이는 가지에게서 바통을 이어받아 자료정리 작업을 개시했다. 제자들이 돌아가며 받아 적은 교군의 특별한 조리법은 당연히 입력해야 하지만 이게 과연 보존해야 하는 내용인가 의구심이

이는 자료도 많았다. 하숙집 비슷하게 다달이 사용료를 받을 당시에는 손님마다 좋아하는 음식 취향이며 주민등록번호와 주소, 계산한 가격과 묵었던 기간과 날짜 등이 한자와 뒤섞여 빼곡하게 기록되어 있었다. 이런 걸 고지식하게 뭐하러 집어 넣는다는 말인가. 절로 한숨이 나왔지만 하나도 빠짐없이 넣으라는 지시를 따를밖에. 문서입력 소프트웨어를 활용하자 세부적인 분류가 가능했지만 역시나 분량이 문제였다.

크고 작은 공책이 마흔아홉 권이고 얇은 공책에 대충 적어두기만 한 조리법 책자는 그보다 더 많았다. 먼지 때문에 재채기가 나와 김이는 마스크를 쓰고 머릿수건까지 덮어썼다. 스틸사진이며 조리법에 관한 문서들을 스캐너로 받아 종류별로 파일에 담는 작업량이 생각보다 많았다.

김이는 정인을 보자마자 지난밤 주먹밥이 맛있었다고 인사했다. 정인은 심드렁한 헛웃음을 터트리며 가지가 있는 주방 쪽을 흘겼다.

"뭐니? 난 간밤에 출출해서 배를 움켜쥐다가 벽지나 뜯어 먹었는데 김이는 주먹밥을 드셨다? 이것 참, 기강이 해이해져서 못쓰겠네. 가지 이놈의 자식을 그냥."

"모두에게 제공되는 거잖아요?"

"그런 거 없어."

어젯밤, 김이는 방 안에서 삐걱삐걱 계단을 오르는 발소리를 들었다. 작업하던 노트북의 스피커를 줄이고 귀를 쫑긋 세우자 정체불명의 발소리 임자는 복도를 지나 문가에 뭔가를 내려두었다. 발소리는 문밖에서 잠깐 머뭇거리다가 사라졌다. 나가 보니 주먹밥이 든 쟁반이 놓여 있었다. 푸른 이파리로 싼 앙증맞은 주먹밥 두 덩이와 따스한 된장국. 뽕나무 여린 잎으로 감싼 찹쌀주먹밥은 쫄깃쫄깃하고 간이 적당해 딱 하나만 맛보려던 결심이 바로 무너져버렸다.

정인은 시큰둥한 얼굴로 김이에게 선언했다.

"오늘 아침 남녀상열지사 금지조항을 만들었어. 암수 한 쌍이 근거리에 붙어 있으면 조식 금지. 눈 마주치고 배시시 웃으면 간식 금지. 야밤에 둘이 들러붙어 있다가 발각시 즉시 퇴출. 최고형은 사형이야, 사형. 알겠어?"

보복 차원인 듯 정인은 김이에게 어마어마한 작업분량을 지시하며 조속한 시일 내에 완수할 것을 명했다. 넘겨준 자료들을 국 끓여 먹지 말고 어서 문서화해라. 확인하러 올 때까지 다 해놓아라. 정인의 살벌한 주문에 김이의 근로 의욕이 반감되었다. 서태후가 도착하기 전에 어서 작업을 끝내놓고 달아나려 했으나 매몰된 석유를 채굴하는 것처럼 끝도 없는 자료에 이내 지쳐버렸다. 더군다나 작업만 하기에는 억울한 날이다. 오늘은 '먹는' 날이 아닌가.

조리실 옆 마당으로 이 여사가 남해에서 보낸 싱싱한 해산물이 속속 도착하고 있었다. 종류별로 분류하다 보니 스티로폼 박스에 든 얼음이 쏟아지고 비린내가 진동했다. 켜켜이 쌓인 스티로폼 박스 중 하나를 열자 터질 듯 탱탱한 방어가 그득 들어 있었다. 커다란 삼치와 문어, 종류별 조개와 오징어, 전복과 새우들, 기다란 갈치는 스테인리스처럼 말끔한 금속성의 빛을 냈고 팔뚝만 한 해삼이 물 담은 양동이에 첨벙첨벙 던져졌다. 쌓아둔 박스가 우르르 엎어지는 바람에 새카만 담치가 마당 바닥에 까만 자갈처럼 쏟아졌다. 급히 주워 담다가 빠직 밟기도 하고 더 비싼 것들을 먼저 추스르느라 일꾼들이 내버려두자 얼음을 뒤집어쓴 담치 무더기는 어리둥절한 채로 흩어져 있었다.

정인은 전체를 진두지휘하며 시큰둥한 푸념을 늘어놓았다. "어르신 손 큰 건 알아줘야 해. 우리끼리 놀고 지낼까봐 일거리를 이렇게 잔뜩 보낸다니까." 해산물과의 한판 씨름에 덤벼든 정인은 온몸이 푹 젖어 분주하게 오가는 일꾼들에게 하나씩 일거리를 떠맡겼다.

"넌, 오징어! 넌, 새우! 그리고 넌, 민어를 옮겨! 이 상자는 뭐냐?"

"다 못 넣겠는데요. 꽉 들어찼어요."

"냉동고 포화 상탭니다!"

가장 큰 문제는 보관이었다. 영업용 냉장고임에도 비축할 공간이 부족한 긴급 상황. 집어 넣지 못한 건 빨리 먹어 치우기로 결정하자 다들 좋아 입이 벌어졌다. 정인은 갑판에 선 선장처럼 목청을 돋웠다.

"빨리빨리 해! 갑호 비상이다! 저녁 식사는 해산물 바비큐이고 자정에는 큰손님이 들이닥칠 거야. 너희들, 오늘 같은 날 빈둥거리다가 걸리면 포를 떠버리겠어! 자, 움직여!"

"와, 이놈 힘 센 것 좀 봐!"

살아 버둥거리는 가물치는 기어이 상자를 뚫고 나와 푸드덕거리며 용을 썼다. 놈이 미친 듯이 날뛰자 덩치 큰 일꾼들도 어이쿠, 뒷걸음질 치며 도망치기 일쑤였다. 투숙하던 외국인 부부가 나와 사진을 찍었고 구경하던 손님들은 입맛을 다시며 몇 시부터 식사를 시작하느냐고 물었다.

일꾼들이 칼과 비늘 다듬는 도구를 동원해 해물 더미와 씨름했다면 김이는 마당 가운데 뚝 떨어진 사무실에 홀로 앉아 스캐너와 싸웠다. 원문을 스캐너로 입력시키고 흐릿한 글자는 포토샵으로 수정하다 아예 자판으로 쳤다. 1970년대 이 여사가 남긴 어록을 읽던 김이는 웃음을 터트렸다. 일꾼들을 윽박지르며 고유의 조리방식을 가르치는 광경이 기록된 말투를 통해 선하게 보였다.

교군의 자료에 이미 깊이 매료된 가지는 밤마다 사무실에 들러 온종일 김이가 입력시킨 기록들을 읽다가 무릎을 쳤다. 와우, 골 때려. 이거 정말 재미있지 않냐?

독버섯을 두려워하지 말라. 인생이 독이다. 너도 독이다.
용량만 잘 지킨다면 이보다 더 좋은 감미료는 없다.
독버섯보다 너라는 독소를 나는 걱정한다.

서태후의 말투는 실질적인 비유와 간질거리는 조롱이 적재적소에 섞여 있어 읽기만 해도 오금이 저렸다. 가지는 책자에 든 조리법만 전부 익혀도 어디 가서 굶어 죽지 않을 거라고 했다. 정리 작업이 늦어진 건 순전히 김이 탓이라며 나무라기도 했다. 그때 네가 달아나지 않았더라면 벌써 끝났을 일이야. 김이도 그 부분을 인정했지만 자신이 왜 달아났었는지, 이 작업의 무게가 얼마만큼 무겁고 괴로웠는지 설명하기란 쉽지 않았다. 물론 언젠가는 다 말할 것이다. 어쩌면 가지에게 그걸 털어놓고 싶어 이 작업에 다시 뛰어든 것 같기도 했다.

저녁 식사가 시작되었다는 소식에 김이는 스웨터를 걸쳐 입고 사무실 밖으로 나갔다. 보슬비가 내리는 뒷마당은 생선 굽는 연기로 자욱했고 조리실 앞은 스티로폼 박스가 정신 사납게 쌓여 있다. 숯불이 지글거리는 화덕을 중심으로 천막이 세워졌다. 밖으로 내놓은 스피커에서 삼바 리듬이 깐죽거리듯 가볍게 흘러나왔다.

"자, 자, 비켜서세요." 일꾼 중 한 사람이 장대를 들어 올려 축 늘어진 천막을 찌르자 우묵하게 고여 있던 물이 자갈 위로 차르르 쏟아졌다.

"날이 우중충해서 그런지 다들 식욕이 좋네." 포크를 든 나이 지긋한 식객이 일꾼에게 말을 붙였다.

"비는 내일까지 계속 온답니다. 봄이 오려면 산천이 푹 젖어야지요."

날이 좋으면 좋은 대로 궂으면 궂은 대로 배 속은 늘 푸짐한 것을 원한다.

"그렇지. 물기를 빨아들여야 새순이 돋겠지. 거기 생선 머리 좀 노릇노릇 잘 구워봐. 어두육미 아닌가."

수건으로 머리를 질끈 동여맨 가지가 가위와 집게를 들고 등장했다. 땀 때문인지 비 때문인지 가지의 얼굴이 젖어 번들거렸다. 채반에 든 오징어와 왕새우, 전복과 대합조개, 갖은 생선들이 향긋한 바다 비린내를 풍기며 화덕 옆에 놓였다. 반으로 가른 레몬을 쥐어짜 싱싱한 해산물 위로 뿌리자 새콤한 향이 사방으로 퍼졌다. 그가 외치는 목소리도 레몬 향처럼 상큼했다.

"자, 통영에서 날아든 전복이 여러분에게 인사 올립니다! 이거 보세요, 아주 굵고 아름다운 놈입니다. 회 치고 남은 건 불 맛으로 조리해드리죠."

"주인장 없이 이렇게 먹어 치워도 되는 건가?"

"예, 이다음에 잘 먹었다, 인사나 해주시면 됩니다. 고등어와 갑오징어, 살찐 연어가 속속 손질되고 있어요. 이런 날은 무조건 과식해야 합니다."

김이는 해물밥과 회국수 사이에서 갈등했다. 밥통을 열자 숭덩숭덩 썬 가리비와 조개가 듬뿍 든, 윤기가 자르르 흐르는 밥에서 진하고 고소한 해물 냄새가 피어올랐다. 달래간장과 참기름, 은근히 매운 실고추로 비벼 먹으면 기가 막히게 맛있을 것이다. 그러나 역시 회국수, 맵게 버무린 생선살을 찰진 소면에 얹으면, 이것 또한 거부할 수 없는 침샘유발 음식이 아넌가. 김이가 소면 담긴 대접에 회무침을 듬뿍 올리는 순간, 건너편에 있던 선글라스를 쓴 노인이 손가락질을 했다.

"이봐, 여기 빈 접시 좀 치워."

"저요?"

입에 고인 침을 꿀꺽 삼킨 김이는 대접을 내려놓고 노인의 탁자에 수북하게 쌓인 접시를 치웠다. 손에 익지 않아 느릿느릿 엉성하게 접시를 포개자 노인은 못마땅한 듯 혀를 찼다.

"굽는 즉시 서빙해줘야지. 너무 느리잖아."

"네, 네. 바로 갖다드릴게요."

"그 국수 이리 줘."

김이가 회국수 대접을 옮겨주자 노인은 젓가락으로 쓱쓱 비볐다. 후룩후룩 국수 빨아들이는 소리가 허둥지둥 접시를 들어 옮기는 김이의 귀를 자극했다. 뭐니 뭐니 해도 해산물 잔치에는 회국수가 꿀맛이다. 빈 그릇을 쟁반에 담아 옮기는데 정인이 이를 지켜보고 있었던 듯 손을 내밀었다.

"이리 줘, 내가 할게. 저 양반이 전에 수도국장인가, 뭔가 공직에 있었다는데 워낙 꼬장꼬장해서 다들 근처에 안 가려고 해."

"수도국장이요? 어디 수도가 막혔는지 혼자 골이 잔뜩 났던데요?"

김이 말에 정인이 시큰둥한 표정으로 말했다.

"선글라스 벗으면 눈이 아주 무섭게 생겼어. 여기 계신 분들 왕년에 다들 한가락씩 했지. 비위 잘못 맞추면 컴플레인 말도 못해."

쟁반을 치우고 회국수 대접을 향해 달려간 김이는 울상을 지었다. 칼칼한 맛이 인기품목인지라 어느새 동이 나 한 줌도 남지 않았다. 다행이 고등어가 있었다. 가지는 큼지막한 고등어를 그 자리에서 반 갈라 벌겋게 달

귀진 석쇠 위에 척 던져 올렸다. 고등어의 노란 기름이 자글거리자 치이익 파란 연기가 맹렬하게 피어오르고 불꽃이 타닥타닥 튀었다. 익어가는 살점에 굵은소금을 치고 레몬을 짜 뿌리는 동안 마당 전체가 짙푸른 잿불의 냄새로 채워졌다. 고등어는 바로 색이 탁해지며 보드랍게 익어갔고 집게로 건드릴 때마다 기름진 뽀얀 속살이 결대로 찢어졌다. 벌겋게 달군 석쇠 위의 오징어는 신경질을 부리듯 마구 요동쳤다. 오그라드는 오징어에 매운 집장을 바르자 칼집을 넣은 사선의 자국마다 매운 소스가 검붉게 스며들었다.

김이는 해물밥과 고등어를 한 접시에 담았다. 숯불에 구운 생선의 야성은 보드라운 살점과 기름진 껍질이 지닌 원초적인 질감에 있다. 젓가락을 대자마자 결대로 찢어지는 살결, 부드러운 조직이 지닌 비릿한 감각이라니. 비단결 같은 기름진 짭짤함이 목구멍으로 넘어가자 다른 맛이 필요치 않은 기분이었다.

가지는 수술대에 선 노련한 의사처럼 익은 고기를 뒤집고 탄 부위를 잘라내는 등 한 치의 오차도 없이 재게 움직였다. 그의 턱에서 굴러떨어진 땀방울이 화덕에 떨어지자 치이익 기화되어 버렸다. 가지는 돌냄비에 넣어 달군 까만 돌멩이를 조갯국 담은 국그릇마다 퐁당퐁당 집어 넣었다. 국물의 온기를 오래도록 유지하는 교군 특유의 방법. 빗속에서 들이켜는 뜨끈한 조갯국의 뽀얀 국물은 개운하고 청량해서 혀에 남은 비린 뒷맛을 말끔하게 씻어주었다.

"바삭바삭한 새우튀김과 목포 세발낙지가 등장하십니다!"

갓 튀긴 왕새우튀김이 고소한 기름 냄새를 풍기며 대나무 바구니에 담겨 나왔다. 바삭한 튀김 옷 사이로 분홍 살점이 에로틱하게 비쳤다. 김이는 빳빳한 새우 꼬리부터 입에 넣었다. 씹기가 무섭게 목구멍 깊숙이 보드라운 감각을 남기고 흡수되어 갔다. 중간은 부드럽고 꼬리는 짭짤하고 씹을수록 고소한 단맛이 풍부해졌다.

"지금부터 수위가 올라갑니다."

"어허, 드디어 시작인가?"

마침내 교군 특유의 집장이 든 항아리가 등장했다. 이제부터 맵디매운 맛의 퍼레이드가 시작될 것이고 한 시간 안에 모두가 널브러질 것이다. 이 대목에서 한 잔 해야 한다며 손님들이 잔을 부딪치며 브라보를 외쳤다. 매운맛은 술을 부르고 술은 다시 맵고 짭조름한 음식을 불렀다. 연기 냄새가 옷에 밸까봐 화덕에서 떨어져 있던 손님들이 점차 둥글게 모여들었다. 봄을 재촉하는 단비는 연기를 감싸 안으며 바닥으로 추적추적 내리꽂혔다.

장대비 덕분에 해산물 파티는 맞춤한 시간에 종료되었고 식객들은 아쉬워하며 제각각 흩어졌다. 진짜 맛있는 음식은 끝물에 모이기 마련, 일꾼들이 조리실에 모여 뒤풀이를 시작하자 김이는 젖은 몸을 부르르 떨며 물러 나왔다. 뜨거운 목욕을 하며 몸에 밴 해산물 비린내를 닦아냈다.

배 속이 두둑해서인지 작업으로 밤을 새고 싶을 정도로 원기 왕성해진 김이는 포근한 스웨터를 걸치고 사무실로 향했다. 보일러를 가동한 사무실 안은 후끈후끈 건조했다. 찰칵, 척. 납작한 스캐너에서 흘러나온 빛은 누르스름한 공책에 든 글자를 단숨에 핥고 지났다.

마당이 소란해졌다. 담장 너머로 자동차 불빛이 환해지더니 육중한 철제대문 열리는 소리가 들렸다. 앞마당의 정원등이 일제히 켜지며 정인의 시큰둥한 목소리가 빗소리 중간에 섞여 들었다. 노란 불빛 사이로 빗줄기가 도드라지게 살아났다. 자정에 오기로 한 손님인가.

똑똑, 노크 소리가 들렸다. 김이가 문을 열자 머리카락이 젖은 가지가 쟁반을 받쳐 들고 서 있었다.

"비 많이 맞았네?"

"목욕했어. 생선 비린내가 가시지 않아서. 냄새나?"

물기 어린 가지는 횟감 생선처럼 싱그러웠다. 김이는 쟁반을 받았다.

"심드렁 여사가 야심한 시각에 둘이 있다가 발각되면 퇴출이랬어. 남녀 상열지사 금지조항."

"걱정 마. 실장님은 지금 이거 만나고 있잖아. 이거." 가지가 엄지를 추켜올리며 창밖을 가리켰다. "교군의 실질적인 돈줄. 숙박 손님 백 명 받아도 큰손님 하나만 못하대. 비서들 시켜서 김치나 젓갈이나 된장 고추장을 장독째 가져가. 어르신이 만든 최고품만 골라가는 거지."

"큰손님?"

"돈도 돈이지만 정보를 준대. 투자 정보, 개발 정보. 얻어들은 대로 땅을 사두면 몇 곱절 값이 뛰고 상가를 사두면 또……."

"나쁜 건 다 하시는구나. 마음에 안 들어."

"그렇게 벌어서 먹어 치우는 데 다 쏟아붓잖아. 오늘 저녁만 해도, 어휴. 듣자하니 빚이 많대. 솔직히 오늘처럼 잘 먹을 때마다 나는 본전 생각나. 차라리 우리 월급을 더 올려줄 것이지. 그러다 에이 모르겠다, 먹는 게 남는 거다. 나부터도 그러니 손님들이야, 뭐. 당연하게 생각하잖아. 오늘 먹어 치운 것들 돈으로 따지면 얼만 줄 알아?"

가지는 사치스러운 딸 때문에 골머리를 앓는 아비 같은 표정을 지었다. 설마 빚이 많겠어? 직원들의 저임금을 정당화하려고 약간 과장했겠지. 쟁반에 든 감주와 바삭한 들깨송이튀각을 맛보며 김이가 말했다.

"밤참 그만 줘. 살쪄. 어, 이거 좀 맵다?"

향긋한 들깨송이에 매콤한 고추씨가 깨처럼 붙어 오독오독 씹혔다. 고추씨는 아무 맛이 없지만 매운 기운 하나는 또렷하게 독했다.

"살짝 매워. 내가 알기로 교군의 어떤 대단한 미인은 매 끼니 고추를 한 주먹씩 먹었다던데. 이 사람 알아?"

가지가 등 뒤에서 샛노란 구식 레코드를 꺼냈다. 〈힛걸즈의 뉴-신보〉. '힛걸즈'라는 글자 밑에 유행소녀라는 해석이 붙어 있다. 김이는 〈四月의 향수〉라는 앨범에 든 얼굴들을 찬찬히 살폈다. 희미하게 먼지 냄새가 났다.

"이거 어디서 났어? 우리 엄만데."

"많아."

"많아?"

"별채 두 동을 팔았잖아. 거기서 옛날 고릿적 물건이 쏟아져 나왔지. 그때도 사재기가 있었나봐. 한 박스 가득 이 레코드야. 어르신이 다 태워버리라고 했는데 내가 챙겨뒀지. 넌 네 어머니 노래도 몰라?"

김이는 앨범에 실린 사진을 뚫어져라 봤다. 인화 상태가 좋지 않아 얼굴 윤곽이 엉터리 붓질을 한 것처럼 둔하게 번졌다. 앞면은 촌스러운 글씨체가 몹시 컸고 뒷면에는 노래가사가 작은 글씨로 잔뜩 인쇄되어 있었다. 〈四月의 향수〉〈강변의 추억〉〈느티나무 아래서〉〈기적 소리〉…… 노래 제목을 하나하나 읽자니 재킷을 싼 비닐포장 사이에 죽은 벌레가 깨알처럼 들어 있었다.

"얼굴만 봐도 맵잖아, 사람 허기지게 하는 눈빛이야."

가지가 가리키는 가운데 사람을 김이도 한참 봤다. 또렷한 이목구비다.

굵은 아이라인에 선인장 가시처럼 솟구친 속눈썹이나 뭉게구름처럼 부풀린 머리스타일은 확실히 구식인데도 정면을 쏘아보는 눈빛만은 살아 있는 듯 생생하게 이글거렸다. 김이는 얇은 유산지 봉투에 든 레코드판을 꺼냈다. 검정색 레코드는 방금 참기름을 바른 김밥처럼 윤기가 반드르르 돌았다.

"턴테이블이 어디 있어? 지금 듣고 싶어."

"듣기 싫다며? 엔지 타고 가면서 들려줬잖아. 내가 카세트테이프에 담아뒀거든."

"그 노래?"

엔지를 운전하며 들었던 구닥다리 고고 리듬의 아픈 강아지 낑낑대는 목소리가 바로 어머니라니! 김이는 그 노래의 불편함을 기억해냈다. 알 듯 말 듯 아련한 감정에 기분이 몹시 혼돈스러웠다. 마치 밀린 숙제가 뒤늦게 생각난 것처럼 당황스럽기도 했다. 기시감처럼 느껴졌던 감정이 다시 확연해지자 마음이 무거웠다. 그것은 감정의 일종이 아니라 잠복되었던 기억인 것 같았다. 결별했던 모든 것은 사라진 게 아니다. 어딘가에 숨어 현재를 지켜보고 있었다.

김이

기록은 구속이다

술은 조절이 가능하지만 매운맛은 물리칠 도리가 없어 모두가 평등해진다.
혀에 불이 붙어 펄펄 뛰다가 눈물을 질금질금 흘리다 보면
말끔하고 반들반들한 학식과 지위의 껍질이 깨지고 사람이 튀어나온다.
나는 사람에게만 사람대접한다. 사람은 온데간데없고 껍질이 떵떵거리는 세상,
누구나 제 껍질을 근사하게 만들려 아귀다툼하는 세상이라 내 음식이 점점 매워진다.
　　　　　　　　　　－『이딴 얘기 받아 적어서 뭐하려고』(교군 이덕은 여사 채록본 2)

굳게 잠겼던 서태후의 방이 활짝 열렸다. 이 여사가 여행을 마치고 돌아온 것이다. 일꾼들은 마당에 늘어서서 이 여사가 싣고 온 아랫지방의 특산물이 실린 박스를 안으로 부지런히 날랐다. 다소 한산하던 교군은 주인이 돌아오면서 부산한 기운이 감돌았다. 까랑까랑한 음성이 곳곳에서 출몰하자 일꾼들은 긴장된 얼굴로 재게 움직였고 도맛소리도 전처럼 요란해졌다. 조용하던 숙객들조차 밖으로 나와 어슬렁거리며 안부를 전했고 조리실의 환풍기는 맵고 구수한 냄새를 계속해서 토해냈다.

이 여사는 김이를 보자 웃기부터 했다.

"여전히 선머슴 같구나. 가슴팍의 해골 그림이라니. 얌전한 옷을 사 입으면 어디가 덧나냐?"

지적과 비난을 주업으로 삼는 잔소리 래퍼의 귀환이다. 김이는 각오하고 있었다. 혹독한 신고식을 치를 마음의 준비가 되어 있었지만 이 여사가 바빴다. 이 여사는 저녁 식사를 건너뛰고 여독을 풀어줄 안마사를 불러들였다. 안채 침소의 불이 일찌감치 꺼졌다.

이튿날, 새벽 5시에 별채로 나온 이 여사는 홀로 주방의 비품과 식재료 등 준비된 음식들을 세심하게 체크하고 마당을 산책했다. 연로한 투숙객들과 함께한 이른 아침 식사는 이야깃거리가 풍부해 화기애애했다. 식탁에 차려진 음식들은 맵고 붉은 기운이 선명하게 넘실거렸고, 이 여사는 장례식을 마치고 장지에서 남해 금산으로, 통영까지 이른 여행일정을 조곤조곤 얘기했다. 교군의 장기 투숙객인 백발의 노부부는 새삼 당부했다.

"남의 장례식을 그렇게 정성껏 치러주니 이 여사는 복 받을게요. 그거보다 중요한 게 어디 있나. 이다음에 우리가 죽거든 빈소 음식 아주 맵게 해줘요. 이 사람이 은퇴한 지도 오래되었고 친척도 많지 않은 데다 아이들조차 통 무심해서 곡소리 없이 잠잠할까 걱정이요."

벌써부터 죽을 걱정. 노인들이 질색하는 단어는 호상이었다. 이승에 남은 저희들끼리 멋대로 붙인 호상이라는 단어. 잘 죽었다고 기뻐하며 울지도 않을까봐 미리 걱정인 것이다.

"그렇지요. 요새는 곡소리 낭자하면 흉이 된다고, 서양식으로 차분한 장례 분위기를 선호하던데. 그래도 걱정 마세요. 이번에 말이죠, 긴병에 효자 없다고 고인의 투병이 오래였던지라 유족들이 은근히 홀가분해하더란 말입니다. 그 꼴이 보기 싫어 마음먹고 아주 맵게 꾸려 냈더니 상주는 매일이다시피 기절했고 문상객들은 전부 얼굴이 팅팅 부어가지고, 젊은 애들도 울다 지쳐 픽픽 쓰러졌죠. 장지로 가는 버스 기사까지 펑펑 울었어요. 고인 잃은 서글픔보다 각자 제 설움에 겨워 우는 건데도 자리가 자리 인지라 제 마음이 흡족했지요."

살집 넉넉한 노부인이 간절한 표정으로 이 여사의 손을 붙잡았다.

"그렇게 울어야 해요. 내가 이 나이 되도록 척진 사람이 많아 벌써부터 겁이 나요. 나 죽으면 얼마나 좋아할까. 덩실덩실 춤이라도 추지 않을까. 난 빈소 음식 계약금 미리 걸어둘래요. 내가 다른 곳에서 죽더라도 제발 잊지 말아요."

"이 좋은 날 무슨 그런 말씀을. 세상에 맛난 게 얼마나 많아요? 죽을 궁리 말고 오래 살 궁리하세요. 암자도 민어밥상은 반드시 드셔봐야 해요. 민어 부레의 찰진 맛이라니. 살이 쫀득쫀득하니 실고추 뿌려서 참기름하고 마늘로만 간을 하면 세상에, 이런 맛이 다 있나 했답니다. 5박 6일 매 끼니 천국이었어요. 이번 여행이 좋아서 가을에는 베네치아에 또 가볼까 해요. 이 혀가 흙이 되기 전에 호사를 시켜야 해요. 나이 들어 즐길 수 있 는 건 한계가 있더라고요, 자식들 돈 주면 딱 그때뿐이지 소용 있던가요?"

이 여사의 군침 도는 설명은 모두를 혹하게 했다. 촉촉하게 자글거리는 음성으로 특별한 음식을 맛본 경험을 전하니 모두들 탄식하며 침을 꿀꺽 삼켰다. 별미를 놓치지 말라는 유혹의 말은 당신들이 가진 재산을 다른 데 돌리지 말고 여기서 다 쓰고 죽으라는 일종의 마케팅 전략이었다. 식탐 이라는 함정에 빠진 손님들은 자신이 예전에 맛본 별미, 특별히 좋아하는 음식에 대해 떠들기 시작했다.

"내가 좋아하는 어복쟁반, 가자미식해 맛 좀 보게 해줘요." "보리항아리 에 넣어 꼬들꼬들하게 말린 참조기를 참기름 발라 구워가지고 누룽지하고 먹으면 아휴, 다른 건 필요 없죠. 그게 최고예요." 추가요금을 걱정하지 않는 부유한 손님들은 이 여사가 돌아오기를 기다렸던 듯 최근 들어 간절해진 음식을 앞다퉈 털어놓았다. 마치 질병에 걸린 환자가 전지전능한 명의에게 매달리는 것 같은 광경이었다.

주방에서 일꾼들과 아침 식사를 마친 김이는 가슴팍에 떨어진 빵가루를 털며 안채 깊숙이 위치한 이 여사의 방으로 살금살금 들어갔다. 작업 현황에 대한 보고를 하기 전에 적진의 상황을 살펴보고 싶었다. 전처럼 당하지만은 않겠다는 각오, 가능하다면 선제공격도 감행하겠다는 결심을 뼈에 새겼기에 김이는 거침없이 방문을 열었다. 다른 장소가 변했듯 안방의 꾸밈도 전과 많이 달라져 있었다. 길게 늘어진 살구빛 실크커튼과 미색 벽지, 고동색 사무집기들이 오전의 햇살을 받아 은은하게 가라앉아 있었다.

전에는 없던 커다란 장식장엔 오래된 자기와 그릇이 진열되어 있고 사촌들이 외국에서 보내온 사진들이 놓여 있었다. 다들 결혼식의 우아한 컷이거나 졸업 가운을 입은 활짝 웃는 사진인 데 비해 김이의 사진만은 까맣게 타고 빼빼 마른 어린 시절 모습이었다. 이 사진 언제 찍었더라? 김이는 친지들의 단체사진 속에서 공장 유니폼 차림의 아버지를 발견했다. 여전히 웃고 있는 얼굴. 아무리 좋게 보려 해도 바보스럽기만 하다.

서가에는 헌책보다 요리 관련 신간이 더 많았다. 영어로 된 요리잡지와 일본의 여성화보집들, 탁자에는 갖가지 책들이 서로 대화를 나누듯 일제히 펼쳐져 있었다. 언젠가 김이가 "이런 책들 정말 읽으시는 거예요?"라고 물었다가 이 여사에게 욕을 얻어먹었던, 너무 두툼해 읽기에는 골 아프게 보이던 전문서적이 두 배 이상 늘어나 있었다.

노력이 재능이다. 사람들은 서태후의 요리가 하늘이 내려준 손맛 덕분이라고 하지만 그것만은 아니다. 이 여사는 할 수 있는 모든 노력을 다 했다. 중년의 나이에 검정고시로 중학교와 고등학교 과정을 마치고 대학까지 들어갔다. 악착같은 노력으로 화려하게 입성한 캠퍼스 생활은 모두의 예상대로 원활하지 않았다. 조리학과 교수 나부랭이들이 주장하는 원칙을 따르기에는 이 여사의 실전 경험과 지식이 월등했던 탓이다. 그 괄괄한 성미도 한몫했다. 이 여사는 1학년 2학기, 어린 여교수에게 호박 조각을 던져버린 다음 학교를 때려치워버렸다.

사무실과 다를 바 없는 서태후의 방에서 가장 눈에 띈 것은 바닥에 깔린 표범 가죽이었다. 진짜인가? 김이의 맨발이 표범 가죽의 부드러운 털을 슬슬 쓸었다. 불법 밀수품이겠지. 세게 보이고 싶어서 짐승 가죽까지 깔았네. 방 안을 찬찬히 둘러보던 김이는 침실에서 불쑥 나온 허연 괴물에 놀라 꺅! 비명을 질렀다. 하얀 팩을 덮어쓴 이 여사였다.

"깜짝이야. 너 때문에 나도 놀랐다."

얼굴에서 거즈를 떼어낸 이 여사는 화장대에 앉아 노란색 크림을 덕지덕지 발랐다.

"바닷가 햇살이 어쩌나 강하던지. 뻘밭에서 굴 캐는 늙은이처럼 거뭇거뭇 타버렸네."

볕 때문이 아니라 세월 때문에 늙었다. 매 끼니 과도한 영양섭취와 잦은 음주가 육체를 겨냥한 세월의 침탈에 박차를 가한 것이리라.

"제가 해야 할 작업 범위를 정해주신다고 해서요. 별채 자료실의 공책은 파일로 만들었는데 더 있나요?"

"그건 그거고 이제부터가 진짜야. 이게 정말 중요한 거다."

이 여사는 잘그랑거리는 열쇠꾸러미를 꺼내 안쪽으로 들어갔다. 커다란 액자를 떼어내고 붙박이 문짝을 열자 묵은 먼지 냄새가 쾌쾌했다. 안쪽 컴컴한 방 안에는 커다란 책장과 박스들이 정갈하게 놓여 있었다. 이 여사는 손짓으로 김이의 일거리를 가리켰다. 책장에는 크고 작은 공책이 두 칸 남짓 빼곡하게 꽂혀 있었다. 이런 복병이 있나. 김이는 손에 잡히는 대로 공책을 빼서 옮겼다.

"번듯한 회사 다닌다기에 좀 나아졌겠지 했는데 여전하구나. 그 나이에 해골바가지 티셔츠라니."

"회사 안 다녀요. 그러니까 이 시간에 여기 있죠. 벌이도 없이 살고 있으니 품값 제대로 쳐주세요. 너무 박해요, 더 줘요, 더."

"알았다. 배 터지게 주마."

"직원들 월급도 적정 수준으로 올려주세요. 이건 교군의 프라이드 문제라고요."

"또 시작이냐? 아주 작정을 했구나. 너 하기에 달렸지. 네가 전처럼 어영부영하다 달아나면 절충안이고 뭐고 없어. 내가 돈 쌓아놓고 이 장사 하는 줄 아나 본데, 내 월급이 정인이보다 적다. 정인이가 1번, 요리장이 2번. 넌 하나만 알고 둘은 몰라. 돈으로는 얻을 수 없는 걸 제공하니 다들 붙어 있는 거다."

이 여사가 화장대에 앉아 마사지크림을 두들기는 동안 김이는 책장에 꽂혀 있는 오래된 책자를 빼냈다. 책장에는 오래된 구닥다리 잡지도 많았다. 《여원》《여성중앙》《선데이 서울》《주간경향》. 페이지를 급히 넘기자 손가락은 끈적거렸고 묵은 먼지 냄새에 콧구멍이 간질거렸다. 김이는 《사건과 실화》라는 얄팍한 잡지를 빼 들었다. 예전에 어머니 사건을 이 잡지를 통해 본 적이 있다. 할머니 때문에 제대로 읽지는 못했다. '남편에게 살해당한 비운의 여가수, 배미란.' 어렵지 않게 관련 기사가 실린 페이지를 발견했다. 김이는 마른침을 꿀꺽 삼켰다. 한 면 가득 펼쳐진 기사에 곁들인 사진은 석 장이었다. 포승줄에 묶인 아버지와 마이크를 쥐고 있는 어머니, 그리고 두 사람의 결혼사진.

"교군 수십 년 세월을 한꺼번에 정리하려니 고생 좀 해야 할 거다. 이리 앉아봐라."

김이는 잡지를 챙겨둔 다음 이 여사가 앉아 있는 탁자 옆으로 갔다. 이 여사는 손톱깎이로 검지손톱을 둥글게 깎았다. 손톱 조각이 초승달 모양으로 휘어져 탁자에 툭 떨어졌다.

"네가 와 있으니 든든하구나. 전에 심하게 부려 먹었다고 도망쳐버렸지? 내 딴에는 너를 가르쳐보려고 한 거다. 그래도 그렇지, 너는 인내심이 부족해. 네가 달아나봐야 내 손바닥 안이다."

이 여사가 괄괄한 성미를 죽이고 사과를 하고 있는데 김이의 머릿속은 방금 잡지에서 읽은 헤드라인만 빙글거렸다. 남편에게 살해당한 비운의 여가수, 배미란. 그 글자에 서린 침통한 어둠이 스산한 기운을 내뿜었다.

"자료 정리를 우습게 알지 마라. 아주 중요한 일이야. 손님 중에 누군가를 찾아야 하는데 그게 누군지를 몰라. 이름을 알 수가 없다. 어떻게 하면 그 작자를 찾아낼까, 참 오랫동안 고심했지. 조리법 때문이 아니라 사람을 찾으려고 네게 일을 맡긴 거야."

"흥신소에 맡기면 빠르잖아요."

"사람들은 눈으로 확인할 수 있는 물증만 믿지. 그런데 내가 믿는 건 느낌이다. 감과 촉. 음식을 만들 때도 막연히 느낌으로 알게 되는 궁합이 있어. 음식을 만들기 전에 재료를 손에 넣고 물끄러미 바라보면 느낌이 와.

음식을 먹기 전에도 십 초 정도 교감을 하면 절대로 체하지 않는다. 탈이 나지도 않고 많이 먹어도 살이 찌지 않아. 그건 지식이 아니라 감이야. 나는 내 감을 믿고 기다려왔다."

이 여사는 김이의 손을 낚아채 투박하게 자란 엄지손톱을 톡, 톡, 깎기 시작했다. 김이는 돋보기를 쓴 이 여사를 물끄러미 봤다. 예나 지금이나 차림새는 세련된 편이다. 비싼 장신구에 정갈한 블라우스. 알 굵은 진주반지는 손가락의 움직임에 따라 조금씩 헛돌았다.

"손톱이 발톱 모양 두껍구나. 넌 기록 때문에 돈을 받고 있으면 이 할미가 주는 주옥같은 말씀을 하나도 놓치지 말아야지. 웬 딴청을 부리고 있어? 네가 정리하는 공책들 전부 교군 거쳐 간 애들이 일일이 적어서 남긴 것들이야. 내가 얼마나 훌륭한 말만 하면 그랬겠니. 내가 입만 열면 보석 같은 얘기만 쏟아지니 다들 감격해서 쓰러졌지."

"보석인지 아닌지는 몰라도 말씀하시면 적을게요. 다른 얘기도 해주세요. 저기 말이죠."

"뭐?"

"저는 보육원에 왜 보내졌나요?"

이 여사는 깎아낸 손톱을 휴지에 받쳐 슬슬 쓸어 모았다. 괄호 모양 가냘픈 손톱 조각이 부산하게 흩어져 있었다. 초승달 같은 괄호, 내밀한 괄호. 김이는 괄호 안에 든 얘기가 궁금했다.

"그게 그렇게 억울하든?"

"전부터 궁금했는데 어머니 얘기만 나오면 다들 얼굴이 굳어지고 딴청만 피우고."

"얘기할 건더기가 뭐 있어야지. 좋은 얘기도 아니고."

"제가 어디 가서 그런 얘기를 들어요? 정인 아줌마도 이건 내가 할 얘기가 아냐. 나한테 묻지 말라고만 했고. 얼마 전에 어머니 노래를 들었어요. 그 멜로디를 들어본 것도 같고 아닌 것도 같고 뭔가 여러 가지 기억이 가물가물해요. 엄마 생각이 나지만, 그런데 그분은 엄마라는 단어로 속박하기에는 너무나…… 엄마 같지가 않아요."

이 여사는 고개 숙인 김이를 힐끗 보고는 핸드크림의 마개를 열어 손바닥에 대고 쭉 짰다. 쩍쩍 갈라진 주름 골로 기름진 노란 크림이 스며들었다. 이 여사는 김이의 손에도 핸드크림을 짜주었다.

"네가 시집갈 때가 된 모양이다. 엄마 얘기를 묻는 걸 보니. 미란이도 너를 낳고 제 엄마 얘기를 내게 묻더라. 여자란 그렇지. 그렇게 싸돌아다니다가도 집에 들어앉아 새끼를 키우다 보면 엄마 생각이 나는가봐. 미란이 혼례 치르고 죽기까지 친정을 들락거리는 동안 나도 딸 재미를 봤었다. 계모라 해도 내가 인심 후하지, 제 서방 잘 먹이지, 어디 한 군데 부족하지 않게 잘 챙겨줬거든. 하, 생각하면 그때가 참 좋았다. 그 시절이 풍족하고 재미있었어. 미란이 참 예뻤다. 가수한답시고 귀신처럼 화장하고 다닐 때보다…… 너를 배에 넣고 교군에 들어앉아 토실토실 살쪘을 때가 정말 예뻤지. 귀티가 자르르 나는 것이 모두가 교군 사모님이라 불렀고 손 서방도 인물은 좋았거든. 키가 삐죽이 커서는 얼굴은 말갛고 눈웃음이 선했지. 둘이 붙어 앉아 도란도란 호호 하하 금실은 기가 막히게 좋았던 부부였어…… 참 좋았지. 꽃도 많고 장사도 잘됐고 음식은 매일 맛있었고…… 그래서 이상해. 참 이상하지?"

"뭐가 이상해요?"

이 여사는 그때 그 시절을 떠올리는 듯 고개를 들어 허공을 응시했다.

"내 인생 활짝 펴서 신명나게 종종거리던 시절이 분명히 있었는데 그때보다 미란이 결혼하고 여기서 지내던 시절이 마치 내 청춘이었던 것처럼 생각난단다. 그때가 그리워. 내가 애를 못 낳아서 그런가, 미란이가 너를 낳고 교군에서 복작거리던 시절이 나도 참 좋았단 말이야. 음식을 해주면 맛있다, 신난다, 손 서방이랑 미란이가 짝짜꿍해주니 나도 신이 나서 생전 안 해봤던 음식도 만들고 몸에 좋다는 건 다 거둬다가 지극정성으로 해댔지. 그래, 그때 참 좋았어. 날씨도 늘 좋았고 돈 걱정도 없었고 네 할아버지는 너를 노상 끼고 있었지. 미란이는 네가 예뻐서 손톱도 땅바닥에 버리기 아깝다고 했다. 네 배냇귀거나 손톱을 꽃밭에 저기, 저 봉숭아 싹 돋은 돌확 밑에 살그머니 놔두곤 했다. 저 마당에 핀 꽃들 전부 네 어머니 아버지가 가꾼 거야. 미란이가 꽃을 좋아해서 손 서방이 기를 쓰고 마당을 정리했었지. 지금도 머저리 손 서방은 여기 오면 화단에서 진을 치잖아."

밖을 바라보는 이 여사의 시선을 좇아 김이도 창밖으로 고개를 돌렸다. 저 화단, 저 꽃들. 당연하게 피어 있던 꽃들이 새로운 의미로 다가왔다. 손질하지 않은 화단의 덤불이 지저분하게도 보였다. 아버지의 손길이 닿지 않은 그 몇 년 동안 저런 지경이 된 것이다.

"손 서방은 저 화단을 보며 미란이를 생각하겠지만 나는 달라. 나는 푸른 것만 보면 열 살 적에 봤던 무밭이 떠오른다. 보름 넘게 굶었더니 옆에 있는 사람이라도 뜯어 먹고 싶을 정도로 배가 고파서 흙도 주워 먹었지. 다꽝을 훔쳐 먹고 머리채를 뜯기고 작신 두들겨 맞았거든. 그때 무슨 일이 있었는지 도망치고 도망치다가 어느 언덕에 올랐는데 푸른 밭이 여기서부터 저기까지 쫘악, 하이고 끝이 없는 거라. 전부 무밭이었다. 푸릇푸릇한 무청이 빳빳하게 넘실거리던 무밭. 정신없이 무청을 움켜쥐고 무를 뽑았다. 나이 어린 데다 한참 굶어 무슨 힘이 있겠니. 안 뽑히려고 우직하게 버티는 놈을 죽을힘을 다해 기어이 뽑아 소매로 쓱쓱 닦고 베어 먹었다. 아린 국물이 넘실넘실 입안에 흥건하고 아, 생각만 해도 또 침이 고이는구나. 그렇게 마구 씹어 먹다가 어느 결에 덜렁거리던 유치가 툭 빠져버렸다. 무를 훔쳐 먹다가 어른이 된 거지. 지금도 배고프면 그 무 맛이 생각나고 배가 불러도 그 무밭이 떠오른다. 푸른색이 끝없이 펼쳐진 천국이었지. 얼마나 아름답고 얼마나 든든하던지. 그대로 죽어도 좋다는 생각만 들더라. 어허, 또 뭐하고 있니? 이런 위대한 말씀은 어디서도 못 들을 거다. 까먹지 말고 어서 받아 적어라."

이 여사의 물기 어린 말투에 입맛을 다시던 김이는 급히 볼펜을 들었다. 여러 차례 얘기했던 듯 자료집에서 읽었던 내용이라 새로울 게 없었다. 뭐라고 쓸까 잠시 망설이다 먹어 치우는 입, 이라고 휙 갈겨썼다.

"나이 드니 옛 생각만 새록새록 나는구나. 교군 들어와 보낸 세월 62년이 참으로 만만치 않았어."

"저도 힘들었어요. 이만큼 자라느라 악전고투했다면 안 믿으시겠지만."

소파 쪽으로 천천히 자리를 옮긴 이 여사는 한참 동안 말이 없었다. 열린 창으로 거실에 틀어놓은 음악 소리가 희미하게 들렸다.

"그렇지, 그랬을 거다. 김이는 수박처럼 단단한 줄만 알았다."

"단단해요. 겉은 그래요."

이 여사가 오후 스케줄을 깜빡했다며 옷을 갈아입자 김이도 자료 꾸러미를 들고 방을 나섰다. 복도를 지나 마당을 가로질러 가다가 아차, 하며 멈춰 섰다. 결국 보육원에 보내진 이유는 명확히 듣지 못했다. 들려주지 않으니 못 들을밖에. 군침 도는 말솜씨로 불편한 화젯거리를 스리슬쩍 피하는 서태후의 미꾸라지 실력은 여전했다.

사위가 어두워지는 교군 앞마당으로 기름진 냄새가 자욱했다. 별채는 통영에서 가져온 별식을 즐기려는 손님들로 어수선했고 주방의 일꾼들은 바쁘게 마당을 오갔다. 김이는 이 여사의 방에서 가져온 자료들을 스캔하느라 입을 꾹 다물고 일에 열중했다. 지난 사흘 동안 쉴 틈 없이 세부적인 항목을 만들어 자료를 꺼내 보기 쉽게 만들었으나 작업 진척은 느리고 지루하기만 했다.

다섯 권이나 되는 투숙객 정보며 투숙기간과 금액을 모아놓은 기록만 해도 대단했다. 김이는 마음을 다잡으려 이 여사의 어록을 한 자 한 자 자판으로 쳐서 입력했다.

살집이 있고 퉁퉁하고 잘 붓는 체질은 배추를 많이 먹으면 좋지 않다.
배추에는 담을 형성하는 성질이 있어서 관절염에 걸리게 된다.
머위는 혈액순환에 좋고 붉은 음식은 여성의 음기를 보강해준다.
쇠고기 요리에 대추를 함께 넣으면 고기의 나쁜 피를 풀어준다.

서태후의 글씨체는 워낙 동글동글하고 독특해 한눈에 알아볼 수 있었다. 다른 글씨들에 비해 분량은 적지만 상세함에 있어서는 누구도 따를 자가 없었다. 기록은 시기별로 각기 다른 특징이 있었다. 어느 시기에는 질병 치유에 대한 관심에 몰려 있고 어느 시기에는 양념을 배제한 맛과 발효에 관심을 두었고 어느 시기에는 접시와 그릇에 담는 방식을 연구했다. 독성 음식에 대한 기록은 드문드문 들어 있었다.

> 미나리아재비과의 식물은 대체적으로 독성식물이다.
> 맹독성의 '현호색', '미치광이풀'은 혀가 따갑고 아리지만
> 양념을 맵게 하면 지린 맛만 지우고 효능은 남는다.

사람을 상하게 하는 독초와 그에 관한 조리법과 음식끼리의 상극, 체질별 맞지 않는 음식, 천천히 사람을 상하게 하는 조리법이 가끔씩 등장했다. 대체 누굴 죽이려고 이렇게 방대한 작업을 손수 적어가며 진행한 것일까. 1982년 즈음부터 그 부분이 확실히 늘어났다.

> 비장은 상하지만 당장 죽지 않는다.
> 혈색의 변화는 없어도 장기가 무너져 서서히 건강을 잃게 된다.

서태후의 글씨는 무심하고 살뜰하게 적혀 있지만 그 많은 페이지는 한 가지 각오로 넘실거렸다. 죽이고 싶다, 죽이고 말 것이다.

뭔가 이상했다. 현기증이 일었다. 김이는 자료 더미 위에 올려놓은 잡지에 절로 눈길이 갔지만 일부러 외면했다. 할머니의 방에서 가져온 오래된 잡지. '남편에게 살해당한 비운의 여가수, 배미란'. 세로로 인쇄된 글자가 손바닥으로 문지른 것처럼 흐릿하게 번져 있었다. 한참 동안 멍하게 생각에 빠졌던 김이는 급작스레 컴퓨터를 꺼버렸다. 침침한 어둠이 밀물처럼 천천히 밀고 들어와 전부를 검게 물들일 것 같았다. 생각이 복잡해지면 숨이 턱 막히며 당장 죽을 것 같은 기분이 된다. 우린 전부 죽게 될 거야, 우린

전부 죽게 될 거야. 애를 어쩌려고 낳은 거야! 우린 전부 죽게 될 거야!

김이는 할머니 방에서 가져온 그 잡지를 읽은 뒤 며칠 동안 멍한 상태였다. 밥은 제때 먹고 일은 기계적으로 했지만 머릿속은 커다란 구멍이 난 것 같았다. '임신 6개월 상태에서 안면을 수차례 강타당해 두개골 함몰과 안구 파열의…… 평소 정신적으로 문제가 있던 벽돌공 손 씨는 난폭한 성정으로 공장 동료와의 불화와 양육에 대한 부담감에…… 후회의 눈물을 흘리며 선처를 호소…… 미8군에서 가수활동을 시작해 10년 동안 쇼단에서…… 동료 가수들은 범인의 엄벌을 촉구하며……'

안면을 수차례나 강타당했다는 적나라한 문장이 마치 외국어처럼 생경했다. 어머니가 자는 듯 편히 죽었다는 친지들의 말을 듣고 자랐으나 사람들이 소곤거리는 말을 들으며 대강 추측을 했다. 결혼사진 속 아버지 얼굴은 흐릿해서 다른 사람 같았고 스탠딩 마이크 앞에 선 어머니 사진은, 요즘 듣고 있는 힛걸즈의 노래와는 어울리지 않는 모습이었다. 깡총한 원피스에 굵은 머리띠를 한 인형 같은 얼굴. 이 얼굴이 뭉개지고 으깨졌다고 한다. 사랑하는 사람이 이런 상태로 발견되면 대체 어떤 기분일까. 아버지는 어떤 기분으로 그 당시를 이겨냈을까. 이겨내지 못한 상태인지 모른다. 그래서 더 바보가 된 걸까.

김이는 어머니를 모른다. 어쩌면 너무 정확해서 가짜인 것 같은 기억만 남아 있다. 배미란이라는 이름을 들으면 노래 부르며 춤을 추는 모습이 즉각 떠오르지만 어머니는 결혼한 뒤로는 집에만 있었다고 들었다. 김이 너를 낳은 뒤로는 매일 빈둥거리며 놀기만 했는데 네가 엄마 노래 부르는 걸 어디서 봤겠냐. 유명한 가수가 아니라서 텔레비전에도 나오지 않았다. 그렇다면 그 모습은 무엇일까 김이는 생각했다.

입력된 정보가 만들어낸 허상이라 해도 반질거리는 공단 원피스를 입고 어깨를 들썩거리며 춤을 추는 어머니가 절로 떠올랐다. 힛걸즈의 노래를 들은 뒤로는 그 노래의 박자에 맞춰 어머니가 춤을 췄다. 끔찍한 사고로 죽었다는 사실을 알게 되었을 때도 남자들에게 유린당해 비명을 지르는 어머니의 짝 벌린 입이 떠올랐다. 허둥지둥 달아나다가 잡힌 여자.

어머니가 어떻게 돌아가셨냐고 물으면 아버지는 화들짝 놀라곤 했다. "뭐, 죽었어?" 놀라다가 이내 멍해져서는 아무 말이 없었다. 울적한 얼굴이었다. "몰랐어? 우리 엄마 죽었다면서?" 아버지는 말이 없었다. "언제, 어디서?" "도대체 왜?" "누가?" 육하원칙을 기초로 한 딸의 질문에 아득한 얼굴로 대응하던 아버지. 한참 뒤에 정신을 차리고는 한마디 했다. "남들이 우리 미란 씨 죽었다고들 하지만, 아냐. 네가 여기 있잖아." "내가 미란 씨야? 아버지, 딴청 부리지 말고 잘 생각 좀 해봐." 채근해봤자라는 걸 알면서도 캐물으면 아버지는 언제 침울했는가 싶게 벙실벙실 웃었다. "미란 씨가 여기 왔다 간 흔적이 바로 너야. 딸 만들어 놓고 갔으면 됐지. 사람이 뭐 영원히 살 수 있나?" 바보 같기는 해도 영 틀린 말은 아니었다.

김이는 마당을 가로질러 달렸다. 2층 방으로 올라가자마자 간밤에 싸 놓은 가방부터 움켜쥐었다. 놔둔 물건이 있나 대충 살핀 다음 아랫입술을 꼭 깨물었다. 며칠 동안 참 힘들었다. 잊고 있었던 어둠의 고통에 도살당할 것 같은 기분이었다. 이번에는 당당하려 했는데 다시 원점이다. 더는 못 버틸 것 같다.

김이는 계단을 빠르게 뛰어 내려갔다. 곧장 대문으로 나가면서 지갑에 든 돈부터 살폈다. 택시를 부를까, 버스 종점까지 걸어 나갈까.

배낭을 짊어진 김이는 하늘을 올려봤다. 고개는 숙인 채 눈만 들어 하늘을 봤다. 바람에 벚나무 이파리가 하늘하늘 흔들렸다. 바람결에 날아드는 라일락 꽃향기, 작약이 활짝 만개한 냄새. 김이는 곧장 앞을 향해 자박자박 걸었다.

저 멀리 보이는 교군을 외면하려 김이는 눈을 감았다. 〈느티나무 아래서〉가 귓전에서 살살 속삭였다. '나는 여기 있어, 당신은 거기 있어, 내가 먼저 왔어, 당신을 기다릴래……' 멜로디에는 고유의 힘이 있다. 시공간의 어느 구석에 그 시대가 복작거리며 존재하고 있을 것만 같다. 힛걸즈의 나른하고 느려 터진 고고 리듬이 전혀 생경하지 않은 곳. 아내를 잃은 남편을 범인으로 몰아 현장검증까지 간단하게 해치우던 곳. 많은 사람이 일시에 죽임을 당해도 전혀 알 수 없었던 무지막지한 시대.

아버지가 아무리 부인해도 우리에게는 엄청난 일이 있었다. 아버지가 사랑하는 미란 씨는 지금 어디에 있나? 교군의 조리실은 지금과 크게 다르지 않은 모습으로 그때부터 복작거렸을 것이다. 저쯤 어딘가에서 아버지가 꽃을 심고 어머니가 내 손톱을 깎아주던 풍경이 존재했다는 사실. 자신과 무관할 수 없는 그 어느 때, 그 어느 곳이 존재했다는 사실 자체가 싫었다. 그것이 견딜 수 없이 싫어 김이는 몸서리를 쳤다. 싫다. 싫어. 다 관둘 것이다. 쏜살처럼 달려가는 김이의 등 뒤로 분홍 벚꽃 이파리가 바람을 타고 팔랑 날았다.

미란이 남자들은
하나같이 다 그 모양이야

미란
진흙 같은 노래

교군의 집장에는 모두 아홉 가지의 고추가 들어간다.
달거나 쓴 놈, 뒤끝이 고약한 놈, 신맛과 단맛, 시큼하거나 얇은 고추,
텁텁하거나 맹한 놈, 알차게 단단한 놈, 이것도 저것도 아닌 놈,
모두모두 필요하다. 쓰임 없는 인간이 있던가.

－『이딴 얘기 받아 적어서 뭐하려고』 (교군 이력은 여사 채록본 3)

  그곳은 냄새부터가 달랐다. US. Army가 새겨진 군청색 철창 안에는
가솔린 엔진 냄새에 고소한 튀김 냄새, 화한 민트 향과 초콜릿 냄새가 뒤
섞여 있었다. 한가하게 어슬렁거리는 미군들은 껌을 질겅질겅 씹으며 기름
진 말을 내뱉었고 바닥에 깔린 시커먼 아스팔트조차 광택으로 반드르르
했다. 단장의 뒤를 따라 미군 클럽 안으로 들어선 연예인 용역들은 긴장감
을 감추려고 껌부터 나눠 씹었다.
  용산 미8군 USIS 공개오디션장으로는 대형 쇼단의 연예인들과 단장과
악단장, 각 흥행사의 사장들, 음반업자들이 시간 맞춰 모여들었다. 1년에
두 번 열리는 미8군 클럽 오디션에 합격하면 전국 각지의 이백 개가 넘는
미군 클럽에서 미국 본토로부터 날아온 스타들과 한 무대에 오를 자격을

얻게 된다. 이미 하우스 밴드로 활동하고 있다 해도 때마다 열리는 오디션에 합격하지 않으면 무대에 오를 수 없어 그야말로 밥줄이 걸려 있는 경연장이었다.

그날, 오디션장에 모인 응시자들의 눈길은 한 군데로 쏠려 있었다. 저 너머에서 그 유명한 토미 아리오 쇼가 시작되었는데도 응시자들은 홀로 서 있는 미소녀를 주시했다. 양 갈래로 머리를 묶은 소녀는 무심하게 순서지가 적힌 종이를 살펴보았고 주변에 선 사람들은 그 얼굴을 가까이서 보려고 까치발을 하거나 서로를 떠밀었다. 처음 보는 소녀가 어느 쇼단의 히든카드인지 궁금했던 것이다.

소녀는 분홍 앙고라스웨터에 체크무늬 긴 치마, 앙증맞은 구슬 백을 들고 있었다. 새로 사 신은 듯 티 한 점 없는 빨강 구두는 약간 헐거워 보였다. 남다른 옷차림에 차가운 요기를 뿜어내는 소녀의 미모는 단연 돋보였다. 높고 창백한 콧날, 고집스레 꼭 다문 입술, 까만 눈동자는 주변 사람들을 발밑에 두고 굽어보는 듯했다. 특별해 보이는 소녀의 등장은 날 잡아 요란하게 꾸미고 나온 주변 모든 응시자들을 민둥산의 돌덩이처럼 하찮게 만들어버렸다.

소녀는 종이쪽지에 적어 온 영어가사를 외우느라 눈썹을 곤두세웠고 바로 옆에 선 식모는 사람들의 시선을 의식해 자꾸 소녀에게 말을 시키며 옆구리를 쿡쿡 찔렀다. 모두가 주목하는 소녀의 동행자라는 사실을 자랑하고 싶었던 것이다. 마침내 제 순서를 맞은 소녀가 종이쪽지를 움켜쥐고 천천히 앞으로 나가자 사람들은 모세의 바다처럼 양옆으로 갈라지며 길을 터주었다.

열아홉 살 갈래머리 배미란이 단 위에 올랐다. 반주해줄 밴드도 없이 당돌하게 혼자 무대에 오르다니. 사람들이 앞으로 몰려들었다. 심사위원 중 하나가 어디 소속이냐고 영어로 묻자 긴장한 미란은 다짜고짜 노래를 부르기 시작했다. 구경꾼들은 소리 없이 웃으며 귀를 기울였다. 미란의 목소리는 타이어에 깔린 고무신을 잡아 뺄 때 나는 소리와 비슷했다. 낑낑거리는 쇳소리로 어눌한 영어가사를 읊어대느라 입술이 마르고 혀가 탔다. 미란은 쿵쿵 뛰는 자신의 심장 소리에 질려 후렴으로 가기도 전에 가사를 까먹어버렸다. 뒤에서 누군가가 친절하게 가사를 읊어줬지만 목소리가 칼로 베인 듯 이어지지 않았다.

꼭 다문 입술이 파르르 떨고 있어도 미란의 얼굴은 여전히 차갑고 도도하게 보였다. 난 여기까지만 할 거야, 나머지는 너희들이 알아서 해, 라고 주장하는 듯 그대로 침묵이었다. 심사위원석의 덩치 큰 흑인이 옆 사람과 의견을 주고받았고 나머지 심사위원들은 부동자세로 선 미란을 힐끔거리며 웃었다. 러브레터, 단조롭고 애조 띤 곡이 바들바들 떠는 미란의 음성과 그런대로 맞아떨어져 두 소절만으로 충분하다고 했다. 심사위원들은 귀여운 해프닝이라 판단한 듯 후한 평가를 내렸으나 결과는 불합격이었다.

식모를 데리고 밖으로 나간 미란은 몇 걸음 가지도 못하고 누군가에게 붙잡혔다. 거대 쇼단의 단장일 거라 짐작했지만 달력 모델을 권하는 사진쟁이였다. 한복을 입고 고궁에서 포즈만 취해주면 돈을 주겠다고 했다. 개인 레슨을 받아야 실력이 향상된다며 따라붙는 노래선생도 있었다. 불합격의 충격으로 낙담한 미란은 자신의 발치수보다 큰 신발을 덜그럭거리며 걸어 나갔다. 들어올 때는 몰랐는데 아스팔트로 도포된 부대 안이 만주 벌판만큼이나 광활하고 적막했다.

후일 미란은 그때 그 순간을 두고두고 곱씹어 생각했다. 일이 뜻대로 되지 않을 때마다 갈래머리 팔랑이며 낯선 남자를 겁도 없이 따라갔던 그날을 떠올렸다. 그날 오디션장을 빠져나가 곧장 집으로 돌아갔더라면 남들처럼 순탄하게 살았을까. 과연 그럴까. 미란은 고개를 내저었다. 그날 미군들과 담배를 피우고 섰던 악단장 김규식이 자신에게 말을 붙였기 때문에 그 길을 가게 된 것이 아니다. 아무도 붙잡지 않았더라도 기어이 쇼단이든 음반회사든 찾아갔을 것이다. 몇 번이고 집어치우려 했지만 결국은 그 세계에 도로 끌려가고 매번 새로 시작했었다.

백 코러스로 미8군 클럽을 드나들던 시절, 미란은 광화문 재수학원에 다닌다며 아버지에게서 용돈을 타 썼다. 몸이 아파 병원에 가야 한다, 참고서를 도둑맞았다, 돈을 요구하는 전보를 보낼 때면 '급'자가 붙은 거짓 사연을 너덜너덜 첨부했다. 화려한 가면을 쓴 쇼단의 구성원이 되어보니 거짓이란 최선의 일부였다. 쇼는 늘 시끌벅적했고 전부가 사기였다. 의상도 무대도 전부 가짜. 거짓에서 거짓으로 이르는 환상의 어느 지점에 미란의 청춘이 맴돌고 있었다.

FM방송에 신청곡 적은 엽서를 보내며 팝송 나부랭이와 친구 맺은 미란에게는 악단장 김규식이 폴 모리아였고 비틀즈였고 서구 음악 그 자체였다. 한창 잘나가는 그가 영어로 주절거리거나 단원들의 악기에서 조화로운 소리를 뽑아낼 때면 미란은 부처 그림에서 봤던 동그란 후광을 김규식의 머리통 언저리에서 발견했다. 그는 어떤 곡이든 세련되고 섬세하게 만들어냈다. 어릴 적부터 레코드판으로만 듣던 사운드가, 귓속에서 잘강거리던 숱한 팝송들이 형체를 갖추고 덤벼들었다. 악단장 김규식은 그 형체의 면면을 얇게 발라내는 재주가 있었다. 그의 음감은 최고였다. 흐르는 강물에 손을 집어 넣어 죽은 고기를 집어 올리듯 마구잡이 사운드에서도 어긋난 음정만 정확하게 지적해냈다.

"세상에는 악기가 아닌 것이 없다. 너라는 악기도 조율만 잘하면 얼마든지 소리다운 소리를 낼 수 있단 말이다."

선생의 가르침은 추상같았다. 가수 지망생 미란은 쌀쌀맞고 예민한 선생에게 주눅 들어 있었다.

"제가 뭘 해야 하나요?"

"예술가란 모름지기 거추장스러운 게 없어야 하느니, 벗어라, 벗어. 다리를 오므리고 무슨 노래를 하겠어. 다 버리고 다 열고 너의 본질만 남겨야 해. 자, 자, 옳지, 옳지!"

된장처럼 생겨 먹은 김규식은 미란의 뽀얀 피부를 유독 밝혔다. 탱탱한 젖가슴과 납작한 배를 야금야금 먹어 치우며 탄복했다.

"넌 아주 달고 부드러워. 마치 크림 같구나."

"아, 간지러워요."

"가만히 좀 있어봐. 새하얀 크림이 사람이 되고 싶다는 소원을 빌어서 탄생한 게 바로 너구나. 넌 아이스크림이라 한입 베어 먹어도 표시도 안 나. 앙, 맛있다! 앙, 맛있어!"

미란은 간지럽지 않아도 깔깔 웃으며 몸을 비틀었다.

그는 성대를 열어준답시고 풋과일 같은 미란의 몸부터 열어젖혔다. 가수라면 으레 그래야 한다며 둥글게 소리 내기, 굽이굽이 바이브레이션 하기, 발성의 고저에 두성과 중음, 비음이 먹히는 지점을 짚어주면서 진정한 스승답게 육체의 교접을 더욱 공들여 가르쳤다. 마주 보고 하기, 옆으로 하기, 뒤로 하다 나란히 서서 하기, 하늘 같은 스승은 다양한 체위를 몸소 실현해 보였다. 좋으면 소리 질러, 좋다고 소리로 표현해! 그다지 좋지 않아도 미란은 눈을 꼭 감고 달뜬 교성을 내질렀다. 입속에 든 진짜 입은 꼭 다문 채 목구멍에서 간질거리는 소리만 내질렀다. 그럼에도 기분은 날아 갈 듯했다. 잘난 선생의 예술혼이 질 깊숙이 들어와 아랫도리를 살살 태워 원대한 가능성을 잉태시켰다. 언젠가는 되리라. 된다고 했으니 되리라.

그와 몸을 섞으면 앞날의 걱정과 불안이 일시에 걷히고 대단한 권력을 손에 쥔 기분이었다. 노래가 잘 되지 않아 초조해지면 미란은 시키지 않아 도 옷을 벗었다. 벗었으니 열었고 열면 교성이 나왔다. 숱한 세월 속에서 질리도록 몸을 열었는데도 소리다운 소리는 열리지 않았다. 성미 급한 미 란이 불만을 털어놓으면 김규식은 '사랑의 매'를 갈겼다. 사랑이 담뿍 넘쳐 흘러 몹시 아프고 굴욕적인 매질이었다. 처음에는 예쁘다고 궁둥이를 살 살 쳤지만 날이 갈수록 수위가 올라갔다. 얼굴에 멍이 들도록 맞는 일이 허다했다. 미란이 다른 남자들과 시시덕거렸다는 이유로 뒤로 불려가 발 길로 걷어차이고 입술이 터지도록 따귀를 맞았다.

당시는 미란이만 맞은 게 아니었다. 모두가 때리고 맞았다. 학생은 선생 에게 얻어터졌고 식모는 주인에게 맞았고 부인은 남편에게 맞았고 용의자 는 경찰에게 맞았고 데모하는 학생은 남녀 가릴 것 없이 맞았고 군인은 복무기간 내내 맞았다. 공포와 두려움이 혼분식처럼 장려되던 시절이라 버스차장은 회수권 도둑년으로 몰려 홀딱 벗겨져 수치심을 맛보았고 공 돌이 공순이는 똥물을 뒤집어썼다. 머리가 긴 남자는 가위 든 경찰을 피 해 달아나야 했고 미니스커트를 입은 아가씨들 역시 경찰이 들이댄 줄자 를 두려워했다. 반대가 용인되지 않던 시대, 반대를 더 큰 반대로 깔아뭉 개던 시대라 스승에게 몇 대 맞았다고 서러워할 일이 아니었다.

김규식의 조련을 받던 그 몇 해 동안 미란은 노래도 이름도 얻지 못했다. 재능을 낭비하느라 세월도 낭비되었다. 악단장에서 밀려나 쇼단을 차린 김규식은 풋풋하고 재능 넘치는 소녀들에게 아낌없이 정액을 선사했다. 원치 않는 노래를 부르느라 제 감정과 싸우고, 음정과 싸우고, 아비의 반대와 싸우고, 주변의 혹평과 싸워야 했던 미란은 수면제 없이는 잠들지 못했다. 제일 곤욕스러운 일은 김규식이 만든 술자리 약속들이었다. 높은 놈들은 술을 먹으러 나오는 게 아니라 미란을 먹으러 나왔다. 놈들이 이부자리에서 남발하는 헛된 약속은 피임약과 초음제 껍질을 버린 쓰레기통 사이를 지저분하게 굴러다녔다. 미란은 김규식이 데리고 노는 소녀들보다 나이 들어버린 자신이 싫었다. 공덕시장에서 재봉틀을 돌리던 김규식의 처에게 이혼하라고 으름장을 놓았던 자신의 어리석음이 싫어 미칠 것 같았다.

용모가 근사한 미란에게 접근해 오는 남자는 많았다. 밤무대 트로트가수, 밴드의 리드기타, 단발머리 가발을 쓰고 다니던 살롱의 영업부장. 그들은 미란의 이름을 부르는 대신 새끼손가락을 추켜올리며 화끈한 섹스파트너로 칭송했다. 미란은 그들에게 돈 대주고 몸 대주느라 노래도 부르지 않고 금쪽같은 세월을 날려 보냈다. 세월이란 참으로 웃기는 작용이었다. 세월은 파도처럼 굽이치며 김규식의 쇼단을 공처럼 높이 띄웠고 미란은 납덩이처럼 저 밑으로 가라앉게 했다. 김규식의 쇼단으로 찾아간 미란은 돈을 투자하겠다고 나섰다. 마지막 판돈 한목에 걸기, 김규식의 매머드 쇼는 무용수만 사십 명에 백 코러스가 열둘, 밴드 또한 매우 화려했다. 미란은 교군에서 가져온 돈을 내고 화려한 무대의 중심에 설 수 있었다.

무대에 오르면 막대기처럼 뻣뻣해지는 미란이 그날만은 흐느적흐느적 좀 풀어졌다. 자신의 멜로디에 안착해 멜로디가 되어버린 미란은 놀라울 정도로 아름다웠고 피를 먹은 마녀처럼 굴었다. 허스키한 음색과 흐느적 거리는 몸짓은 관능이라는 목표물을 정확히 조준하고 있었다. 고고 리듬에 맞춰 춤을 추는, 분함을 토해내는 미란의 눈빛은 분장 탓인지 독한 각오 때문인지 불을 머금은 듯 활활 탔고 목소리가 빠져나오는 지점, 입이라는 크고 붉은 입구는 사방을 집어삼킬 듯 무섭게 벌어졌다.

미란은 노래로 죽음을 각오했다. 내 노래가 얼마나 대단한지 알아? 난 내 노래에 목숨 걸었어. 난 진흙처럼 축축하고 끈적이는 소리가 좋아! 동굴에서 흐느껴 우는 소리, 암수가 절정에 오르는 소리, 칼 꽂은 돼지 멱에서 피가 쏟아지는 소리, 식모가 다듬이 두들기는 소리, 성난 파도가 모든 것을 쓸어버리는 소리, 맵게 먹고 헐떡거리는 소리, 우박이 철판을 뚫어버리는 소리, 창호지를 좍좍 찢어발기는 소리. 그런 소리, 그런 목소리. 난 그래, 난 그런 노래를 부르는 거야! 미란은 반주를 무시하고 무대 위를 외설적인 몸짓으로 퉁겨 올라 갈까마귀처럼 날고 포효했다. 제 목소리의 관능에 겁탈당해 스스로 달뜬 미란은 젖가슴을 움켜쥐었다가 사타구니에 손을 대고 몸을 마구 비틀었다. 터질 듯한 욕망이 마침내 터져버렸다.

미란이 만족했던 그 무대는 지독한 혹평을 받았다. 김규식은 낯 뜨거운 춤 때문에 발정 난 미친년 같았다며 화를 냈고 단원들도 김규식의 의견에 동의했기에 미란은 같은 노래를 다시 부를 수 없었다. 그 무대에서 왜 그랬느냐고 누군가 물으면 미란은 대답하지 못했다. 그 순간이 잘 기억나지 않았다. 무슨 짓을 했는지 자신도 몰랐기에 남들이 아무리 쑤군거려도 부끄럽지 않았다. 다만 산화했었고 활활 타고 난 뒤에는 후련함만이 가슴에 남았다.

김규식의 쇼단이 미주 공연을 떠난 동안 미란은 빚쟁이들에게 시달렸다. 김규식의 지갑 노릇을 하느라 미란은 마른 우물처럼 텅 비어버렸다. 빚도 빚이지만 산후조리를 제대로 못해 몸은 허약해지고 나날이 수척해졌다. 영등포역 부근의 허름한 산부인과, 늙어 빠진 영감탱이 의사에게 낙태수술을 받고부터 미란은 식사를 거르더니 마약쟁이처럼 삐쩍 말라버렸다. 미란은 견디다 못해 집으로 돌아갔다.

제 발로 찾아간 교군에서 지낸 그 한 달 동안, 미란은 아침 점심 저녁하루 삼세번 배 영감에게 훈계를 들었다. 아버지의 고아한 훈계란 자식의도리, 현모양처의 나아갈 길, 뭐 그렇고 그런 판에 박힌 인생의 지침들이었다. 미란이 맞선 자리에 나가지 않겠다고 버티자 집안이 시끄러워졌다. 궁둥이 흔들고 싸돌아다니는 딸년 삭발시키기가 전국적 유행인 듯 배 영감은 날 무딘 바리깡을 들고 설쳤다.

"오냐, 네년이 반드르한 얼굴 믿고 까부는데 머리털 홀랑 밀어버리면 얼마나 대단한가 보자!"

이 여사가 우는 미란을 감싸 안고 타고난 쇼맨십을 발휘했다. "우리 미란이를 삭발승려로 만들 셈이오? 차라리 나를 죽이시오!" 이 여사가 고래고래 악을 쓰자 주방 일꾼들이 튀어나와 배 영감을 뜯어말렸다. 방탕한딸년은 등짝을 몇 대 후려 맞았을 뿐인데 애꿎은 계모만 머리카락 한 귀퉁이를 잃었다. 고집 센 배 영감이 그럴듯한 신랑감을 찾아 헤매는 동안미란은 이번이 마지막이라며 계모에게 매달렸다. 바리깡 자국을 가리느라수건을 뒤집어쓴 이 여사는 배 영감 몰래 봉투를 내주며 정말, 정말로 더는 없다고 했다. 그동안 대준 돈으로도 이미 교군이 휘청했다는 말은 엄살이 아니었다.

미란은 계모가 만들어준 돈과 안방 문갑에서 훔쳐낸 통장을 들고 교군을 빠져나왔다. 전과는 달리 누가 붙들고 놔주지 않는 것처럼 묘하게 발길이 떨어지지 않았다. 생전의 어머니가 머물던 안채 모퉁이 방을 오래도록 쳐다봤다. 이대로 집을 나가면 후회할 것이 분명하다는 예감이 들었지만 이미 어쩔 수 없다. 내가 성공해야 모든 게 해결될 거야, 성공하기 전에는 다시 돌아오지 않을 것이다. 집안 말아먹는 자식들이 흔히 하는 결심을 미란이도 했던 것이다.

8월 15일 광복절 기념행사에서 영부인이 재일교포의 총을 맞고 죽었다. 미란은 돈 벌기에 혈안이 된 상태라 사람들이 일본규탄 총궐기대회를 벌인 것도 몰랐다. 그저 늘 하는 데모인가 보다 했지만 전과는 달랐다. 그때만은 군인과 경찰들이 궐기하는 사람들을 때려잡지 않고 지금은 다 들고 일어날 때라며 외려 데모를 부추기고 다녔다. 산지사방이 시끌벅적 요란했고 미란은 홀로 썩어가고 있었다. 네 다리 중 하나가 부서진 의자처럼 멀쩡히 지탱은 하고 있으되 언제 무너질지 모르는 상태였다.

빚의 일부를 미란에게 떠넘기고 김규식이 잠적해버렸다. 이 여사의 바람대로 음반이라도 취입했다면 돈이 아깝지 않았을 것이다. 교군에서 가져온 돈은 김규식의 처자식을 먹여 살렸고 쇼단의 운영자금이 되었고 사채빚 탕감으로 순식간에 사라져버렸다. 쇼단이고 뭐고 다 말아먹은 뒤에 김규식은 어린 가수 지망생을 달고 줄행랑을 쳐버렸다.

그가 떠난 뒤 사방에서 빚쟁이들이 나타나 미란의 머리채를 잡고 흔들었다. 법에 호소하려 해도 미란의 인감이 찍힌 여러 장의 서류와 각서들이 미친 사냥개처럼 따라붙었다. 관련된 사람만 열두 명이 넘었고 보증에, 채권에, 은행이자에 사채까지 얽히고설켰다. 저마다 돈을 잃었다고 아우성이었다. 미란은 빚쟁이들의 아우성을 노래처럼 들었다. 리드미컬한 생생한 절규, 지독한 욕지거리에 날 선 악다구니, 낯 뜨거운 쌍욕이 시루떡처럼 켜켜이 쌓인 노래였다.

영화에서 본 것 같은 커다란 별장. 거실 한복판엔 영화 〈바람과 함께 사라지다〉에서 비비언 리가 클라크 게이블의 품에 안겨 오르던 계단과 흡사한 계단이 있었다. 창밖에는 은빛 햇살을 머금은 호수가 보이고 늘어진 버드나무 가지가 바람에 흐느적거리고 있었다. 대극장에서나 보던 웅장한 벨벳 커튼을 눈으로 좇던 미란은 고개를 완전히 젖혀 천장의 높이를 확인했다. 천장은 높고 거실 안은 한없이 넓었다. 골동품 가구로 채워져 있는 사치스러운 공간, 실크 벽지를 바른 벽면은 누르스름한 고서화로 빈틈이 없었다.

두 사람은 미란을 보자 몹시 흐뭇해하며 고개를 끄덕였다. 바싹 마른 중늙은이가 먼저 운을 뗐다.

"아가, 곱게 생겼구나. 미스코리아에 나갔으면 못해도 진선미 안에는 들었겠다."

한 사람은 체격이 단단했고 또 한 사람은 키가 한 뼘 정도 작았다. 두 사람의 번뜩이는 눈매가 미란을 핥았다. 가슴에 칼을 품고 온 미란은 기죽지 않으려 고개를 빳빳하게 쳐들었다.

"가수라고 했지? 히트곡이 뭐야? 내가 아는 노랜가?"

미란이 노래 제목을 주섬주섬 대는 동안 두 사람은 나란히 시가를 꺼내 불을 붙였다. 호박색 양주로 입술을 축이며 하던 얘기를 마저 하는 듯 쭉쭉 화제를 밀고 나갔다. 김일성의 수명과 국가안보, 국토개발 사업과 소비재 사업의 맹점…… 미란은 지루했다. 사람을 불러다 놓고 이게 뭐하는 짓인가. 나눌 얘기가 밀렸으면 둘이서 놀 것이지. 무관심은 미움보다 잔인하다. 벽에 걸린 거울은 우두커니 선 미란의 소외감을 그대로 비춰 보였다.

"아가, 네 옷이 성가셔 보이는구나. 답답하면 내키는 대로 해도 된다."

미란은 속옷 한 장 남기지 않고 시원하게 벗어젖혔다. 외면당하느니 주목받는 게 성미에 맞았다.

그들은 미란의 굴곡진 몸매와 서구적인 외모에 후한 점수를 줬다. 알만한 연예인 이름을 대며 그 애보다 낫다고 평가했다. 젖꼭지가 보기 좋게 올라붙었어. 피부가 하얗고 찰지구나. 머릿결도 좋군. 보석상 단골이 새로운 디자인의 에메랄드를 살피듯 그들은 평가 자체를 즐기는 듯했다. 용기를 얻은 미란이가 옷을 벗는 대가에 대해, 갚아야 할 빚의 액수를 털어놓아도 그들은 무덤덤했다.

호리호리한 늙은이가 혀 차는 소리를 내며 벌거벗은 미란을 자신의 무릎에 끌어 앉혔다.

"네가 원하는 건 앞으로 네가 어떻게 하느냐에 달렸다. 어려운 건 없어. 우리는 너 하나면 충분하구나. 계집애들이 수선스럽게 구는 게 성가셔서 딱 한 명이면 족하다."

다른 하나도 말했다.

"아가, 너도 웬만한 건 다 해봤을 것 아니냐. 안 해본 게 없어서 시시하지? 우리도 그렇다. 사는 게 시시해 미칠 지경이다. 자, 쭉 마셔."

술잔 안에는 말린 웅담 조각이 돌멩이처럼 가라앉아 있었다. 세 사람은 진하고 독한 술을 그대로 입안에 털어 넣었다. 맨 정신으로는 불가능한 일을 해야 하기에 연거푸 마셨다. 미란은 뜨거운 콧김을 뿜었다.

"사는 게 시시해요? 난, 사는 게 끔찍해요. 죽고 싶었어요. 그놈의 빚 때문에. 내가 진 빚도 아닌데."

"오, 네 가슴에 든 피멍이 보이는구나. 원래 멍든 과일이 향기롭고 맛도 진해서 좋지. 아가, 살냄새가 아주 달콤하구나."

이제부터 돈 걱정과는 작별하라며 미란을 달랜 두 사람은 사이좋게 속살 탐구에 몰입했다. 사는 게 시시해 미칠 지경이라더니 정말 미친 것 같았다. 그들은 살아 있는 잠자리의 날개를 잡아 뜯고 버둥거리는 딱정벌레 몸통에 핀을 찔러 넣는 소년들처럼 굴었다. 구릿한 니코틴에 찌든 혀가 미란의 잇몸을 꼼꼼하게 훑었다. 그 혀는 더욱 은밀한 곳도 비집고 들어왔다. 두 사람의 회색 머리카락에서는 진한 포마드 냄새가 풍겼다. 니코틴에 찌든 포마드 냄새는 노인 냄새 비슷했고 철통같은 권위의 냄새를 풍겼다. 냄새 때문인지 미란은 아버지를 생각했다.

저만치에서 아버지가 인상을 찌푸리고 있었다. 두 사람의 포마드 냄새에 깔려 들썩이는 순간 아버지의 목소리가 들렸다. 미란아, 미란아, 어쩌자고 늙은이들에게 다리를 벌리고 있냐? 왜 늙은 놈의 그것을 입에 물고 있냐! 뱉어라, 제발 뱉어! 그것은 몸속 내밀한 열락을 도륙하는 목소리였다. 벌거벗은 두 남자를 악마로 보이게 하는 꾸짖음이었다. 일찌감치 목 졸라 없앤 치욕감을 선명하게 만든 아버지의 목소리.

아버지도 이리 오세요. 많으면 많을수록 좋은 거죠. 둘도 좋고 셋도 좋아요. 아버지도 여자를 셋이나 취했잖아요? 다다익선이죠, 다다익선. 돈도 다다, 인기도 다다, 재산도 다다, 직함도 다다, 우리는 모두 다다가 좋아요. 아버지는 권위적이고 아버지는 역겨웠다. 역겨운 포마드 냄새는 찌든 권력의 구린내를 풍기며 오만하게 닦달했다. 미란아, 가자, 어서 가자! 미란은 그 말대로 달아나고 싶었다. 사타구니의 불룩한 덩어리 밑, 굵고 미세한 주름이 움찔거리는 항문, 짠맛이 나는 그곳을 핥고 있자니 혀가 말랐다.

두 늙은이는 사정없이 덤벼드는데 기분이 동하지 않아 몸의 모든 통로가 몹시 아팠다. 아파서 싫었다. 달아나고 싶었다. 풀어진 몸을 추스르고 우물쭈물하는 동안 연유처럼 희뿌연 정액이 얼굴에 확 끼얹어졌다. 아버지의 형상이 뿌연 액체에 녹아 사라지자 미란은 안도의 숨을 내쉬었다. 아버지 따위 별것도 아냐. 미란은 남은 두 놈에게 침을 퉤퉤퉤 뱉으며 시들시들 웃었다. 당신들 나만큼 형편없어! 너희들 다 썩었어! 이 더러운 새끼들! 하고픈 말이 많았으나 입으로 쑤시고 들어온 것 때문에 더는 욕할 수가 없었다.

여의도 허허벌판 5·16광장은 암갈색 흙바람이 불고 있었다. 쭉 뻗은 대로 위로 인부들이 달라붙어 이정표를 부착했고 신관 국회의사당으로 집기를 실은 트럭이 줄지어 달려가고 있었다. 가지가 축 늘어진 소나무를 한 차 가득 실은 트럭도 같은 방향으로 달렸다. 택시에서 내린 미란은 광장 옆 건물을 기웃거렸다. 조금 떨어진 곳에 갈색 벽돌 건물을 발견하고는 흙바람처럼 빠르게 걸었다. 그곳 역시 사무용 탁자와 노끈으로 동여맨 책자 더미를 나르느라 인부들이 바쁘게 움직이고 있었다. 화려한 차림새의 미인이 흙먼지 날리는 신축 건물로 들어오자 인부들은 하던 일을 멈추고 휘파람을 휙휙 불었다.

총재는 한쪽 눈이 묘하게 생겨 먹은 사내를 찾으라 했다. 자신의 비서관을 찾아가면 채무 문제를 단박에 해결해줄 거라며 약도와 연락처를 알려주었다. 비서관 강용수. 쪽지에 적힌 이름을 사람들에게 물으려던 찰나 미란은 창가 푹신한 회전의자에 앉아 있는 키 큰 사내를 발견했다. 그는 양쪽 눈동자가 제각각 움직이는 묘한 시선으로 어딘가를 보고 있었다. 미란이 회전의자로 다가가자 강용수 비서관은 시계부터 가리켰다.

"십 분 늦었소."

그는 차용증과 보증서류를 무심히 넘기며 미란의 얼굴만 기묘하게 바라보았다. 어디를 보는지 알 수 없는 눈으로 미란의 얼굴과 목덜미를 힐끔힐끔 훑었다. 미란에게는 익숙한 시선이었다. 수컷들은 늘 이렇게 목표물을 샅샅이 훑는 것으로 시작했다. 그다음에는 백기로 투항하고 노예가 되거나, 제 것으로 취하려 죽기 살기로 덤비거나. 어떤 반응이든 뻣뻣하게 구는 남자보다는 수컷이 편했다. 미란이 시선을 피하지 않고 빤히 쳐다보자 그는 비로소 서류를 찬찬히 훑었다. 서류 따위로는 아무것도 증명할 수 없음을 알고 있는 그는 연이어 질문했다. 이미 여러 차례 진술했던 내용이라 미란은 막힘이 없었다.

"물리적인 충돌이 많았습니까?"

"네?"

미란이 눈을 동그랗게 뜨자 그는 당황해하며 얼굴을 돌렸다.

"구타나 욕설, 뭐 그런 거 말이오."

강용수는 시종일관 무뚝뚝하고 어색하게 굴었다. 수줍음이나 간질거리는 감정 따위를 감추려다 보니 슬픔을 참는 것 같은 표정이 되었다. 미란은 장난스럽게 생글거리며 빚의 액수와 상환일을 말했다. 책상 아래에는 다리를 꼬고 앉은 미란의 하이힐이 반쯤 벗겨져 까딱까딱 움직였다. 미란이 서류를 들춰 보이며 바싹 다가가자 강용수의 턱 아래 불쑥 솟은 울대뼈가 눈에 띄게 움직였다. 마치 발기한 그것처럼 보였다. 미란은 일부러 그의 얼굴과 닿을 듯 다가들었다. 짙은 향수 냄새에 감겨든 더 짙은 암컷의 체취에 강용수의 콧구멍이 벌름거렸다.

"여기 숫자 고친 것 보이죠? 위조한 거잖아요."

강 비서관이 숨을 훅 들이켰다. 그의 어깨가 긴장 때문에 움츠러드는 것을 보며 미란은 이런 남자와의 잠자리는 어떨까, 생각했다. 그는 손질이 잘된 권총처럼 보였다. 정장 양복보다 군복이 더 어울릴 각진 몸에서 자동차 엔진 냄새가 희미하게 풍겼다. 미란은 특이한 신제품을 살피듯 강용수를 쳐다봤다. 단단한 팔뚝 근육과 면도 자국으로 파르스름한 뺨, 필기로 단련된 약지에 잡힌 굳은살, 그리고 어디를 보는지 알 수 없는 그의 시선. 그의 몸을 손톱으로 긁거나 전기드릴로 파도 피는커녕 생채기조차 남지 않을 것 같았다. 그래서 더 긁고 싶었다.

"그쪽에서 접근해 오면 내게 연락해요. 그쪽 연락처도 알려주고."

"무서워서 딴 데서 지내고 있는데 이젠 집으로 돌아가도 되나요? 괜찮을까요?"

미란이 호들갑을 떨자 강 비서관은 자동차 열쇠를 들고 벌떡 일어섰다. 그가 사무실을 빠져나가자 양복 입은 사내들이 일제히 목례를 하며 배웅했다. 강 비서관이 생각보다 나이가 많거나 지위가 높은 모양이라고 미란은 생각했다. 그런 그를 비서로 부리는 총재는 얼마나 높은 사람인가.

그는 운전하는 내내 아무 말도 하지 않았다. 전방을 주시하며 신중하게 운전만 했다. 조수석 바닥에는 두툼한 서류 뭉치가 벽돌처럼 쌓여 있었다.

차에서 내린 미란이 집까지 태워줘 고맙다는 인사를 해도 그는 말이 없었다. 좁은 골목을 오르던 미란이 문득 뒤돌아보자 운전석에 앉은 그의 얼굴이 이쪽을 향해 있었다. 그의 눈이 어딜 보는지 알 수 없어 미란은 손을 흔들려다 말았다. 지저분한 골목 끝에 멈춰 있는 검정색 코로나가 위협적인 짐승처럼 보였다.

별장에서의 첫 만남 이후 두 늙은이는 틈틈이 미란을 호출했다. 개인 수영장으로 불러들이면 수영복을 사가지고 갔고 호텔로 오라면 예약된 룸에 들어가 대기했다. 미란의 짐작보다 세상에는 부유한 향기가 이글거리는 공간이 차고 넘쳤다. 잘 꾸며진 공간에 들어가면서 미란은 준비된 공간으로 변모해야 했다. 열린 공간으로 그들을 맞이하며 그들의 술잔이 되었다가 그들의 변기가 되었다. 정해진 일을 도모할 때면 세 사람은 서로를 적당히 경멸했다. 서로가 서로를 경멸하며 하나가 되는 과정은 싸늘하고 건조한 공기조차 끈끈한 점액질로 변모시키는 난장판이었다.

미란은 그들을 한 고삐에 묶인 두 마리의 우둔한 소 취급을 했고 그들은 미란을 접착제로 사용했다. 미란으로 비벼진 그들은 화끈하게 하나가 되었다. 그들의 벗은 몸은 얼마나 형편없던가. 붕대를 벗어 던진 미이라처럼 앙상하고 축 늘어진 피부 덩어리가 미란을 칭찬했다.

"아가, 네 속이 아주 따스하구나."

미란에게 들어간 이 회장이 헐떡거렸다.

"오, 아가. 좀 더 움직여다오!"

미란의 다른 곳으로 들어온 김 총재도 질세라 칭얼거렸다.

쭈글쭈글 늘어진 살과 분홍빛 탱탱한 피부가 서로 맞붙어 싸우듯 어지럽게 엉켜들었다. 탄력 없는 두 덩이의 살과 미란의 뽀얀 피부가 부산하게 들썩이고 기름지게 끈적이며 헐떡헐떡 비릿한 숨을 내뿜자 엎치락뒤치락 발광의 만 바퀴를 구르고 굴렀다. 미란은 생각했다. 둘 중에 누가 더 센가. 둘 중에 누가 더 미련한가. 둘 중에 누가 더 나쁜가.

권력을 지닌 김 총재는 이 회장을 부렸고 돈 많은 이 회장은 김 총재를 은근히 압박했다. 과연 둘 중에 누가 더 센 것을 가졌나. 보다 센 걸 가진 놈이 당장은 손해를 보더라도 앞날을 위한 보험처럼 일단은 하나로 비벼져야 안전한 비빔밥이었다. 어느 누구도 이만큼 밀착하기는 힘들었다. 겉치레로 즐기는 척만 해도 절반은 성공을 거두는 정경유착의 아름다운 광경. 두 사람의 속내는 다르고도 비슷했다. 내가 갑이고 네가 을이다. 아니, 내가 왜 을인가? 내 돈을 받아먹는 네가 을이라고 이 회장이 주장한다면 김 총재는 내 권력으로 안전해진 네가 바로 을이라고 생각했다. 갑과 을의 자리는 뫼비우스의 띠처럼 빙글빙글 돌아 결국은 하나였다.

두 사람은 서로를 경계하면서 적당히 흡족해하는 척만 했다. 진심으로 흡족할 수는 없었다. 발기는 억지로 지속되었지만 판타지가 박했다. 그게 문제였다. 이성과 지성을 내동댕이치고 무아지경으로 즐기려던 기대는 실상 오판이었다. 두 중늙은이는 체면과 염치를 지키느라 건강한 수컷이 되지 못했다. 제 이름 석 자에 기대 사는 껍데기 삶이 너무 길었던 탓이다. 성기 대신 이름이 발기하고 이름으로 환대받고 이름을 지키려 얕은 수를 쓰다 끝내 이름으로 죽는 자들이 겪는 불행이었다.

서로를 김 총재, 이 회장으로 부르는 그들의 본명은 뭐였더라? 들었는데 잊어버렸나? 아니면 원래 몰랐던가? 미란은 뒤늦게 호기심을 보였다. 금기인지 몰라도 진심으로 궁금해 참을 수 없었다. 미란은 조심스레 두 사람의 잘난 성함을 물어보았다. 너희들은 누구세요? 대체 누군데 이렇게 잘 먹고 잘 살고 떵떵거리는 건가요? 그들은 잠깐 놀라다가 이내 파안대소했다. 흡족한 웃음이 비눗방울처럼 갈갈 튀어나왔다. 두 사람은 인적 정보에 어두운 미란의 맹한 점이 마음에 쏙 들었다.

"아가, 넌 순진해서 좋구나. 그냥 김가, 이가라고 부르려무나. 아무렇게 나 불러도 좋아. 다 벗었으면 계급장도 떼야지."

"정말 아무렇게나 불러도 돼요? 김가? 이가? 나의 김, 이로구나. 김이."

"요런 귀여운 것을 봤나. 허허허."

가진 것이 많은 자들에게 미란의 해맑은 무지는 바로 인정받았다. 사랑 스러웠던 것이다. 미란은 입을 여는 족족 예쁜 말만 쏟아냈다.

"날 좋아하잖아요? 우린 연애를 하고 있어요, 삼각관계죠."

분에 넘치는 돈을 요구하거나 미국 비자를 만들어달라거나, 뜻대로 안 되면 기자들에게 폭로하겠다고 날뛰는 시건방진 것들에 비해 미란은 얼마 나 순둥이인가. 돈을 주면 받고 안 주면 그대로 돌아가는, 그런 미란이가 전에 뭐라 했더라? 때리지 않아서 좋다고 했던가. 그런 말을 할 때면 미란 이를 홀딱 벗겨 무지막지하게 두들겨 패고 싶었다.

도도하게 생긴 이목구비와 어울리지 않게 무식하고 아둔한 미란의 순 수성을 발견한 그들은 정적을 제때 제거하거나 재산이 곱절로 불어날 때 처럼 상큼한 기쁨을 맛보았다. 세상에, 이렇게 안전한 년이 다 있다니! 부 르면 부르는 족족 달려와 흥건한 분비물로 맞아들이는 미란의 태도는 너 무 완벽해 아찔할 정도였다. 김 총재와 이 회장은 둘이 교배해 만들어낸 아기를 대하듯 둘 사이에 누운 미란에게 마구 입맞춤을 퍼부었다. 우리는 당분간 너를 매우 사랑해줄 것이다. 아가, 부디 초심을 잃지 마라. 초심을 잃으면 너는 죽는다.

미란
어디를 보는지 알 수 없는 눈

작은 고추는 워낙 맵다.
큰 고추도 맵다. 가뭄을 견딘 고추도 꽤나 맵다.
제일 혹독하게 매운 고추는 겁에 질린 고추다.
궁지로 몰지 마라, 사람 독해진다.

– 『이딴 얘기 받아 적어서 뭐하려고』 (교군 이력은 여사 채록본 3)

　빚은 해결되었지만 미란은 통행금지 시각 전까지 운영되는 야간 공연
에 계속 나갔다. 빚 갚을 궁리에 무리한 계약을 했던 것이다. 여름에서 가
을, 겨울로 이르는 동안 주중 4회나 서울 도심의 나이트클럽과 소도시의
극장식당 무대에 오르는 강행군이 이어졌다. 또 그즈음 여성 3인조 결성
을 제안받았기에 연습이라 생각하고 마이크를 잡았다. 미란은 필리피노
밴드의 성근 반주에 맞춰 흘러간 팝송과 구색 맞추는 용도의 뽕짝 메들
리를 무성의하게 불러젖혔다.
　음반회사 사장은 자신이 발굴한 포크 밴드와 혼성 그룹이 연이어 히
트를 치면서 의욕이 끓어넘쳤다. 제작비만 내면 화산이 폭발하듯 요란하
고 화려하게 데뷔시켜준다고 장담했다. 미란은 자신이 메인보컬이 된다는

가정 하에 머리를 굴렸다. 혼자서 무대에 오르기보다 양쪽에 못생긴 여자애들을 들러리로 세우는 것, 나쁘지 않다. 나이와 경력을 세탁해준다는 제안도 귀가 솔깃했다. 귀염 떠는 의상을 입어야 하는 3인조 중 하나라는 점이 마음에 걸렸지만 일단 유명해지면 만사형통이다.

야간 살롱의 시끌벅적한 취객들 사이에 가끔 강용수 비서관이 혼자 앉아 있었다. 이런 취미가 있다니, 참으로 의외였다. 팬이라며 알은체하는 얼굴들을 예기치 않은 장소에서 더러 마주치곤 하지만 전단지도 뿌리지 않는 소도시 극장식당에서 강용수를 만나게 될 줄이야. 그는 테이블 위의 붉은 등을 켜고 예의 어디를 보는지 알 수 없는 시선을 보내곤 했다. 붉은 빛이 스며든 그의 얼굴은 푸줏간에 걸린 고기처럼 표정이 없었다. 컴컴한 좌석 너머 비죽이 올라온 그의 얼굴이 보이면 미란은 왠지 설렜다.

강용수는 그렇게 간간히, 지속적으로 나타나 노래만 듣고는 홀연히 사라졌다. 가끔은 미란의 집 앞 골목 끝에 그의 검정색 코로나가 서 있었다. 라이트를 끄고 기척도 없이 서 있는 그의 차는 어디를 보는지 알 수 없는 그의 눈길과 많이 닮아 있었다. 미란에게 강용수라는 존재는 어둠의 귀퉁이를 비집고 들어온 낯선 어둠이었다.

옷장 옆 달력에는 무대 스케줄과 피임약 복용, 그들에게 호출받은 날짜를 표시해두었다. 어느 날은 '김'이었고 어느 날은 '이'만 적혀 있었고 '김'이라고 동그라미 쳐둔 날짜에는 두 사람을 함께 만났다. '김'이라고 동그라미 쳐둔 날로부터 사흘간은 어떤 스케줄도 불가능했다. 몸이 쑤시고 아픈 것보다 정신적 박탈감이 컸다. 성탄절 사흘 전 목요일에는 '김'이라는 표시 옆에 '강'이라는 글자가 적혀 있다. 그날이 바로 경계선이었다. 새로 생긴 수치심의 경계.

성탄절을 앞둔 즈음에는 연말연시 행사가 빼곡하게 몰려 있었다. 미란
은 김 총재의 연락을 받고 부랴부랴 택시를 잡아타고 시내로 향했다. 스케
줄을 마치고 간다고 했지만 일이 지긋지긋해 멋대로 펑크를 내버렸다. 칙
칙한 술집에서 시간을 보내기보다 화려한 도심의 부유하고 들뜬 분위기에
젖고 싶었다. 호텔 로비에 들어서자 커다란 크리스마스트리가 번쩍이며 미
란을 맞았다. 김 총재가 투숙해 있는 객실번호를 손바닥에 적어둔 미란이
엘리베이터 앞에 서 있는데 누군가가 다가와 우뚝 섰다. 강용수 비서관이
었다. 미란이 목례를 하고 지나가려 하자 강용수가 돌아봤다.

"혹시 스위트룸?"

어디를 보는지 알 수 없는 눈이 묻고 있었다. 미란은 머뭇거리다 손바
닥을 들어 올렸다.

"아뇨. 저는 일, 사, 공, 사……"

"1404호? 거기가 스위트룸이오."

엘리베이터가 열리고 미란이 들어가려 하자 강용수가 팔을 잡았다. "아
직 의원들이 방에 있어." 로비에는 외국인이 많았다. 진한 커피 향과 외제
화장품 냄새, 달콤한 크리스마스캐럴…… 미란의 얼굴이 수치심으로 달아
올랐다.

강용수는 프런트에서 열쇠를 가지고 왔다. 지하 아케이드나 구경하겠다
며 미란이 사양하자 그는 엘리베이터에 오르라며 고갯짓을 했다. 그의 각
진 어깨에 걸린 얼굴은 콘크리트처럼 굳어 있었다. 객실 복도의 푹신한 카
펫을 밟고 지나며 미란은 그의 큰 키를 올려다봤다. 그에게 뭐라고 둘러대
야 하나. 총재와의 관계를 묻는다면 어떤 변명으로 빠져나갈까.

강용수가 인도한 방은 적색 카펫에 싱글 침대가 나란히 놓여 있는 좁

은 객실이었다. 그는 의자에 앉아 말없이 담배만 태웠다. 어디를 보는지 알 수 없는 그의 시선은 음울하게 날이 서 있었다. 미란은 코트 주머니에 손을 넣은 채 창밖만 봤다. 창가의 물기를 닦아내자 밖이 더 잘 보였다. 알록달록한 네온사인이 스산한 도심의 주인공인 양 화려하게 번뜩였다. 차량은 선을 따라 요리조리 달리고 전봇대는 옷깃에 달린 단추처럼 도로 위에 띄엄띄엄 이어져 있었다.

서먹하고 불편한 침묵이었다. 침묵에게 목 졸리고, 침묵에게 짓눌리고, 침묵에게 따귀 맞고……. 미란이 서 있는 전면 유리창으로 의자에 앉은 강용수가 비쳤다. 그의 눈이 어디를 보는지는 몰라도 얼굴은 미란이 서 있는 방향으로 고정되어 있었다. 언덕에 앉아 먹이를 노리는 검은 표범과 비슷했다. 시커먼 콜타르처럼 끈적끈적 달라붙는 눈길. 코트를 벗으면 흑표범이 곧장 덤벼들 것 같아 미란은 목덜미의 깃을 꼭 잡았다.

"담배 피우겠소?"

등 뒤에서 그의 목소리가 들렸다. 미란은 고개만 내저었다.

"여긴 왜 왔어?"

"총재님과는 잘 몰라요. 난 이 회장님 심부름 때문에 여기 왔어요. 전할 말이 있어서 잠시만 뵙고 가려고요. 얼마나 더 기다려야 하죠?"

"이 회장도 알고 지내는군. 교활한 늙은이들이지. 난 총재의 사촌 처남이야. 데리고 노는 여자애 정도야, 아랫것이 모른 체해야지. 별수 있나. 어쨌든 피임에 신경 써. 문제가 생기면 너만 다치는 거야."

"넘겨짚지 마요. 그런 거 아니니까. 총재님한테 직접 얘기하겠어요. 지금 가도 되죠?"

"미쳤군. 저 방엔 지금 기자들도 있고 총재를 잡아먹으려는 눈깔이 열

댓 개야. 총재는 나를 끔찍이도 견제하지. 날 만났다고 말하는 순간 총재
는 너를 신속하게 삭제시킬 거야. 영원히 아웃."

"스케줄도 펑크 내고 왔는데, 여기서 이렇게 죽치고 있을 수 없어요. 오
분 안에 해결해주지. 않으면 난 클럽으로 돌아갈 거예요."

"클럽이라……. 그래, 그게 궁금했어. 배미란은 왜 가수를 하지?"

강용수는 비죽 웃으며 물었다.

나는 왜 가수를 하고 있나. 가수니까 가수인 거지. 그의 질문에 무수한
대답이 떠올랐다가 스르르 흩어져버렸다. 대답할 거리가 너무 많거나 아
예 없거나. 미란은 오른쪽 눈썹을 치켜 올리고 말했다.

"나 유명하진 않아도 음반도 냈고 팬도 있어요."

"가수 행세는 그럭저럭 하던데 노래는 별로더군. 평소의 배미란은 아주
멋지지. 늙은이 노리개인 줄 몰랐을 때만 해도 근사하고 신비했어. 물론 무
대 위에선 그냥 그랬어. 진열장의 마네킹처럼 입만 벙긋거리니까 술꾼들은
술이나 마시며 하던 얘기 마저 하고, 나도 모르게 하품이 나오더군."

"듣기 싫으면 안 들으면 그만이죠. 들으러 오지 마요. 나도 반갑지 않으
니까."

"그래, 그래서 몸을 파는 거야? 대체 얼마면 배미란을 취할 수 있지? 나
도 돈이라면 꽤 있는 편이야. 어때?"

강용수는 나란히 놓인 싱글베드를 향해 고개를 돌렸다. 미란은 의자에
놔둔 핸드백을 움켜쥐었다.

"웃기고 있네. 넌 싫어."

"난 싫다?"

머리를 절레절레 흔들며 강용수가 쓴웃음을 지었다.

미란은 다시는 마주칠 일 없기를 바란다고 쏘아붙이고 호텔 방을 빠져 나갔다. 푹신한 카펫이 깔린 복도를 달려 엘리베이터를 타고 내려갔다. 크리스마스캐럴이 은은히 들리는 로비를 성큼성큼 걷다가 도망치듯 화장실에 들어갔다.

쳇, 병신 눈깔 주제에. 제가 가수가 뭔지, 노래가 뭔지 알기나 해? 미란은 립스틱을 고쳐 발랐다. 입술을 쭉 내밀고 붉고 진한 립스틱을 몇 번이고 덧발랐다. 피에로처럼 입이 점점 커져도 기계적으로 계속 반복했다. 혼자 욕지거리를 뱉어도 기분이 나아지질 않았다. 잊으려 해도 발밑에는 무서운 속도로 균열이 일었다. 흔들흔들 위태로웠다. 가수로서의 자존심에 금이 죽죽 간 거였다. 내 노래가 별로라고? 가수를 왜 하느냐고? 망할 자식, 다른 건 몰라도 그건 건드리지 말았어야지!

앨범에 넣을 사진을 촬영하는 동안, 미란은 좌측으로 고개를 돌리지 않으려 했다. 의상이나 촬영 순서는 선선히 받아들였으나 포즈만은 절대로 물러설 수 없었다. 퍼렇게 멍 든 오른쪽 뺨에 분을 두껍게 발랐으나 조명은 지나치게 밝았다. 힛걸즈 멤버들은 촬영 전부터 보이지 않는 신경전을 펼쳤다. 세 사람은 각자 미장원에서 치장하고 온 머리와 화장이 마음에 들지 않는다고 투덜댔고 자신을 제외한 나머지 멤버들의 꾸밈을 시샘하고 곁눈질했다. 미란은 똑같은 의상을 착용하기 싫었다. 나는 검정색을 입을 테니 너희는 그걸 입어. 내가 왜 너희랑 같은 옷을 입어야 해?

베레모를 쓴 사진사는 미모가 돋보이는 미란을 가운데에 세웠다. 나머지 두 사람은 입을 삐죽이며 마지못해 포즈를 취했고 미란은 오른쪽 턱에서 손을 떼지 않으려 했다. 양옆으로 서서 팔짱을 껴봐라, 놀라는 표정을

지어봐라, 깍지 낀 손을 풀어라, 사진사의 주문은 빤했고 세 사람의 포즈
는 세상 모든 포즈의 재연이었다.

"자, 자, 좋았어. 이번에는 자리를 바꿔!"

"난 그쪽이 싫어요."

"더 찍어야 한다니까."

"이대로 할래요."

미란은 자꾸만 뺨에 손을 댔다. 조명이 너무 환해 검게 퍼진 흔적이 도
드라질 것 같았다. 시커멓게 자리 잡은 오른쪽 뺨의 멍 자국을 빼느라 촬
영날짜를 미루고 미뤘으나 스케줄이 밀려 더는 핑계를 댈 수 없었다.

의상을 갈아입으려고 화장실에 들어간 미란은 분첩부터 꺼내 들었다.
아스팔트처럼 거칠어진 뺨 위에 몇 차례나 분을 바르고도 불안해 다시 덧
발랐다. 가부키 배우처럼 하얗게 들뜬 얼굴이 어색해도 믿을 건 분첩밖에
없었다.

"언니, 언놈이 때렸어?"

짠지의 목소리는 스피커처럼 유독 컸다.

"아니라고 했잖아. 취해서 넘어졌어."

"여자 때리는 남자치고 제대로 된 놈을 못 봤어. 우리 고향에 노상 맞으
면서도 죽어라 해장국 끓여서 남편한테 바치는 아줌마가 있었거든. 그 나
쁜 새끼가 아줌마를 언 동태로 때린대. 아무리 도망가라고 해도 그 아줌
마 여태 그러고 살아. 언니도 조심해."

짠지는 우물가의 아낙처럼 말이 많았지만 팔남매 맏딸답게 청승맞은
사연의 핵심을 잘도 잡아챘다. 이 회장과 김 총재도 미란에게 비슷한 말을
했었다. 여자 때리는 놈은 최고 악질이다, 아가.

미란의 집 앞에 찾아온 강용수는 남한산성을 구경시켜주겠다며 잡아 끌었다. 미란은 설렜다. 그는 부산 서면의 나이트클럽에서 도피생활을 하고 있는 김규식을 잡아 혼쭐내줬다며 우쭐댔다. 너 대신 내가 복수해준 거야, 라고 했던가. 강용수는 여러 가지 충고를 했다. 이 회장에게 아파트를 요구하라는 것과 가수보다는 배우 활동을 해보라며 언론계의 유력자들을 소개시켜주겠다고 했다.

"우리 사촌 매형이나 이 회장, 데리고 놀던 애들마다 집 한 채씩 안겨줬는데 왜 배미란만 홀대하는 거지?"

"놔둬요, 나도 받을 만큼 받았어요. 난 원래 부잣집 딸이에요."

"알고 있어, 교군을 모를 리가 없지. 맛나더군."

강용수는 미란에 대해 많은 부분을 알고 있었다.

"교군의 이 여사가 상당히 젊던데, 친모는 아니지? 네 부모는 네가 이렇게 사는 걸 모르던데? 너, 총재뿐이 아니고 이 회장하고도 붙어먹지? 거기가 너덜너덜하겠어."

"갈래요. 차 문 열어줘요."

"좋아. 네가 발끈해서 앙탈 부리면 난 좋아. 고분고분한 것들은 질리거든. 내 첫사랑 얘길 해줄까?"

미란은 강용수의 넋두리가 은근히 달콤했다. 첫사랑이라니. 이건 한밤의 데이트다. 저 사람 술에 좀 취했지만 날 좋아하는 건 맞아. 질투 때문에 상처받은 짐승이 된 거야. 내 집에까지 간 이유는 뭘까. 나를 그토록 원한 건가. 미란은 아버지에게 선뵐 대상으로 강용수를 생각해봤다.

김 총재는 강용수 비서관을 입안의 뜨거운 감자라고 했었다. 처가에서 심어 놓은 감시꾼이라 내칠 수도 없는데 아무리 견제를 해도 놈은 꿈쩍도 하지 않는다. 뼛속 깊이 군인인 강용수를 군 출신 정계 인사들이 든든하게 뒤를 봐주고 있으니 그것이 바로 나를 향한 견제가 아니고 뭔가. 강용수가 좋은 집안 출신이었던 아내를 사경에 이르도록 두들겨 팼던 사실도 그때 얻어들었다. 여자가 샛서방을 두고 있었다고 했다. 친지들의 권력을 동원해 거액을 안기고 무마했다는데 사랑이 있다면 왜 갈라섰겠는가. 나라면 배신하지 않았을 텐데.

그의 손이 옷 속을 파고들었다. 가슴을 거칠게 더듬는 손을 잡은 미란이 대뜸 물었다.

"나랑 결혼할래요?"

"뭐, 결혼?"

"하자면 난 해요. 당신하고."

강용수는 폭소를 터트렸다. 그는 한참 웃다가 바지 지퍼를 내려 미란의 머리를 우악스레 밑으로 밀어 넣었다. 미란의 콧대와 입술에 곱슬곱슬한 음모가 닿았다. 그것은 제법 컸다. 권총처럼 딱딱하게 휘어져 시큼한 냄새를 풍겼다. "빨아, 이빨 세우지 말고 부드럽게 빨아봐." 입을 꼭 다물고 벗어나려 해도 미란의 머리채를 휘어잡은 손힘은 억세고 악랄했다. 곧추선 그의 성기가 미란의 입속으로 들어왔다.

"쌍년들, 너희는 입만 나불거려. 이만큼 나라가 선 것도 우리가 베트콩을 갈기갈기 찢어 죽인 덕분이라고. 거긴 너 같은 갈보들이 널렸어. 활짝 벌린 년들. 너 같은 년들을 갈겨버리면 찍소리도 못하고 뒈져버려. 그게 바로 진짜 재미지. 그때가 정말 좋았는데 지금은 영 시시해. 어디서든 전쟁이 나면 반드시 다시 갈 거야." 창녀 같은 년이라는 말을 가만히 듣고 있을 미란이 아니었다. 고개를 쳐들고 일어서려 해도 놈의 손아귀 힘은 너무 셌다. "빨아줘. 세게 해봐." 미란은 기를 쓰고 허우적거렸다. "이거 놔! 싫다고 했잖아." 강용수는 베트남전에서 자신이 죽인 사람의 숫자를 되뇌었다. "짜빈박에서 셋, 두코에서 여섯, 안케에서 정말 많이 죽였지. 전부 스물둘이야. 아냐 더 있어. 그래, 나까지 스물셋이지. 나도 죽었거든. 거기서 내가 죽었어. 어느새 죽었더라고." 그는 미란의 사타구니를 더듬으며 제 몸 위로 끌어당기려 했다. 미란은 소리를 지르며 죽을힘을 다해 발버둥 쳤다.

"왜 이래. 늙은이들보다는 내가 낫잖아. 여기가 싫으면 딴 데로 갈까?"

"넌 싫어!"

"뭐?"

"네가 끔찍하게 싫어!"

미란은 얼굴을 감싸 안고 흐느꼈다.

"난 싫다? 왜?"

강용수는 물기로 번들거리는 성기를 주섬주섬 집어 넣고 지퍼를 채웠다.

"병신 같은 눈깔!"

잠시 서늘한 침묵이 흘렀다. 차 안의 공기가 무수하게 쪼개져 바늘이 되어 떠돌았다. 차게 씩씩대는 숨소리에 시간이 멈췄다. 둥근 것은 하나도 없고 모조리 직선에 날카롭고 가느다란 바늘이었다. 혈관으로 스며든 바늘들. 강용수가 고함을 지르며 주먹을 날렸다. "악!" 미란은 반사적으로 피하다 차창 유리에 세게 부딪혔다.

차 문을 열고 나와 달아나는 동안 미란은 뒤를 돌아볼 수 없었다. 총알이 머리를 관통할 것 같았다. 온몸에 힘이 풀려 어떻게 달렸는지 기억이 나지 않았다. 다리가 후들후들 떨렸고 땅바닥이 젖은 모래처럼 푹푹 꺼졌다. 미란이 택시에 올라타기까지 그의 차는 그대로 서 있었다.

긴 시간을 힘들게 지냈다. 미란은 노래 연습도 팽개치고 닷새 동안 집에
만 틀어박혀 있었다. 시계의 초침 소리가 그놈의 목소리처럼 들려 시계를
이불 속에 집어 넣었다. 보증금도 돌려받지 않고 자취방을 몰래 도망쳐 나
왔다. 그놈이 찾아올까봐 외지고 한적한 장소를 찾다 아예 가난한 사람들
로 북적이는 개미촌으로 이사했다. 좋은 선택이었다. 그곳은 마당과 통로
마다 사람들이 와글거렸고 집 앞 골목은 비좁고 가팔라 차를 세워둘 공
간이 없었다.

다시는 겪고 싶지 않은 일이라 잊으려 애썼다. 결혼하자는 말만 던지
지 않았더라도 망각이 쉬웠을 것이다. 그래도 잊어야 했다. 새로운 팀 결성
으로 한껏 부풀어 있는 데다 외워야 하는 가사와 멜로디에 머릿속도 용량
초과 상태였다. 미란은 이사한 집에 틀어박혀 음악만 들었다. 새로 받은 노
래들은 그런대로 좋았다. 사운드는 말랑하고 멜로디는 오래도록 귀에 감
겼다. 메아리처럼 느릿느릿 퍼져 나가는 뭉툭한 오르간과 기타 소리가 소
매에 뿌린 향수처럼 나른하게 향기로웠다. 멋지게 부르고 싶은 욕구가 살
살 피어올랐다.

가사를 붙이지 않은 날것의 멜로디는 들으면 들을수록 얇고 연한 고막
을 지나 마음의 촉촉한 지점으로 향했다. 그 촉촉한 지점은 상처로 곤죽
이 된 상태여서 살짝만 건드려도 몹시 쓰라렸다. 김가와 이가 두 사람에게
강용수가 한 짓을 말하고 싶어 속이 부글부글 끓었다. 어쨌든 그 이후 강
용수는 잠잠했다. 그들과 내가 뭐가 다른데? 강용수는 그렇게 물었다. 다
르지 않다. 여태 만났던 사내놈들은 다 똑같았다. 똑같은 걸 원하고 똑같
은 짓만 했다. 결혼을 원하는 놈은 아무도 없었다. 어디서나 주목받아왔지
만 사랑은 못 받았다. 미란은 뼈아픈 그 사실을 뒤늦게 깨달았다. 남자는

다 똑같은 놈들이야. 거죽은 달라도 결국은 다 그렇고 그런, 똑같은 놈들이 아닌가. 남자란, 총신을 몸에 달고 있으니까. 쏘고 싶어 안달이 난 놈들. 이젠 알아. 다 알고 있어.

사실 미란은 아는 것보다 모르는 게 많았다. 남자라면 이골이 났음에도 유독 강용수를 향한 배신감과 분노로 미친 듯이 힘든 이유를 도무지 알 수가 없었다. 가지고 싶은 여자를 대하는 방법을 모르는 강용수만큼이나 모르는 게 많았던 미란이었다. 사랑을 거절당한 남자는 모두 야수다. 야수가 된 그는 자신의 저주스러운 눈알에게 벌을 주고 깨끗이 죽으려 했었다. 자괴심에 빠진 강용수가 자신의 오른쪽 눈에 총구를 대고 방아쇠를 당기려 했던 사실을 미란은 전혀 알지 못했다.

미란
뱀장어

비만은 과식만이 원인이 아니다. 두려움이 큰 탓이다.
이걸 먹으면 살이 찔 거야, 먹지 말아야 해, 걱정하는 순간 네 입에 들어간 음식은
너의 주문대로 결과를 만든다. 맛난 음식을 몹쓸 지방덩어리로 여하지 말고
영적으로 숭배하라. 먹기 전에 그것들을 응시하면서 네가 나의 건강이 되어주고,
나의 수명, 나의 기쁨과 나의 성품이 되어줄 것을 주문하라.
그리하면 음식은 너를 사랑하고 너를 만들어낸다.

- 『이딴 얘기 받아 적어서 뭐하려고』 (교군 이력은 여사 채록본 1)

다시 조명이 들어오고 관중은 무대에 오른 3인조 힛걸즈를 박수로 맞았다. 맨 왼쪽에 선 미란은 허옇게 들뜬 얼굴로 두 팔을 흔들었다. 쓰러질 것 같은 몸 상태를 들키지 않으려 필사적으로 몸을 흔들어댔다. 원피스에 붙은 스팽글이 서로 부딪치면서 간지러운 소리를 냈다. 잘그랑거리는 소리는 왼쪽과 오른쪽에서도 번갈아 들렸다. 무대에 오르기 전 목구멍에 손가락을 집어 넣어 억지로 토했는데도 배 속에 남은 뱀장어들이 우글우글 아우성이었다. 빨간 조명이 쉴 새 없이 움직이고 트럼펫 간주가 시작되면 서로의 위치를 바꿔 꽈배기 춤을 춰야 한다.

명치 안에서 뱀장어가 불안하게 꿈틀거리는데 마침내, 트럼펫이 시작되었다. 짠짠짜잔잔! 바로 지금이야! 멤버들이 눈짓으로 신호를 보내고 미란

도 동작의 물결에 빨려 들어갔다. 짠! 소리에 힛걸즈 세 사람은 각자의 동작에 멈췄다. 짠! 짠! 짠! 가사 따위는 입모양으로 웅얼거릴 뿐 미란은 속에서 뛰노는 뱀장어만 생각했다.

가운데 선 짠지가 절정의 고음을 소화하자 어둠의 바다가 출렁이며 갈채가 들렸다. 끝났다! 토하지도 않았고 쓰러지지도 않았다. 미란은 안도의 숨을 내쉬었다. 한시라도 빨리 무대에서 내려가고 싶은 미란과 달리 절정에 도취된 짠지는 한 팔을 올린 자세로 그림처럼 멈춰 있었다. 일 초, 이 초, 삼 초, 환호를 즐기는 짠지의 자아도취가 지겨워서 미란은 활짝 웃었다. 무대에서는 무슨 일이 있어도 웃는다.

조명이 꺼진 어두운 무대로 사회자가 오르고 땀으로 번질거리는 힛걸즈 멤버들은 무대 옆 간이계단으로 뛰어 내려갔다. 세 사람은 헐떡헐떡 숨을 몰아쉬었다. 미란을 제치고 앞서 가는 두 사람은 신이 나서 떠들어댔다.

"밴드마스터 취했지? 뒤로 갈수록 반 박자씩 빨라지니까 미치겠더라."

"빠르니까 신나던데. 반응 좋은 편이지?"

"좋기는 뭐가. 뒷자리 텅텅 비었던데."

"언니 얼굴이 창백해. 괜찮아?"

계단 벽을 짚고 휘청휘청 내려가는 미란을 보며 짠지가 물었다. 미란은 대기석의 자욱한 담배 연기 속으로 떠밀리듯 들어섰다. 명치 안의 뱀장어가 무섭게 증식해 목구멍까지 기어 올라왔다. 격렬하게 꿈틀거리는 그것들은 입을 벌리기만 하면 왁 쏟아질 것 같았다. 생각만으로도 식은땀이 등줄기를 차갑게 훑어 내려갔다. 참을 수 있을까.

담배 연기로 자욱한 분장실은 차례를 기다리는 출연자들로 발 디딜 틈이 없었다. 건너편에는 바락바락 소리 지르며 목청을 가다듬는 여가수가 손수 가발을 꿰매고 있었다. 무대에서 내려온 가수들은 비가 그치기를 기다리며 화투판을 벌이거나 남파 간첩의 반성 어린 자백이 흘러나오는 〈113 수사본부〉를 봤다. 냄새에 속이 뒤집어진 미란은 뒤돌아 달렸다. 꾸물꾸물 스멀스멀, 급했다. 하이힐 소리를 요란하게 울리며 복도를 지나 지하 2층으로 향했다.

화장실 문을 열자 고여 있던 역한 냄새에 간신히 참았던 구역질이 분수처럼 솟구쳤다. 한 손으로 벽을 짚고 속에 든 것을 토해내자 원피스에 매달린 스팽글이 일제히 흔들렸다. 바닥의 흥건한 오줌이 구두에 튀거나 말거나 미란은 자세를 고쳐 잡아가며 토했다. 하이힐 높은 굽 때문에 숙인 몸이 앞으로 고꾸라질 듯 쏠려버렸다. 억, 억, 소리는 요란해도 먹은 게 없어 시큼한 위액만 나왔다.

미란은 더러운 변기에 흩어진 노란색 위액을 멍하니 봤다. 초봄에 피는 수선화 색깔이다. 샛노란 병아리색. 미란은 벽에 머리를 쿵 찧고 그대로 주저앉았다. 수술대에서 다리를 벌렸던 기억은 도무지 잊히지 않았다. 아이를 지우는 일은 생각보다 간단했지만 굴욕적인 것 이상으로 선명한 죄책감을 선사했다. 그 짓을 또 해야 한다니. 객석의 환호가 화장실 벽을 타고 웅웅 울렸다. 박수를 치며 발을 구르고. 순서가 뒤로 갈수록 사람들이 좋아하는 가수가 등장한다. 경험해본 적 없는 객석의 뜨거운 반응에 미란은 누군가에게 쌍욕을 들은 것처럼 수치스러워졌다. 뱀장어들은 아무리 토해도 끝이 없다. 우욱, 욱, 내지르는 신음이 저 멀리에서 울리는 환호성과 박수를 덮어버렸다. 신음은 내 것이고 박수갈채는 언제나 남의 것이었다.

눈부시게 화창한 날씨. 지저분한 천장을 보며 미란은 누워 있었다. 감기 기운이 분명해 판피린과 조제약을 사뒀으나 손이 가질 않았다. 감기약 함부로 먹었다가 기형아를 낳았다는 뉴스가 생각났다. 배 속 아이는 지우려고 마음먹었는데도 왠지 내키지 않았다. 비를 맞고 돌아온 밤부터 열이 나더니 몸살로 여러 날 끙끙 앓았다. 바퀴벌레가 방바닥을 기어 다녀도 놀라 일어설 기운조차 없었다.

임신했다는 말이 그렇게도 웃긴가. 아기를 가졌다고 하자 이 회장은 웃기만 했고 김 총재는 아름답고 평화로운 세상은 고민 없이 살아야 한다고 멋들어지게 말했다. 제발 만나달라고 미란이 계속 매달리자 김 총재는 광교 그 자리에서 한 시간 뒤에 보자고 했다. 오후에 라디오 공개홀 행사가 잡혀 있었으나 그게 문제가 아니었다. 언제나 시간 맞춰 나가 있으면 미끈한 세단이 멈춰 섰던 자리, 간첩처럼 몰래 접선했던 광교 모퉁이. 바로 그 자리에서 미란은 세 시간 넘게 비를 맞으며 기다렸다. 애가 타는 그 세 시간 동안 수많은 차량이 흙탕물을 튕기며 미란의 옆을 스쳐 지나갔다. 그러고는 끝이었다. 삭제당한 것이다.

허리는 점차 굵어지고 미란은 수면 아래로 가라앉았다. 종일 울리는 전화벨 소리가 끔찍해 수화기를 내려놓고 지냈다. 미란의 잦은 펑크로 인해 힛걸즈는 해체되어버렸다. 재기할 발판도 연줄도 가족도 아무것도 남아 있지 않은데 배 속 뱀장어들만 이글이글 증식하고 있었다. 잠을 청하려 가만히 누우면 딱 한 가지 생각만 들었다. 먹고 싶다. 먹어야 한다. 생각하지 않으려 해도 예전의 그 음식들이 떠올라 군침이 고였다. 먹고 싶다는 절절한 바람은 날카로운 갈치처럼 몸을 뚫고 나와 허공으로 세차게 솟구쳤다. 평생 처음 겪는 무서운 식욕이었다. 집으로 돌아가려면, 아버지에게 용서받으려면 뭘 해야 할까. 결혼을 한다면 받아들여준다고 했다. 가수를 집어 치웠다고 하면 믿어나 줄까.

지난여름 교군을 찾았던 미란은 대문에서 쫓겨나고 말았다. 교군 일꾼이 저희들은 그저 어르신의 분부에 따를 뿐이라며 편지를 내주었다. 한지에 세로로 정갈하게 적은 붓글씨는 아버지의 필체였다. 구구절절 한자로 가득한 편지는 부녀간의 연을 끊자는 내용이었다. 옳은 판단을 하기 전까지 교군에 일절 나타나지 말라는 글자는 먹자가 두껍게 번져 있었다. 아마도 감정이 격해져 붓에 힘이 들어간 듯 보였다. 그래서 그 글자가 유독 서럽게 느껴졌다.

미란은 방바닥을 뒤졌다. 한 무더기의 무대의상을 하나씩 끄집어내고 몸을 구부려 서랍 밑을 샅샅이 훑었다. 언젠가 손 씨가 문가에 놓아준 꽈배기를 팽개쳐두었는데 그게 아쉬웠다. 오, 찾았다. 서대문표 꽈배기. 딱딱하게 말라비틀어진 꽈배기를 미란은 서두르지 않고 조금씩 꼭꼭 씹었다. 단맛이 밴 나뭇조각 같은 맛을 천천히 음미한 미란은 절절한 아쉬움에 입맛을 다셨다. 또 먹고 싶다. 하얀 설탕이 듬뿍 묻은, 막 튀겨 보드랍고 기름진 꽈배기는 얼마나 맛있을까. 손 씨에게 부탁해볼까.

평일 한낮은 골목에서 노는 아이들이 없어 그나마 조용하다. 다들 일하러 나간 덕에 아래층 벙어리 부부가 재봉틀 돌리는 소리만 방바닥을 통해 낮게 울렸다. 차륵차륵 차르륵. 규칙적이고 단조로운 소음은 고소한 깨를 볶는 기계 소리, 빈대떡 만들려 녹두를 가는 맷돌 소리로 들렸다. 모든 소리가 음식으로 연관되었다. 뱀장어들은 이제 입을 짝짝 벌리며 먹여달라고 아우성인 것이다.

"손 씨, 여기야, 여기!"

깔깔거리는 계집애 웃음소리가 창문 틈으로 비집고 들어왔다. 미란은 창가로 가 아래층을 내려다봤다. 버스차장 연자가 빨래를 들고 팔딱팔딱 뛰었고 손 씨는 연탄 화덕 위의 냄비에 라면을 집어 넣고 있었다. 오늘은 웬일로 둘 다 집에 있을까. 연자도 라면을 빠개 손 씨의 냄비에 홀랑 집어 넣었다. 둘이 같이 먹겠다고? 지가 뭔데 감히.

밖으로 나가기 전 미란은 자신의 몸매를 연자의 그것과 비교했다. 배 속 아이 때문에 젖가슴이 풍만해졌다. 거울에 비춰본 얼굴은 푸석푸석했지만 립스틱을 바르자 그런대로 생기가 돌았다. 간단하게 화장을 마친 미란은 가슴골을 훤히 드러낸 채 밖으로 나섰다.

라면 익는 구수한 냄새가 쫄쫄 굶은 미란의 허기를 심하게 자극했다. 줄줄이 널린 빨래와 연탄재를 지나는 길이 천릿길이라 비틀비틀 걷자니 현기증이 일었다.

"미스터 손, 꽈배기 어디서 팔아?"

미란을 발견한 손 씨는 벌떡 일어나 헤벌쭉 웃기부터 했고 대답은 연자가 대신했다.

"서대문 꽈배기요?"

"맞아, 미스터 손이 사다준 거."

"저기 74번 종점 앞에서 팔아요. 왜요? 사러 가려고요?"

연자는 양을 늘리려는 듯 라면 냄비에 소면을 넣었다. 일시에 부풀어 오르는 누르스름한 거품에서 구수한 밀가루 냄새가 피어올랐다. 미란은 연자를 무시하고 손 씨에게 다가갔다. 손 씨는 얼굴이 빨갛게 달아올라 웃기만 했다.

"꽈배기 늘 고마워. 어찌나 맛있던지. 그게 먹고 싶어서 눈물이 나. 어디서 파는 줄 알아야 사러 갈 텐데."

"내, 내가 사올게요."

당장 간다고 손 씨가 나서자 연자가 그의 팔을 붙들었다.

"가긴 어딜 가? 그사이 라면 퍼지면 어쩌려고. 이거 봐, 다 익었잖아."

바글바글 끓고 있는 냄비를 보며 손 씨가 말했다.

"뛰어갔다 오면 돼. 금방이야."

"꽈배기 다 팔렸어! 내가 아까 가서 봤어. 진짜 없어."

연자가 극구 말리자 손 씨는 엉거주춤 미란의 눈치를 봤다. 속이 빤히 보이는 거짓말이 분명했지만 미란은 뭐라 나무랄 입장이 아니었다. 다 팔렸으면 할 수 없지, 뭐. 연자는 재빠르게 사발과 김치를 들고 나와 라면을 퍼 담았다. 젓가락도 두 벌, 사발도 두 개뿐. 미란에게 먹어보라는 권유도 없이 연자와 손 씨는 머리를 맞댔다. 뜨거워서 오만 인상을 찌푸리면서도 후룩후룩 면발을 빨아들이는 손 씨의 얼굴은 행복해 보였다.

언젠가 늦은 저녁, 미란은 집으로 돌아오는 길에 마당에서 꽁치를 굽고 있는 손 씨를 발견했다. 키 큰 손 씨가 화덕 앞에 쪼그려 앉아 오매불망 꽁치 익기만 기다리는 모습이 몹시 귀엽게 보였다. 술 먹고 귀가한 미란은 주정 비슷하게 나도 한입만 달라고 응석을 부렸다. 미란을 보면 수줍은 웃음부터 보이던 손 씨는 순간 당황하더니 덜 익은 꽁치를 허겁지겁 먹어 치우기 시작했다. 대가리부터 꼬리까지 한입에 털어 넣고 우적우적 서둘러 씹는 모습이 제 밥그릇 빼앗기지 않으려 으르렁대는 강아지 같았다. 그 모습이 싫지 않았다. 제 것 지키려고 서두르는 손 씨가 그 순간 몹시 사내답고 믿음직하게 느껴졌다.

음식 해먹기 귀찮아 매식으로 끼니를 해결하는 미란은 아래층 공동 취사구역이 낯설었다. 개미촌 사람들이 밥반찬이 없어졌다고 싸움질을 하거나 한데 모여 떠들썩하게 나눠 먹는 일상을 멀찌감치 떨어져서 흘려 봤었다. 그러나 원치 않는 입덧 때문에 고생하면서부터 미란은 아래층 취사구역을 유심히 들여다보게 되었다. 손 씨가 구부정하게 선 채로 급히 떠먹는 밥그릇 안이 궁금했다. 대체 무엇을 저리 신이 나서 먹어 치우는 걸까.

"부모 없어요. 아무도 없어요."

손 씨는 미란이 묻는 말에 띄엄띄엄 단답형으로 대답했다. 그는 스물다섯 살이라며 손가락을 하나씩 꼽았고 근처 벽돌공장에서 일한다며 공장이 있는 방향을 가리켰다. 몸에 비해 작은 웃옷 사이로 단단한 구릿빛 복근이 보였다. 미란이 손을 뻗치자 손 씨는 반사적으로 몸을 움츠렸다.

"미스터 손은 매일 맞고만 살았어? 이리 와봐요."

손 씨는 비실비실 웃으며 고개를 끄덕였다. 정말 많이 맞았느냐고 미란이 묻자 손 씨는 자신의 머리를 툭툭 치는 시늉을 했다.

손 씨는 벽돌공장 일 말고도 개미촌 안의 막힌 수챗구멍을 파거나 떨어진 문짝을 때우는 허드렛일을 해주고 사람들에게 밥을 얻어먹었다. 누구도 밥을 주지 않으면 아무 내색하지 않고 허기진 배를 웅크리고 잤다. 실컷 부려 먹고 야박하게 굴어도 피식 웃고 말았고 쉰밥만 조금 내줘도 늘 미안해하며 조심조심 받아먹곤 했다. 군밤 몇 톨이든 먹다 남은 닭다리든 크기나 양에 구애받지 않고 손 씨는 언제나 눈치를 보며 우물쭈물 받아먹었다.

인심 사나운 집주인 개성할멈이 손 씨를 거저 부려 먹는 일도 차츰 줄어들었다. 왕소금 개성할멈은 손 씨가 요새 젊은 사람 같지가 않다며 고봉밥에 뜨끈한 우거짓국을 사발이 넘치도록 담아 양껏 먹였다. 손 씨가 히죽

155

히죽 웃으며 말끔히 먹어 치우자 개성할멈은 돼지 같은 놈이라고 욕을 퍼부으며 국 한 그릇을 더 내줬다. 말끝마다 머저리 같은 놈, 덜떨어진 놈, 쥐새끼가 불알 떼먹어도 헤헤 웃을 빙충이 같은 놈이라고 욕을 해대며 몰래몰래 손 씨에게 주전부리를 건네주었다.

미란과 마주친 손 씨가 얼굴이 빨갛게 달아올라 어쩔 줄 몰라 하면 개성할멈은 즉시 손 씨의 머리통을 갈겼다.

"안 된다! 2층 딴따라 저거는 순전히 논다니야. 못써! 얼굴 생김 좀 보래. 서방 열댓은 잡아먹을 여우상이지. 쥐 잡아먹은 양 주둥이 시뻘겋게 처바르고 오밤중에나 흐느적흐느적 집에 기어드는데, 걸핏하면 딴 데서 자고 오는 거 모르나? 거만하게 생겨 처먹어가지고 어른이 불러도 대답한 번 안 하는 버릇없는 년이다. 가수는 무슨? 한눈에 척 봐도 저건 콜걸이다. 나이도 너보다 한참 많을걸. 손 씨, 너 잘 생각해라. 데리고 살 계집이란 연자처럼 턱이 튼실해야 잔병치레 안 하는 거다. 연자는 허리가 굵고 펑퍼짐하니 애새끼 쑥쑥 열은 더 낳을 거라. 우량 암소 같잖아. 돈 받자 바로 거스름돈 내주는 버스차장이 어디 쉬운 줄 아나. 계산 머리가 있어야하지. 연자는 눈깔도 잘 굴리고 머리도 잘 돌린다. 손 씨 너, 내한테 밥 계속 얻어먹고 싶으면 2층 딴따라 쳐다보지도 마라. 저거는 영 논다니다, 논다니."

할멈의 일장연설을 듣는 둥 마는 둥 손 씨는 궁둥이 살랑살랑 흔들며 걷는 미란을 눈으로 좇느라 혼이 빠졌다. 미란은 그 눈길을 의식하고 살짝 뒤돌아 꿀 바른 윙크를 날렸다. 입이 쩍 벌어진 손 씨는 두 눈을 질끈 감는 서툰 윙크를 미란이 사라질 때까지 계속 만들어 보였다. 그러다 할멈에게 머리통을 몇 대 더 맞았다.

화려한 미모로 빛나는 미란을 눈여겨보는 사내는 손 씨만이 아니었다. 여자들은 미란을 힐끔거리며 재수 없어 했고 남자들은 어리나 늙으나 미란을 슬금슬금 곁눈질하며 침을 삼켰다. 끼리끼리 모여 미란을 화제로 음담패설을 주고받거나 미란이 귀가할 시간이면 런닝 바람으로 평상에 나와 서성거리다 마누라한테 등짝을 후려 맞고 끌려 들어가는 사내들이 부지기수였다.

미란이 서구적인 미인이라면 손 씨는 순한 외모와 체격으로 개미촌 가난뱅이 사내들의 평균 급수를 올려주었다. 손 씨의 첫인상은 멍청해 보이지 않았다. 흐리멍덩한 눈빛만 빼면 사무직으로 일할 타입으로 보였다. 손 씨가 등신 중의 상등신임을 알아챈 사람들은 인물 아깝다는 말을 제일 많이 했다.

개성할멈은 걸핏하면 잘생긴 손 씨의 얼굴을 인절미처럼 잡아 늘이고 꿀단지처럼 쓰다듬으며 혀를 찼다.

"에고, 이놈 옥골선풍이 따로 없다. 왜 그리 꼴값을 못해. 이런 얼굴이 달렸는데 태어날 때부터 바보 멍청이였을 리가 없다. 누구한테 머리통을 처맞고 머저리가 된 거니? 동란 때 그랬니? 아님 베트콩 때려잡다가 그리 되었니? 부모는 어디서 잃었어?"

손 씨는 긍정도 부정도 대꾸도 하지 않았는데 개성할멈은 스스로 확신을 얻었다. 할멈의 입을 통해 바보 손 씨에 관한 소문이 퍼져 나갔다. 어린 날 머리를 다쳤다, 쌕쌕이 폭격에 부모를 잃고 그 충격에 바보가 되었다, 전쟁 통에 너무 굶다 보니 배 속에 거지가 들어앉아 제정신이 돌아오지 않는다는 식으로 급조된 손 씨의 과거사는 통통하게 살이 붙어 사방으로 돌고 돌았다. 그러면 그렇지, 내 그럴 줄 알았어. 그 모든 드라마틱한 추측이 손 씨의 아둔함에 일종의 면죄부를 주기 위함이라는 것을 사람들은 어렴풋이 짐작했다.

사실 우리 모두는 죄가 없다. 탱크 바퀴 같은 역사의 운명이 무섭게 치고 지나면 그 밑에 깔린 우리네 개미인생이야 조각나고 망가지는 게 보통 아닌가. 누군들 이렇게 살고 싶어서 사나. 그 난리를 겪고도 여전히 살아 있음이 감사하면서도 저주스러운 일이었다. 손 씨가 멀끔한 얼굴로 멍하니 앉아 있으면 애 어른 할 것 없이, 동네 지나는 똥강아지까지 왈왈 짖으며 외쳤다. 이 바보야, 정신 좀 차려.

미란은 교군으로 전화를 걸었다. 안성고모에게 교군 소식을 전해 듣고부터 입맛이 당겨 더는 참을 수 없었다. 수완 좋은 계모 덕분에 교군이 날로 번창해 배 영감은 생일 잔칫날 금단추 달린 마고자를 해 입었더라고 했다. 바로 옆집까지 사들여 증축공사를 했다는 소식에도 미란은 밥상만 떠올렸다. 기름이 잘잘 흐르는 풍성한 요리들이 한가득 차려진 상, 아련하게 떠오르는 지글지글 굽고 지지고 볶는 소리. 요괴처럼 덤벼드는 그 붉고 매운맛들. 특히 그 매운 요리들은 사람을 미치고 안달 나게 했다.

전화를 받은 이 여사는 노련하게 착 가라앉은 음성으로 대했다. 통장까지 훔쳐들고 달아난 미란에게 감정이 좋을 리 없다.

"가수를 관뒀으면 어째. 이제 뭘 해서 먹고살려고?"

당장 집으로 돌아오라는 말을 기대했던 미란은 실망했다.

"내 방도 없애버렸어요?"

"다 치운 건 아냐. 그 방을 쓰고 싶다는 손님이 있어서 잠깐 내줬지. 대대적인 공사를 하는 바람에 집 구조가 좀 바뀌었어. 전에 미란이가 집에 왔던 건 알았는데 영감님이 하도 길길이 뛰는 바람에 그리되었어. 나야 뭐 힘이 있나."

"내일 아버지 뵈러 갈 테니 말씀 전해줘요."

"아휴, 큰일 날 소리. 아직은 안 되잖아. 내가 그러는 게 아니라 영감이 난리치니까 그렇지. 나도 공부하러 학원 다니느라 평일에는 바쁘다."

"공부? 아하, 검정고시 아직 안 끝났어요? 중학교 졸업장 있으나 마나 인데."

미란은 경망스럽게 웃었다. 돈이 남아도니 허세를 떨고 있구나.

"고등학교 졸업장 받아 대학 가려고. 올해 떨어지면 내년에 시험 보고, 또 보고, 보다 보면 언젠가는 붙겠지. 요샌 요리사도 국가에서 인정하는 자격증이 있어야 해. 책을 보려면 영어도 알아야 하고 프랑스 말도 공부해야 한다니까. 그까짓 거 하려면 못하겠어?"

미란이 남자들에게 혼을 뜯어먹히는 동안 계모는 천변만화하고 있었다. 미란은 혼자 입을 삐죽거렸다. 그렇게 안달복달하며 살든지 말든지. 기운이 넘쳐 제 인생 볶는 걸 누가 말리겠어. 나는 당장 배가 주려 죽겠다.

"잠깐 인사만 하러 갈게요. 먹고 싶은 게 아주 많네요. 객지 음식에 질려서 아주 죽을 지경이거든요. 나박김치 있죠? 바삭하게 튀긴 게딱지튀김에 새우튀김도 먹고 싶어요. 고추씨 듬뿍 붙여서 맵게 튀겨줘요. 혓바닥 불나게 매운 고기도 실컷 볶아주시고, 숯불에 구운 매운 돼지고기 먹고 싶네. 아냐, 그저 김치만 있어도 살겠어요. 먹고 싶어서 그래요. 매일매일 배가 고파요."

"웬일이야? 입 짧은 미란이가."

주는 대로 잘 먹고 식탐 많은 사람을 좋아하는 이 여사는 흥흥 웃었다.

그렇지 않아도 작년에 담근 김장이 끝내주게 잘되었다고 자랑하며 목소리가 높아졌다. 미란이 먹고 싶은 음식들을 줄줄이 거명하자 이 여사도 덩달아 신이 났다. 옳지, 옳지, 그런 거야 부엌에 서서 뚝딱 만들어내지. 그게 뭐 별거야? 오기만 하면 배 터지게 먹여주지. 밤이 새도록 나누고 싶은 음식 얘기라 이 여사는 신명 나게 떠들어댔다. 입덧에 덜미 잡힌 미란에게는 목숨만큼이나 간절한 것이 바로 교군의 음식이었다. 더구나 이 여사의 둥글게 말린 발음은 미란의 침샘을 가혹하게 공격했다.

"그나저나 결혼이라도 해야 영감님이 받아줄 텐데. 내가 아무리 반갑다고 설쳐도 영감님이 산통 깨면 끝이잖아. 또 문전에서 쫓겨날라. 나이 들수록 영감쟁이 고집만 세져 내가 힘들어 죽겠다."

"신랑감 있어요! 좋은 소식도 없는데 내가 이러겠어?"

어머나, 진짜야? 호들갑을 떨며 신랑짜리에 대해 묻는 이 여사에게 미란은 우물우물 털어놓았다. 서울대 상대를 나와 개인 사업을 하는 키가 크고 인물 잘생긴 사내가 있다. 공연을 보러 와 한아름 꽃을 안겨준 사내에게서 청혼을 받고 오래 망설였지만 아버지 뜻을 생각해 현모양처로 살기로 했다. 스토리는 밋밋하고 정형화된 감이 없지 않지만 즉흥으로 만든 것치고는 나쁘지 않았다. 일단 먹고 보는 거다. 뒷일은 나중에 생각하고 우선 배 터지게 먹을 것이다. 데리고 간다고 해놓고 그 남자 급한 일이 생겨 오늘은 못 왔어요, 라고 핑계 대면 그만이지.

"이름이 뭔데? 생년월일 난 시를 대봐. 궁합을 봐야지."

"차차 해요. 차차."

미란이가 데려올 신랑감에 관한 모든 정보와 자질구레한 뒷이야기가 궁금해 안달이 난 이 여사는 부리나케 날짜를 잡았다. 주말에는 손님 치

르느라 바쁘니 쉬는 월요일에 함께 오라고 했다. 지금이라도 허락만 떨어
지면 바로 튀어 나갈 기세였던 미란은 맥이 빠졌지만 희망의 불씨를 안고
기운을 찾았다.

미란
손씨의 허기

어떤 사람이 고추씨만을 먹으며 살았다.
먹을 게 없어 알알이 고추씨를 꼭꼭 씹어 먹고 고추씨 똥을 고스란히 쌌다.
먹은 것을 그대로 내보내 섭취할 영양이 없었음에도
그는 삐쩍 마른 몸으로 오래 살았다.
사람에게는 먹는 행위 자체가 먹을거리가 된다.

- 『이딴 얘기 받아 적어서 뭐하려고』(교군 이먹은 여사 채록본 1)

개미촌은 똥물이 흐르는 개울을 경계로 두 구역으로 나뉘어 있었다. 마당을 중심으로 위쪽은 일본식 2층 주택이고 아래쪽은 판자로 이어진 쪽방이 다닥다닥 붙어 몹시 복잡했다. 좁은 방이 답답한 아이들은 사람들이 오가는 통로에 나와 놀았고 여자들은 수돗가에 모여 앉아 설거지를 하고 머리를 감았다. 개미촌 인근은 하수구 냄새에 지린내가 가실 날이 없었다. 텔레비전 시청이 가능한 저녁에는 만화방에서 틀어주는 연속극의 소리라도 들으려고 사람들이 몰려갔다.

미란은 판잣집 쪽방 안을 슬며시 들여다보며 좁은 골목을 지났다. 판잣집 주변을 지날 때면 오줌 웅덩이에 발을 빠뜨리지 않게 조심해야 했다. 개미촌 주민들은 화사하게 차려입은 미란에게 길을 비켜주며 쑤군거렸다.

구수한 청국장 끓는 냄새와 공중변소에서 흘러나오는 지독한 냄새가 판 잣집 주변을 에워싸고 있었다. 집집마다 문을 열어놓고 있어 문패가 보이지 않았다. 야근하러 나가는 버스 기사를 붙잡고 미란이 물었다.

"키 큰 손 씨 어디 있어요? 일 나갔어요?"

"손 씨? 팔푼이 손가 말이오? 아직 안 나갔을걸."

버스 기사는 미란의 미모에 넋이 빠져 불에 덴 사람처럼 허둥거렸다. 손 씨가 어디 있는지 알려만 달라 해도 손수 일러주겠다며 버스 기사는 무작정 앞섰다.

손 씨는 사내들 틈에 섞여 자고 있었다. 두 평 남짓 좁은 공간에 시커먼 사내들이 우글우글했다. 미란을 보자 모두들 놀라 방 안에서 뛰어나왔다. 사내들이 손 씨를 걷어차 깨우는 동안 미란은 냄새나는 방 안을 살폈다. 신문지를 덕지덕지 바른 벽에는 비키니 여배우 사진이 붙어 있었다. 손 씨가 부스스한 얼굴로 나왔다.

"어, 여긴 왜 왔어요?"

"단잠 깨워서 미안. 미스터 손한테 부탁할 게 있어서 그래요. 시간 있어요?"

바로 옆에 선 사내들은 미란의 말투를 돌림노래처럼 따라 했다. 시간 있어요? 시간 있어요? 손 씨가 미란을 따라 나서자 질투와 부러움을 담은 사내들의 과격한 야유가 일제히 터져 나왔다. 따라오지 말라고 해도 멀찌감치 떨어져 줄줄 붙었다.

미란은 손 씨와 함께 서대문표 꽈배기를 양껏 샀다. 종점까지 걸어오면서 손 씨는 멋쩍어 고개를 숙인 채 웃는 입을 다물지 못했다. 구멍가게에도 들러 맥주와 땅콩과 사과를 샀다. 가게 문을 닫으려는 주인에게 부탁해 조청에 졸인 오징어다리도 남김없이 사들였다. 손 씨와 미란은 오징어 다리를 질겅질겅 씹으며 개미촌으로 돌아왔다. 먹고 싶은 게 더 있느냐고 미란이 물어도 손 씨는 머리만 벅벅 긁어댔다.

"지금 일 나가야 해요?"

"지금은 아니고 이따 새벽에요."

"그럼 내 방에서 한잔해요. 나 혼자 이렇게는 못 먹어. 미스터 손 때문에 많이 샀잖아."

손 씨는 감히 방에는 들어갈 수 없다며 미란의 방문 앞에 앉았다. 미란이 잡아끌어도 발이 더러워 들어갈 수 없다며 펄쩍 뛰었다. 하는 수 없이 문지방에 꽈배기 봉투와 사과, 맥주잔을 놨다. 손 씨는 머리를 조아리며 꽈배기 하나를 집어 조심스레 입에 넣었다. 세상에서 제일 맛있는 음식을 먹는 듯 눈 감고 우물우물 씹었다. 불룩해진 볼이 만족감으로 실룩거렸다.

"맛있어?"

손 씨가 고개를 끄덕였다. 미란이 말을 붙여도 손 씨는 연이어 먹기만 했다. 매우 미안해하는 표정으로 부리나케 씹고 삼키고 마시느라 바빠 대화에는 관심이 없었다. 맥주 거품을 입술에 묻히고 진저리를 치는가 하면 손가락에 묻은 설탕가루를 쪽쪽 빨아 먹다가 질척거리는 오징어다리를 물어뜯었다. 오묘한 맛의 세계에 풍덩 빠져든 손 씨에게 미란은 없는 존재였다.

계단으로 사람들이 올라오는 소리가 들렸다. 미란은 급히 안줏거리를 방 안으로 들이며 손 씨에게 손짓했다.

"빨리 들어와, 여기 있다가는 다 빼앗겨. 미스터 손 주려고 샀는데 다른 사람들이 다 먹는다니까?"

그 말이 끝나기가 무섭게 손 씨는 폭격을 피하는 난민처럼 미란의 방으로 잽싸게 슬라이딩했다. 그 속도가 너무 빨라 미란은 입을 딱 벌렸다. 사람들 몰래 숨어든 방 안은 몹시 아늑했다. 손 씨가 벽에 붙다시피 몸을 웅크려도 쌓아놓은 옷가지며 턴테이블 때문에 두 사람의 무릎이 닿을락 말락했다. 전기스토브를 올리고 작은 전등만 켰다. 손 씨가 부스럭거리며 움직이자 땀에 찌든 흙냄새가 났다. 미란은 방바닥에 비스듬히 누워 흥얼 흥얼 노래를 불렀다.

　"나는 여기 있어, 당신은 거기 있어. 아니 뭐더라? 당신은 여기 있어, 나는 거기 있어, 였나? 아이, 맨날 헷갈려. 미스터 손, 나 공부 못했어. 바닥을 벅벅 기는 성적이라 우리 아버지 소원인 대학 못 갔거든, 대학이 다 뭐야. 노래 가사도 걸핏하면 까먹어서 우물쭈물. 미스터 손, 내 직업이 뭔 줄 알지?"

　손 씨는 오매불망 맥주병만 이글이글 바라보며 꽈배기를 씹었다. 미란은 다 마시고 난 빈 병을 치우고 새 맥주를 따 손 씨의 잔에 따라줬다. 서둘러 마시느라 손 씨는 미란의 넋두리를 들을 겨를이 없었다. 힛걸즈 앨범을 본 손 씨는 놀라지도 않고 그저 어리둥절해했다.

　"그래, 이게 나라니까. 내 목소리 들려줄게."

　미란은 어깨를 으쓱하며 턴테이블을 켰다. 힛걸즈의 노래가 흘러나오자 손 씨는 빙글빙글 돌아가는 레코드에 귀를 기울였다.

　"오늘 기분 참 좋다. 최근에 이렇게 기분 좋은 적이 없었는데. 미스터 손 덕분이야. 일하러 안 나가도 되지?"

　"가야 해요."

　"오늘만 빼먹고 나랑 더 놀아."

　"혼나요."

힛걸즈의 노래를 들려주며 미란은 슬금슬금 따라 불렀다. 평가받는 노래가 아닌 절로 좋아 부르는 노래라 미란의 목소리는 진흙처럼 축축하게 끈적였다. 마치 동굴에서 흐느껴 우는 소리 같았다. 방 안에 혼자 있는 듯 거리낌 없이 노래를 부르던 미란은 눈물을 툭 떨어뜨렸다. 벼랑 끝에 몰린 자의 눈물. 배 속 아기를 어쩔 것인가. 빨리 가서 지워야 하는데 왜 자꾸 미루고 있나.

손 씨는 어둠 속에서 부지런히 먹고 씹었다.

"미스터 손, 참 복스럽게 먹는다. 우리 계모는 먹성좋은 사람 좋아하는데. 미스터 손, 세상에서 제일 맛있는 거 먹여줄까? 거긴 정말 맛난 게 많아. 너무 많아서 지긋지긋했거든. 난 참 바보 같아. 천국이 지겹다고 지옥으로 달아난 바보가 바로 나야."

손 씨는 빙글빙글 웃었다.

"그렇게 우두커니 앉았지 말고 내 옆에 와. 여기 누워. 괜찮아."

미란은 손 씨의 손을 잡아끌었다. 사포처럼 거친 손이었다. 그 손을 끌어당겨 자신의 옷가슴 속에 집어 넣었다. 막노동으로 단련된 투박한 손은 수유를 대비해 한껏 풍만해진 젖가슴을 어찌 대할 줄 몰라 단단하게 주먹 쥘 뿐이었다. 미란은 손 씨 얼굴의 까칠한 수염자국을 슬슬 쓰다듬었다. 손 씨의 호흡이 가빠지자 미란은 손 씨를 밀어 넘어뜨렸다. 한옆에 모아둔 맥주병이 와장창 무너졌다.

"미스터 손은 연자가 좋아, 내가 좋아?"

미란은 그의 귀에 대고 속삭였다. 묻고 싶은 말이 아주 많았다. 연탄 냄새가 좋아, 내가 좋아? 오징어다리가 좋아, 내가 좋아? 꽁치가 좋아, 내가 좋아? 미란은 그 모든 질문을 하나로 통일해 물었다. "연자가 좋아, 내가 좋아?"고개를 숙이고 병실 웃던 손 씨는 대답 대신 조심조심 다가와 입을 맞췄다. 너무나 담백하고 순결해 지루하기까지 한 입맞춤이었다. 다 큰 성인남녀가 이렇듯 가볍게만 입을 맞추면 명백히 불법이다. 미란은 손 씨의 순결함을 찢고 과격하게 혀를 밀어 넣었다.

바지를 끌어내리자 손 씨는 팬티도 입지 않은 상태였다. 팬티가 뭔지도 모르는, 그런 것을 챙겨 입을 여유가 없는 그의 궁핍한 삶이 벗겨져 고스란히 드러났다. 그는 몸체 전부가 뼈로 이루어진 사람이었다. 뺨도 단단하고 콧날도 단단하고 어깨와 복부까지 단단했다. 미란의 알몸이 그의 품으로 쏙 파고들었다. 손 씨의 몸이 불 위의 오징어처럼 바싹 말려드는 것을 느끼며 미란은 다리를 벌리고 누웠다.

어설프게 몸을 열고 몸이 들어왔다. 미란이 자신의 배를 누르지 말라며 위로 오르자 그 입술과 떨어지지 않으려 손 씨의 등이 활처럼 휘어졌다. 물결처럼 흔들거리던 몸짓이 조금씩 빨라졌다. 달빛이 훤히 방 안으로 들어오고 우당탕탕 복도를 뛰어가는 소리가 들렸다. 두 사람이 들썩거리며 숨을 몰아쉴수록 복도를 지나는 발소리는 더 커졌다. 오래된 마루 특유의 삐걱삐걱 소리가 들리면 손 씨와 미란은 동작을 멈추고 귀를 기울였다. 누군가 문을 벌컥 열고 들어올 것 같아 아슬아슬했다. 두 사람이 완전하게 밀착된 순간 진동의 파고가 내밀한 곳에서 진저리쳤다.

손 씨는 미란의 가슴팍에 죽은 듯 엎어졌다. 미란은 아찔한 충만감에 젖어 눈을 감고 늘어졌다. 이런 느낌 처음이다. 수치심이 들지 않은 섹스는 태어나 처음이다. 다른 사람들은 이렇게 하나? 이런 기분이 정상이라면 나는 여태 뭘 했던 거지? 미란이 엎어져 있는 손 씨를 쿡 찌르자 그가 벌쭉 웃었다. 몹시 천진하고 맑은 웃음이었다. 미란도 그 웃음에 전염된 듯 마주 보고 킥킥 웃었다. 별것 아닌 웃음인데 참 좋았다.

슬슬 옷을 꿰어 입는 손 씨의 등을 어루만지며 미란이 칭얼거렸다.

"미스터 손, 나 잘 때까지만 있어주면 안 돼?"

손 씨는 큰 결심을 한 듯 미란에게 말했다.

"저기……."

"뭐?"

"한 번 더 해도 돼요?"

교군의 일꾼들은 미란이 데리고 온 사내를 관찰하느라 국이 끓어 넘쳐도 몰랐다. 다과 쟁반을 들고 안으로 들어갔다 온 일꾼은 속사포처럼 관전평을 전했다. 키가 크고 인물이 훤하다, 어딘지 모자라 보인다, 예비 신랑의 목소리는 아직 들어보지 못했으나 그렇게 밝게 웃는 미란 씨는 처음 봤다, 그런데 연애 때문인지 뭣 때문인지 몰라도 미란 씨 얼굴이 반쪽이다, 망할 자식, 속깨나 썩이는 모양이다.

일꾼들은 일제히 전망했다. 거만하기 짝이 없는 미란이가 데리고 온 사내가 보통이겠는가, 모르기는 몰라도 엄청난 집안 자제임이 분명하다. 그놈은 우리의 적이다. 결코 환영해서는 안 된다는 말이다. 일꾼들은 당연한 듯 내기를 시작했다. 저 사내가 밥상 받고 얼마 뒤 징징 울 것인가에 대한 내기였다. 삼십 분? 어쩌면 한 시간? 판돈이 커지자 일꾼들은 저마다 익힌 매운 기법을 속속 끄집어냈다. 우리의 미란 씨를 낚아채 가는 대가를 혹독하게 치르도록 해주지. 어디 한번 죽어봐라!

활기찬 조리실에 비해 다과상을 마주한 안방의 상견례 자리는 서먹하고 딱딱했다.

"그래, 하고 있는 일이 뭐라고 했는가? 부모님과 일찍 사별하고 혼자 무슨 힘으로 그 어려운 공부를 했는가? 자네, 몇 년생이라고? 내가 듣고도 잊어버렸네. 현재 살고 있는 집은 어딘가? 친척들은 어디에 생존해 있는가?"

배 영감이 숨 쉴 틈 없이 몰아붙이자 손 씨는 멍한 상태로 공기 중의 미립자를 관찰했고 미란은 눈을 흘겼다.

"차차 아시면 되잖아요. 대문 들어올 때부터 음식 냄새에 미치는 줄 알았어요. 배가 고파서 말할 기운 없으니까 밥이나 먹으면서 얘기해요."

"넌 빠져라. 반가의 격식이 있는데 절차는 따져야지. 서로의 근본을 나누기 전에는 안 돼. 이 중차대한 일 앞에 밥이 목구멍으로 넘어가나?"

"먹으면서 해도 되잖아요. 아버지 딸, 눈알이 펑펑 돌아요."

낯빛이 전에 비해 꺼칠해 보이는 미란이 밥 타령만 하는 바람에 아비는 한풀 꺾였다. 이 여사는 일꾼들에게 상을 들이라 일렀고 미란은 무릎을 꿇고 앉은 손 씨에게 편히 앉으라고 옆구리를 찔렀다. 손 씨는 미란이 교육시킨 대로 묵비권만 행사했다.

미란은 교군에 도착하는 순간까지 손 씨에게 열심히 가르쳤다. "음식은 내가 눈짓하는 것만 골라 소리 내지 말고 조용조용 씹되 어른이 묻는 말에는 고개만 끄덕여요. 바보같이 웃지 좀 말고! 어려운 건 없으니까 히죽히죽 웃지만 마요." 그렇게 일침을 박는 순간에도 손 씨는 좋아서 입을 벙실벙실 벌리고 웃었다. 내가 장가를 들게 되다니, 이게 꿈인가, 생시인가.

급한 대로 양복을 사 입혔으나 청년 실업가 외양을 갖추려다 보니 구색을 맞춰야 할 것들이 한두 가지가 아니었다. 팬티부터 구두, 손수건, 넥타이와 머리스타일. 교군의 눈 매운 식솔들에게 흠잡히지 않으려면 손 씨의 외양뿐만 아니라 말투와 표정부터 교정해야 했다. 그러나 하나씩 가르치다가 두 손 두 발 다 들었다. 하는 수 없이 안전하고 손쉬운 묵비권 행사로 전략을 바꿨다. 그들이 물어보면 일단 입을 다물고 그들이 알고 싶어하는 것은 절대로 알려주지 말자. 당신이 입을 여는 순간 천기누설, 지구가 두 쪽이 나고 말 것이다.

이 여사가 밖으로 나가자 안방에는 어색한 침묵만 감돌았다. 배 영감의 갖은 문초에도 딴전 피우기로 대응하며 해탈의 경지를 보여주었던 손 씨는 느닷없이 일어나 큰절을 넙죽 올렸다. 미란이 일러준 상견례 매뉴얼대로 큰절하기를 실행한 것이다. 배 영감이 떨떠름한 얼굴로 절을 받자 손 씨는 황송하다는 듯 연거푸 큰절을 올렸다. 절은 두 번 하면 안 된다며 미란이 뜯어말렸으나 손 씨의 감격을 이길 수 없었다.

"그래 자네, 본관은 뭔가? 이북에서 넘어왔다면 해주 손씨인가, 아님 평양 손씨인가? 어쩌면 이남에 살다 조상이 그리로 넘어갔을 수도 있겠군. 밀양 손씨, 경주 손씨가 있지 않은가?"

이것이 당락을 가르는 퀴즈라면 손 씨는 예선 탈락이 분명했다. 미란이 아무렇게나 답하라고 손 씨를 찌르는 사이, 알록달록 화려한 교자상이 구세주처럼 안으로 들어왔다. 이 여사는 "차린 건 없지만"으로 시작하는 판에 박힌 인사치레를 한 뒤 알짜배기는 차차 들여올 테니 천천히 들라고 했다. 손 씨는 놀라 휘둥그런 눈으로 반찬을 훑어보고는 겸연쩍어하며 머리를 벅벅 긁었다.

교자상을 들고 온 일꾼들은 바로 나가지 않고 주변에서 어슬렁거리다가 손 씨가 수저를 들자 일제히 시계를 보며 카운트다운에 들어갔다. 자, 스타트! 시계는 째깍째깍 달려가고 손 씨는 첫술로 뜬 국맛에 움찔 놀랐다.

배 영감은 손 씨의 빈 잔을 채워주었다. 고추술을 맹물에 희석한 밍밍 짭짤한 술이었다.

"자, 잔을 받게."

손 씨는 건배를 하고 자시고 없이 냉큼 술잔을 비웠다. 먹어야 할 것들이 많아 시간을 지체할 수 없는 데다 미란이 먹는 속도에 손 씨는 초조했다. 미란과 손 씨 두 사람은 서로가 경쟁관계인 것처럼 말없이 먹기에 몰입했는데 특히 미란의 입은 블랙홀 같았다. 미란은 씹지도 않고 삼키는 진기명기를 선보였다. 젓가락으로 집어 입에 넣는 즉시 빈 접시만 남아 미란주변의 접시들은 일제히 말끔하게 비워졌다. 배 영감은 숨도 안 쉬고 마구잡이로 먹어 치우는 미란이 낯설어 혀를 찼다.

"굶고 살았던 거야? 목 막힐라, 국물 떠먹어가며 먹어라."

"둘 다 석 달 열흘 굶은 사람 같네. 먹성 좋아 아주 잘 살겠어. 이것도 먹어보게나."

이 여사는 굴전과 죽순채를 예비사위의 밥그릇에 한가득 얹어주었다. 미란의 기세에 질세라 손 씨도 두툼한 조기를 집어 들었다가 게장의 싱싱한 알을 파먹느라 허겁지겁 바빴다. 바삭하게 튀긴 꽃게는 톡톡 쏘며 매웠고 부침개와 전은 알맞게 따끈했다.

이 여사가 물었다.

"그래, 손 군은 어느 회사에 근무하나? 조실부모하고 홀로 성장하느라 고생이 많았네. 서울대 상대를 나왔으면 수재 중에 수재가 아닌가. 미란이 형제들도 모두 공부를 많이 했네. 전부 외국에 나가 학위 따고 거기 남았고 미란이는 꽃 중의 꽃이라 뜨르한 집안의 좋은 혼처가 줄을 섰어. 지금도 여기저기서 서로 데려가려고 아우성인데."

"임신까지 했는데 누가 데려가겠어요?"

"임신? 누가?"

"이 사람 아이를 가졌다고요. 그러니 포기하세요."

배 영감 부부는 충격적인 소식에 입을 떡 벌렸다. 미란은 게다리를 입에 물고 웃었지만 배 영감은 인상을 찌푸렸다.

"남부끄럽다. 목소리 좀 낮춰. 밖에서 들을라."

"일꾼들이 알면 떠들어낼 테니 입조심하고. 대체 몇 개월이기에 저리 먹어대누. 이제부터 몸조심해라."

잔소리를 늘어놓는 이 여사 역시 개운치 않은 표정이었다. 어쩌자고 몸부터 건드려가지고 이런 일을 만들었나. 남부끄럽게 임신이라, 하필 임신이라니? 책망의 시선이 따갑게 달려들어도 우적우적 죽순무침을 씹느라 손 씨는 태평했다. 임신이 어느 나라 말인가. 나는 아는 바 없다. 나는 임신 안 했다. 물론 손 씨도 완전하게 평화로운 상태는 아니었다. 씹어대는 입놀림이 조금씩 느려지며 눈빛이 몽롱하게 풀어지기 시작했다.

옆에서 나누는 얘기를 거들거나 나눌 겨를 없이 손 씨는 홀로 음식과 싸우고 있었다. 기술적으로 고통을 주는 경지에 이른 교군의 음식들은 다채로운 방식으로 손 씨를 위협하고 농락했다. 아궁이 불로 아랫목이 달아오르듯 입에서 불이 훨훨 일어나더니 정수리에 땀이 송골송골 맺혔다. 손 씨는 매운 기운에 반쯤 혼수상태가 되어 슬슬 유체이탈 상태로 접어들었다. 여기는 어디고 나는 누구인가. 이건 대체 뭐기에 내 혀를 찢어발기나. 입안이 침으로 흥건해도 목구멍이 간질간질해 수시로 기침이 나왔다. 칼락칼락.

"내가 이게 먹고 싶어서 밤마다 얼마나 울었는지 몰라. 미스터 손, 이것 좀 먹어봐. 이런 건 처음이지? 첫맛 다르고 뒤에 남는 향이 달라. 꼭꼭 씹어 국물까지 빨아 먹어봐."

미란은 신이 나서 조잘거렸다. 손 씨는 시뻘겋게 이글거리는 고추 범벅에 용암처럼 뜨거운 국물을 아무렇지 않게 먹어 치우는 미란이 진정 놀라웠다. 배 영감은 띄엄띄엄 질문을 던지다가 때때로 매운 숨을 길게, 아주 길게 내뱉었다. 고수의 경지에 이른 자가 타는 혀를 식히는 방법이었다.

"자, 오늘의 야심작이오!"

밖으로 나갔던 이 여사가 김이 무럭무럭 오르는 커다란 접시를 들고 나타났다. 통째 삶은 문어로 가장자리를 장식한 전복과 해삼이 뒤섞인 갈비찜이었다. 화려한 꾸밈에 대범하게 배치한 갈비찜은 그 위용과 압도적인 양으로 교자상의 슈퍼스타임이 분명했다.

이 여사가 의기양양 육중한 접시를 상 가운데 내려놓는 순간 손 씨가 푸엑, 재채기 폭탄을 터트렸다. 걸쭉한 분비물이 공중으로 나는 걸 보며 이 여사가 재빨리 몸을 던졌으나 이미 늦었다. 손 씨 입에 들었던 다양한 입자들이 오늘의 야심작과 조연급 반찬들에 무차별 내려앉았다. "아이고, 이런!" 배 영감의 밥그릇에까지 가느다란 파 조각이 날아와 척 붙어버렸다. 이 여사는 자신의 제국을 망가뜨린 손 씨를 망연자실 노려봤다. 처음 만난 사이만 아니었다면 어떤 방식으로든 문책했을 것이다. 살벌한 정적 속에서 손 씨는 게워낼 듯 발작적인 기침만 했다. 칼락칼락, 목이 졸린 사람처럼 상기된 얼굴에 충혈된 눈알이 튀어나올 것 같았다.

"괜찮아, 내가 다 먹을게. 워낙 매워서 그런 거야. 미스터 손은 잘못 없어."

수건으로 닦아주며 미란이 수습하러 나섰으나 손 씨의 기침은 멈추지 않았다.

"어허, 식도 치르기 전에 요절나는 건 아닌지 모르겠다. 이보게, 불은 불로 다스려야지."

배 영감은 혀를 차며 순도 높은 고추술을 잔에 부어주었다. 손 씨는 간질거리는 목구멍을 달래려 넙죽 받아 마셨다. 타는 목구멍으로 들어간 미친 독주. 고추술, 사람 잡는 고추술. 벼랑 끝에 몰린 사람 쇠망치로 내리치는 일격. 손 씨는 술잔을 내려놓음과 동시에 쿵 소리를 내며 모로 쓰러졌다. "이보게, 이보게! 아이쿠, 이런." 이 여사가 목소리를 높였다.

밖에 섰던 일꾼들은 이때다 싶어, 문틈으로 고개를 집어 넣고 기웃거렸다. "저런, 완전히 뻗었네. 죽은 거 아냐?" "대개 저러다가 골로 가는 거야." 정확히 삼십이 분 만에 내기는 종료되었다. 벽에 걸린 괘종시계로 파이널 타임을 확인한 일꾼들은 결과를 알리러 별채로 달려 나갔다. 판돈에 눈이 멀어 손 씨의 국그릇에만 지독히 매운 집장을 훌훌 뿌려 넣었음은 일꾼들끼리만 알고 있었다.

미란과 배 영감은 갈비찜 사이에 든 전복과 쫄깃쫄깃한 해삼을 겨자간장에 찍어 날름날름 입으로 가져가느라 바닥에 쓰러진 손 씨는 곧 잊어버렸다.

"좀 셌나?"

"맵긴 매워요. 그래도 이 정도야, 뭐. 아, 정말 맛나다. 이렇게 좋을 수가 없어."

배 영감은 짚단처럼 쓰러진 손 씨를 가리키며 걸쭉한 트림을 내뱉었다.

"먹성은 좋아도 젊은 녀석치고는 패기가 부족해. 어른 앞에서 감히 자빠지다니. 그런데 본관이 어디래? 어디 손씨인가?"

어디 손씨인지 알게 뭔가. 방 안에는 매워서 쓰러진 한 사람과 이까짓 것도 못 먹으면 이 집 사람 아니라고 주장하는 세 사람이 매운 먹성을 발휘하고 있었다. 미란은 갈비뼈를 물어뜯다가 눈을 감고 뜨거운 숨을 내쉬었고 이 여사는 예비사위 손 씨를 성가신 물건처럼 발로 슬슬 밀어 상 끄트머리로 치워버렸다. 후식거리를 쟁반에 받쳐 온 일꾼들도 손 씨의 몸 위로 자연스럽게 넘어 다니며 빈 그릇을 치우고 새 접시를 차려냈다. 누군가가 실수로 꾹 밟고 지나도 손 씨는 미동도 하지 않았다. 미란에게 시달리느라 밀린 잠을 보충하는 듯 코까지 딩딩 골았다. 잠에 빠진 손 씨의 얼굴은 평소보다 더욱 멍청해 보였다.

미란
사라져도 남는 것

"아야야, 아직 멀었는데 배를 찢고 나오려고 해. 이제 넌 뱀장어가 아니
잖니, 발길질 좀 작작해."

다리를 쭉 뻗고 앉은 미란이 배 속에서 꾸물거리는 태아에게 윽박지르
자 손 씨가 물었다.

"아파?"

"아프진 않은데 종일 꼼지락거려. 부산스러운 애가 나오려나."

"내 배는 안 차는걸? 난 아무렇지 않아."

손 씨가 자신의 배를 자랑스레 두들기자 가지나물을 볕에 말리느라 돗
자리를 펼치던 이 여사는 어처구니가 없어 허허 웃었다.

"어이구, 철부지가 하나도 아닌 둘이라니. 아무것도 하지 않고 입만 달

린 것들이 정월이면 하나 더 늘어나 셋이네, 셋."

철부지이기만 해도 속이 터지는데 철부지 둘은 그저 먹성만 좋아 끼니 때는 별미를 찾고 틈틈이 주전부리를 찾아 헤맸다. 거대 위장의 왕빈대 두 마리는 손님상에 올릴 특식을 크게 한 뭉텅이 베어 먹는가 하면 모두가 잠든 야밤에도 생쥐처럼 주방으로 살금살금 숨어들었다.

밥상을 받으면 맛있다는 칭찬이 늘어지니 그 재미에 넘어가 주야장천 음식을 해 바치던 이 여사는 문득 약이 올랐다. 부부사기단이 따로 없다. 어디 끼니뿐인가. 심심하다고 내외가 외출을 할라치면 대뜸 손부터 벌렸다. "이다음에 손 서방이 돈 많이 벌면 꼭 갚을게요. 지금은 우리가 이렇게 살아도 나중에는 크게 된대. 우리 신랑이 저래 뵈도 대기만성형이라나?"

경주 신혼여행에서 돌아온 날부터 신혼부부는 쭉 교군에 눌러앉았다. 지척에 신혼집을 마련해주었으나 둘은 배가 고프다며 걸핏하면 교군으로 쳐들어왔다. 손 씨가 벽돌공장에서 번 돈은 시내를 쏘다니며 영화 보고 옷 사 입고 놀러 다니는 데 써버려 생활비가 없다는 것이다.

이 여사가 못마땅해 투덜대면 배 영감이 딸 편을 들었다.

"저놈 부실하다고 우리 미란이가 굶어야겠어? 출가외인이라지만 저쪽에 어른이 안 계시니 애 낳을 때까지는 데리고 있는 게 서로 좋잖아. 머저리 같은 저놈 받아들이자고 당신이 나섰으니 책임을 져야지."

배 영감 말대로 이 여사가 손 씨 편을 들어줬었다. 도도하고 거만한 미란이가 저런 머저리의 안사람이 된다는 사실이 매우 고소했다. 똑똑한 놈이 사위로 들어와 교군을 덥석 삼키려 드는 것보다 천배는 안전한 선택이다. 주례를 맡아준 국회의원에게 손 씨가 서울대 상대 출신이라고 눙치며 우긴 사람도 이 여사였다. 거침없이 저지른 결혼이라는 굴레가 얼마나 큰지 겪어본 다음에야 미란이도 어른이 될 거라는 이 여사의 짐작은 묘한 방향으로 엇나가고 있었다.

미란이 언니 물주는 따로 있잖아? 이상하지 않니? 예식장 화장실에서 우연히 미란의 친구들이 쑥덕거리는 말을 들었다. 개미촌 개성할멈도 손씨와 미란은 바로 얼마 전까지만 해도 인사만 나누는 사이였다고 했다. 미란의 불룩 튀어나온 배는 이미 5개월이 넘은 것 같은데 한 달 전에도 모르는 사이였다? 남녀 사이란 예측할 수 없다지만 뭔가 수상했다.

손 씨도 미란에 대해 너무 몰랐고 미란 역시 손 씨에게 세세한 관심은 없어 보였다. 그렇다면 뭐가 좋아서 혼인까지 한 건가? 애 때문에? 이 여사가 은근히 다그칠 때마다 미란은 능쳤다. "그게 뭐가 중요해요? 살다가 싫으면 헤어지면 그만. 사는 날까지만 살아볼 거야. 지금은 재미있게 살고 있으니 간섭 좀 하지 마요."

그렇게 철부지 같은 소리만 늘어놓기에 얼마 못 가, 사네 못 사네 풍비박산이 날 줄 알았는데 미운한 사위놈과 수양딸 미란은 나날이 원앙처럼 정다웠다. 처음에는 쇼도 참 잘한다, 둘이 내보이는 수작치고는 참으로 어설프구나, 의심을 거두기 어려웠으나 둘은 눈만 마주치면 버릇처럼 습관처럼 마냥 웃었고 온종일 달라붙어 거지 같은 밀어를 속삭였다.

"미스터 손, 홀수 짝수가 뭔지 알아?"

"몰라."

"이거 봐, 여기 개미가 있어. 개미가 좋아, 내가 좋아?"

"미란 씨가 좋아."

"구두약이 좋아, 내가 좋아?"

"미란 씨가 예뻐. 구두약은 못생겼어."

"내 발가락 몇 개인 줄 알아?"

"알아, 나도 다 알아."

"힝, 글자도 모르면서, 숫자는 알아?"

미란은 손 씨의 코를 잡아당기며 깔깔 웃었다. 정말 재미있고 웃겨서 죽겠다는 표정이었다.

두 사람은 혼인과 동시에 당당한 연애를 시작했다. 미란은 백화점 구경을 좋아했고 손 씨는 동물원과 남산식물원을 좋아했다. 용인자연농원에서는 여기가 진정 천국이라며 어린아이처럼 팔딱팔딱 뛰었다. 극장에 들어가 팝콘 두 봉지를 순식간에 먹어 치운 손 씨는 애국가 제창이 끝나자 바로 자리에 앉아 코를 골았다. 새벽부터 벽돌공장에서 허리가 휘게 일하고 교군으로 퇴근해 돌아와 잡일을 하고 밤에는 변강쇠 노릇에 도무지 쉴 틈이 없었다. 미란은 손 씨가 공장에 출근할 때면 주방 일꾼들을 독려해 만든 호사스러운 도시락을 손에 쥐여주며 문가에 서서 열렬한 키스로 배웅했다.

시간이 날 때마다 손 씨는 타고난 부지런함으로 교군의 구석구석을 손봤다. 지저분한 곁가지를 잘라내고 잡초를 솎아내 마당을 단장했고 사다리를 타고 올라가 안개처럼 자욱하던 높은 천장의 거미줄을 말끔하게 걷어냈다. 이른 아침이면 장독대 물청소를 거르지 않았으며 식재료가 배달되어 오면 무거운 짐을 앞장서서 날랐다. 일꾼들 밥줄 빼앗지 말라고 해도 손 씨는 벙실벙실 웃으며 이마의 땀을 훔쳤다. 연탄 가는 불 영감쟁이가 단잠에 빠져 탄불을 꺼뜨리면 손 씨는 묵묵히 불을 살려냈다.

쉬는 날이면 미란은 교군을 돌며 손 씨를 찾아다녔다. 흙투성이 손 씨가 땀에 젖어 나타나면 미란은 화를 냈다.

"미스터 손은 고상하게 화단에 물이나 줘. 사람은 하루 세끼 꼬박꼬박 먹으면서 꽃나무, 풀들은 물 안 주면 죽잖아. 꽃만 심는다고 다가 아냐, 신경을 써줘야지. 화단에 물만 주고 나머지 일은 하지 마. 하지 말고 내 옆에 있어."

"알았어. 물 줘야지."

"꽃에만 물 주지 말고 나한테도 줘."

미란은 손 씨의 허벅지를 슬슬 쓰다듬으며 눈짓했다.

"뭘?"

"내 몸도 당신이 주는 물이 필요해. 바짝 말랐다니까."

미란은 자신의 다리 사이를 가리켰다.

신혼부부가 머무는 별채 2층 방에서는 밤낮 없이 교성이 흘러나왔다. 두 사람이 대낮부터 창문도 안 닫고 그 짓을 시작하면 일꾼들은 설거지를 하거나 배추를 다듬으며 귀를 기울였다. 쿵, 쿵, 쿵, 규칙적인 소리는 손 씨가 상하운동을 하며 침대 헤드를 머리로 찧는 소리였다. 쿵, 쿵, 쿵. 일꾼들은 그 소리에 맞춰 고개를 까딱거렸고 호박 써는 칼놀림도 그 박자에 절로 맞춰졌다. 두 사람이 빚어내는 관능적인 울림은 귀를 틀어막아도 내내 쿵쿵거렸다.

꼭 저렇게 머리통으로 침대를 들이받아야 하나? 가뜩이나 머리도 나쁜데 저러다간 머리통이 남아나지 않겠어. 규칙적인 울림이 점차 빨라지면 감자 껍질을 벗기던 일꾼은 슬그머니 눈 감으며 아, 아, 아, 나직이 신음했고 절정의 교성을 놓칠세라 콸콸 틀었던 수도꼭지를 서둘러 잠그기도 했다. 일꾼들만이 아니었다. 식객 중 하나는 읽던 신문을 덮고 귀 기울였고 국수를 후루룩 소리 내어 먹던 손님은 주변 사람들에게 핀잔을 들었으며, 쌀을 가져온 배달꾼은 상기된 얼굴로 괜히 마당을 서성거렸다.

절정의 이중창이 울려 퍼지면 모두들 안도의 숨을 내쉬었으나 대단한 기척 없이 조용히 사그라지면 실망의 기운이 감돌았다. 뭐야, 벌써 끝났나? 벌써가 뭐야. 이른 새벽에 이미 한판 했으니 도합 세 번이야. 아마 이따 밤에도 또 할 거야. 제길, 해가 뜨면 하고 달이 뜨면 또 하지. 바람이 분다고 하고 비가 오니까 하고 낙엽이 떨어진 기념으로 하고 또 하고……. 이것 참, 몸이 근질거려 일을 할 수가 있나. 신경질 나 죽겠다.

일꾼들의 쑤군거림은 부러움 어린 힐난이었으나 이 여사의 불만은 다소 강도가 셌다. 일꾼들 앞에서는 내색하지 않았으나 종일 투덜투덜 혼잣말을 했다. 어떻게 하루도 거르지를 않아? 이런 개망신이 있나, 손님들 계신 곳에서 뭐하는 짓이야. 이 여사는 일부러 신혼부부가 든 방 복도를 쿵쾅거리며 걸었고 다림질한 옷을 넣어준답시고 문밖에서 두들기기까지 했다. 그럼에도 음란한 비명은 잦아들지 않았고 쿵, 쿵, 쿵, 소리는 점점 커졌다. 그들은 마치 교군 마당 한가운데서 일을 치르는 것처럼 거침없이, 화끈하게 서로를 탐닉했다.

"저것들이 내 염장을 지르는구나. 좋아 죽겠다 이거지. 그래, 그래, 참 좋겠다. 난 뭐하러 사는가 모르겠다."

이 여사 나이 이제 마흔 중반, 너무 젊어 원통한 나이. 일흔 넘은 영감쟁이와 각방 쓴 지 이미 오래전이고 여자로 봐주는 사내 한 명 없다. 흐벅진 잠자리는 고사하고 미란이처럼 남편과 마주 보고 웃어본 적이나 있던가. 이 여사는 가슴이 뻥 뚫린 것 같아 걸핏하면 침목을 베고 누워 한숨을 내쉬었다. 음식에 홀리고 음식에 치여 사랑 없이 살아가는 자신의 처지가 새삼 서글펐다.

신혼부부 예물을 해주면서 이 여사도 금붙이 세트를 장만했고 신접살림을 꾸며주고 난 뒤 교군의 안채 몇 군데를 공사했다. 한복과 옷, 은수저, 식기 세트, 이불 세트와 장롱 등 새살림을 구입할 때면 이 여사 자신의 물건은 더 비싸고 더 좋은 것으로 사들였다. 그럼에도 마음은 지옥이었다. 젊고 화사한 미란이가 걸치고 나서면 사방에서 칭찬이 날아들었지만 이 여사의 치장에는 아무도 관심을 보이지 않았다. 교군의 주인공은 미란이, 젊고 예쁜 미란이.

사랑받고 사랑하느라 미란의 얼굴은 날로 보기 좋게 화사해졌다. 삼각자처럼 뾰족하던 얼굴선이 완만해지고 어깨는 둥글둥글, 배는 볼룩, 후덕하고 뽀얗게 살아나는 미란은 하얀 박꽃 같고 향기 짙은 작약 같았다. 계모에게 돈을 구걸하던 시절의 처량함은 간데없고 특유의 미모에 금칠갑을 하자 대갓집 사모님 같은 품위가 넘쳐 미란이 내외를 교군의 젊은 주인이라 칭하는 사람이 많았다.

계모와 수양딸의 대립은 불꽃이 튀었다. 이 여사는 사사건건 손 씨를 무시하고 비웃었다. 멍청이 손 서방은 식충이다, 바보 온달 식충이. 아니, 버러지만도 못하지. 버러지도 밟으면 꿈틀하는데 저자는 아무나 밟아도 그저 웃기만 하잖아. 미란도 제 서방 편들기에 지쳐 역공세에 나섰다. 그깟 음식으로 돈 벌어봤자 서푼짜리지. 나도 야망이 있고 꿈이 있다. 최상류층 라이프를 경험한 내게 이깟 교군은 아무것도 아니다. 대한민국 진짜 부자들은 가만히 앉았어도 벌레 알 슬듯 돈이 새끼를 쳐 건물 하나가 번쩍번쩍 생긴다고.

"그래? 손 서방이 벽돌공장에서 찍어낸 벽돌이 그냥 자기 건물로 된다니? 흥, 건물 같은 소리 하고 있네."

"누가 손 서방 덕 본대? 난 외국도 나가보고 재벌 정치인들 파티에도 가 봤어. 어느 천년에 밥장사해서 떵떵거려? 한 큐에 끝내야지."

미란이 거드름을 피우면 이 여사는 알고도 모르는 척 장단을 맞춰주 었다.

"파티? 영화에서 본 것처럼 파티를 하는구나. 그것들은 주로 뭘 먹든? 뭘 먹어봤어?"

"산 하나를 갈아 치워 세운 별장에 수영장은 기본이야, 골프장도 내 집 앞마당이지. 자동차도 한두 개가 아니라서 옷 갈아입듯 바꿔 타더라고. 나 지금이라도 마음만 먹으면 마포나 남산 아파트 한 채는 그냥 받아요. 기자 들 눈에 띌까봐 일부러 숨어 지내고 있지만 이러다 끝날 내가 아니지. 나 대한민국 배미란, 아직 안 죽었어. 이제부터 시작이라고."

튀어나온 배를 슬슬 어루만지며 미란이 거만을 떨었다. 어디서 본 듯한 거만이었다. 이 여사의 머릿속으로 연속극에서나 봤던 그림이 거칠게 그려 졌다. 아무렴 그렇지. 네가 이대로 주저앉을 리가 있나. 배 속 아이는 보험 이로구나, 보험. 이 여사는 신문을 보거나 뉴스를 볼 때면 미란에게 꼬치 꼬치 물었다. 혹시 저 사람이냐? 저 사람 만난 적 있어? 미란은 유명인을 거의 몰랐지만 언젠가 뉴스에 등장한 누군가를 보자 급작스레 반색하며 목소리가 높아졌다.

"아, 그동안 늙었네. 더 늙었어. 우리 미스터 손에 비하면 저건 쪼그라든 오이지야. 아이, 징그러운 놈."

미란의 반응을 이 여사는 놓치지 않았다.

"저 유명한 사람을 만나본 것처럼 알은체를 하네? 후라이 치지 마라."

"이런 촌구석에 박혀 있으니 뭘 몰라. 대통령도 별거 아냐. 두고 봐. 이

다음에 우리 애가 회사 하나 상속받는 건 일도 아냐. 빌딩에 호텔에 백화
점에. 아냐, 아냐. 돈보다 권력이지. 끗발 있는 것들은 가만히 앉아서 널름
널름 다 받아먹더라고. 실속은 외려 그쪽이야. 금 나와라 뚝딱 은 나와라
뚝딱, 뭐든 가능한 방망이를 쥐고 있잖아."

미란은 틈만 나면 허세만발의 호언장담을 늘어놓았다. 이 여사는 귀엣
말을 속삭였다. 모쪼록 아들을 낳아야 한다. 아들이 아니면 소용없다. 여
자란 모름지기 세상을 다 가진 잘난 남자의 등에 올라 단숨에 쭉쭉 뻗어
가는 거다. 나는 고작 교군 하나 가진 남자를 후려 지금껏 손바닥에 물 마
를 날이 없지만 미란이, 너는 저기 저 위까지 쭉 날아올라라. 우수리는 내
가 주워 먹으마.

정월이 되기 전 미란의 진통이 시작되었다. 성급히 터진 양수가 강을
이루었고 뼈와 뼈 사이가 벌어지는 산고는 비명에 실려 폭발했다. 불러야
될 노래를 부르지 못해 안으로 차곡차곡 쌓였던 발성이 일제히 터져 나온
듯 고저장단에 능란한 그 소리는 우렁차게 사방으로 퍼졌다. 그러나 수마
가 찾아오면 혼절하듯 잠에 빠졌다. 까무룩 잦아드는 의식 속으로 이 여
사의 집요한 질문이 파고들었다. 그래 아비가 누구냐? 한 놈이 아니고 두
놈이란 말이지? 저런, 저런. 센 놈이 둘이나 붙었으니 네가 황태자를 낳는
거구나. 아주 기막힌 놈이 나올 거야. 미란이 치를 떨다 홧김에 이 여사의
머리채를 움켜쥐었다. "그만해! 그 입 좀 닥쳐!" 머리털을 뜯겨가며 이 여사
는 신나게 웃었다. 나온다! 나와! 시커먼 머리통이 보이는구나! 교군은 이
제 걱정 없다. 틈만 나면 거들먹거리며 나타나 돈 뜯어가는 잡종 똥개들
이 얼마나 많았던가. 이제 그런 똥개 따위 얼씬도 하지 않을 것이다. 우린
힘이 있다.

이 여사는 갓난아기의 배냇저고리를 갈아입히며 노래를 불렀다. 어야 둥둥 김가야, 이가야, 너는 무슨 성을 붙여야 하나? 손 씨가 빈둥거리며 텔레비전을 보고 있는 옆에서 특별히 개사한 자장가를 흥얼거렸다. 미란이 눈을 흘겨도 개의치 않았다.

"양은 도시락처럼 네모반듯하네. 미란이 너도 안 닮았고 손 서방 얼굴도 아니다. 얼굴만 봐도 남의 씨라고 대번에 알겠는데 사람들이 눈치채면 어쩌지?"

"알게 뭐야. 아이 얼굴이야 천 번 변한다잖아요. 못생겼어. 여자애는 날 닮아야 하는데."

"아들이라 속여서 키워도 아무도 모르겠어. 그래볼까?"

손 씨는 막 태어난 아기를 신기해하면서도 당황스러워했다. 밤낮 없이 울어대는 아기 때문에 유모도 지쳤고 미란도 지쳤다. 손 씨는 아기 우는 소리만 들리면 뒷걸음질 쳐 달아나버렸다. 손 씨는 언제부터 미란과 잠자리를 할 수 있는가만 궁금해했다. 이 여사는 아기를 얼러대며 노래를 불렀다.

"김가야, 이가야. 앞집 개도 짖지 마라, 뒷집 개도 짖지 마라. 김가야, 이가야. 쌕쌕 잘 자라. 김가야, 이가야. 앞집 개도 짖지 마라, 뒷집 개도 짖지 마라. 김가 이가 잠들어 있다."

이 여사의 노래는 조상 대대로 전해 내려오는 갓난아기 전용 자장가로 착각될 만큼 노련하고 자연스러웠다. 마치 김가 이가라는 대표적 성씨로 뭉뚱그려진 세상 모든 아기들을 대상으로 한 노래처럼 당연하게 들렸다. 미란이가 손 씨에게 당신 딸 어때? 당신 많이 닮았지? 다정한 대화를 나누면 이 여사는 그 옆에서 김가 이가 자장가를 트로트 형식으로 구성지게 불러줬다. 잠투정을 하던 갓난애가 그 노래에 스르르 눈을 감는 바

람에 미란이도 그 노래를 불렀고 새로 고용한 유모의 입에서도 그 노래가
술술 흘러나왔다.

수수떡을 접시에 놓고 백일상을 차릴 즈음부터 번잡스러운 김가 이가
를 하나로 줄여 김이야, 김이, 라고 아가를 불렀다. 여러 작명소에서 여러
가지 위대한 이름을 받아 온 뒤로 저마다 불러대는 이름이 달라 마구 헷
갈리게 되자 호칭을 통일하자는 의도로 다시 김이가 되었다. 김이라는 우
스꽝스러운 이름에는 이 여사의 어떤 강요가 생생하게 펄떡거렸다. 네 이
년, 과거를 잊지 마라! 이 아이는 우리의 든든한 빽이다!

미란은 내내 우울했다. 자신이 저지른 짓의 거대한 증거가 이제 와 땅
에 파묻을 수 없는 뜨끈한 목숨으로 살아나자 켕기는 마음이 새록새록
짙어졌다. 아기 얼굴을 뚫어져라 보며 이 회장을 닮은 코와 김 총재를 닮
은 입매를 가위로 도려내고 싶다고 생각했다. 계모의 기대가 소름끼쳐 골
칫덩이 아기를 누군가에게 줘버리고 손 씨와 죄책감 없이 도란도란 살고
싶었다.

그런데 이게 뭔가. 낮술에 취한 배 영감이 작명소에서 지어 온 이름을
까먹고 손김이라고 출생신고를 해버렸다. 뒤늦게 그 사실을 안 이 여사와
미란은 질겁하며 당장 가서 이름을 바꾸라고 길길이 뛰었다. 암만 입에 익
었다 해도 그렇지, 애 이름이 그게 뭐야? 영문도 모르는 배 영감은 이름
바꾸는 건 일도 아니라고 장담하고는 시내에 나갈 일을 차일피일 미루기
만 했다.

손 씨가 벽돌공장으로 다시 출근하자 미란은 김이를 업고 나와 입맞춤
으로 배웅했다. 교군과 세 정거장 떨어진 주택가에는 손 씨 부부만큼 젊
은 집주인은 없었다. 출근길, 손 씨가 몇 번이고 뒤돌아 싱글싱글 웃으며

손을 흔들면 미란도 질세라 계속 손을 흔들었다. 출근하는 남편의 뒷모습은 믿을 수 없이 늠름하고 똑똑해 보였다. 근사한 외양이 아무리 눈부셔도 얼굴에서 떨어지지 않는 웃음만은 못했다. 손 씨의 웃음은 등불 같아 주변을 밝히고 세상을 밝히고 미란의 마음을 환하게 밝혔다.

"김이 아빠, 도로 와봐!"

"왜?"

"아이참, 와보라고."

미란은 버스정류장을 향해 걸어 나가는 손 씨를 다급하게 불렀다. 소매 바깥으로 삐죽 나온 회색 내복이 아무래도 마음에 걸렸다. 멍청하다고 우습게 아는 것들에게 약점 하나를 더 보여줄 필요는 없지. 미란은 손 씨의 겉옷 소매를 들춰 내복 소매단을 걷어준 다음 바지에 묻은 실오라기를 걷어내고 겉옷을 싹싹 털어줬다. 손 씨더러 한 바퀴 빙 돌아보게 한 미란은 만족한 미소를 지었다. 완벽하다. 말만 하지 않으면 언제나 완벽한 내 남자. 손 씨도 빙글빙글 웃었다. 그가 퇴근해서 돌아올 때까지 미란은 내내 그 웃음만 생각하며 지낼 참이다.

"오늘은 일찍 와."

"응."

드라마 보기를 즐겨 하는 손 씨를 위해 미란은 월부로 텔레비전을 장만했다. 수요 드라마 내용을 말해주며 미란은 출근도 하기 전인 남편의 퇴근을 재촉했다. 빨리 돌아와 내 몸에 물 넣어줄 시간이 되었으면 좋겠다. 잔망스러운 김이가 잠을 자지 않고 설치는 바람에 어젯밤도 하지 않았으니 오늘은 무슨 일이 있더라도 해야 한다.

미란은 손 씨가 얼마만큼 갔는지 까치발을 하고 살폈다. 어느새 저만치

앞서 간 그가 처자식을 먹여 살리려 부지런히 공장으로 달려가고 있었다. 미란의 등에 업힌 김이는 버둥거리며 꺄륵갸르륵 소리를 질렀다. 미란은 더도 덜도 말고 2남 1녀를 낳겠다 계획했다. 더 많이 낳고 싶어도 정부에서 강요하는 가족계획을 영 무시할 수는 없어 그 정도 선에서 절충한 것이다.

자신을 닮아 이목구비 완벽한 미인형 여자아이와 손 씨를 닮아 팔다리 길쭉길쭉 시원하게 잘생긴 남자아이, 그런 아이들이 집안에 가득한 광경을 떠올리면 온몸이 기쁨으로 짜릿짜릿 달아올랐다. 아이들 중 하나라도 손 씨를 닮아 멍청하거나 우둔하면 걔가 바로 이 세상을 구원할 천사다. 빡빡한 세상의 여백이 되는 존재가 아닌가. 기필코 손 씨의 성품과 외모를 쏙 빼박은 아이를 낳고 싶었다.

손 씨
꿈에서라도 만날 수 있다면

미란의 시신이 발견되고 닷새 뒤에 손 씨가 체포되었다. 손 씨의 뒷주머니에서 아내를 죽인 죄책감을 이기지 못해 죽는다는 유서가 발견되었다. 목에 남아 있는 붉은 자국은 자살 시도의 흔적이었고 팔뚝과 무릎은 긁히고 찢긴 상처투성이였다. 손 씨는 두서없이 중얼거렸다. 죽으려 하지 않았다고 하다가 미란 씨 없는 세상에서 더는 살고 싶지 않다고 말하는 등 일관성 없는 태도를 보였다.

배 영감은 딸의 시신을 확인하고 나오던 길에 짚단처럼 쓰러져 병원으로 실려 갔고 이 여사와 일꾼들은 수없이 많은 사람들에게 같은 질문을 반복해서 듣고 같은 대답을 반복해서 떠들었다. 미란은 왜 택시를 타지 않고 그 컴컴한 공터를 혼자 걸었을까. 그날 찬합에 든 닭고기는 한 마리 반

분량이라 꽤나 무거웠을 것이다.

　3인조 여성 트리오 힛걸즈의 멤버였던 배미란이 임신 8개월의 몸으로 공터에서 살해되었다는 기사가 조간신문에 실렸다. 연수동과 동탄에 이은 동일 방식의 연쇄살인이라는 신문기사가 나간 뒤라 교군 사람들은 손씨의 체포를 형식적인 수사라고 믿었다. 미란의 사망 추정 시각에 손 씨가 벽돌공장에서 야근했다고 증언해준 동료도 있었다. 손 씨는 미란의 죽음을 받아들이지 못해 몹시 혼돈스러운 상태였다. 아내를 험하게 잃은 충격 못지않게 자신도 죽을 뻔했다는 사실이 믿기지 않았다.

　전날 밤 선술집에서 사람들의 위로를 받고 나온 손 씨가 교군을 향하던 길이었다. 뒤에서 누군가가 덤벼들어 끈으로 목을 졸랐고 손 씨는 버둥거리면서 질질 끌려갔다. 처음에는 장난인 줄 알았다. 그런데 소독약 냄새가 쓱 풍기며 장갑을 낀 손이 우악스레 입을 틀어막았다. 버둥거리다 끌려가 옆구리를 쥐어터지고, 목에 올가미가 씌워지려는 찰나 사력을 다해 놈에게서 벗어났다. 어둠에서 나타났던 놈은 다시 어둠으로 사라졌고 손 씨는 불빛이 환한 곳으로 마냥 달려갔다. 양쪽 팔꿈치가 벗겨져 피가 줄줄 흘렀다.

　취조실은 퀴퀴한 냄새에 절어 있었고 전등 빛은 따가웠다. 형사들은 손 씨의 어눌함에 지쳐 자주 짜증을 냈다. 질문의 요지를 제대로 파악하기 힘든 손 씨는 대답이 늦다는 이유로 개처럼 두들겨 맞았다. 얼굴에 커다란 점이 있는 사내와 머리를 짧게 자른 사내가 밤낮으로 번갈아가며 손씨에게 물었다. 한글을 모르는 손 씨에게 글씨 쓰기를 강요했다. 네가 유서를 썼잖아. 배미란 말고도 연수동의 여차장 백동희, 동탄의 매춘부 송수정을 죽인 것도 너지? 증거가 아주 많아. 자백하고 지장 찍자. 우린 너랑 놀

시간 없어.

괴한에게 습격당했기에 등이며 팔뚝과 목에 상처가 생겼다는 손 씨의 말에 형사 중 하나는 증거를 댈 수 있느냐고 물었고 다른 형사는 들어줄 가치 없는 거짓말이라고 일축했다. 이 새끼, 제법 머리 굴리는데? 손 씨가 취조를 받는 동안 형사들이 원하는 증거물이 하나둘 등장했다. 미란의 피가 묻은 돌조각이 손 씨의 벽돌공장 자갈 더미에서 발견되었고, 미란의 사망 추정 시각에 손 씨가 야근을 했다고 증언했던 동료 직공은 헷갈렸다며 초기 증언을 부인했다.

형사들은 손 씨의 인생을 공략했다. 네 마누라 배미란은 네가 무식한 공돌이라고 무시했지? 연상의 부잣집 딸, 그것도 가수라니. 그 여자 꽤나 문란했다는데 복수심이 없을 리가 없지. 애초에 어울리지 않는 결혼이잖아?

형사들이 사진을 보여주던 날부터 손 씨는 회생되기 힘들 정도로 무너졌다. 그녀라고는 도저히 믿을 수 없이 갈기갈기 찢어진 붉은색 고기. 그런데 그 옷, 그 정강이와 팔뚝은 미란의 것이다. 유순하던 손 씨가 사진을 보자 미친 짐승처럼 악을 쓰며 날뛰었다. 미란 씨가 아냐! 이건 아냐! 형사들이 달려들어 짓밟고 포승줄에 묶어도 손 씨는 달려들며 포효했다. 고함을 지르다 울었다. 때리거나 말거나 손 씨는 제 분을 못 이겨 미친 듯 엉엉 울었다.

많은 날이 지났다. 라디오 소리가 잔잔하게 흘러드는 철창 안. 손 씨는 문득 깨달았다. 그렇다. 내가 한 짓이다. 그들이 말하는 대로 내가 했다. 내가 아니면 누가 감히 미란 씨 몸을 건드리겠나. 남편이 아니면 건드릴 수 없다. 이것은 남편의 자존심이다. 마지막 자존심이다. 미란 씨도 그러기를 바랄 것이다. 나다, 범인은 나다. 내가 아닌 다른 사람은 그럴 자격이 없다.

그 몸을 감히 누가 만져. 그래서는 안 되고 그럴 수도 없다.

손 씨는 그리 심하게 맞지 않았다. 연수동, 동탄 살인범의 정액과는 다른 혈액형이라 연쇄살인범의 누명은 벗을 수 있었다. 정치범이나 시국사범에 비하면 아주 단순한 고문만 받았다. 전기고문, 물고문은 한두 번, 고문기술자들이 과시하는 초급단계의 고문에 그쳤다. 손 씨를 머리가 나쁘고 단순한 놈이라고 판단한 그들은 설렁탕을 시켜주고 다정하게 얼러대다가 그럴듯한 증언을 얻지 못하면 무섭게 화를 내며 매타작을 시작했다. 박달나무 몽둥이로 때린 다음 다리 사이에 집어 넣은 양팔에 수갑을 채워 그대로 하룻밤을 방치했다. 겪어본 적 없는 육체적 고통에 정신이 오락가락하던 그날 밤, 손 씨는 미란을 만났다.

사람은 세끼 밥을 먹으면서 꽃들은 그냥 내버려두면 안 돼, 미스터 손! 미란은 그윽한 화장품 냄새를 풍기며 다정하게 말했다. 키들키들 웃으며 자신의 몸을 어루만지는 미란은 평소처럼 조잘거리며 손 씨의 옆에 있었다. 정말 좋았다. 그녀가 있어서 다행이었다. 양팔과 양다리를 결박당한 채 손 씨는 사정했다. 평소 미란의 몸속에 사정하듯 조금이라도 늦추려 했지만 다시 만났다는 격정에 쓸려 그저 흘려버렸다.

얼마를 지냈던가. 이 여사가 사내 한 사람을 데리고 면회를 왔다. 보온병과 삼단 찬합은 손 씨가 좋아하는 음식으로 그득그득 차 있었다. 이 여사가 보자기를 펼치고 찬합을 하나하나 열어 보이는 동안 손 씨는 미안하고 부끄러워 고개를 푹 숙인 채였다.

"세상에, 사람을 이 꼴로 만들다니. 뭘 하고 있어? 어서 먹게. 자네한테 이걸 먹이려고 뒷돈을 줄줄 뿌렸어. 음식 값보다 여기 놈들 집어준 돈이 더 많으니 안 먹으면 손해다. 어서 들어."

이 여사는 억지로 손 씨의 손에 젓가락을 쥐여주었다. 손 씨는 젓가락을 쥔 채로 가만히 있었다. 기름지게 빨갛게 볶은 닭고기와 노란 동그랑땡, 고슬고슬한 찰밥이 푸르른 들판에 우뚝 선 나무와 꽃밭과 풍요로운 땅으로 보였다. 차마 손댈 수 없는, 함부로 파괴시킬 수 없는 아름다움이었다.

"이게 무슨 일인가 모르겠다. 자다가도 일어나 가슴을 친다. 이게 꿈인가 생신가."

이 여사는 손 씨가 모래알을 씹듯 억지로 우물거리는 동안 내내 울었다. 찬합에 담긴 음식은 서넛이 먹다 남길 만큼 많은 양이었다. 손 씨는 맛을 느끼지 못하고 기계적으로 집어 넣었다. 맛깔난 음식을 입에 넣을수록 감정이 사무쳤다. 그리운 교군의 음식, 그 맛과 냄새가 미란의 향기와 비슷했다. 이 여사는 코를 팽팽 풀었다. 이 여사와 함께 온 사내는 묵묵히 손 씨를 건너보기만 했다.

"얼마나 고생을 했으면 그 꼴이 되었나. 우리 사위는 그럴 사람 아니라고 절대로 아니라고 나뿐이 아니라 다들 증언했다. 자네만 들들 볶이는 게 아니라 우리 전부 돌아가며 곤욕을 치렀네. 좀만 참아라. 세상 좋아지면 억울한 것도 분한 것도 다 풀린다. 먹고 힘내야지. 먹고 좋은 일만 생각하자. 자네가 미란이와 사는 동안은 우리 미란이하고 정말 좋았잖아."

미란이라는 단어가 귀에 들리자 손 씨는 전류가 흐르는 듯 짜릿함을 느꼈다. 아니 짜릿함 이상의 어떤 커다란 기류 같은 것이었다. 미란의 웃음소리가 환청처럼 들리며 그 얼굴이 환하게 떠올랐다.

"만날 수 있나요, 미란 씨?"

"응?"

"미란 씨 보려고요. 계속…… 보고 싶어요."

"따라 죽을 생각하지 마라. 미란이는 자네하고 김이가 잘 사는가 못 사는가 계속 보고 있을 거라. 아무리 힘들어도 따라 죽으면 미란이가 실망한다. 알았지?"

"봤어요. 거기, 지서 유치장에서 한 번 미란 씨를 봤어요."

"나도 봤다. 꿈에 나타나더라. 어릴 적에 곱고 착하던 모습으로 나타나 방실방실 웃더라. 머리를 요렇게 양 갈래로 땋아가지고 어찌나 예쁘던지."

손 씨는 미란의 모습을 떠올리며 구김살 없이 웃었다. 속눈썹에 눈물을 그렁그렁 달고 빨갛게 부푼 콧방울을 움찔거리며 손 씨와 이 여사는 마주 보고 웃었다. 갈래머리 미란이 지금 어딘가에 팔랑거리며 뛰어놀고 있을 것 같았다. 지금, 어딘가에서.

"살다 보면 만날 날이 있겠지. 꿈에서라도 볼 수 있으면 영 헤어진 건 아니다. 꿈에서 만나라. 그렇게라도 만나는 거다."

손 씨는 이 여사의 말을 기쁘게 아로새겼다. 만날 수 있다. 만날 수 있다. 영 헤어진 건 아니다. 그 언젠가 미란을 만날 날이 자신을 위해 기다려 준다면 그날을 위해 뭐든 할 수 있다. 손 씨의 두뇌주름에 희망의 등불이 반짝 켜지자 그 옆에 웅크리고 있던 식욕도 기지개를 켜고 살아났다. 음식이 바로 앞에 있으니 입에 넣어야 하는 것이다. 단일품목을 선호하는 손 씨는 찰밥을 단숨에 먹어 치운 다음 맵게 볶은 닭고기를 우둑우둑 씹었고 상큼한 햇김치를 음미하다 불고기와 보들보들한 인절미, 삼색나물과 동그랑땡을 순서대로 먹어 치웠다. 특유의 매운 향기는 미란과 좋았던 시절의 기쁨을 생생하게 되살려주었다.

손 씨가 찬합을 깨끗하게 비우는 동안 이 여사는 측은해하는 얼굴로 입을 열었다.

"손 서방은 잠깐 이대로 버텨라. 자네 편들어주려다가 사람 하나가 더 상했다. 앞으로 몇이나 더 상할지 모르겠다. 어떻게 돌아가는 형국인지 몰라도 일단은 이대로 덮자. 이러다가는 다 죽는다. 어차피 나와 있어도, 들어가 있어도 미란이는 못 만나는 거고. 손 서방, 잠깐만 버텨라. 앞으로 좋은 날 있지 않겠나."

이 여사와 함께 온 이준이라는 사내는 손 씨가 알아듣기 힘든 전문용어를 구사해가며 길게 말했다. 우리를 둘러싼 세상 밖이 심상치 않다는 것, 폭풍이 불고 지진이 일어나는 정국이라 담당 형사가 바뀐 뒤로 수사는 종료되었고 당분간은 참아보자는 것. 손 씨는 멍한 얼굴로 듣기만 했다.

현장검증은 형사의 눈짓 지침에 따라 재연했다. 미란과 나란히 손잡고 거닐었던 공터, 김이를 유모차에 태워 뱅글뱅글 돌았던 전신주 아래서 손 씨는 돌을 들어 마네킹을 내리치는 시늉을 했다. 오랏줄에 묶인 손 씨는 내리친 다음 형사의 지시를 기다렸고 한 번 더 내리치고는 이제 합격인가 싶어 주변을 둘러봤다. 구경 나온 동네 사람들이 손 씨에게 침을 뱉고 욕지거리를 퍼부었다. 벽돌공장의 동료가 인파에 끼어 있었고 교군에서 함께 마당을 치우던 일꾼은 손 씨와 눈이 마주치자 고개를 돌려버렸다. 체포되던 당시 뒷주머니에서 발견된 유서를 제 것으로 입증하느라 손 씨는 글씨연습을 했다. 기역니은도 모르는 손 씨는 유서의 글씨체를 그림처럼 따라 그렸다. 수백 장을 따라 그려도 똑같지가 않아 많이 맞았다.

장인어른 배 영감도 손 씨를 만나러 왔었다. 손 씨를 살인자 취급하며 모진 말만 내뱉던 배 영감은 작심한 듯 그에게 김이를 포기하라고 했다. 이미 조각난 가족이다. 어차피 김이는 네 핏줄이 아니니 네게는 아무 권리도 의무도 없다. 앞날이 창창한 김이를 살인자의 자식으로 키울 수는 없다는 말이었다. 손 씨는 고개를 숙이고 듣기만 했다.

알기는 안다. 네가 아주 나쁜 놈이 아니라는 걸 알고 있다. 그래도 어쩌겠는가. 내 딸을 지켜주지 못한 너를 평생 용서할 수가 없다. 배 영감은 주먹으로 눈물을 훔치며 이를 부드득 갈았다. 미란이가 살아 돌아오기 전에는 너를 용서하지 않으련다. 우리 김이 잊어라. 네 딸 아니다. 내 아이로 호적에 입적시켜 보란 듯이 잘 키울 테니 넘겨보지 마라.

십 분의 면회시간을 마치고 돌아서는 배 영감에게 손 씨는 넙죽 엎드려 큰절을 올렸다. 첫 상견례 자리 교군 안방에서 미란을 달라고 큰절을 올렸던 그때처럼. 두 번 절은 고인에게나 하는 짓이라 절대로 안 된다며 뜯어말리는 미란이 옆에 없어 연거푸 두 번이나 큰절을 올리고 말았다.

부산 교도소로 이감된 후 많은 날들이 지났다. 권력자가 바뀐 뒤로도 세상은 엄혹해 손 씨만큼이나 어리둥절한 상태로 감옥에 갇혀 있는 사람이 많았다. 감옥 안에도 계급은 존재했고 손 씨는 엄격한 높고 낮음에 무력하게 적응했다. 작은 놈은 큰 놈에게 먹히고 큰 놈은 더 큰 놈에게 먹히고 더 큰 놈은 조직이 잡아먹는다. 억압으로 인해 날 선 폭력은 기묘하게 집요했고 작은 놈들 중에서도 가장 미약하고 우둔한 손 씨는 만만한 먹잇감이었다. 입안이 피와 흙으로 범벅이 되면 손 씨는 교군에서 먹었던 맛을 떠올렸다. 텁텁한 쇠비린내 나는 코피를 손등으로 쓱 닦고 입안에서 떨어져나간 살점을 물고 있으면 보드라웠던 생선살의 매콤한 감촉이 그대로 느껴졌다. 선홍빛이 불러일으키는 생생한 식욕이라니. 사람의 몸에 든 피가 밖으로 끌려나와 세상을 핏빛으로 물들이는가, 아니면 피비린내 나는 세상이 지닌 피가 사람에게 묻은 것인가.

광주 사람들이 죽었다. 죽어도 참 많이 죽었다. 간첩이나 포악한 무뢰배가 아닌 민간인을 군인이 죽였단다. 감옥 안에는 직접 보고 들은 정보가 민들레 씨앗처럼 분분이 날았다. 잔혹한 짐승이 설치는 짐승의 시대에는 철창 안에 들어 있는 편이 안전하다. 수감자들은 밖에 있는 사람들을 걱정했다. 손 씨는 짐승들의 폭력이 자신과 무관하다고 믿었다. 그저 시키는 대로 움직이고 자고 일어나면 먹었다. 한 계절 내내 세탁실에서 일하던 손 씨는 벽돌공장에서 배운 벽돌 만드는 일을 다시 시작했다.

봄이 되어도 감옥은 스산하게 추웠다. 바닥은 담요를 깔아도 얼음장처럼 차가웠고 문짝이 일렬로 늘어선 복도는 갑갑하기 짝이 없었다. 높은 담장 아래 땅을 비집고 기어 나온 들풀을 눈여겨보던 손 씨는 어딘가에서 흘러나오는 노래에 고개를 돌렸다. 힛걸즈의 노래, 그녀의 노래였다. 멜로디가 흘러나오는 방향을 찾아 뛰다가 노래를 제대로 듣지도 못하고 그 간절한 목소리를 공중으로 날려버렸다. 손에 잡히지 않는 그 노래, 그 목소리는 손 씨에게 황홀경과 고통을 동시에 주었다. 몇 날 며칠이 지나도 미란의 멜로디가 찌르고 간 손 씨의 가슴은 너덜너덜했고 몸 전체로 전이된 아픔은 강렬한 쾌감이었다.

사기도박 20년에 양쪽 새끼손가락이 없는 수감자가 엽서로 노래 신청하는 방법을 알려주었다.

"진짜로 될까요?"

"이 멍청아, 금지곡만 아니면 방법이 있어."

높은 사람들이 싫어하는 금지곡, 세상에는 허락된 노래만큼이나 금지곡이 흔했다. 사회가 금지시킨 짓만 하다 감옥에 들어온 사람들은 금지된 노래와 금지된 구호를 유독 사랑했다. 간수에게 얻어맞고 독방에 갇혀 단식하다 어금니가 툭 빠진 불순분자는 주머니에 썩은 치아를 넣고 다니며 자식처럼 애지중지했다. 금지곡이 아닌 미란의 노래를 듣고 싶은 손 씨는 데모하다 잡혀 온 공대생에게 글자를 배우기 시작했다. 아둔한 머리라 500년 정도 소요되리라 전망했으나 외우지 못하면 밥을 빼앗아버리는 징벌을 적용하자 식탐 손 씨는 석 달 보름 만에 받아쓰기를 통과했다.

장마가 시작될 즈음 손 씨는 삐뚤삐뚤하게 배미란 노래, 라고 손수 적은 엽서를 방송국으로 보냈다. 미란의 노래가 전국 방방곡곡에 울려 퍼지기를 바라며 틈만 나면 엽서에 미란의 이름을 적어 보냈다. 동료 수감자들은 엽서 값이 아깝다며 손 씨의 머리통을 쥐어박았다. 안타깝게도 미란이 부른 노래 제목은 기억나지 않았고 알아낼 방법도 없었다. 언젠가 한번 들었던 그 노래의 마지막 소절은 가끔 생생하게 떠오르는 미란의 웃음이나 특유의 냄새처럼 손 씨 주변을 맴돌았다. 회색 콘크리트 담장과 쭈그러진 배식통, 낡아 빠져 올이 풀어진 바짓단에도 미란의 노래가 감옥소에 찾아온 인색한 햇살처럼 붙어 있었다. 희미하지만 사라지지 않는 목소리는 미란이 죽지 않았다는 증거였다.

손 씨는 틈틈이 교군으로도 편지를 썼다. 안녕하세요? 미안합니다. 죄송합니다. 장인의 부음을 들은 뒤에도 아무것도 할 수 없어 미안했다. 교군 사람들뿐 아니라 교도관들도 미안하고 고마웠다. 죄인들에게 이렇게 후한 밥을 주다니. 군내 나는 밥을 씹으며 손 씨는 습관적으로 교군에서 보냈던 꿈같은 시간을 떠올렸다. 그림자처럼 몸에 붙어 있는 허기는 그대로 그리움이었다. 간사한 혀는 그 맛을 잊지 않고 있었다. 교군의 음식이 미란만큼이나 사무치게 그리웠다.

간혹 보너스처럼 손 씨의 꿈속으로 미란이 찾아들었다. 미란을 생각하면 침이 고였고, 교군 특유의 매운맛이 떠올라 몸이 뜨거워지면 역시나 미란이 필요했다. 미란은 제 몸을 활짝 열어 손 씨의 몽정이 가능하도록 도왔다. 불처럼 뜨겁고 매운 음식이 늘 배 속에 들어 있는 것처럼 미란은 손씨의 몸에 들어와 있었다. 몸이 뜨거워지면 소변처럼 정액이 줄줄 쏟아져 내렸다.

잠이 오지 않는 밤, 억센 사내들의 몸과 몸이 칼처럼 모로 붙어 숨 막히게 좁아터진 잠자리에 어렴풋이 찾아온 미란의 목소리는 생시처럼 활기 찼다. '구두약이 좋아, 내가 좋아?' 미란 씨가 제일 좋아. 그래, 미란 씨. 지금 어디에 있는 거야? 나는 여기 있는데 당신은 대체 어디로 갔어. 헝클어진 머리카락, 벌어진 젖은 입술, 말캉한 젖가슴의 갈색 눈동자 같던 유두, 허벅지 사이의 거뭇한 틈새. 쑥 빨려 들어가면 안은 늘 보드랍고 따스했다. 그 아련한 따스함이라니…… 자신의 발기한 성기를 어루만지며 손 씨는 이것이 미란이 살아 있다는 증거라고 생각했다. 미란 씨는 영원히 예쁘고 비교 대상이 없는 최고다. 그 몸속으로 들어갔던 이놈, 그 따스하고 질척한 속을 의기양양 들락거렸던 놈을 붙들고 달래던 손 씨는 흐느끼듯 사정했다. 성난 놈은 뿌연 눈물을 쏟아낸 뒤에야 수그러들었다.

4년 반 만에 석방된 손 씨는 꽤 오랫동안 멍한 상태로 지냈다. 이대로 이런 보폭으로 쭉 걸어도 되는지, 화장실에 다녀와도 되는지, 외출을 해도 되는지 물어볼 대상이 없어 손 씨는 어리둥절하고 초조했다. 아무 의욕이 없었고 무엇도 할 수 없었다. 교군의 일꾼으로 일한 적이 있다는 이준이라는 사내는 과묵한 편이라 손 씨가 대하기에 그나마 편했다. 이준은 이 여사가 사위를 빼내도록 물심양면 힘을 다했다고 말했다. 손 씨가 손수 적어 보낸 편지를 본 뒤 이 여사가 한참 울었다는 사실도 알려줬다.

이준은 손 씨에게 총 아홉 번 면회 왔고 출옥을 하던 날에도 마중을 나와주었다. 과묵한 이준은 면회 올 때마다 긴말하지 않았다. 김이 아버지는 희생양일 뿐 이런 곳에 오래 있을 이유가 없습니다. 이준이 데리고 온 변호사는 손 씨가 괴한에게 습격당했던 사실과 제 손으로 쓴 적이 없는 유서가 무죄를 증명할 좋은 증거라고 했다. 손 씨의 불편한 걸음새를 보며 이준은 자신도 경험했던 물고문과 관절꺾기, 몽둥이찜질에 치를 떨었다. "개새끼들, 정말 더러운 개새끼들이죠. 언제라도 그 새끼들 만나면 꼭 죽여버릴 겁니다. 내 인생에 용서란 없어요." 손 씨는 무심하게 고개를 끄덕였으나 저도 모르게 발끝을 달달 떨었다. 둔한 머리와 달리 몸은 고약한 기억을 고스란히 품고 있었다.

이준이 마련해준 손 씨의 거처는 시장 한복판에 있었다. 사방이 와글와글, 북적북적, 손 씨는 그 소음에 적응이 되지 않아 종일 서성거리다 귀를 틀어막고 누워만 지냈다. 수면제를 과용한 사람처럼 일주일 내내 잠만 잤는데 꿈은 내내 어지러웠고 간절히 바라는 미란은 등장하지 않았다. 그 후에도 마찬가지였다. 어쩐 일인지 미란이 꿈에 나오지 않았다. 감옥이 편했다는 생각 못지않게 다시 잡혀갈까봐 걱정이었다. 이준이 주고 간 지폐 뭉치가 신경 쓰였다. 장모가 준 돈이라 했지만 믿을 수 없었다. 모든 것은 함정. 장물이라 발각될 것 같아 손 씨는 지폐를 신문지에 싸서 몰래 내버렸다.

당장 무엇을 해야 할지 뭔가를 생각해야 할지 알 수 없었다. 방 한가운데 우두커니 앉은 손 씨의 등을 비추던 아침 햇살이 노을이 되어 붉게 서렸다가 짙은 어둠으로 가라앉았다. 시장 안 밥집에서 컬러텔레비전을 처음으로 봤다. 일부러 느릿느릿 먹으며 드라마를 보는 동안 조바심은 초시계처럼 손 씨의 가슴속에서 내내 째깍거렸다. 알 수 없는 불안감은 어디에 있든 손 씨를 찾아내고 말았다. 좁은 방에 드러누워 있으면 형사들이 들이닥쳐 이제 휴가는 끝났다며 수갑을 채울 것 같았다. 끌려가면 다시 시작이다. 집 밖의 활기찬 시장을 돌아다녀도 째각째각 소리는 멈추지 않았다. 긴장이 풀리지 않는 나날, 초조한 선잠이 몹시 피로해 차라리 자수를 하고 싶었다.

추석을 앞두고 이준이 손 씨를 데리러 왔다. 교군에 가기 전에 이발부터 해야 한다며 이준은 시장 옆의 이발소로 잡아끌었다.

"김이 보고 싶지요? 많이 컸어요."

"김이요? 우리 손김이?"

손 씨가 고개를 갸우뚱하자 이준은 손 씨의 허리띠에 손을 대며 이 정도 자랐다고 알려주었다. 이발소 의자에 앉은 손 씨는 내내 얼떨떨한 상태였다. 교군을 생각하자 묘하게 두려웠다. 만약 그곳에도 미란이 없다면 희망은 없다. 어딘가에 미란이 있을 거라 생각하며 억지로 버텼으나 진짜 절망을 똑바로 바라볼 용기가 나지 않았다. 그곳을 다녀오면 더 힘들어질 것 같아 손 씨는 뒤에서 잡아당기는 사람이 있는 것처럼 주춤주춤 소심하게 걸었다.

배 영감과 미란의 제사는 이 여사와 손 씨 그리고 어린 김이가 함께했다. 이 여사는 무감하게 후딱후딱 순서를 이어나갔고 손 씨는 지시대로 움직이기만 했다. 음복을 나눈 뒤에 손 씨는 미란의 제사상이 치워지는 광경을 우두커니 바라보았다. 작대기처럼 마른 김이는 멀찌감치 서서 숨바꼭질하듯 나타났다 사라졌다 하며 손 씨의 눈길을 피했다. 손 씨는 몰라보게 자란 김이의 번뜩이는 눈빛이 낯설었고 김이는 교군 안을 팔랑거리며 뛰어다녔다.

오후가 되어 친지들이 몰려오자 벚나무 밑에 커다란 탁자를 내놓고 야외용 불판을 설치했다. 명절이 짧아 하룻밤 날 잡아 몰려온 친지들과 고향으로 돌아가지 못한 일꾼들이 마당에 호젓하게 모였다. 못 보던 사이 둥글둥글 기름지게 변한 친지들은 손 씨와 어색하게 악수하고 조심스레 어깨를 두들겨주었다. 그게 전부였다. 뭐라 할 말이 없었고 당분간은 내내 서먹할 것이다. 어차피 남남인데 안 보고 사는 게 피차 편할 것이다. 그래도 친지들 중 몇은 용기를 내 손 씨에게 말을 붙였다. 고생 많았네. 더 빨리 나왔어야 하는데 말이야. 직장은 정했는가? 손 씨는 멍하게 웃으며 머리를 긁적이기만 했다.

보육원에서 얼마 전에 돌아온 김이도 손 씨처럼 사람들과 섞여들지 못하고 홀로 빈들거렸다. 친지들은 김이를 불러들여 선물과 용돈을 건넸다. 너 못 본 사이에 많이 컸다. 이제 몇 학년이 되는 거니? 김이는 대꾸도 하지 않고 코딱지를 파 손끝으로 톡 튕겨버렸다. 손톱에는 새카맣게 때가 껴 있었고 아무 데나 침을 캬악 캬악 잘도 뱉었다. 김이는 기운이 넘쳐 펄펄 뛰며 마당에 굴러다니는 자갈은 보이는 대로 뻥뻥 차버렸다. 학용품이 든 가방 꾸러미와 화려한 원피스 선물은 툇마루에 던져놓고 외사촌들이 놀고 있는 안채를 빙빙 맴돌았다.

한가위, 날씨는 늦여름처럼 쾌청했지만 분위기는 무거웠다. 이례적으로 음식이 나오기 전부터 술잔이 먼저 돌았다. 이 여사가 오래간만에 작정하고 내놓은 푸짐한 요리들이 식탁 위를 풍성하게 장식해도 사람들은 술부터 마셨다. 구석에 끼어 앉은 손 씨는 불 꺼진 재처럼 죽은 듯이 가만히 있었다. 억울한 옥살이와 공소시효, 미란이, 삼청교육대, 보육원…… 몇몇이 조심성 없이 뱉은 단어가 식탁 위에 어른대다 모두의 핀잔을 듣고 사라져버렸다. 김이가 있으니 입조심해. 오늘은 좋은 날이라고, 좋은 날이니 좋은 얘기만 하자. 분위기를 살리려고 턴테이블 스피커를 마당으로 끌어내 음악을 크게 울렸다.

흔히 맛볼 수 없는 요리를 앞에 두고 친지들은 어색하게 끼어 앉은 손 씨를 자꾸 힐끔거렸다. 손 씨가 먹지 않고 멀뚱거리자 사람들도 고개를 돌려가며 공연히 김이를 찾았다. 김이는 저쪽에서 애들과 먹는 중이라고 해도 손 씨의 눈길은 저쪽 화단을 향해 있었다. 누르스름하게 시든 꽃들에게 물부터 주고 싶었다. 사람은 세끼 밥을 먹으면서 식물은 굶겨? 미스터 손 다른 건 몰라도 이 꽃들은 당신 책임이야. 미란의 목소리가 자신을 질책했다.

"왜, 맛이 없니? 대합찜 먹고 싶다고 그렇게 노래를 부르더니 어쩌자고 술만 마셔?"

차분하게 가라앉은 분위기가 못마땅한 이 여사는 빈 술잔을 채워주며 음식이 식겠다고 걱정했다. 손 씨에게도 따스한 요리가 든 접시를 가까이에 놔주었다.

"자네가 많이 먹게. 그 고생을 했으니 몸보신부터 해야지. 맛이 없어도 어서 들게."

손 씨는 황송해하며 엉거주춤 일어나 예, 예, 머리만 긁었다. 공이 들어간 모든 음식은 손 씨 앞으로 모였다. 가지런하게 담은 우설찜과 와저지, 윤기가 잘잘 도는 장산적과 다디단 대추편포, 맛난 가을무로 담근 아삭한 깍두기는 선홍빛 물기로 흥건했다.

그날의 음식은 시간이 갈수록 매워졌다. 어란과 죽순채와 오미자 즙으로 향미를 돋은 산채나물과 생선 속에 찹쌀을 넣고 구운 독특하고 맛난 음식들이 전에 비해 아주 진하게 매운 기운을 풍겼다. 손 씨는 몹시 미안 해하는 얼굴로 쫀득쫀득한 닭다리를 한입 물어뜯은 다음 향긋하게 무친 참나물을 음미했다. 혀끝에 남는 특유의 아련한 향기. 구수하고 짜릿한 매 운맛에 웃음이 났고 국물을 떠 넘기자 기분이 좋아 또 웃음이 나왔다. 손 씨는 시종일관 눈치를 봐가며 훔쳐 먹듯 궁상스럽게 탐식했다.

"아이고, 매워."

누군가 후 한숨을 쉬었다.

"오늘 작은어머니가 작정하셨구나. 혀는 안 매운데 코가 맵고 눈이 따 가워. 배 속에 불이 든 것 같아."

"그래요, 이건 눈물폭탄이네요. 그래도 맛있어요. 이런 맛은 어디서도 볼 수가 없죠."

손 씨는 교군 음식이 주는 열락에 서서히 빠져들었다. 짭조름하게 익은 고추장아찌를 한입 베어 물었을 뿐인데 방금 들이켠 후끈한 국밥과 맞물 려 콧구멍이 뻥 뚫렸다. 말갛게 보이는 동치미 국물을 홀홀 떠먹자 칼칼한 기운에 입안이 아렸다. 순순해 보이는 반찬들도 활활 타올라 깜짝 놀란 혀를 막다른 골목으로 밀어 넣었다.

이 여사는 먹성 좋은 손 씨를 처연하게 바라보았다.

"저리 태평하게 먹는 거 보니 더는 걱정 안 해도 되겠다. 멍청한 것도 일종의 복이지. 맹해 빠져가지고 사태 파악이 느리니 우리보다 속은 편할 거다."

"순수한 사람이죠. 오늘은 미란 누이 생각이 많이 나네요. 이것 참."

미란의 사촌 동생은 뒷주머니에서 손수건을 꺼내 땀과 눈물로 범벅이 된 얼굴을 닦았다. 눈가가 축축하게 젖어 콧물까지 줄줄 흘렸다. 매운맛은 모두를 유혹하고 모두를 노곤하게 만들었다. 일단 발동이 걸리면 매운 열기도 가속이 붙는 것이다. 이거 말고 더 센 것 없어요? 불을 다스릴 더 큰 불을 요청하자 이 여사는 "그래? 아직 성이 안 찼어?" 깔깔 웃으며 주방으로 걸음을 옮겼고 친지들은 독한 술을 물처럼 들이마셨다. 마당의 노란 전등이 하나둘 켜지자 몽롱하게 번들거리는 사람들의 얼굴이 익사체의 그것처럼 둥실둥실 떠올랐다.

그때 힛걸즈의 노래가 턴테이블에서 흘러나왔다. 아련한 미란의 목소리가 들리자 사람들은 일제히 굳어버렸고 손 씨만이 미욱하게 한입 가득 잡채를 밀어 넣고 불룩해진 볼을 우물거렸다. 먹고 또 먹는 손 씨는 이처럼 좋은 일이 어디 있느냐고 묻는 듯 노래에 맞춰 고개를 흔들어댔다.

미란의 목소리는 장난스럽게 교군 마당을 휘감았다. 아이들은 그 경쾌한 멜로디에 맞춰 마당에 내놓은 매트리스 위에서 펄쩍펄쩍 뛰었다. 김이는 질세라 높이, 높이 뛰며 구김살 없이 웃었다. 불처럼 맵고 뜨거운 국밥을 훌훌 떠 마시던 누군가가 허공을 보며 멍해졌다. 이건 어찌된 일일까. 노래 때문인가. 왜 내 눈에 죽은 미란이가 보이는 걸까.

언제나 제 서방에게 애교를 떨며 반찬을 떠 넣어주고 좋은 음식을 가까이 놔주던 미란이 모습이 선했다. 손 씨가 사위가 된 이래 다들 무시하고 비웃었지만 미란과 손 서방, 둘은 정말 사이가 좋았다. 미란이 그토록 밝은 얼굴이었던 적은 오직 그때뿐이었다.

"제발 저 노래 좀 꺼라고!"

고통스러운 절규조차 미란의 노랫소리에 묻혀버렸다.

"아이고, 이거 너무 맵잖아."

친지들은 헐떡거렸다. 사면초가, 기침이 터지고 눈물이 줄줄 나왔다. 매운 눈물은 전염성이 높아 그 옆에 앉은 사람도, 건너편에서 튀김을 씹던 사람도 모두 모두 눈물에 젖어 흥건해졌다. 매운 기운에 몽롱해지고 매운 술에 취한 친지들은 죽은 자의 이름을 부르다가 손 씨를 끌어안고 추태를 떨었다. 온순한 희생양을 제물로 바치고 온전하게 지냈던 지난날이 새삼 수치스러웠던가. 손 씨를 증오하느라 슬픔을 잊었는데 이제 누굴 미워해야 하나. 미안해서 화가 났고 울수록 창피해졌다.

손 씨는 먹는 행위에만 성실히 집중하며 혀가 누리는 열락과 혀가 겪는 고통과 일체되었다. 맵기 때문에 맛나고 맛나서 행복한 이 순간을 얼마나 기다렸던가. 매운맛이 목구멍으로 넘어갈 때마다 손 씨는 미란을 느꼈다. 그래서 웃었다. 다들 울고 있어도 손 씨는 키득키득 웃었다. 이 모든 즐거움은 미란이 살아 있다는 증거였다.

김이가 달린다

김이
선글라스를 쓴 노인

> 땅에 뿌리박은 것들은 김치가 되려고 세상에 나온다. 뭐든 김치다.
> 본디 겨울 작물인 배추는 영하의 날씨를 사흘간 견딘 놈이 진짜배기다.
> 얼어 죽지 않으려 스스로 수분을 버보려고 당을 만들어버 모양은 시들시들해도
> 맛이 기가 막히다. 고초를 겪어본 놈의 인생처럼 특별한 감칠맛이 도는 것이다.
> 김치란 갖은 푸성귀를 뽑아 절이고 무쳐 담아 놓으면 알아서 익지 않던가.
> 혁명이란 숨 죽인 뒤에 일어난다. 한풀 죽었다가 살아날 때 제맛이 드는 법이니
> 너희도 힘들다고 포기하지 마라. 풋인생이 익느라 힘든 것이다.
>
> — 『이딴 얘기 받아 적어서 뭐하려고』 (교군 이력은 여사 채록본 3)

해마다 봄이 되면 교군에서는 생산자 초빙 행사가 열린다. 식재료를 납품하는 전국 각지의 거래처 주인들을 초대해 뻑적지근하게 놀고 먹는 것이다. 천일염, 고춧가루, 해산물과 젓갈, 채소와 과일 등 최고의 것만 골라 납품해주는 성의와 많은 거래처의 유혹을 물리치고 신의를 지켜주는 그들이야말로 교군의 최고 자산이었다. 이 여사가 수십 년간 전국 방방곡곡을 돌아다니며 맺은 거래처는 오랜 기간 경조사를 함께하다 보니 친척보다 끈끈한 관계가 되었다. 감사의 뜻으로 함께 모여 밥이나 먹자고 초청하던 자리가 매년 이어지면서 흥겨운 전통으로 굳어졌다.

생산자 초빙 행사를 열흘 앞둔 교군은 서서히 준비 태세로 들어갔다. 일꾼들은 구석구석 대청소를 했고 이 여사와 정인은 초대할 명단과 제공

할 요리를 선정하느라 매일 머리를 맞대고 쑥덕거렸다. 특히나 올해는 오래전 심복인 이준이 참석하기로 되어 있어 이 여사는 몹시 들떴다.

"산에서 오만 잡풀을 뜯어 먹고 암을 떼어냈다니 잡초 따위가 효험이 있기는 한 모양이다. 하도 골골하기에 그놈 죽으면 빈소 음식 뭐할까 궁리했는데 기특하게도 훌훌 털고 일어났잖니. 사업 수완도 여간 아냐. 그놈이 키운 고추 맛도 아주 그만이지. 이번에야말로 잘 먹여야 한다. 이준이 좋아하는 음식은 하나도 빠트리지 않아야 해."

잉크를 교체하느라 프린터 뚜껑을 열어젖히던 김이는 이준 소식에 놀랐다. 이준 아저씨는 아버지에게 친절한 사람이었다. 아버지가 알아듣거나 말거나 스스럼없이 긴 얘기를 나누며 아버지를 연신 웃게 했던 아저씨다. 그의 암 투병 사실을 이제야 알게 된 자신이 원망스러웠다.

정인은 이 여사가 뽑아놓은 초청 명단이 너무 많다고 투덜댔다. 초대자가 많으면 그만큼 음식을 많이 준비해야 하고 예산은 배가된다. 단골들을 대상으로 한 초대권 가격은 얼마로 매겨야 할 것인가가 쟁점이었다. 올해는 산나물을 주제로 잡았기에 자칫하면 생색이 나지 않을 수 있다. 이문을 남기려는 행사는 아니지만 손해를 보며 치를 일은 아니지 않은가.

이 여사는 생산자들이 아닌 초대장을 판매할 대상을 살폈다. 단골들의 명단이었다.

"이 사람은 작년 겨울에 심장병으로…… 전에 부고장 봤다. 빼라."

"아, 돌아가셨어요? 학동 이사장 부부는 확실해요. 그 행사 언제 하느냐고 문의전화 하셨어요. 그리고 베트남의 그분도 6년 만에 한국에 오셨는데 전에 해물잔치 때도 들고 가셨어요. 아마 오늘도 오실 겁니다."

"어디 묵고 있나?"

"골프장 근처 호텔에요."

"그래. 마침내 왔구나. 그 양반 연락처를 꼭 챙겨둬야 한다. 베트남으로 언제 돌아가는가 묻고. 이번에 놓치면 또 기약이 없잖아. 6년 만이라……."

"연락처는 왜요?"

"이놈이 그놈이다."

"네?"

"그놈 말이다."

"설마…… 아닌 것 같은데요. 더 살펴보세요. 지난번처럼 멀쩡한 손님을 괜히 의심했다가는."

"이번에는 밥값을 카드로 결제하든?"

"가만 있자……. 아, 현금 냈어요. 빳빳한 만 원권 지폐로 계산하던걸요."

"거봐라. 켕기는 게 있는 놈이지. 마침 잘되었다. 이준이가 일찍 오면 좋은데. 네가 이준이한테 전화해볼래? 아니다. 내가 하지."

프린트잉크를 갈아 끼운 김이는 작년과 재작년 생산자 초빙 행사의 예산과 결산을 찾아 출력했다. 인쇄된 용지를 눈으로 훑으며 자잘한 숫자들이 전하는 의미를 간파했다. 들어온 돈과 나간 돈의 액수가 비슷하거나 약간 남는 정도, 이렇게 허술해서야. 간섭하고 싶었지만 김이는 숨을 훅 들이마시고 관망하자, 멀찌감치 떨어져 관망하자, 이건 내 일이 아니다, 주문을 외운 다음 석 장의 결산지를 이 여사 앞에 내려놓았다.

집에 돌아갔던 김이는 나흘 간 빈둥거리며 고민의 시간을 가졌었다. 금요일에는 꼬박 방청소를 했고 토요일에는 온종일 쫄쫄 굶다가 오랜만에 '사동관'에서 지옥의 맛을 봤다. 역시나 못 먹을 맛이었다. 그 이튿날에는 가지와 시내에서 만났다. 가지를 상담 대상으로 점찍은 건 아니었으나 영화를 함께 본 다음 이런저런 얘기를 나누다가 저도 모르게 복잡한 속내를 털어놓았다. 중언부언하며 엉킨 실타래의 반만 내비쳤는데도 가지는 간단하게 결론지었다.

"그럼 좀 물러나 있어. 나도 그런 편이거든. 냄비를 한번 태운 다음부터는 조바심이 나서 불도 줄이고 냄비만 들여다봐. 오버베이킹 할까봐 오븐만 들여다보고. 그런데 오븐을 들여다보고 있으면 고기는 절대로 익지 않는다는 속설이 있어. 냄비만 줄곧 보고 있으면 결코 끓지 않아. 음식들은 우리를 경계하고 몰래몰래 움직이지. 뭉근한 맛이란 우리의 시야 밖에서 이루어지는 거야. 그러니까 김이도 정도껏 관망해. 계속 집중해서 들여다보고 있으면 지레 지쳐서 아무것도 못해."

골목을 통해 올라오는 '사동관'의 냄새를 맡으며 김이는 가지의 말을 곰곰이 생각했다. 서태후와 자신의 관계, 그리고 교군에서 일어난 일과 어머니, 아버지에 대해 생각했다. 한 발자국 떨어져 관망하는 자세로 줄기차게 생각하고, 생각하고 난 김이는 전보다 더 공들여 짐을 꾸렸다. 텅 빈 방을 놔두고 나설 때는 어서 교군으로 가고 싶어 안달이 날 정도였다.

별채 사무실에서 다시 작업 중인 김이를 발견한 가지는 반갑게 웃었다. 가볍게 어깨를 두들기며 막 구운 빵을 내밀었다. "이것 좀 봐, 들여다보지 않고 내버려뒀더니 딱 알맞게 익었어." 마른 고추가 드문드문 박힌 호박색 호밀빵이었다. 가지의 말대로 발효시간이 부족해 빵은 다소 질기고 딱딱했지만 달콤한 앵두잼을 발라 먹자 탄수화물이 주는 에너지로 충만해졌다. 김이는 피식 웃었다. 어쩌고저쩌고 해봤자 바로 이 맛이야. 엄마가 해주는 밥처럼 나만을 위해 알뜰히 챙겨주는 음식 때문에 이곳이 좋다. 음식은 사랑이고 기쁨이다. 분에 넘치는 사랑이다. 김이는 밖으로 나가는 가지에게 덤벼들어 입술을 강탈해버렸다. 두 사람은 밖에서 가지를 부르는 목소리가 가까이 올 때까지 한 쌍의 엿가락처럼 찰싹 붙어 있었다. 고추술을 단번에 들이마신 듯 온몸이 얼얼하고 핑 돌았다. 편서풍이 몰고 온 봄비가 한차례 훑고 지나간 오후, 물기를 머금은 초록 이파리들은 참기름 바른 듯 튼실한 윤기를 뿜냈다. 별채에는 일꾼들이 바삐 움직이고 있었다. 그윽한 냄새가 주방 환기구를 통해 쉴 새 없이 쏟아져 나왔다. 유리창 너머로 서태후의 늠름한 모습이 보였다. 무쳐라, 구워라, 소금을 더 넣어라, 불을 더 키워라. 이 여사의 찌푸린 얼굴에는 굼뜨고 우둔한 일꾼들을 다그치는 말이 그득 실려 있었다.

새로 입력할 자료집을 들고 마당에 나간 김이는 장갑과 마스크를 착용하고 먼지를 털었다. 자칫하면 공책 갈피에 끼워져 있던 영수증 따위가 낙엽처럼 팔랑팔랑 떨어지므로 공책을 세게 움켜쥐고 살살 털어야 했다. 김이가 진행하는 작업은 입안이 서걱거리도록 먼지를 먹는 일이었다. 묵은 책자에 든 먼지의 맛은 일반적인 흙 맛과 비슷하면서 짝퉁 보이차처럼 둔중한 향기를 남겼다.

먼지 털기 삼매경에 빠진 김이 옆으로 선글라스를 쓴 노인이 쿨럭 헛기침을 하며 다가왔다. 비 내리는 마당에서 해산물 바비큐를 하던 날, 김이에게 서비스가 느리다며 짜증 냈던 노인이었다. 찡그린 얼굴이라 먼지 날린다고 또 짜증 낼 가능성이 높다고 간파한 김이는 목례를 한 다음 옆으로 물러섰다. 노인이 시비를 걸듯 툭 내뱉었다.

"이 노래, 왜 자꾸 틀지? 위에서 틀라고 시키나?"

사무실에서 힛걸즈의 노래가 흘러나오고 있었다.

"이 노래를 아세요? 아하, 옛날에 히트 친 노래였구나. 이 노래 부른 가수가 누군가 하면요, 바로 제 어머니예요. 우리 어머니가 불렀답니다. 처음엔 좀 그랬는데 들을수록 감칠맛이 나서 자꾸 듣게 돼요."

"마스크 벗어봐."

"네?"

고압적인 말투였다. 노인의 귀가 좋지 않아 목소리가 들리지 않는구나, 생각하며 김이는 마스크를 턱밑으로 내렸다. 노인이 예전에는 수도국장이었다고 정인에게 들었다.

"어르신, 힛걸즈가 유명했나요? 혹시 텔레비전에서 보신 적 있어요?"

노인은 선글라스를 벗고 김이에게 가까이 다가왔다. 어디를 보는지 알 수 없는 기묘한 눈빛이었다.

"자네가 배미란 딸이군."

"어머니를 잘 아세요?"

"얼굴을 보니 자네 아버지가 누군지 알겠어."

"아, 전에 수도국장을 하셨다더니 그래서 아버지까지. 아버지는 아직 그 벽돌공장에 다니세요."

"그래, 그 양반. 아주 오래전에 본 적이 있지. 그런데 참 재미있군. 자네 아버지 이름이 자네 얼굴에 딱 적혀 있어. 확실히 피는 못 속여. 허, 참. 이제 수수께끼가 풀렸네. 자네가 바로……"

우물거리는 노인의 말투를 알아듣지 못한 김이는 주춤주춤 물러섰다. 그에게서 뿜어져 나오는 탁하고 날 선 기운에 압도되는 기분이었다. 어디를 보는지 알 수 없는 눈매 때문에 더욱 그러했다. 노인이 다시 김이를 불러 세웠다.

"자네 이름은 뭔가?"

"먼저 인사를 드렸어야 하는데, 손김이라고 합니다."

"손김이? 기미? 아니면 김, 이?"

"저희 아버지한테도 어르신 안부 여쭐게요. 어르신 존함은 어떻게 되시는지요?"

"허, 정말 김이인가?"

"네."

노인은 한참 생각하더니 금속조각이 찢어지듯 차갑게 웃었다.

"농담이 아니고 정말 김가와 이가, 그런 김이야? 허허. 미쳤군. 이거야 정말."

한쪽 입가만 실룩실룩 묘하게 웃어가며 노인이 조롱하자 김이의 얼굴이 굳어버렸다. 예전에는 공무원들 기세가 하늘을 찔렀다더니 그래서 그런 건가. 직공이었던 아버지도 우습게 알았을 것이다. 아버지를 괴롭히고 조롱이나 했을, 바로 그런 타입. 김이는 노인에게 조심스레 항의했다.

"제 이름이 웃기기는 해요. 그래도 그렇지 너무 대놓고 웃으시네요. 어릴 때부터 김이라고 똑바로 발음하는 애는 거의 없고 반 전체가 저를 기미주근깨라고 불렀어요. 피부는 깨끗했는데 기미주근깨, 기미주근깨."

김이는 도로 마스크를 쓰고 작업을 재개했다. 책 두 권을 박수 치듯 팡팡 치며 먼지를 일으켜도 노인은 혼자 웅얼거리며 김이 옆에 서 있었다. 성가시기는 해도 교군의 손님이다. 진정한 공경은 상대의 건강을 생각하는 것. 먼지 먹어 앓아눕기라도 하면 큰일이 아닌가. 노인을 우대하자고 마음먹은 김이는 당차게 외쳤다. "저리 비켜서세요! 먼지 날려요!" 구부정한 노인은 선글라스를 쓰고 마당 의자에 앉았다. 그의 눈이 어디를 보는지는 알 수 없었으나 노인은 김이의 움직임을 따라 계속 고개를 돌렸다.

연 사흘째 새벽시장에 끌려 나간 김이는 늘 미더웠던 자신의 체력이 심각한 약골 수준임을 깨달았다. 김이가 하품을 깨물며 어기적어기적 걷는 동안 전투태세에 임한 이 여사와 정인은 시장 안을 비호처럼 날았다. 두 사람이 짤막하게 나누는 눈빛에는 날쌘 판단이 숨어 있었다. 무안의 양파가 분명하다, 포획하라! 저 피망은 껍질이 너무 두껍다! 저 마늘은 중국산이다! 심드렁 여사가 시큰둥한 얼굴로 광속의 구입을 하는 동안 김이는 우두커니 서서 구경만 했다.

이 여사는 배추 세 포기를 번쩍 들고 상인들로 붐비는 복잡한 시장 안을 날았고 정인은 묵직한 검정봉지 열 개를 양손에 나눠 들고 외쳤다. "북어 대가리를 포대로 사야 해요!" "이게 싸요, 빨리 우리가 선점해야지요!" 단호한 판단과 매끈한 흥정은 두 사람이 오랜 세월 쌓아온 실력이었다. 매처럼 날쌘 눈썰미로 흔해 빠진 물건들 속에서 상등품을 골라내고, 순간 맛보고, 거스름돈을 받기까지 그다지 긴 시간이 걸리지 않았다.

"이건 속도전이야. 진짜 좋은 물건은 어차피 생산자들이 들고 올 거니까. 가장 기초적인 것만 빨리 구입하는 거야."

시장 안의 물건들은 육감적인 향기를 내뿜으며 터질 듯한 싱싱함을 뽐냈다. 싱싱하기로 따지면 이 여사와 정인만 할까. 날고, 뛰고, 맛보고, 잡아채고. 상품 구입 전투력이 최고 수준에 도달해 있는 두 사람을 김이는 감당하기 힘들었다. 그저 두리번거리며 복잡한 시장의 활기찬 기운에 에너지를 빼앗기고 있었다. 두 사람은 처음 보는 서양 야채를 발견하면 요리조리 살펴보고는 맛을 보고 싶어 안달을 냈다. 신기하네. 이런 건 무조건 사고 봐야지.

건어물 가게에 선 이 여사는 줄에 걸린 거무튀튀한 생선을 덥석 잡았다. 마치 박쥐 시체처럼 생긴 물건이었다.

"말린 가오리, 이거 정말 놓칠 수 없지. 손 서방이 예전부터 아주 좋아했어. 쫀득쫀득하게 쪄서 양념을 끼얹으면 아주 감칠맛이 나."

"이걸 아버지가 좋아해요?"

"그래. 맛나게 조리해줄 테니 갖다 줘라. 어차피 다음 주에 가야 하잖아?"

다음 주에 아버지를 만나야 한다? 영문을 몰라 어리둥절해하는 김이를 제치고 이 여사와 심드렁 여사 정인은 이미 선별한 멸치를 구입하고 밖으로 나가버렸다.

새벽시장의 전투를 성황리에 마친 세 사람은 정인의 지프차에 구입품을 실었다. 운전석에 앉은 정인이 오늘 점심은 사먹자고 선언했다. 정인의 노련한 운전솜씨는 자동차를 장난감 부리듯 했다. 물품을 실은 대형트럭 사이로 요리조리 비집고 들어가더니 지름길로 쏙 들어가 바로 큰길로 나왔다. 코너를 돌 때마다 짐칸에 든 박스들이 한구석으로 쏠리며 비명을 질렀다. 조수석에 앉은 김이는 안전벨트를 꼭 붙잡았고 이 여사는 립스틱을 고쳐 바르며 투덜거렸다.

"배고파 죽겠다, 더 밟아라, 정인아."

"80킬로미터 이상은 안 돼요. 속도위반이거든요."

시큰둥한 어조로 대꾸했지만 정인의 가속은 아슬아슬했다.

"요새 가지 녀석이 엔지를 끌고 다니던데. 그걸 가져오지 그랬니. 아무래도 트럭이 힘이 좋아."

"엔지는 브레이크가 고장 났어요."

정인이 대답하자, 김이는 고장 난 게 아니라 브레이크 조작방식이 바뀌었다고 설명했다. 가지가 알려준 대로 운전하면 문제없다고 해도 이 여사는 고개를 절레절레 내저었다.

"그게 고장 난 거지. 덩치도 큰 게 뒷방 늙은이처럼 주차장을 떡 차지하고 있는 게 영 꼴사납더라. 폐차를 시키려니 돈이 아깝고 고치자니 큰돈이 들 테고. 중늙은이 오줌 흘리듯 그 비싼 휘발유를 질질 흘리면서 돌아다니잖니. 트럭에 실었더라면 생선 냄새 안 맡고 편히 갈 텐데. 아휴, 저놈의 냄새. 김이야, 이 할미가 가오리 맛나게 해서 꾸려주마. 네 아버지 생일이잖아."

김이는 아버지 생일이 언제더라, 달력을 떠올렸다. 잊고 있었다. 스스로 면피하려는 듯 생각지도 않은 답이 튀어나왔다.

"얼마 전에 결혼식에서 뵈었어요."

"결혼식은 결혼식이고, 딸년이 아버지 생신도 안 챙겨?"

"딸년 아니라면서요?"

이 여사의 단칼 공격에 김이는 방패를, 공격용으로 집어 던졌다. 이 여사가 말이 없자 대화는 뚝 끊어져버렸다. 목적지를 향해 세차게 달리던 차량은 좌회전 대기 차선에 멈춰 섰다. 깜빡깜빡 방향지시등 소리가 말없이 앉아 있는 세 사람의 귀를 파고들었다. 떨떠름하게 가라앉은 침묵을 깨고 김이가 말했다.

"아무리 생각해봐도 믿을 수가 없어요. 혈액형도 그렇고, 제가 아버지 닮았다는 말 많이 들었거든요. 객실 손님 중에도 제 얼굴에 아버지 얼굴이 딱 붙어 있다고 하신 분이 있는데, 아 참, 그분이 어머니를 안대요. 제가 힛걸즈 노래를 듣고 있었더니. 아는 노래라고."

"미란이와 손 서방을 안다고? 동화사 할망구 말이구나."

"아뇨. 선글라스 쓴 노인이요."

"선글라스? 그자가 그런 말을 하든?"

"네, 힛걸즈 노래를 아시던걸요. 저더러 배미란 딸이냐고. 이름을 정확하게 대면서."

"그놈이로구나. 이상하게 생긴 눈. 베트남 그놈이야. 그 노친네 진짜 이름을 몰라. 가끔씩 잊을 만하면 교군에 나타나 밥을 먹고 갔는데 매번 다른 이름을 댔다."

묵묵히 운전만 하던 정인이 끼어들었다.

"전에 말씀드리려 했는데 베트남 사는 그분 이름이 김한석이랬어요. 언젠가 다른 손님들이 그분더러 수도국장 했던 김한석이라고 칭하던걸요."

"아냐. 김한석이 아냐. 나이도 경력도 직업도 다 가짜였다. 그자가 김이더러 그랬니? 네 아버지를 안다고? 손 서방이라고 꼭 집어 말하든?"

"네. 얼굴 보니 대번에 알겠다고, 저기…… 우리 아버지한테 그분을 아느냐고 물어볼까요?"

"아서라. 손 서방 그 머저리가 퍽이나 알겠구나. 어제 일도 모르고 오늘 일도 모르고 세상 돌아가는 걸 알기나 하나? 차라리 벽을 보고 얘기하는 게 낫지."

도착했다는 정인의 말에 김이는 안전벨트부터 풀었다. 좁아터진 주차장은 진입로부터 차량으로 빽빽했다. 봄기운이 아직 쌀쌀한데 식당 앞은 해변 풍경과 비슷했다. 파라솔 밑에서 겉옷을 벗고 부채질하는 여자들과 아이스크림을 물고 혀를 후후 내미는 사람들. 어울리지 않게 소프트아이스크림을 핥고 있는 중년 사내들은 붉게 달아오른 얼굴로 와이셔츠를 풀어헤친 채 흐느적거렸다.

식당 안으로 들어가자 차가운 공기에 마늘 냄새가 뒤섞인 시큼한 비린 내가 코를 찔렀다. 안은 의외로 깊고 넓어 안쪽 끝까지 손님이 빼곡하게 들어차 있었다. 사람들은 좁아터진 자리를 차지한 채 저마다 와글와글 떠들며 먹고 마셔대고 있었다. 수북하게 쌓인 해물 껍데기 때문에 쓰레기 더미에 앉아 있는 것처럼 보였다. 웅웅 돌아가는 대형 에어컨은 말끔한 신형인데 천장은 금방이라도 주저앉을 것처럼 낮았고 누렇게 찌든 벽지에는 기름먼지가 물결모양을 이루고 있었다.

"평일 오훈데도 바글바글하네. 장사 잘되는구나."

정인이 빈자리를 찾으며 말했다.

"여기가 매운 맛집 랭킹 파이브래요. 요리장이 먹어봤는데 죽을 뻔했대요. 혈압이 올라 쓰러진 사람도 많다니 정신 바짝 차려야 해요."

자리를 잡자마자 종업원이 식탁 위에 하얀 종이를 깔아주고 물병과 컵 세 개를 내주었다. 해물찜 전문이라 메뉴판은 아예 없었고 '순한 맛-1번'과 '보통 매운맛-2번', 그리고 '아주 매운맛-3번'이라고 번호로 매겨져 있었다. 정인은 메뉴판을 대충 훑은 다음 시큰둥한 얼굴로 물었다.

"제일 크고 제일 매운맛으로 시킬까요?"

이 여사는 고개를 끄덕이며 김이의 옆구리를 찔렀다.

"저 사람 좀 봐, 곧 죽을 것 같잖아. 숨 넘어가겠어!"

건너 테이블의 대머리 남자는 뭍으로 끌려 나온 문어처럼 허옇게 뜬 얼굴로 헐떡거렸다. 손에 꼭 쥐고 있는 게다리는 덩치와 어울리지 않게 앙증맞았는데 대머리 남자의 일행 전부가 대화는 전혀 없이 각자 무아지경에 빠져 있었다. 주방 근처에서는 누군가가 언성을 높이며 싸워댔고 와장창 그릇 엎어지는 소란스러운 소리가 들렸다. 그러거나 말거나, 손님들은 매운 열기에 자진해서 산화하는 중이었다. 매워 죽겠다, 물 좀 달라, 맥주와 공깃밥을 추가하는 목소리로 북새통이었다.

식당 안은 에어컨 찬바람에 어이없이 추웠다. 국통을 들고 다니며 장국을 채워주는 중년 사내는 식당 안의 낮은 온도 때문인지 두툼한 모직셔츠에 조끼까지 겹쳐 입고 있었다. 사방이 요란한데도 그는 테이블마다 돌아다니며 묵묵히 장국을 보충해주었다.

기다리던 해물찜이 도착했다. 높이 쌓인 꽃게와 오징어, 낙지, 미더덕, 가리비조개가 윤기 잘잘 도는 붉은 콩나물과 미나리에 엉켜 있었다. 해물찜이 든 접시는 마치 여러 인종이 어우러진 복잡한 지구와도 같았다. 양 또한 먹다 죽을 정도로 어마어마했다. 첫맛은 견딜 만했다. 정인은 늘 그렇듯 시큰둥해했고 김이는 콩나물만 건져 아작아작 씹었다. 새빨간 양념에 다진 생마늘과 통고추가 코를 톡 쐈다. 이 여사가 우아하게 젓가락질하며 말했다.

"간이 세기는 하지만 요새 입맛이 다 이렇지. 손님이 많은 이유가 있는 거야." 이 여사는 뭉클한 생선살을 씹다 김이에게 말했다. "손 서방한테 잘해. 친아비는 아니지만 너 말고 누가 있니. 살아온 인생이 애달프다. 젊어 혼자되어가지고 여태 혼자 살 줄 누가 알았겠어. 하기는 그 인간을 누가 건사해? 벌이도 직업도 신통치 않으니 같이 살려고 나서는 여자가 없지."

"건강하세요. 식사도 아주 잘 하시고요."

"머리가 단순할수록 암에도 안 걸리고 무병장수한대니 속없이 사는 게 부럽기도 하다."

칭찬인가, 욕인가. 분홍색 초승달 모양의 새우를 고추냉이에 폭 찍으며 김이는 퉁명스럽게 대꾸했다.

"속없이 사는 건지 아닌지는 겉만 봐서는 모르죠."

정인은 날 선 기운을 감지한 듯 참 맛있다, 아주 맛이 그만이라는 찬탄을 늘어놓으며 뻑뻑한 대화에 기름칠을 하려 들었다. 그래 봤자 가면을 쓴 것처럼 시큰둥한 얼굴이라 진심으로 칭찬하는 것 같지도 않았다. 김이는 폭탄처럼 터지는 미더덕의 불꽃을 감당하느라 말이 없었다. 맛은 그럭저럭, 전체적인 조화는 나쁘지 않았다. 농익은 야채와 포실한 생선살에 스민 칼칼함, 강함과 부드러움의 조화가 매운 고통에 들쭉날쭉 합일되었다. 정인은 시뻘건 콩나물 건더기를 양껏 들어 올렸다. 과연 저것이 입에 다 들어갈까 싶었는데 진공청소기처럼 무지막지한 양을 단숨에 빨아들였다. 그러고는 용가리처럼 불을 뿜었다.

"아, 맵다. 시작인가봐."

"속도가 빨라. 어후, 입에서 불난다."

짜릿함이 송곳처럼 바짝 일어서는가 싶더니 혀가 타오르면서 목구멍이 철수세미로 부빈 듯 따가웠다. 이 여사는 미간을 찌푸리며 장국을 들이켰고 김이는 손목에 걸고 있던 고무줄로 머리채를 질끈 동여맸다. 이거 장난이 아닌데. 매운맛이라면 자신 있던 김이는 뜨거운 감자라도 넣은 양 입을 크게 벌려 후후 숨을 내뱉기 시작했다. 맥주도 연거푸 들이마셨다.

"기분 나쁘게 맵구나, 이건 토종고추가 아냐. 짜증 나게 매워. 정인아, 고작 이런 걸 맛보자고 비싼 휘발유 쓰고 여기까지 왔니?"

"저야 알았나요. 아, 아, 이거야 정말."

맵기의 형태와 파동이 교군의 맛과 아주 달랐다. 목덜미를 바늘로 찌르듯 신경이 곤두서자 짜증이 나면서 이마가 차게 식었다. 김이는 마늘 조각이 잔뜩 붙은 시뻘건 미나리와 콩나물을 들어 올렸다. 와작와작 씹는 소리를 관자놀이로 듣는 순간 오장육부가 불에 지진 듯 후끈 달아올랐다. 잠시 아득했다. 취한 건가? 딩딩딩딩딩 동동동동 묘한 울림에 머리털이 쭈뼛 섰다. 지글거리는 사막 한복판에 혼자 버려진 기분이었다. 헛웃음도 거침없었다. 정신을 놓친 김이가 미친 듯이 웃다가 분별없이 떠들어댔다.

"아하하, 정말 웃겼어요. 부장을 한 대 쳤어요! 얼굴에 내 주먹 자국이 시커멓게 멍들어가지고, 하하하, 제가 쳤다고요! 억울해가지고 이렇게, 픽!"

김이가 주먹으로 치는 시늉을 하자 이 여사는 검은 입술에 립스틱을 바르며 물었다.

"고작 한 대 쳤니? 그놈이 너한테 어쨌는데?"

제가 고발했거든요! 김이가 회사에서 겪은 일을 떠들자 이 여사와 정인은 판결자의 얼굴이 되었다. 정인이 낙지다리를 오물거리며 편들었다. 잘했어. 그깟 돈 몇 푼에 사람이 영혼까지 팔아서는 안 되지! 이어지는 김이의 스토리는 자랑과 한탄으로 어지럽게 늘어지다가 비통한 자기고백으로 마무리 지어졌다. 그래서 내부 고발자는 응징받았고 현재는 백수. 달리 기댈 곳이 없으니 인건비를 높이 쳐주시오…… 이 여사는 주사를 빙자해 인건비 교섭에 나선 손녀에게 말했다.

"앞으로 널 괴롭히는 놈들은 다 데리고 와. 내가 끝장내줄게. 불러다가 맛있게 먹여주마. 잘 먹고 한 사흘쯤 지나면 배가 끊어지게 아프게 하는 비방이 있지. 할미는 할미 방식으로 해결한다."

"그거 살인미수잖아요?"

"살인은 아니잖니. 가끔은 장을 훑어 내려 말끔하게 비우는 게 건강에 이득이지. 우리야 독한 걸 늘 먹고 있어서 웬만하면 끄떡없다. 면역력이 높은 거야. 인생이란 미리미리 조금씩 아파놔야 큰 게 닥쳐도 가볍게 이겨내지. 된맛 본 놈이 나중에 큰 놈 된다."

김이는 침을 튀기며 웃었다.

"하! 말도 안 돼요! 저야말로 어릴 때 고생했잖아요. 보육원 된맛 실컷 봤는데도 면역력 제로네요. 된맛 본 놈이 된맛 인생 되는 거죠. 걷는 족족 진창에, 함정에, 낭떠러지! 결국 그래요!"

"너를 보육원에 보낸 건, 그놈들이 너까지 죽일까봐 겁이 나서 그랬다. 일종의 피신이지. 미란이가 그렇게 되고 자꾸 괴이한 일이 일어나니까 이 것저것 따질 겨를이 없었지. 우리로서는 그게 최선이었다."

"그놈들이 누군데요?"

김이의 질문은 오래된 튀김처럼 눅눅했다. 이 여사는 지그시 눈을 감고 답했다.

"더러운 놈들이지. 그 시대를 그 따위로 망쳐버린 놈들."

식당 안은 나른한 기운에 젖어 있었다. 이맛살을 찌푸리고 손가락을 쪽 쪽 빨아가며 왕성하게 씹는 사람, 입을 쫙 벌린 채 눈 감고 기도하는 사람, 아이스크림과 빨갛게 볶은 밥을 번갈아 먹는 여고생…… 모두 취한 듯 나른하게 풀어져 있었다.

"어머니 말고 돌아가신 분이 더 있어요?"

"줄줄이 죽었다. 목격자라던 자전거포 주인이 쥐도 새도 모르게 죽었고 우리 영감도 시름시름 앓다가 죽었지. 하마터면 손 서방도 죽을 뻔했다. 줄 초상에 풍비박산. 살면서 내내 불안했어. 그 일을 입 밖에 냈다가는 누군 가가 엿듣고 다시 일을 벌일 것 같아 납작 엎드려 숨죽이고 살았지. 그 무 서운 시절을 가까스로 넘겼구나. 이준이가 그때 그랬다. 시간이 지나면 센 놈이 약해지고 약한 놈이 강해지는 거라고. 시간만이 우리 편이라 했지.

아무 거나 우리 편을 만들고 싶은데 하필이면 느리고 느려 터진 시간이, 고작 시간이 우리 편이라."

"시간이 독이죠. 공소시효가 지났잖아요."

입술에 진한 색 립스틱을 고쳐 바르며 이 여사가 목소리 낮춰 말했다.

"그런 거 상관없다. 법은 원래 우리 편이 아니잖니? 우리는 우리 방식대로 하는 거야. 시간이 우리 편이라 어느새 너는 컸고 나는, 갈 날이 머지 않았구나. 센 놈이 약해졌는지는 몰라도 약한 놈은…… 여전히 약하구나. 강한 적이 없으니 늘 이렇지."

예상치 못한 이 여사의 우울한 어조에 김이는 시들해졌다. 그래요, 사는 족족 진창에, 함정에, 낭떠러지! 김이는 주절주절 한탄했고 정인은 뭘 하다가 나이만 먹었는지 모르겠다며 한숨을 푹 쉬었다. 정해진 운명처럼 아무리 노력해봤자 강해질 수 없다. 세 사람은 세상의 우울을 짊어진 듯 각자 다른 곳을 보며 생각에 빠졌다. 노곤하고 지쳤다. 이제 그만 가자.

너무 약해 쓸모없다고 자책하는 세 사람은 자리에서 일어나 계산대로 갔다. 장정들도 먹다 지쳐 포기하는 '제일 매운맛, 대자'를 완벽하게 해치운 상태였다. 산봉우리처럼 높이 고인 지독한 해물찜을 쓰러지지도 울지도 않고 싹 비웠다. 접시에 새겨진 표식을 아는 아르바이트 학생은 식탁 정돈을 하러 왔다가 핥아 먹은 듯 깨끗한 접시와 계산대 앞에 선 세 여자를 번갈아 보며 휘파람을 휘익 불었다.

"와, 이걸 다 먹었냐? 사람도 아냐."

사무실에 들어간 김이는 컴퓨터를 켜자마자 메일을 확인하고 뉴스를 대충 훑었다. 이제는 회사에서도 아무 소식이 없다. 습관적으로 구인 정보

사이트에 들어가 새로운 게시 글을 읽은 다음 김이는 시계를 들여다봤다. 시계 밑에는 서태후가 적어준 쪽지가 깃발처럼, 이정표처럼 붙어 있다. '술지게미 밥, 육장, 군소조림, 주악에 나박김치와 밴댕이 무왁찌개' 이 메뉴가 일치하는 날을 찾으라고 했다. 과연 언제, 누가 먹었는가. 할머니는 누굴 찾고 있는 걸까.

김이는 스캐너의 액정화면 위로 공책을 엎어놓고 스위치를 눌렀다. 스캐너 밑으로 흐르는 빛은 공책에 든 내용을, 처녀를 바라보는 사내의 눈길처럼 순간 핥고 지났다. 교군의 역사는 어쩌나 시시콜콜한지 1976년 화장지를 구입하는 날과 5월 8일 어버이날, 동네 노인정에 떡과 과일을 후원하려고 구입한 품목까지 고스란히 들어 있었다.

무대가리가 붙은 무청을 잘라 얼근하고 먹음직하게 되면 먹기 시작한다.
긴 가닥을 밥에 척 놓아 먹으면 그야말로 진미다.
된장을 담뿍 풀고 굴러다니는 채소를 넣고 바글바글 끓일 적에……

침 고이게 하는 할머니의 말투가 문장에 그대로 묻어 있었다. 모르는 음식에 대한 조리법이지만 왠지 그 맛을 알 것 같았다. 날마다 손님에게 내놓은 반찬이 달랐고 그 맛에 대한 평가가 적혀 있다. 입맛이란 여러 기호 중에서 가장 보수적이라고 한다. 보수적이라 익숙한 것만 찾고 간사하기 짝이 없는 이 조그마한 혀를 만족시키기 위해 할머니는 수십 년간 고군분투했다. 대체 미각이란 뭐기에 인생 전부를 걸었을까.

어젯밤 김이 혼자 작업하고 있는 사무실에 이 여사가 찾아왔다. 이 여사는 종이쪽지를 건네주며 이렇게 말했다.

"이것부터 찾아라. 술지게미 밥, 육장, 군소조림, 주악…… 이 음식을 먹은 손님이 1970년대에 왔었다. 언젠지는 확실히 몰라. 우리가 손님을 치르고 나면 그날그날 대접한 음식들을 다 적어두었거든. 자료를 정리하다 이게 나오면 해당 날짜의 숙박계에 적혀 있는 주민등록번호와 이름 전부를 내게 알려줘."

"누굴 찾으시는 건데요?"

"음식으로는 확실하게 기억하는데 본인이 아니라고 우기니까 수상하잖아."

"예전 숙박계도 가짜일 수 있잖아요?"

"그땐 통행금지가 있어 경찰이 임검을 나왔지. 주민등록증을 대조하는 절차를 빼먹지 않았으니 그 음식을 제공한 날, 숙박계를 뒤지면 그 인물의 본명과 주민등록번호를 알 수 있을 거야."

그러니까 예전 자료를 뒤져 이 여사가 알려준 음식을 대접했던 날짜를 찾으라는 것, 그 날짜에 숙박했던 인물의 이름과 주민등록번호를 알아내라는 지시였다.

"주민등록번호 보면 나이와 성별이 나오잖아. 자세한 건 이준이더러 알아보라면 되거든. 1970년부터 1978년까지, 8년 동안의 기록이다."

이 여사는 침을 꼴깍 삼켰다. 김이는 이 여사의 입술을 덮은 립스틱의 붉은 빛깔을 보며 검은 입술을 떠올렸다. 검은 입술에는 검은 혀가 들었고 검은 혀는 검은 말을 한다. 그 검은빛은 자신을 어둡게 물들이고 검은 눈으로 세상을 보게 한다. 침침하고 검은 세상은 어디 멀리 있는 게 아니다. 바로 여기에 있다.

"찾으시는 이유가 뭔데요?"

"넌 알 거 없다."

"그럼 할머니가 직접 보세요. 찾는 건 얼마든지 찾을 수 있어요. 뭔지 몰라도 전 겁이 나서 찾기 싫어요. 끼어들고 싶지 않아요."

김이는 모니터를 통해 그간 입력한 자료들을 보여주었다. 마우스로 휘리릭 쓸어내리자 칸마다 들어 있는 많은 글자들이 물처럼 흘렀다. 이 여사는 눈도 깜짝하지 않고 김이를 나무랐다.

"물러 터졌구나. 그렇게 기질이 약하니 당해 싸다."

"뭘 당해요?"

"당한 거지. 회사에 고발을 했으면 그놈들 전부 작살을 내야지. 네가 왜 쫓겨나? 나 같으면 그놈들 가만 안 둔다. 네가 겉보기만 단단하지 속이 영 물러."

잔소리 래퍼가 부활했다. 넌 당해도 싸, 넌 물러 터졌어. 넌 형편없는 겁쟁이야. 다른 것도 아닌 회사의 고발 건을 거론하자 김이는 발끈하며 언성을 높였다.

"똥이 더러워서 피하지 무서워서 피해요? 사장의 면담 요청 제가 먼저 거절했어요. 구질구질하기 싫어서요."

"똥은 더러워서 무서운 거다. 남의 똥이 묻는 것보다 끔찍한 일이 어디 있니. 시작이 찬란해도 끝이 흐지부지하면 결국 타협한 거야. 칼을 뺐으면 찔러야지. 넌 칼을 뺐다가 네 허벅지만 찌르고 말았어. 부장놈 낯짝 주먹으로 한 대 친 게 대수야? 그놈은 자리보전하고 있잖아."

"제 성격이 나쁘댔어요. 사회생활 못할 성격이라고. 업무능력도 그 부장에 비하면 하찮은, 고작해야 연차 3년짜리잖아요."

"구멍 난 바가지 때워줬으면 그만큼 회사에 이익인 건데, 큰 건 안 보

고 어딜 보고 있는 게냐? 고작 제 허물이나 보고 있으니 앞으로 못 나아
갈밖에."

김이는 반박하지 못했다. 달아나는 뒤통수를 들킨 것이다.

"긴 세월, 우리를 무릎 꿇도록 한 놈들도 결국 하나. 다른 이름, 다른 얼
굴을 달고 있어도 내내 같은 놈들이야. 우리 머리 밟고 서서 다 가지는 놈
들. 내 머리 밟힌 걸 내 탓으로 만드는 놈. 머리 조아려 받들어 모시니
계속 당하는 거야. 지금도 안 늦었다. 받은 만큼 꼭 갚아줘라. 나가서 싸우
면 이기고 오라고 배불리 먹이는 거지, 괜히 잘 먹이는 줄 아니? 너는 이런
주옥같은 말을 받아 적지도 않고 뭐하는 거냐?"

주변을 살펴봐도 종이와 볼펜은 없었다. 서태후는 긴 세월 동안 아랫사
람들에게 잔소리랩을 쏴대며 받아 적지 않고 뭐하느냐고 들들 볶았을 것
이다. 그렇게 만들어진 어록이고 자료집일 것이다. 어쨌든 김이는 머리통을
한 대 맞은 기분이었다. 살다가 언어들은 말이 아닌, 바로 그 충고를 얻으
려고 교군에 끌려온 것 같았다.

'술지게미 밥, 육장, 군소조림, 주악에 나박김치와 밴댕이 무왁찌개'. 이
몇 가지 단어 찾기는 지루한 작업이었다. 너무나 많은 요리 이름들. 이름
이 만들어낸 미로에 갇힌 김이는 슬슬 밀려오는 졸음에 눈꺼풀이 무거웠
다. 기계적으로 마우스만 내려 단어를 살폈다. 술지게미 밥이라 했다. 그게
무슨 맛인가. 마우스를 내리고, 내리고 또 내리고. 그 단어들이 뜻하는 의
미는 정확히 몰라도 그 빛깔은 검은색이 확실하다. 뭔가 탁하고 불온한 기
운. 샅샅이 뒤져도 그런 메뉴가 일치하는 날은 없다고 말하면 서태후는 어
떤 반응을 보일 것인가.

이런 짓은 왠지 할머니답지 않다고 김이는 생각했다. 누군가가 수상하

면 직접 물어보면 될 것이다. 직구, 상대에게 당당한 직구를 집어 던지며 살아온 서태후인데 왜 지난 일을 캐는 건가. 1970년부터 78년이라면 어머니가 죽기 전의 일이다. 그래서 흥미가 없었다. 흥미가 없다는 건 좋은 일이다. 관망하자, 멀찌감치 떨어져 관망하자. 대충대충 자잘한 글씨들을 훑던 김이의 눈이 한곳에서 멈췄다.

마침내 이 여사가 말한 단어의 조합을 찾았다. 순서는 달라도 여섯 가지 음식이 일치하는 메뉴였다. 나박김치와 밴댕이 무왁찌개, 술지게미 밥, 육장, 군소조림, 주악을 내놓은 날은 1974년 1월 17일이다. 기가 막힌 기억력이다. 김이는 그 날짜에 해당하는 숙박계 파일에 들어갔다. 이미 나와 있는 날짜라 명단은 바로 나왔다. 해당 날짜만으로는 안심할 수 없어 앞뒤 사흘간 숙박했던 명단 모두를 뽑았고 숙박계를 손수 적은 글씨까지 확대시켜 하나하나 출력했다.

김이
둥근 웃음

흔히 일본 요리라 알고 있는 '회'는 조선의 저서 『산림경제』에 저술되어 있다. 그 책에는 생선회에 곁들이는 겨자장과 날생선과 숙회의 조리방식이 자세히 기록되어 있다. 우리 것이라 알고 있는 것도 남의 것일 수 있으며 남의 것도 충분히 우리 것이다. 내 입에 들어오면 내 배에 든 것이나 원래 내 것도 남에게 단숨에 넘어간다는 말이다. 그래서 너는 나고 나는 너다. 네가 나라는 것만 인정하면 삶은 참 쉽다.

- 『이딴 얘기 받아 적어서 뭐하려고』 (교군 이력은 여사 채록본 4)

비밀번호를 모르는 상태에서 마주친 번호 키란 일반적인 자물쇠보다 더 고약하다. 가능성은 무한대이고 숫자 조합이란 지루하고 견고하다. 김이는 아버지의 아파트 문 앞에서 계속 번호를 눌러댔다. 휴대전화가 없는 아버지는 공장 안에 있어도 연락이 쉽게 닿지 않았고 아버지를 찾아준다던 박 씨 아저씨는 함흥차사였다.

김이는 자신의 생일과 아버지 생일, 아버지와 자신의 주민등록번호를 번갈아 눌렀다. 어머니의 생일과 기일을 쳐봐도 충성심 높은 문짝은 열릴 기미가 보이지 않았다. 번호 키와 한 시간 넘게 씨름하던 김이는 허리를 주먹으로 두들겼다. 아버지에게 힛걸즈 음반을 들려주려 중고 턴테이블까지 싣고 두 시간이나 달려 도착한 뒤라 등을 댈 수 있는 장소라면 어디든

앉고 싶었다.

누굴 탓하겠어. 오랫동안 와보질 않아 번호 키로 바뀐 줄도 몰랐으니. 이것만 제외하면 아파트는 예전 그대로였다. 김이가 학창시절에 붙여둔 중국집 스티커와 벽의 낙서도 흐릿하나마 현관문 옆에 그대로 존재하고 있었다. 있는 그대로 살아가는 것밖에 모르는 아버지는 이 집에서 영원히 살 것이다. 어쩌면 이 집에서 생을 마감할지도 모른다.

전화가 울렸다. 아버지의 전화를 받자마자 김이는 퉁명스럽게 물었다.

"나 지금 아버지 집에 와 있어. 현관 비밀번호 대."

"비밀번호? 그게 뭐야?"

"현관문 여는 번호. 아버지가 만들었잖아. 나한테 가르쳐주기 싫어?"

"아, 칠육일일공이."

김이는 아버지가 불러주는 대로 번호를 꼭꼭 눌렀다.

"이 번호 무슨 뜻이야?"

"그게 뭐냐면……"

"기억 안 나면 관둬. 그냥 물어본 거야."

"미란 씨와 결혼한 날."

"결혼기념일?"

차그르르 돌아가는 소리가 들리더니 현관이 철컥 열렸다. 용건을 마친 전화도 바로 끊어졌다.

김이는 턴테이블 박스와 케이크 상자를 들고 집 안으로 들어가며 아버지의 집이 아닌, 아버지의 마음속으로 들어가는 기분이었다. 통 알 수 없는 아버지의 마음. 어머니와 결혼한 날이 인생 최고의 기쁨이었나. 잡지에서 본 두 사람의 결혼사진이 떠올랐다.

집 안은 예전 그대로였다. 아니, 이사 온 날로부터 지금까지 그대로였다. 정리정돈을 잘하는 아버지답게 흐트러짐 하나 없었지만 마치 오래전에 시간이 멈춘 것처럼 정지되어 있는 풍경이었다. 야자수가 그려진 커튼은 너덜거렸고 지겨운 옥색 깔개 역시 보푸라기가 잔뜩 일어 그대로였다. 12년 전 아버지와 살려고 들어왔던 아줌마가 치장했던 물건들이 세월에 묵은 채 고스란히 남아 있었다. 김이는 창문을 열어 환기하고 교군에서 가져온 반찬통을 냉장고에 가지런하게 넣었다. 텅 빈 냉장고에는 보리차 외에 사과 한 조각도 들어 있지 않았다. 냉동고에만 어디서 얻어 온 답례품 떡이 돌처럼 얼어 있었다.

덩그러니 놓인 앉은뱅이 화장대는 구미아줌마가 놔두고 간 것이다. 김이가 여고생이던 시절, 온갖 역정을 내고 나갔던 세 번째 아줌마. 그 아줌마는 한 1년 정도는 버텼다. 역대 기록으로 따져 보면 길지도 짧지도 않았지만 구미아줌마가 보여준 살림솜씨만은 그중 최고였다.

어느 날, 보충수업 마치고 집에 돌아오자 아줌마가 어두컴컴한 방에서 혼자 소주를 마시고 있었다. 심기를 거슬리지 않으려 친구 집에 간다고 나선 심이를 아줌마가 불러 세웠다. 아줌마는 방바닥에 조그마한 흑백 사진을 내던지며 "네 엄마 맞지?" 하고 물었다. 아줌마는 이것 말고도 또 있다며 장롱 서랍을 열어 와이셔츠 상자에 든 또 다른 사진을 꺼냈다. 가슴골이 드러나게 찍은 어머니의 사진이었다. 어설프게 섹시함을 강조한 탓에 외려 촌스럽게 보이던 브로마이드용 사진.

"손 선생님은 이 사람뿐이야. 나를 소 닭 보듯 하고 이 사람만 품고 잔다. 이 사진하고 하니까 나하고는 자꾸 안 하려 들고. 하려고 하다가도 금방 죽어버리고."

"뭘 해요?"

"아냐. 너 붙들고 할 말은 아니지. 그래도 그렇지, 어떻게 옆에 자는 나를 놔두고 혼자 하니? 나는 뭐 여자도 아닌가? 나는 하노라고 열심히 하는데 이럴 수가 있나."

"아버지는 바보잖아요."

"아이고, 애하고 무슨 말을 해, 내가."

아줌마는 가슴을 팡팡 치며 소주잔을 가파르게 기울였다.

김이는 아줌마를 위해 해줄 것이 아무것도 없는 자신이, 무력한 자신이 답답했다. 아줌마 덕분에 제대로 된 식사를 할 수 있었고 깨끗하게 세탁된 옷과 가지런하게 정돈된 집 안에서 지낼 수 있었다. 따스한 밥과 짜디짠 된장찌개를 만들어주는 아줌마가 고마웠다. 그 아줌마 아니라 누구라도 엄마 역할 아내 역할을 해주는 사람은 대환영이었는데 정작 문제는 아버지였다.

아버지는 누가 오든 가든 일관되게 무심했고 아줌마들 이름조차 까먹어 어이, 라고 불렀다. 아줌마가 애교를 떨며 말을 붙이면 웃기만 했다. 헤픈 웃음에 거절 모르는 성격. 그게 전부였다. 마음 붙이려고 들어온 아줌마, 무작정 같이 살겠다고 들이닥쳤던 아줌마들은 대개 불평불만에 가득 찬 상태로 얼마간을 버티다가 하나둘 사들였던 살림살이를 싹 정리해서 나갔다.

김이는 다시 구미아줌마를 놓치고 싶지 않았다. 설득을 해야 했다.

"아버지를 다른 남자 어른처럼 생각하시면 안 되잖아요. 아버지는 단어 뜻을 몰라요. 곱하기 나눗셈도 몰라요. 말로는 늘 안다, 나도 안다고 하지만 아버지는 아는 것보다 모르는 게 더 많아요. 보통 사람들보다 훨씬 모르는 게 많은 바! 보! 잖아요."

"암만 몰라도 그걸 몰라? 버젓이 널 만들었는데 모르기는 뭘 몰라. 관두자. 남세스러워 어디 하소연할 데도 없고. 분해 죽겠다."

사진을 구겨버리려는 아줌마의 손을 김이가 붙잡았다.

"제가 숨겨둘게요. 아버지 못 보게 꼭꼭 숨겨둘게요."

"사진도 희한하게 찍었다. 옆에 없어도 서방 가슴속에 훨훨 타오르게 생겨 먹었어. 그런데 네 어머니 언제 돌아가셨니? 남들은 상처하고 한 해 지나면 바로 새 여자 들이던데. 홀아비 된 지 오래되었다고 하던데 아닌 거니?"

김이는 대답하지 않았다. 그렇게 장구한 세월이 지났다면 믿어나 줄까. 그저 바보, 아버지가 바보라서 그런 거라고 할 수밖에. 아는 것도 없고 떠난 사람 잊을 줄도 모르는 바보. 평범한 사람들과는 두뇌구조가 아예 다르다고 위로해도 아줌마들은 하나같이 짜증만 냈다. 아버지를 들들 볶고 김이에게 화를 내다 있는 돈 없는 돈 털어먹고 휑하니 떠나간 아줌마가 자그마치 넷이었다. 아버지는 아줌마가 없어지면 "어, 갔어?" 하고 말했다. 그러곤 허허 웃었다.

김이가 쓰레기를 봉투에 담아 현관에 내놓는데 퇴근한 손 씨가 들어왔다. 수십 년째 변함없는 8시 5분 귀가. 손에는 묵직한 검정 비닐이 들려 있었다. 손 씨는 김이에게 어쩐 일로 왔느냐는 말도 없이 허허 웃으며 손을 씻고 텔레비전부터 켰다. 절룩거리는 걸음새는 전과 다를 바 없었다. 막 시작한 일일드라마를 보며 봉지에 든 순댓국과 밥을 풀어 저녁 식사를 하느라 손 씨는 아무 말도 하지 않았다. 김이는 냉장고에서 반찬을 꺼내 접시에 하나씩 옮겨 담았다.

"이거 교군 할머니가 아버지 생신이라고 특별히 만들었어. 모레가 아버지 생신이잖아?"

"그래? 허허허, 그래도 이거 식을까봐. 너도 먹어."

김이의 몫까지 봉지 밥과 봉지 순댓국과 반찬이 두 개씩이었다. 빈 그릇에 봉지째 올려놓고 먹는 순댓국과 밥, 국을 퍼먹을 때마다 버스럭버스럭 비닐 소리가 나는 남루한 봉지 밥은 보기도 싫었다.

"아버지, 그릇에 담아줄 테니 이리 내요. 설거지 내가 하고 가면 되잖아."

"놔둬, 다 먹어간다. 너도 먹어."

"난 안 먹어. 할머니 반찬 들어요. 이게 진짜 맛나잖아."

"응."

손 씨는 아깝다며 한 젓가락만 맛보고는 눈을 감고 행복하게 허허 웃었다. 갈색으로 조린 가오리찜은 달고 매콤했다. 빗살무늬 살점에 올려놓은 실고추와 연녹색의 하늘하늘한 당근 이파리가 가오리라는 생선이 지닌 괴이함을 산뜻하게 치장하고 있었다. 그럼에도 손 씨는 봉지에 든 국만 연신 퍼먹었다.

봉지 밥은 김이의 아이디어였다. 김이가 어릴 때는 공장 동료네 집에서 밥을 대먹었다. 주는 돈에 비해 점점 반찬이 부실해졌고 시간 맞춰 저녁 먹으러 가면 생선 굽는 냄새가 진동하는데도 손 씨 부녀의 밥상에는 짠지와 멀건 국이 전부였다. 그런 눈칫밥이 싫어 식당에서 사다 먹자고 김이가 졸라 봉지 밥을 먹기 시작했다. 그래도 그렇지, 이제는 보기만 해도 질린다.

"지난번 결혼식 갔을 때 공장장 아저씨가 연변아줌마 얘기하던데."

드라마에 정신이 팔린 아버지는 그래, 그래, 건성으로 대꾸하더니 연속극 스토리를 김이에게 들려줬다.

"저 여자가 이 남자랑 원래 좋아하던 사이거든, 아까 그 노란 옷 입은 여자가 끼어들었어. 노란 옷 입은 여자 아버지가 부자야."

누가 드라마 내용 알고 싶다고 했나. 생일케이크를 꺼내도 손 씨는 드라마의 시시한 스토리만 어눌하게 되풀이했다. 예전에는 김이도 아버지 옆에 앉아 무력하게 드라마만 봤었다. 세상의 모든 사람들이 그렇게 사는 줄 알았다. 대화도 하지 않고 텔레비전 앞에서 애국가가 나올 때까지 우두커니 앉아 스토리대로 꾸며진 인생을 들여다보며 살아야만 하는 줄 알았다.

손 씨는 케이크를 조금씩 아껴 먹어가며 다시 드라마 삼매경에 빠졌다.

"아버지, 이제 몇 살이야? 아픈 다리는 하루빨리 완치시켜야지 질질 끌다가 나이 더 들면 고생한다고."

"알아, 나도 알아."

"그리고, 나…… 좋아하는 사람 있어. 이번에는 진짜야. 진지하다고."

"그래? 허허허."

손 씨는 괜히 부끄러워하며 너털웃음을 터뜨렸다. 남자의 나이가 몇이냐, 무슨 직업을 가지고 있느냐고 물을 줄도 모르는 손 씨에게 김이는 가지에 관해 쭈뼛쭈뼛 말했다.

"그 사람, 약간 멍청해. 아니 아주 멍청해. 아버지 닮은 것 같아. 왜긴 왜야. 원래 딸은 아버지 닮은 남자를 찾는다더니, 나도 그러네? 다른 건 몰라도 맛있는 음식 하나는 제대로 얻어먹을 거야. 직업이 요리사야. 요새는 그런 직업이 유망하잖아. 아무튼 아버지 닮아서 정말 바보 같아."

아주 재미있는 공통점을 찾았다는 듯 김이는 웃음을 참지 못했다. 자신이 알고 있는 가지의 장점을 밤새 털어놓을 기세였다. 회색 유니폼 옆에 가지런히 놓인 단팥빵과 우유가 보였다. 공장에서 오후에 나눠주는 간식거리다. 김이가 빵을 들어 보였다.

"아직도 간식은 이 빵이야?"

"응. 맛있어."

"맛있기는 뭐가 맛있어. 정말 촌스럽다."

김이는 빵봉지를 만지작거리며 추억했다. 공장에서 간식으로 나눠주는 빵과 우유는 아껴뒀다 다음 날 아침밥으로 해결했다. 새벽 6시 반이면 어김없이 일어나 출근 준비를 했다. 배불러서 다 못 먹는다고 김이가 고집부려 빵과 우유를 반반 나눠 먹으며 공장과 학교로 향했었다. 저녁이면 공장 앞 순댓국이고 아침에는 그렇게 빵조각을 나눠 먹었다. 이제는 아버지 혼자 먹는 아침 식사가 되었을 것이다. 몇 년째 계속 혼자.

손 씨가 드라마를 보는 동안 김이는 공과금 영수증을 확인하고 뒷정리도 마쳤다. 현관 옆에 놔둔 턴테이블을 옮겨 코드에 연결하는 동안 손 씨는 케이크 접시를 싹싹 핥으며 사극에 정신이 팔려 있었다.

"난 갈 테니까. 이 노래 들어봐요. 생일 선물이야."

"응."

텔레비전에서는 칼 든 무사 둘이 엎치락뒤치락 싸우고 있었다.

"이만 갈게."

손 씨는 현관으로 나와 김이를 배웅하며 힛걸즈의 레코드판을 들어 올렸다.

김이는 엔지에 올라타기 전 아버지의 아파트를 올려다봤다. 깨진 유리창에는 청 테이프가, 원형 빨래 건조대에는 아버지의 검정색 양말이 걸려 있었고, 베란다에 정갈하게 손질된 화분은 초록 이파리가 길게 뻗어 있었다. 아버지의 재주라고는 동네 사람들이 죽은 줄 알고 내버린 화분을 거

두어 윤기 나게 키우는 것이다.

김이는 거칠게 가속페달을 밟고 아파트를 서둘러 빠져나갔다. 아버지는 건강하다. 저 정도면 문제없다. 알아서 하라지. 한참을 달렸다. 검정 봉지가 자꾸 생각났다. 잊으려 애써도 자꾸 생각이 났다. 아버지 인생이 그 검정 봉지 안에 답답하게 묶여 있었다. 그걸 알고도 모른 체하는 자신이 싫었다. 하고 싶은 말이 있었는데 이번에도 하지 않았다. 곧 돌아오는 아버지 생신 당일에는 시간을 비워두라고 말하려 했다. 가지가 천안에 좋은 식당을 알고 있다고 했다. 아니다. 그게 아니고 하려던 말이 하나 더 있었다.

김이는 급히 차를 돌렸다. 유턴 차선이 아닌 탓에 뒤편 어딘가에서 신경질적인 경적 소리가 빠앙 들렸다. 엔지는 왔던 길을 서둘러 달렸다.

언제였던가, 전화로 결별을 통고했을 때였을 것이다. 작별을 덤덤하게 받아들이던 목소리, 왠지 신음 같던 아버지의 목소리를 김이는 기억하고 있었다.

"내가 친딸이 아니라던데. 아빠는 그거 알고 있었어?"

"알아, 나도 다 알아."

"알긴 뭘 알아."

"……응."

"제발 아는 척 좀 하지 마. 몰랐으면서. 아빠, 우리 이제 그만 만나."

"응?"

"이제부터 나더러 증명서 떼라, 병원으로 와라, 호출하지 말라고. 나 친딸 아니잖아. 그러니까 의무 없는 거지."

"그래, 그래."

꺼진 촛불에서 피어오르는 연기처럼 시들한 어조였다. 그렇지만 고작 그래, 그래, 라니. 오랜 시간 고민했던 김이가 원하는 답은 아니었다. 죽겠다고 엄포를 놓는 자에게 쥐약을 손에 쥐여준 것 같은 대답이 아닌가.

"아빠는 언제부터 알고 있었어? 난 그것도 모르고 이렇게 살았잖아."

"알았는데…… 잊어버렸었네."

수화기 너머로 아버지의 싱거운 웃음소리를 들은 김이는 이게 웃을 일이냐고 쏘아붙였었다. 그게 무슨 소리야, 누가 뭐래도 너는 내 딸이야. 그렇게 말해줬으면 응석 부리는 차원으로 끝냈을 텐데.

작별을 고한 뒤에 얼마간은 속이 시원했지만 막막한 것도 사실이었다. 제일 아쉬운 건 우습게도 돈이었다. 전세금은 빌린 셈 쳤고 다급하다고 아우성을 피우며 뜯어간 카드 값은 소소하나마 적지 않은 돈이었다. 반드시 이자 쳐서 갚을 거예요, 스스로 면목 없음을 냉랭한 말투로 덮어버리는 김이에게 손 씨는 늘 그렇듯 그래, 그래, 라고만 했다. 백수 기간, 아버지에게 다시 손 벌리기 싫어 공장의 박 씨 아저씨에게 전화한 적이 있었다. 박 씨는 볼멘소리부터 했다. "나도 없다. 내가 급히 돈 좀 꿔달라니까 네 아버지가 우리 딸 시집보낼 밑천이라 하루도 빌려줄 수 없다고 슬금슬금 나를 피하는 거야. 우리 사이가 햇수로 20년인데 그 인간이 그러더라고. 너 시집 언제 갈 거냐?"

엔지를 주차 라인 너머로 아무렇게나 세워놓은 김이는 아파트를 향해 달렸다. 자전거가 세워져 있는 현관 입구를 지나 어두침침한 계단을 오르는 김이의 귀에 익숙한 노랫소리가 들렸다. 힛걸즈의 노래가 쿵쿵 울려 퍼지고 있었다. 연이어 벨을 눌러도 문은 열리지 않았다. 김이는 문가에서 〈느티나무 아래서〉를 들었다. 아버지는 저 노래를 알고 있을까. 그 목소리를 기억하고 있을까. 쾅쾅쾅 문을 두들기던 김이는 번호 키의 덮개를 열고 번호를 눌렀다. 아버지와 어머니의 결혼기념일 숫자를 천천히 꼭꼭 눌렀다.

손 씨는 오래된 노래의 한복판에 엉거주춤 서 있었다. 눈물이 그렁그렁 해서는 힛걸즈 앨범 재킷을 삼켜 먹을 듯 바라보고 있었다. 노래는 말랑하고 따스했다. 아주 옛날부터, 아주 먼 곳에서, 당연하게 존재하고 있던 멜로디가 육중한 문을 열어 김이 부녀를 안으로 끌어들였다. 김이를 본 손 씨는 눈물을 훔치고 웃었다. 입을 벌려 뭐라고 말했지만 노래 때문에 김이는 듣지 못했다. 특유의 바보 같은 표정은 눈물에 젖어 몹시 축축했다.

김이는 들리지 않는 말을 알아듣는 척 고개를 끄덕이며 그의 등을 토닥거렸다. 아버지에게 두루마리 휴지를 건네며 김이는 가슴에 든 말을 우물거렸다. 하고 싶은 말은 있지만 차마 입에서 떨어지지 않았다. 해서는 안 되는 말이 아니라 성격상 하고 싶지 않은 말이었다. 언젠가는 말하려 했지만 아무리 애써도 입 밖으로 나오지 않았다.

아버지가 바보라서 창피했지만 그게 전부는 아니었다. 앞으로도 좋아할 거라 장담은 못하지만…… 아버지의 웃음을 좋아했다. 참 좋아했다. 그 웃음이 지금도 좋고 앞으로도 계속 보고 싶다. 아버지는 지붕에서 떨어져도 웃었고, 딸이 월급봉투째 소매치기 당해도 웃었고, 매워도 웃었고, 웃길 때는 정말 많이 웃었다. 아버지의 천진하고 바보 같은 웃음은 환한 햇볕 같고 따스한 아랫목 같았다. 그 웃음 때문에 늘 든든했다. 아버지는 평생 낮은 자이고 누군가의 등을 밟고 오를 가능성이 없지만 그 웃음, 그 관대한 웃음으로 날 선 세상을 둥글게 이겨내고 있었다. 웃음은 진정한 승리의 표상이다. 김이는 가슴에 든 말을 그대로 가둬두고 손 씨의 등을 두들겼다. 그러니까 울지 마, 아버지. 하던 대로 웃어. 많이 웃어.

김이
매운 사람들

원효대사의 해골바가지 이야기를 나도 겪었다. 어린 시절 춘궁기에 닷새를 굶자
세상의 모든 냄새가 향기롭게 요동쳤다. 한밤중 냄새에 홀려
눈 쌓인 숲으로 들어갔다. 꽁꽁 언 발은 감각도 없었다. 어떻게 그 눈을 헤치고
들어가 고사리순과 버섯과 무를 파냈는지 기억에 없다. 파릇파릇한 나물을
품에 넣어가지고 와 나물죽을 끓여 사당패 할멈과 나눠 먹었다.
다음 날 다시 찾아갔으나 그곳은 벌목하고 남은 허허벌판에 바로 앞은
깊은 개울이었다. 이후 열흘에 걸쳐 뒤졌으나 그 숲을 찾을 수 없었다.

- 『이딴 얘기 받아 적어서 뭐하려고.』 (교군 이력은 여사 채록본 2)

벼루에 먹을 가는 동작이 매우 익숙하고 노련하다. 붓을 든 이준은 텅
빈 화선지 앞에서 잠시 망설였다. 아마 글귀를 떠올리는 모양이다. 김이는
그 옆에서 팔짱을 끼고 서 있었다. 화선지 위에서 머뭇거리던 붓은 일필휘
지, 단번에 글자를 적어 내려갔다. '봄의 풍류를 즐기다.' 완성된 글자를 살
피던 이준은 고개를 내젓더니 돌아보며 "글자가 작아. 종이 더 있나?" 하고
김이에게 물었다. 김이가 새 종이를 탁자 위에 깔아주자 이준은 천천히 숨
을 골랐다.

"손 선생은 여전하시지?"

"네."

이번에는 글자가 넉넉하고 크게 적혔다. 그럼에도 만족이 되지 않는 듯

이준은 종이를 들어 보며 고개를 갸우뚱거렸다.

김이가 아버지를 만나고 교군으로 돌아오던 날 이준이 도착해 있었다. 그가 트럭에 싣고 온 고추를 일꾼들이 일일이 분류하고 있었다. 이 여사와 이준은 심각한 얼굴로 사무실에 들어가 밀린 얘기를 나눴다. 김이가 사무실로 들어가면 뭔가를 감추는 듯 두 사람의 대화가 끊겼고 김이가 나가면 두런두런 목소리가 이어졌다. 뭔가가 진행되고 있는 거다. 그게 뭔지는 몰라도 자신이 넘겨준 1974년도의 숙박계 명단 때문이라는 것을 김이는 어림짐작했다.

이준은 마당을 서성이며 내내 전화기를 붙들고 있었고 간밤에는 트럭을 몰고 서울에 올라갔다 오늘 아침 돌아왔다. 뭔가 중요한 일에 몰두한 듯 심각한 얼굴이라 김이로서는 이준에게 말 붙이기 쉽지 않았다. 오늘은 생산자 초빙 행사에 내걸 휘장을 적는다기에 김이가 화선지를 사다주었다. 올해의 주제는 봄나물이다. 흔한 재료로 특별하게 만드는 요리. 진귀한 재료를 이용하는 것보다 더욱 세심한 창의성을 발휘해야 하기에 조리부 직원들은 계속 새로운 나물 요리를 만들어 이 여사에게 선을 보였다. 합격보다 불합격이 많았다.

이준은 바닥에 깔아둔 신문지에 글씨 연습을 연거푸 했다.

"손 선생이 여전하시다 하니 다행이고 여사님도 참 여전하구나. 요리 놀음으로 사람들 홀리는 재주, 죽어도 못 고치는 병이지."

"덕분에 잘 먹어서 우리야 좋지요."

이번에는 좀 더 넉넉하고 큼직하게 글씨를 적어 내려갔다. 한결 안정된 서체다.

"내 보기에는 아슬아슬하다. 브레이크 없이 질주하다 막다른 골목이 나오면 어쩔 건가. 식탐이 만병의 근원인데."

"생산자 초빙 행사를 준비하느라 할머니 얼굴이 활짝 폈어요. 요 근래 얼마나 흥이 나셨는지. 쾌락주의자는 오늘만 사는 거라고 하잖아요. 어제도 내일도 없고 그저 오늘, 이 순간이라고."

"어제가 없을 리가 없지. 우리 이 여사, 과거를 잊는 타입이 아냐. 이번에 급하니 빨리 오라고 어찌나 볶아대던지. 오자마자 속전속결로 찾아내기는 했다만. 어떠냐? 이번 글씨가 제일 낫지?"

세 번째로 쓴 글자가 마음에 든다며 이준은 화선지를 꼼꼼하게 살폈다.

"제가 드린 숙박계 명단에 할머니가 찾는 사람이 있었나요? 찾았어요?"

"이거 봐라. 글씨체란 올해 다르고 작년 다르고, 매번 달라. 사람을 글씨체로 찾아낸다는 말이 얼마나 우습냐."

"못 찾았어요?"

"우리 여사님이 글씨체로 짚어낸 자를 묻는 거냐? 네가 준 명단을 국회에 있는 친구놈에게 알아봐달라고 넣었더니 생각지도 않은 거물이 하나 나오기는 했다. 왜 교군에서만 본명을 숨기는지 몰라도 다른 곳에서는 제 이름으로 멀쩡하게 지내고 있더군."

"그분인가요? 선글라스를 쓴 노인?"

"난 얼굴은 몰라. 해병대 출신으로 통일주체 국민회의 의원에, 건설공사 이사 노릇에. 한때 민자당 공천을 받았다가 사퇴. 이 양반이 사람을 죽인 적이 있다네. 자신의 심복을 사냥총으로 쏴 죽였는데…… 아무나 겪을 만한 일은 아니지. 사냥을 나갔다가 오발했다고 주장했고 결국 무죄 판명. 파월군인 출신이 그런 오발이 가능한가 모르겠다만. 작정하고 쐈다면 국가적인 특등명사수로 봐야 할 만큼 원거리에서 빵! 죽은 심복의 동생들이 그자를 옹호하는 탄원서를 제출했다는데 그보다는 비싼 변호사 덕분이겠지. 그 후로는 공식적인 기록이 없다고 하더라. 그야말로 수면 아래로 숨어버린 거지."

"지금은 호치민에 살죠. 정인 아줌마 말씀이 5, 6년에 한 번씩 한국에 오기 때문에 올림픽 손님이라고 부른대요. 그 노인이 어머니를 안다고 했어요. 어머니 노래도 알고 있었고. 그 사람이…… 어머니를 해친 범인인가요?"

"쳇, 내가 범인이라면 여긴 안 와. 뭐하러 와?"

"그럼 그분이 제 친아버지인가요?"

"아냐. 너까지 동요할 필요 없어. 여사님은 그저 마음의 짐을 덜려는 거야. 이날 이때까지 미란 씨의 죽음을 자책했거든."

"할머니 때문에 어머니가 그리되었다는 말씀을 자주 하셨어요. 어쩔 땐 저 때문이라고도 했고."

"인생사 연유와 곡절이 그리 간단하더냐. 혼자 속을 끓이고 있으니 그걸 누가 말려. 이제 와 그런 게 다 무슨 소용이 있나."

김이는 화선지를 돌돌 말고 바닥의 신문지를 치웠다. 신경이 다른 곳에 가 닿았기 때문인지 벼루를 옮기다가 먹을 쏟고 말았다. 시커먼 먹이 김이의 손가락을 검게 적셨다.

"글씨체가 그자의 것이라는 말에 아연했다. 흔하고 흔한 게 글씨체 아닌가. 어떤 자가 누군가를 모함하려고 거짓 사연을 만들었는데 그 글씨가 후일 자신을 드러내고 말았다? 그런 건 국과수에 의뢰해 정확히 가려볼 사안이지 심증만으로는 안 돼. 흔히 말하는 여자들의 감이라는 거, 생사람 때려잡을 수도 있는 일이거든."

"할머니 마음이 나아진다면 뭐든 해야죠. 당한 만큼 갚아주고 그것도 못하면 먹살 잡고 욕이라도 해줘야죠."

벼루와 붓을 원래 있던 상자에 집어 넣고 김이는 휴지로 손을 닦았다. 시커먼 먹은 쉽게 지워질 것 같지 않았다.

"허허, 그놈의 성미. 김이도 이 집안 사람 맞구나. 맵다, 매워."

"그 손님의 본명과 경력을 찾은 게 성과의 전부인가요?"

"나는 모르겠다. 여사님이 그 양반과 허심탄회하게 술 한잔 한다더라. 묻고 싶은 게 많은 모양이야. 이만큼 세월이 흘렀는데 거리낄 게 뭐 있겠니."

"이준 아저씨는 이제 술 안 하세요?"

"왜, 술 생각나?"

"맵게도 안 드신다면서요? 건강을 위해 저염식에 소식하신다고."

"무슨 맛으로 세상 사느냐고 묻는 거니? 푸른 나무와 푸른 새벽의 고요가 죽어가는 나를 살렸지. 이젠 폭력이 싫구나. 폭력의 세월을 기듯이 보냈기에 이젠 정말 싫어."

김이는 먹으로 시커멓게 된 손가락을 펼쳐 보이며 이준에게 물었다.

"싫다고 벗어나게 되나요? 세상이 전부 이렇잖아요."

"그거야 잠깐 묻은 것이지. 세상이 다 그렇지는 않다. 난 매운 사람들이 무섭다. 이따위 매운 세상, 그 안에 든 자신도 맵다고 아우성이면서 그걸 이기겠다고 계속 매워지는 건 뭐하는 짓이냐."

"그런가요?"

"어서 손이나 닦아라, 김이야."

당장이라도 비가 들이칠 것처럼 종일 어둡고 습했다. 변덕이 심한 날씨는 환절기라는 고비를 겪고 있는 듯 봄답게 온화해졌다가도 도돌이표를 그리듯 다시 서늘해지곤 했다. 도심과 떨어진 산간 지역이라 해만 떨어지면 서늘한 산기운이 도둑처럼 숨어들었다. 김이는 사무실 탁자에 엎드려 자고 있었다. 이불도 없이 한쪽 팔을 베고 누운 불편한 잠. 어두침침한 사무실 안에 컴퓨터 모니터만 네모난 빛을 발하고 있었다.

사무실로 들어온 가지가 움찔거리는 김이를 바라보았다. 인상을 찌푸리며 몸을 푸드드 떨기도 했다. 잠꼬대 심한 아가씨로군, 가지는 탁자 위의 스탠드를 켜고 의자에 걸쳐둔 스웨터로 김이의 어깨를 덮어주었다. 불빛이 눈부신지 김이는 끙 소리를 내며 돌아누웠다.

"악몽 꿨어?"

김이는 가지가 덮어준 스웨터를 움켜쥐고 부스스 눈을 떴다. 잠에서 덜 깬 멍한 얼굴이 지옥에서 도망쳐 온 것 같았다.

"올라가 계속 잘래? 저녁 안 먹었잖아."

"목이 말라. 이준 아저씨와 먹은 점심이 지독하게 매웠어. 아저씨가 매운 걸 먹지 않아 나만 먹었다고. 여긴 매일매일 매워."

김이의 잠긴 목소리가 끝을 맺기도 전에 가지는 밖으로 나갔다. 마당을 가로지르는 발소리가 멀어지자 김이는 긴 숨을 푹 내쉬었다.

창밖으로 보이는 하늘이 벚나무 가지 사이로 스며들어 있었다. 탁하고 무거운 빛깔이었다. 얼마나 잤나. 어수선한 잠이었다. 창으로 들어오는 별채의 물소리와 사람들의 목소리에 어머니의 노랫소리가 배경음처럼 들렸던 선잠. 잠결에 그 목소리를 또 들었다. 얘를 어쩌려고 낳은 거야! 누구였는지 모른다. 날카로운 여자 목소리였다. 돌아누운 등을 훑어 내리던 목소리, 도무지 사라지지 않는 목소리. 어렴풋하게 기억나는 장면이란 여름밤의 한가로운 풍경이었다. 까슬까슬한 모시 요에 누워 모기향을 맡으며 눈을 감고 있었다. 탁, 파리채를 내리치는 진동이 느껴졌다. 몸을 뒤챌 때마다 목덜미와 등짝에 바른 땀띠분이 맵싸한 냄새를 풍겼다. 조그만 손은 단내를 풍기며 끈적거렸고 손목에 작은 참외 씨가 붙어 있었다. 탁! 탁! 파리 잡는 소리에 여자의 흐느낌 소리가 섞여 들렸다.

"쟤를 가만두겠어? 얘를 어쩌려고 낳은 거야? 우린 전부 죽게 될 거야. 이러다가는 전부 죽어요!" 사람들이 움직일 때마다 기다란 그림자가 벽장 문에 어룽거렸다. 다 죽게 될 거라니. 왠지 다행이라는 생각이 들었다. 파리채 내리치는 소리가 탁! 탁! 점점 가까이 다가왔다. 자신을 내리쳐서 때려잡을 것 같아 김이는 몸을 웅크렸다. 보육원에서도 내내 그 순간을 생각했다. 텔레비전에서 본 드라마의 한 장면처럼 겁에 질려 웅크린 아이가 보였다. 목소리도 보였다. 와릉와릉 울리는 목소리가 도깨비불처럼 허공을 떠다녔다. 그 섬뜩한 목소리가 모두를 죽이려 했다. 닥쳐올 앞날을 두려워하는 자의 목소리가 아니라 모두를 죽이려는 자의 서슬 퍼런 통보 같았다.

한참 자란 뒤에도 가위에 눌리거나 심한 몸살로 앓아누우면 그 목소리가 고막을 찢고 들어왔다. 때로는 깐죽거렸고 때로는 호령했다. 스토리를 듣고 난 친구들은 그래서 누가 죽었느냐고 물었다. 누가 죽었는지 잘 몰랐다. 죽은 사람이 없으니 문제없다는 위로는 소용없었다. 그 말의 뜻보다 그 목소리가 끌고 온 공포가 현실처럼 생생하다는 게 문제였다. 잊을 만하면 그때 기억을 떠올리는 자신이 문제였다.

사무실 문이 열리고 가지가 들어왔다.

"자, 물 마셔."

그가 들고 온 쟁반에 살얼음이 자박한 냉면과 앙증맞게 썬 멜론케이크
가 있었다. 물을 마시고 난 김이는 우묵한 냉면 그릇을 가까이 끌어당겼
다. 이름도 거룩한 교군의 '피냉면'이다. 피처럼 붉은 국물에 둥글게 웅크린
면발. 김이는 젓가락으로 면을 풀며 식초를 끼얹었다. 상큼한 향기에 샛노
란 겨자를 듬뿍 넣자 노란색과 붉은색이 엉켜 타는 노을빛이 되었다.

　"그렇게 깨작거리지 말고 포효하는 사자처럼 먹어봐. 야성적으로 면발
을 빨아들이라고."

　가지의 종용에 김이는 고개를 푹 숙이고 냉면 대접에 젓가락을 넣었다.
메밀 향기 그윽한 면은 찰지고 국물은 감칠맛이 강했다. 톡 쏘는 겨자의
향미와 붉은 매운맛이 면발에 감겨 서로 겨뤘다. 후룩후룩 소리가 조금씩
빨라지자 "맛있어?" 가지가 환하게 웃으며 물었다. 김이는 불룩한 볼을 하
고 고개를 끄덕였다.

　"내가 만든 가지볶음이 이번 생산자 초빙 행사에 제공하는 요리 중 하
나로 선정되었어. 이따 시식하게 해줄게."

　"축하해."

　빈 그릇을 내려놓자마자 김이의 배에서 꾸르르 소리가 났다. 감추려 해
도 이미 널리 울려 퍼지고 말았다. 김이가 쑥스러워하며 몸을 구부리자 가
지가 그 배를 툭 건드렸다.

　"뭐, 어때. 수신확인 신호네. 냉면 잘 도착했다고 말하잖아. 지금 이 배
속에 내가 만든 냉면이 들어 있어. 내 손으로 반죽 치대고 육수 만들고 편
육 썰었어. 내 손으로 만든 음식이 네 몸으로 들어가 뼈와 피를 만들고 살
을 만드는 거야."

　가지의 야릇한 논리가 김이를 부끄럽게 했다. 네 속에 내가 있다는 말

은 얼마나 멋진가. 꿀 발라 굵은 흑설탕을 뿌린 듯 달콤한 치근거림. 그럼 이제 진도 좀 나가자. 매일 정기적으로 나누는 음식 얘기 말고 진정한 의미의 진도 말이다. 너는 승려나 신부가 아니고 요리사잖아. 눈앞에 싱싱한 재료를 놓고 구경만 할 거야?

"그런 눈으로 쳐다보지 마, 김이."

"내가 뭘."

"배 속이 부글부글하니? 가스 찼어?"

가스 같은 소리 하고 있네. 이런 둔한 남자를 봤나.

가지가 음식을 들고 뽀르르 나타나면 기분이 좋았지만 시식평 요청뿐이라 좋은 말이 나오지 않았다. 이거 된장에 비빈 모래 맛이야, 이건 신발 깔창 씹는 것 같아. 미원 넣었니? 느글느글한데? 모진 소리를 깐죽깐죽 한 다음에는 당연하게 후회가 되었다. 괜히 혼자 들뜨지 말자고 결심해도 매일 아침 자고 일어나면 가지의 모든 행동에 딸려 있는 의미를 분석하느라 신경이 곤두섰다.

"내일은 서울 갈 거야? 회사에 담판 지으러 간다며?"

"가야지. 오늘 이준 아저씨와 회사 일에 관해 의논했어. 상담기관이 그렇게 많이 있는 줄도 난 몰랐어. 어쩌면 난 물러서서 관망해야 하는 게 아니라 지나치게 관망만 했던 게 아닐까 싶어."

피해자의 권리에 민감한 이준은 이런저런 사례를 설명하다 손 씨가 겪은 고초에 대해 들려줬다. 아버지의 수감생활과 이 여사의 옥바라지 세월은 이면에 든 풍경이기도 했다. 좁은 시야가 둑처럼 터져나가는 기분이었다.

밖에서 심상치 않은 소리가 났다.

"비가 오나?"

김이가 창을 열자 거센 빗줄기가 회초리처럼 쏟아졌다. 마른 흙냄새가 훅 올라왔다. 가지는 밖에 내놓은 야채가 썩겠다며 밖으로 뛰어나갔다. 화단의 꽃들이 휘둘려지는 데 반해 나무들은 물기를 반기며 이파리를 흔들어댔다.

김이는 뿌옇게 흐려지는 앞마당을 내다봤다. 초목의 새싹이 보여주는 한가롭던 풍경이 쏟아지는 물줄기에 사정없이 뭉개졌다. 어둑한 잿빛 하늘에 초록빛도 흩어졌다. 초록빛은 붉은색의 에너지를 이길 수 없다. 교군을 활활 태우는 맵디매운 붉은빛, 역동적으로 넘실거리는 강한 기운에 싱그러운 초록빛은 슬그머니 뒷전으로 밀려나곤 했다. 붉은색은 강하다. 요란해서 비천하다. 이준이 말하던 평화와 고요는 무슨 색일까. 김이는 해맑은 빛깔들을 떠올렸다. 잔잔한 한낮의 평온은 거저 얻을 수 있는 것이 아니다. 아마 이런 비가 그친 뒤에나 가능할 것이다. 이준도 격렬한 시대를 보낸 뒤에 매운맛으로부터 헤어났다고 하지 않았나.

좁은 간이주방은 이 여사의 절도 있는 움직임에 절로 숨이 죽었다. 고요한 가운데 부글부글 육수 고는 소리, 조청을 젓는 소리가 낮게 들렸다. 음식 준비는 차분하게 이어졌다. 김이는 주방을 압도하는 비범한 생기에 사로잡혀 이 여사의 손놀림만 응시했다.

도맛소리는 느릿느릿 신중하다가 때로 경쾌하게 속도가 높아졌고, 그 높고 낮은 파고는 완벽한 리듬을 자랑했다. 특히나 무채를 써는 리드미컬한 과정은 마술처럼 황홀했다. 가볍게 통통 내리치는 것만으로 일정한 모양의 가느다란 무채가 칼 바깥쪽에 수북수북 쌓여갔다. 조리과정은 대체로 쉬워 보였다. 전복의 우묵한 껍데기를 움켜쥐고 숟가락으로 여린 살점을 발라내는 이 여사의 섬세한 솜씨는 예나 지금이나 신속하고 정확했다.

물결무늬를 자랑하는 쇠고기 덩어리가 도마 위에 척 올랐다. 너덜너덜한 지방을 제거하는 칼질은 한 치도 머뭇거림이 없었다. 칼날은 두툼한 고기 사이를 푹 쑤시고 들어가 직선으로 쭉쭉 잘라냈다. 얇게 포를 뜬 고기를 일일이 칼등으로 두들겨 얕은 칼집을 내고 한 장 한 장씩 정성껏 양념을 펴 발랐다. 사랑하는 이의 잔등에 오일을 바르듯 양념 무친 손가락으로 문질러가며 꾹꾹 누르다가 접힌 살점은 조심스레 펼쳐 다시 잔 칼집을 넣었다.

"간이 맞는지 맛 좀 보거라."

이 여사는 완자가 담긴 대접을 김이에게 내주었다. 김이는 호호 불어가며 동글동글한 완자를 떠먹었다. 부드럽게 으깨지는 완자는 보드라운 쑥 향기 덩어리였다. 풀밭에서 뒹굴면 옷깃에서 풍기던 냄새, 흙내가 살짝 감도는 쑥 특유의 그윽한 향 맑은 국물을 들이켜자 몸속 묵은 때가 술술 벗겨지는 기분이었다. 속이 따스하게 데워지면서 마음이 느긋해졌다.

"휴, 좋아요."

"아부 떨지 말고 솔직히 말해. 문제가 있으면 미리 교정해야 한다."

"짜요."

"그렇지. 늙으면 혀가 둔해져서 간이 세지지. 어차피 대접할 손님도 늙었으니 큰 걱정은 없지만."

"얼마짜리 식사기에 할머니가 직접 만드세요?"

"이 방에 들어오는 가격은 따로 정해져 있지 않다. 이번엔 손님의 요청이 아니라 내가 먼저 제안했으니 값대로 받을 수는 없지."

"오늘 저녁인가요?

"아니, 내일. 오늘은 연습이다. 부엌칼을 놓은 지 너무 오래되어 감각이 사라졌을까봐. 아직 메뉴는 정하질 않았어. 네가 맛보고 골라봐라."

내일 간이 조리실에서 대접할 손님은 선글라스를 쓴 노인이다. 김이가 찾아내 이준이 뒷조사를 마친 인물. 조리대에는 꽃이 많았다. 노란 호박꽃과 향기 짙은 아까시와 비비추의 보랏빛 꽃이 대바구니가 넘치도록 담겨 있었다. 김이는 씻어놓은 꽃들을 분류해서 따로 담다가 하얗고 앙증맞은 은방울꽃을 발견했다.

"이거 독초잖아요?"

"별걸 다 아네."

기록을 직접 입력하지 않았다면 몰랐을 것이다. 김이는 길쭉한 이파리 사이 숨겨진 은방울꽃 무더기를 들어 올렸다. 그새 시들어 이파리가 축 처졌다. 이 어여쁜 꽃과 이파리에는 은근한 독이 들었다. 그냥 먹기보다 뭔가를 섞으면 독성이 높아진다. 그게 뭐였더라.

"네 손이 왜 그러니?"

김이의 시커먼 손가락을 붙잡은 이 여사는 대뜸 소리 질렀다.

"이건 독이라 건드리면 안 된다. 언제 손댔어?"

눈을 크게 뜬 이 여사는 허둥지둥 조리대 왼쪽 꾸러미 사이에 둔 종이 봉지를 뒤졌다.

"먹었니? 얼마나 먹었어? 뭘 알기나 하고 덤비는 거야?"

두서없이 물으며 봉지를 살피는 손이 가늘게 떨리고 있었다. 김이는 손바닥을 쫙 펴보였다.

"이거 먹물인데요. 어제 이준 아저씨가 휘장 쓴다고 벼루에 먹을 갈았잖아요. 잘 씻었는데도 아직 이래요."

의심의 눈길은 여전했다. "어디 아, 해봐. 입을 벌려보라고. 혀 내밀어봐라." 김이는 이 여사의 기세에 질려 입을 벌렸다. "아이고, 놀래라…… 십년 감수했다." 이 여사는 조리대 앞 의자에 털썩 주저앉았다. 안색이 좋지 않았다.

김이는 파일에 입력한 내용을 떠올렸다. 사람을 살리는 요리, 사람을 죽이는 요리. 각기 다른 글씨로 기록된 무수한 내용 중에 그것이 있었다. 할머니는 장기를 절딴 내고 목숨을 끊어내는 독극물의 다양한 용례를 적어두었다. 여러 해에 걸쳐 짤막하게 조금씩 들어 있는 부분이라 무심코 지나치기 좋았으나 김이는 한번에 전체를 읽어 치웠다. 그래서 각인되었다.

"독 들어가면 맛있나요? 할머니는 맛없는 건 취급하지 않잖아요."

"전반적으로 애잔한 맛이지. 봄에 핀 목련 이파리처럼 곱고 섬세한 맛이다. 제대로 먹은 적이 없어 환상만 남았는지 몰라도 독성이 있다고 해서 맛까지 끔찍하지는 않더라."

"그러다 죽으면요?"

"억지로 먹이지 않아. 죽고 싶은 자에게는 아주 맛난 음식이지만 계속 살려는 자에게는 견딜 수 없이 역한 맛이지. 계속 먹는다면 그것도 자기 의지인 거야. 나는 어릴 적부터 그 맛을 봤지만 늘 맛나더라. 살고는 있지만 죽고 싶은가봐."

김이는 언뜻언뜻 보이는 이 여사의 검은 혀를 전과 다른 감정으로 살펴보았다. 검은 입술에 든 검은 혀. 죽음을 탐하는 혀.

"먹어보고 싶네요. 궁금해요."

"늘 먹잖아. 독하기로 따지면 매운 음식만큼 독할까. 그것도 일종의 독이다. 정신이 쏙 빠지고 몸이 너덜너덜해져도 더 먹고 싶다고 아우성들이지. 자기파괴욕을 부추기는 맛은 전부 독이다. 사람의 몸이란 참 이상해서 그런 걸 탐하지. 아이고, 오랜만에 요리를 했더니 힘에 부치네."

이 여사는 땀을 훔쳤다. 김이가 좀 쉬었다 하시라고 권하자 고개를 내 저었다.

"강용수라는 노인이 뭐라고 하던가요?"

"전혀 기억이 나지 않는다고 하던데 그런 태도가 내 마음에 쏙 들더구 나. 배미란이를 안다고 네게 했던 말조차 무덤덤하게 부인하니 그 뻔뻔한 태도에 아주 홀딱 반했어. 미란이가 가수 하던 시절에 그자가 교군에 와 서 술지게미 밥을 먹었고, 미란이가 죽던 해에도 찾아와 같은 음식을 청했 다. 우리를 계속 감시했다면 왜 그랬는지 뭘 원하는지 누가 시켰는지 물어 봐야지. 글자로 적어둔 기록이란 고작 그런 것이어도 인정받지만 내가 가 진 기억은 하늘의 구름처럼 많아도 증거로 인정받지 못하니 당사자에게 물어볼밖에."

이 여사의 물기 어린 말투는 언제나 그렇듯 묘하게 허기를 자극했다.

"부인하면요?"

"모른다고 하겠지. 기억이 나지 않는다고, 모른다고 하는 게 긍정하는 거지. 이번에 이준이가 나를 속이고 중요한 걸 감췄던 모양인데 나는 기어 이 알아냈어. 교군에서 김치와 된장을 사가는 브이아이피 손님을 통해 더 자세한 것들을 알아냈거든."

이 여사는 육수 냄비에 은방울꽃 더미를 듬뿍 집어 넣었다.

"이준 아저씨가 글씨체를 말씀하셨어요. 그게 뭔가요?"

"그래, 그 글씨. 오래전에 단골들 주소록을 받았는데 그자가 적어준 주 소는 가짜였지. 그런데 그 글씨체가 어디서 본 것 같았어. 그게 뭐더라? 그게 뭐였지? 알아채는 데만 몇 년 걸렸다. 예전에 그놈들이 낯선 글씨체를 남겨준 적이 있다. 자, 이거 먹어봐라."

김이는 이 여사가 내준 무생채를 씹으며 고개를 갸우뚱했다.

"좀 자세히 얘기해주시면 안 되나요? 답답해요. 어록 전부를 봐도 빠진 얘기가 너무 많아요. 내가 듣고 그 내용을 채워볼까, 욕심이 나네요."

"나의 주옥같은 말씀이야 거기 다 들었지. 더 들을 건 없다. 내 인생 얘기가 바로 내 음식이다. 이 속에 다 담겼으니 귀로 듣지 말고 입으로 들어라."

이 여사는 간단하게 저녁을 때우자며 고슬고슬하게 지은 밥을 펐다. 고추씨 육수로 지은 밥이라 갈색 윤기가 반지르르했다. 백된장에 박았던 머위꽃 장아찌를 내놓으며 이 여사는 말했다.

"자, 이 음식이 뭐라고 하는지 맛으로 들어봐라."

장아찌의 짠기를 빼느라 조청에 담갔던 터라 광택 어린 황금빛 꽃잎은 질척하게 늘어졌으나 은은한 생강 향기와 쓰고 단맛이 꽤나 독특했다. 죽순처럼 아삭한데 씹을수록 쓰고 단 향기가 입안에서 잔물결로 일렁거렸다.

이번에는 조선앵두와 버무린 여린 시금치잎이다. 팽팽한 껍질의 저항 뒤에 향기로운 과즙이 남아 질깃하게 씹히는 시금치와 대결했다. 다디단 맛의 난교가 침샘을 자극했고 이내 상큼한 에너지로 몸이 채워지는 기분이었다. 그러나 서태후다운 맛을 기대하는 혀는 입안에서 조용히 뒤채며 질고 강한 맛을 갈구했다.

"매운 음식은 언제 만드세요? 할머니만의 은근한 매운 요리, 아까부터 그것만 기다리는데."

"이미 먹었잖아. 조금씩 열이 오를 거야. 내 음식은 그렇다. 은밀하게 숨겨놓은 바늘은 시간이 지나면 바짝 일어서지. 다짜고짜 맵기 시작하는 건 격이 떨어져. 빈소 음식이나 그렇게 하지. 아무 때나 매우면 먹는 입이 견딜 수가 있나."

불판 위에 양념한 쇠고기가 올려졌다. 치이익 소리와 함께 고기가 탁한 빛으로 쪼그라들며 다디단 향기를 뿜었다. 고깃살에 외장아찌를 돌돌 말아 접시에 내주었다. 보드라운 고기에 짜고 매운 장아찌가 아작아작 씹혔다. 할머니가 내주는 음식은 뭐든 맛있다. 그런데 맛은 느껴져도 음식에 숨겨져 있다는 얘기는 들리지 않았다. 김이는 그 얘기를 들어보려 갈색 밥을 한술 뜨고 고기를 씹었다. 육즙이 배어 나오는 보드라운 살점을 꼭꼭 씹으며 눈을 감았다. 따스한 국물도 떠먹었다.

가만가만 음미하자 휘이 한 줄기 바람처럼 서늘한 기운이 목울대로 치고 올라왔다. 한기인지 열기인지 알 수 없었지만 약간 몽롱했다. 급작스레 느껴지는 뻐근한 기운에 몸이 뒤로 풀썩 떨어질 것 같았다. 매웠다. 뒤늦게 매워지면서 머리가 핑 돌았다. 이것은 일종의 제의다. 제의를 집행하는 자의 고고한 손놀림은 평범한 물질도 신비한 기적으로 만들어냈다.

이 맛이 할머니의 인생 얘기라면 얼마나 무서운가. 때마침 이 여사의 검은 혀가 뭐라고 말하고 있었다. 김이는 정신을 차리고 귀를 기울였다. 안 들렸다. 이것은 목소리가 아니라 맛이다. 맛에 든 한숨과 맛에 든 세월의 분노. 그런데 너무 무서워 듣고 싶지 않았다. 김이야, 교군은 너의 것이다. 이 교군을 맡아다오. 둥둥 뛰는 심장박동은 그 목소리를 극복하려고 더 빠르고 세차게 뛰었다. 먹이 묻은 손가락도 검게 썩어가고 있다. 아, 내가 지금 뭘 먹은 건가. 혹시 독이 아닌가. 검은 입술에서 빠져나온 검은 말들이 주변을 컴컴하게 물들이며 김이의 입속으로 빨려 들어왔다. 그 맛이 황홀해 도무지 거부할 수 없었다.

덕은이의 검은 밥상

이 여사
서늘한 여름

천국의 백성에게는 생식기와 위장이 없다고 한다.
우리는 여기에 있으니 그 두 가지를
충분히, 실컷 사용해야 한다.
만끽하라.

- 『이딴 얘기 받아 적어서 뭐하려고』 (교군 이력은 여사 채록본 1)

 강릉 보육원에 가서 김이를 보고 온 이준은 평소와 달리 말이 많았다.

 "애들은 하루가 다르게 변하잖아요. 김이가 훌쩍 컸어요. 공을 아주 잘 차요. 뻥뻥 걷어차는 힘이 좋아 사내애들도 못 당한대요. 운동장에서 뛰고 또 뛰고 지치지도 않아요. 확실히 근성이 있어요."

 김이가 저보다 덩치 큰 애들도 우습게 안다는 이준의 말에 이 여사는 피식 웃었다. 지역교회에서 치른 행사 사진과 보육원 선생들의 기록문도 보여주었다. 이 여사는 돋보기를 쓰고 사진을 쓱 훑은 다음 보고서를 읽었다. 성의 없이 듬성듬성 적어나간 커다란 글씨는 의례적인 내용만 전하고 있었다.

 김이 얘기를 하며 내내 웃던 이준이 표정을 바꾸고 물었다. 취학통지서

가 날아왔다는데 계속 거기 두실 건가요? 이 여사는 딴전을 피우며 강릉 박 선장의 안부를 물었다. 이준은 김이의 취학에 대해 힘줘 말했다.

김이를 데려오자는 말이 하고 싶은 것이다. 아마 데려와도 될 것이다. 조무래기 계집애의 생사 따위 아무도 관심 갖지 않는다. 그럼에도 전화가 마음에 걸렸다. 받으면 아무 말 없이 끊어지는 전화. 숨소리만 전하다 저절로 끊어지는 전화. 일반적인 장난 전화라면 교군의 대표번호로 걸 것이다. 내선 번호를 알 리가 없다. 그들은 아직 경고를 보내고 있다.

나가서 저녁부터 먹자고 이 여사가 권하자 이준은 가방을 탁자에 올렸다.

"이번에는 변호사 비용 좀 들 겁니다. 그래도 이기는 변호사만 붙이면 김이 아버지는 얼마든지 나올 수 있어요. 이거 보세요."

이준은 가방에서 두툼한 서류를 꺼냈다. 재판에 관련된 진술서와 증거 등을 모은 서류 뭉치였다. 이준은 그간의 진척사항을 설명했다. 이 여사는 손 씨에게 누명을 씌웠던 유서를 들여다봤다. 한글도 모르는 손 서방의 글씨가 아닌 건 확실하다. 어째서 이렇게 속이 빤히 보이는 조작을 했을까. 그간 수집한 물증 중에서 가장 천박하고 조잡한 것이다. 유서는 볼 때마다 화가 났다. 왠지 모르지만 그들이 이 일 자체를 즐기고 있다는 기분이 들었다. 손 서방을 희생양 삼으리라는 걸 알고 한 짓이 아닐까.

"이거 놔두고 갈게요. 몇 부 복사했으니 여사님도 찬찬히 읽어보세요."

"내가 보면 아나? 속만 터지지."

변호사 비용은 대기로 했으니 약속은 지켜야 한다. 손 서방이 출감하지 않기를 바라지만 돈을 대준 만큼 생색은 낼 것이다. 이 여사는 이준을 물끄러미 쳐다봤다. 두메산골에서 고추농사만 짓기에는 아까운 인물이다.

예전보다 더 의젓해지고 신중해졌다. 큰 범위의 방향을 제시하며 앞질러 생각하고 행동한다. 때로 귀에 거슬리는 말도 가리지 않는다. 현명하고 사려 깊고 무엇보다 입이 무거워 더없이 좋은 일꾼이지만 상하가 바뀌어간다는 느낌이 드는 것도 사실이다.

"피곤할 테니 자고 가라. 불 영감쟁이가 너 오기만을 학수고대 기다렸다. 영감쟁이, 저 편하라고 기름보일러로 바꿨더니 놀면서 돈 받기 면구스럽다고 관두고 싶단다. 밥 먹으면서 다독거려봐라. 그리고 김이는……."

이 여사는 오른손에 낀 반지를 빙글빙글 돌리며 생각에 잠겼다. 모진 일을 연이어 겪고 난 다음 반지가 헐거워졌다. 자유로운 미망인은 지난겨울 멕시코를 여행했고 올가을에는 지인들과 유럽으로 날아갈 계획이다. 배우고 싶고, 먹고 싶은 음식으로 가득한 세상. 태풍이 잦아졌기에 순풍에 돛 단 듯 가볍게 흥얼거리며 앞으로 앞으로만 나아간다. 간신히 순항을 시작한 배에 과거의 인물까지 태워줄 여력은 없다. 김이가 아무리 어려도 그 어마어마한 무게를 우리가, 왜 감당해야 하는가.

"김이는 놔두자. 손 서방이 그 지경인데 애 키울 형편은 아니잖아."

이준이 얼굴을 찌푸렸다.

"가자, 밥 식겠다. 오늘은 나물이 아홉 가지, 야들야들한 제주도 흑돼지 편육이다. 고깃살이 복숭아처럼 보드라워 기가 막히지. 가자미 뼈를 다져 맵게 버무렸는데 뜨신 밥에 올려 먹으면 아주 꿀맛이다."

이 여사가 눈앞에 밥상을 펼쳐 보이듯 떠들어도 이준은 아무 감흥 없는 얼굴로 따라나섰다. 그는 식탐이 넘실거리는 교군을 빙 둘러봤다. 한심하게도 이곳에서의 귀결은 이런 식이다. 아이쿠, 그런 불행이 있나. 그러니까 잘 먹어야 한다. 앞으로 어떻게 될지 모르니 지금 먹어둬야 해. 어려운 상황을 만날수록 끼니에 충실하고 요리가 풍부해진다. 좋은 일, 궂은 일, 슬픈 일, 고된 일, 사람이 죽어가도 푸짐하게 잘 먹을 절호의 찬스로 해석해버리는 교군만의 기묘한 방식이다. 음식은 교군 사람들의 구세주이고 신앙이며 유일한 찬미 대상이다. 대체 얼마나 큰 걸귀에 걸려들었기에.

이 여사가 복도를 앞서가며 물었다.

"집 안에서 무슨 냄새 안 나?"

늘 묻는 질문이라 이준은 생각도 않고 냉큼 답했다.

"도배 새로 하셨잖아요. 도배 풀 마르는 냄샌가 보죠."

"세 번이나 도배를 했는데도 이렇다. 영감쟁이 냄새 징글징글해. 저 방을 아예 없애버릴까 싶다."

안채 가운데 방은 말끔하게 단장되었다. 교군 바깥주인이 반년간 자리보전하다 숨을 거둔 사랑방이다. 남편의 사십구재를 마치자마자 이 여사는 이불 호청을 뜯어내듯 그 방이 지니고 있던 세월을 해체해버렸고 전과는 아주 다른 방으로 만들어버렸다. 공사를 하는 김에 낡고 오래된 구조의 복잡한 동선을 줄이고 수납공간을 넓히는 공사를 했다.

내부 공사를 마무리할 즈음 주방의 일꾼들도 교체했다. 잘 가르친 놈들 순서대로 일자리를 수소문해주었고 기어이 남겠다고 미적거리면 모진 말로 정을 떼어냈다. 새로 들인 일꾼들은 경력과 솜씨를 따져 아주 적은 숫자만 받아들였다. 처음부터 다시 가르쳐야 하는 부담이 있었지만 교군의 과거를 묻어버리려면 새 일꾼이 필요했다. 단 한 사람, 정인만은 보냈다가 다시 들였다.

사사로운 일에 무관심하고 특유의 민첩함을 가진 정인은 남 주기 아까웠다. 매사 심드렁한 태도가 달관한 듯 보여 안달복달 잔머리 굴리는 것들보다 우직해서 미더웠다. 정인은 이 여사가 요구하는 각서에 지장을 찍었다. 교군에서 일어난 일을 그 어떤 누구에게라도 발설하면 그에 따른 책임을 지기로 약조한 것이다. 너는 알아도 몰라야 한다. 앞으로도 쭉 그래야 한다. 무거운 입에 묵직한 보상을 해줄 것이다.

이준은 별채 현관문을 가로막고 서서 말했다.

"보육원에 잠깐만 피신시켰다가 데려올 계획이었잖아요. 너무 오래 두는 건……."

"손 서방이 김이를 찾던가?"

"나중에 이 사실을 뭐라고 설명하시겠습니까? 친손녀가 아니라서 그렇다고 하실 겁니까? 김이는 이 집안 아이잖아요. 의지할 곳이라고는 여기뿐인데요."

"내 눈에는 갈아 먹어도 시원찮은 원수의 자식으로 보인다. 우리가 겪은 일을 생각하면 치가 떨리고 분이 안 풀려서……. 하여간 아직은 그래. 이다음에 크면 결국 친아비를 찾아가지 않겠어?"

"그쪽에서 원치 않으니 이 사단이 일어난 거 아닙니까?"

"내게 책임을 강요하지 마라. 손 서방이 나오게 되면 생각해보자."

이준은 복도를 빠져나가며 보육원의 환경에 대해 설명했다. 다가오는 겨울에는 장갑과 코트를 보내줘야 하고 부실한 난방과 연탄가스 냄새, 형편없는 반찬과 과도한 체벌에 대해 강조했다. 이 여사는 이준보다 앞서 마당을 건너가 담장의 시래기를 걷고 있는 정인에게 말을 붙였다. 더 얘기할 게 없다는 이 여사의 태도에 이준은 고개를 푹 숙이고 별채의 식당으로 건너갔다.

그날 이 여사는 특실 손님들에게 고추술을 냈다. 평소와 달리 서비스

안주를 듬뿍 제공하고 손님방에서 오래 머물렀다. 대문 앞에 서서 돌아가는 손님들을 일일이 배웅하고 들어오자 이준은 이미 가고 없었다. 이 여사는 하루 결산과 내일 스케줄을 정인에게 확인한 다음 안채로 건너갔다. 새벽 1시가 훨씬 넘은 시간이었다.

이 여사는 이부자리 위에 앉아 이준이가 준 사진을 봤다. 비슷비슷하게 촌스럽게 생긴 아이들 틈에서 김이 또한 비슷한 얼굴이 되어가고 있다. 상희를 닮아 목이 길고 이목구비 반듯한 야무진 얼굴. 이제는 버려진 애들 특유의 스산한 표정이 감돈다. 불쌍한 계집애, 나처럼 불쌍한 계집애다. 졸지에 부모에게서 버려지면 세상이 평지로 이루어진 게 아니라는 걸 알게 된다. 그늘의 서늘함을 알고 자라면 한 조각의 볕도 천금처럼 여기게 될 것이다.

이 여사는 다시 김이의 사진을 들어 올렸다. 손녀의 또랑또랑한 눈매가 자신을 쏘아보고 있는 것 같아 가슴이 싸했다. 자신의 마음에 든 괴물까지 들여다보는 듯 맹랑한 눈빛이다. 사진을 종이에 싼 다음 장롱 서랍의 속옷 사이로 깊숙이 집어 넣었다. 마치 김이를 거기에 집어 넣은 것처럼 사진을 숨겨둔 속옷들을 오래도록 다독이며 가지런하게 갈무리했다. 불을 끄고 누워도 잠이 오지 않았다. 이 여사는 어둠에 익은 눈으로 컴컴한 저쪽의 장롱만 바라보았다. 서랍 안에는 두려워 움츠려 있는 아이가 들어 있다. 어린 날의 자신이 그 속에 들어 있는 것 같았다. 그 여름의 그때 그 일만 아니라면 김이도 마땅히 이 교군에서 자라고 있겠지. 잘 먹고 잘 뛰며 구김살 없이 쑥쑥 자랐겠지. 생각해보면 돌이키고 싶은 게 너무 많다.

그해 여름은 이른 더위가 찾아와 그늘에서도 30도가 넘었다. 열기가 도끼로 내리찍듯 모든 것을 절딴 냈고 매미 또한 기승을 부렸다. 쇠를 톱 질하듯 살벌하게 울부짖는 매미 소리에 귀가 문드러질 지경이었다. 소음 은 벌레뿐이 아니었다. 모두들 말이 많았다. 신문과 방송이 말하는 건 모 두 거짓이고 실상은 다르다는 소문이 음지에 자라는 이끼처럼 끝없이 번 져나갔다. 대놓고 주장하는 것보다 낮게 술렁거리는 소리가 더 시끄럽고 성가신 법이다.

대통령의 머리에 총알을 박아 넣은 암살자는 어쩌면 우리의 영웅일지 모르고 군인들의 세상은 올해 갓 태어난 아기들이 늙어 죽을 때까지 지 속될 것이며 세상을 뒤엎으려 덤빈 젊은이들은 참새 입김처럼 힘없이 사 라지고 있다. 그렇게 사라지는 숫자만큼 사람들이 새로 모여들었다가 또 죽고 죽어 빈약한 산천초목은 맵디매운 피로 붉게 번지고 있다는 소문과 소문의 물결이 매미 소리보다 더욱 극성스럽게 쟁쟁거렸다. 말 한번 잘못 했다가는 쥐도 새도 모르게 잡혀간다는 사실을 알면서도 사람들은 입을 다물지 않았다. 사방에서 울어대는 매미 소리를 체포하기 힘들듯 중구난 방으로 떠들어대는 익명의 주둥이들 또한 색출이 불가능했다.

입하 닷새 지나 교군에서는 막내딸을 장사 지냈다. 녹음 짙은 쾌청한 날이었다. 번갯불에 콩 볶아 먹는다는 말처럼 소소한 절차는 생략하고 주 변에 흉잡히지 않을 정도의 예만 갖춰 떠나보냈다. 친척붙이 하나 없는 시 가는 애초에 생략이었고 지아비조차 용의자로 의심받는 처지라 이것저것 가릴 처지가 아니었다. 사흘장 내내 문상객들은 실컷 먹고 실컷 울었다.

해가 타오르는 한낮, 석 대의 승용차를 나눠 타고 일제히 장지로 향했 다. 길 주변에는 괴괴한 모양으로 자란 과실수가 많았다. 점점이 핏빛인 앵 두나무를 망연히 쳐다보다 어영부영 절차를 마쳤다. 햇살은 쨍쨍한데 왠지 서늘했다. 사탕을 입에 물고 잠든 어린 김이의 운동화에는 진흙이 더께로 붙어 있었다. 시간이 지나자 흙이 말라 떨어졌고 쾌청한 하늘은 태평하고 아무렇지 않았다.

하얀 국화는 어느새 시들었다. 문상객들은 상복을 벗고 일상으로 돌아갔지만 막내딸을 잃은 아비의 얼굴에는 물음표가 눈곱처럼 찌덕찌덕 붙어 떨어지지 않았다. 그는 자신을 포함해 살아남은 모두를 미워하고 의심했다. 덜떨어진 손 서방은 말할 것도 없고 배 불룩한 임신부를 식모도 딸리지 않고 홀로 보냈다는 이유로 이 여사를 심하게 몰아세웠다. 넌 미란이를 미워했잖아. 미란이가 죽기를 바란 거지? 배 영감은 연일 폭음했고 가슴을 쥐어뜯으며 울다가 횡설수설 말이 많았다. 정신 나간 노인네가 주사를 부리기 시작하면 교군 주방의 일꾼들은 월급 받는 직원이 아닌 노비문서에 적힌 머슴이나 몸종이 되었다. "이놈아, 멍석말이를 하기 전에 어서 아는 대로 고해라. 바로 그날 밤, 넌 뭘 하고 있었는고?" 문초를 당한 일꾼들은 고개를 갸우뚱거렸다. 바로 그날, 그날 밤, 교군의 막내딸이 죽을 때 우리는 뭘 하고 있었던가. 그 곱디고운 얼굴이 무참하게 깨어지고 복중 태아가 숨을 거둘 동안 우리는 뭘 했던가.

질문이란 눈 침침한 집게와 같았다. 전부를 끄집어내지는 못해도 묻지 않았더라면 나오지 않았을 것들을 찾아내기도 했다. 교군의 일꾼들은 저희끼리도 묻고 물으며 기억을 짜맞춰나갔다. 간신히 찾아낸 기억과 공백으로 남은 기억이 뒤섞이자 매우 어수선한 모양의 그날을 만들어냈다.

"김이 엄마가 택시 타고 떠나지 않았어?"

"혼자 갈 때는 늘 택시를 탔지만 그날은 택시 안 탔어. 저 약국 앞 큰길까지 뒤뚱거리며 걸어가더라고."

"넌 그날 미스코리아 선발대회 중계를 봤고. 네가 미스 남가주 진이 최고로 예쁘다고 했지."

"이건 누가 뭐래도 연쇄살인범한테 당한 거다. 악독한 놈들이 얼마나 많은 줄 아나? 제 마누라 토막 쳐서 땅에 묻은 놈도 있었잖아."

"김이 엄마, 머리가 완전히 뭉개졌대. 그냥 강도가 아냐. 복수심이 아니면 그렇게까지 잔혹하게 죽였겠어?"

"뭘 복수해? 누가?"

"그거야 모르지."

그건 모른다. 알고 싶으나 몰랐고 알고 있어도 어차피 모르는 것이다. 알지 못하는 답답함을 극복할 방법도 몰랐다. 얼굴만 마주치면 서로 묻고 묻다가 고개를 갸우뚱했다. 지금 우리 뭘 하고 있는 거야? 그걸 알 턱이 있나. 통 모르겠어. 답을 구하지 못한 물음표가 교군 구석구석을 스산하게 떠돌았다. 술에 취한 배 영감은 아무나 붙잡고 물었고 형사들은 윽박지르며 같은 질문을 계속 퍼부어댔고 기자들은 수첩을 꺼내 들고 꼬치꼬치 캐물었으며 동네 사람들은 낮은 목소리로 제가 아는 사실이 맞는지 은근슬쩍 서로에게 묻고 물었다. 모르는 것들이 모이고 모여 거대한 무지를 형성했다. 모두가 묻기만 하고 답을 주는 이는 없었다.

그런데 경찰서에 붙들려 간 손 서방이 자백을 했다는 소식이 들렸다. 머저리 손 씨가 살인자라니! 마누라가 죽었다고 가슴을 쥐어뜯으며 오열했는데 그게 다 시늉이었나? 그렇군, 그랬어. 그놈은 일부러 머저리 노릇을 했던 거야. 손 서방의 이중인격이 도마에 올라 난도질되었고 사소했던 그의 행동 하나하나가 살인자의 심리로 해석되었다. 정해놓은 정답에 공식을 맞춰나가자 머저리 손 씨는 아내를 살해하기에 충분한 극악무도한 인물이 되었다. 막달의 임신부를 돌로 내리쳐 죽인 극단의 살인마. 물론 곧이곧대로 믿을 수 없다는 반응이 더 많았다.

진범은 따로 있어. 졸지에 마누라 죽고 둘째 잃고 누명까지 쓰다니. 어지간히 고문을 한 모양이야. 그런 반문이 칠뜨기를 데려다 범인으로 엮는 일이야 습관이 아닌가. 대한민국 경찰을 믿느니 지나가는 개새끼 똥 싸는 소리를 믿겠다. 손 씨의 평소 성품을 아는 사람들은 진저리를 치며 안타까워했으나 딸을 잃은 아비는 경찰의 판단을 믿었다. 당장 제 손으로 놈을 요절내겠다며 길길이 뛰다가 제 분을 이기지 못해 덜컥 쓰러졌다. 반나절 만에 정신을 차리고 허우적거렸다.

"내 이놈을 그냥! 손 서방 그놈을 내가 먼저 찢어 죽일 테다. 그놈 죽이고 나도 죽는다! 원수를 갚기 전에는 저승 가서 우리 딸 얼굴 못 본다."

배 영감은 가래 낀 목소리로 그렁그렁 떠들어댔다. 수저 들 힘도 없어 떠먹여주는 미음을 받아먹는 체력으로 어서 가서 칼을 가져오라고 악을 썼다. 잘 드는 칼로 놈의 멱을 따버리겠다는 노인의 호언장담이 달갑지 않은 이 여사는 비교적 담담했다.

"그 모자란 인간이 형사들이 시키는 대로 했을지 누가 알아요? 뒤로 알아보고 있으니 좀 기다려봐요. 자칫하다가는 진짜 범인을 놓쳐요."

배 영감은 이 여사가 내미는 숟가락을 밀어버렸다.

"생때같은 자식을 잃고 가슴이 갈기갈기 찢긴다. 네 속으로 낳은 자식이 아니니 너는 멀쩡하구나. 넌 참으로 뻔뻔스럽다."

"그래요, 난 뻔뻔해요. 이다음에 저승 가서 어찌된 영문인지 물어보시고 지금은 죽이나 들어요."

"저리 치워."

이 여사는 영감이 거절한 죽을 대신 떠먹었다. 전복과 내장을 넣고 폭폭 끓인 연둣빛 죽이 알맞게 고소했다. 따스할 때 먹어야 제맛인데 두고 보자니 아깝고 안타깝다. 슬슬 퍼먹다 보니 혀가 폭신해 도무지 멈출 수가 없었다.

"미란이 죽기 전에 내게 무슨 소리를 했는가 하면 새어머니가 걸핏하면 찾아와 사업하자고 부추기는데 교군 경영이 어렵냐고 묻더라. 네가 돈독이 올라 우리 애를 달달 볶는 걸 나는 알고도 몰랐지. 기생집이라도 차리려고 했던 거야?"

"제 밥값도 못 하는 서방을 만났으면 둘 중의 하나는 벌어야 애들을 키운다고, 정신 차리라고 했소. 꼭 남자만 벌라는 법이 있나? 나도 당신 보필하느라 이날 이때까지 손 마를 날이 없잖아요."

배 영감은 돌아누워 헛기침을 했다. 쿨럭쿨럭, 우는 건지 웃는 건지 알 수 없는 흐느낌. 이 여사는 계속 죽을 떠먹었다. 따끈하고 진한 죽이 혀에 닿기가 무섭게 몸에 든 체액처럼 보드랍게 녹아버렸다.

"난 우리 애를 그 멍청한 놈한테 주기 싫었어. 네가 시집보내자고 안달을 떨었지."

"배불러 나타났는데 어떻게 말려요? 저희끼리는 좋아 지냈잖소."

"저희끼리 좋았는데 우리 애를 죽여? 이게 전부 네 모사 때문이야. 가수 못하게 하려고 그렇게 뜯어말렸는데 네가 뒷돈 대주고 살살 부추겼지. 우리 상희가 살아 있었다면 미란이를 딴따라로 만들지는 않았을 거야. 얌전하게 신부수업이나 받고 남들이 부러워할 좋은 자리에 시집갔을 거다."

배 영감의 둘째 처 타령이 시작되자 이 여사는 먹다 남은 죽 그릇을 집어 던지듯 쟁반에 올렸다. 그놈의 상희 타령 좀 하지 말았으면. 배 영감이 그리워하는 전처 상희, 어여뻤던 상희. 젊어 죽어 신화가 된 상희. 미란이는 저승 가서 제 엄마를 만났을까. 가만 생각해보니 모녀 나이가 얼추 비슷하구나.

"네가 작두 탄 무당처럼 설치는 바람에 집안에 좋은 일이 없다. 너 때문에 상희도 죽고 미란이도 죽었다. 상희는 요양원에 가면 살 수 있었는데 네가 독을 먹여서 죽였잖아. 이년, 말해봐라. 나는 언제 죽일 건가? 징그럽고 독한 년, 급살 맞아 뒈질 년."

그때 그 일을 잊지도 않고, 죽지도 않고, 때만 되면 떠들어대는 영감의 입은 가뭄을 타지 않는 샘물 같았다. 이 여사는 김이가 손 서방의 아이가 아니라는 사실을 고했다. 복잡한 내용은 다 빼고 그것만 조목조목 일러주었다. 처음엔 믿지 않으려 하던 배 영감은 그게 뭐 대수냐고, 머저리 손 씨 핏줄이 아니니 그나마 다행이라고 했다. 이 여사는 허탈했다. 죽은 자는 아무리 내리쳐도 깨어지지도 망가지지도 않는다. 뭘 했든 용서받는다.

이 여사는 창밖을 망연하게 내다봤다. 모든 것이 햇빛에 무르익어 터질 것 같은 날이었다. 밖이나 안이나 참으로 시끄러웠다. 배 영감의 목소리가 매미 소리와 구별하기 힘들었다. 네가 들어앉고부터 유서 깊은 가문이 흥청망청 놀고먹는 화류장터가 되어버렸다는 말은 이미 귀가 닳도록 들었다. 잘 먹고 잘 놀 때는 아무 말 없다가 일이 틀어지면 퍼부어대는 흔해빠진 레퍼토리였다. 아이고, 시끄러워. 저 징글징글한 매미는 왕벚나무 가지마다 붙어 있다. 가지를 죄 잘라버려야겠다. 교군이 예전처럼 쿵작쿵작 즐거우려면 일단 시끄러운 저 주둥이를 틀어막아야 할 것이다. 시끄러워, 너무 시끄러워 견딜 수가 없다.

날은 후덥지근하고 습했다. 아폴로눈병은 기승을 떨었고 일꾼들은 일이 없어 노닥거렸다. 수심 가득한 얼굴로 푹푹 썩은 음식을 골라 버리느라 온종일 느릿느릿 움직이는 이 여사에게서 버림받은 사람의 분위기가 풍겼다. 속이 타들어가도 막막한 심경을 털어놓을 대상도 마땅치 않았다. 밤이 이슥해져 멍하니 툇마루에 앉아 있는데 이준이 슬그머니 대문을 열고 안으로 들어섰다. 까맣게 탄 얼굴로 땀내를 시큼하게 풍기는 이준은 장마철 구겨진 이불처럼 눅눅했다.

이준과 안채로 들어가면서 주변에 사람이 있는지부터 살폈다. 술안주 쟁반을 들고 안으로 들어선 이 여사는 방문과 창문을 꼭꼭 닫은 다음 라디오를 켰다. 매미 소리가 사라진 초저녁은 지나치게 조용해 목소리가 사방으로 뻗어나갈 것 같았다. 라디오에서 흘러나오는 디제이의 나직한 음성은 한가롭고 감미로웠다.

"목격자가 나왔다고?"

선풍기를 틀며 이 여사가 물었다.

"큰길 연탄 대리점 옆에 자전거포 주인을 만났어요. 사건 나던 밤에 둑 근처에 검은색 승용차가 오래 주차되어 있었대요. 그 동네에서는 본 적이 없는 길고 큰 차였는데 라이트를 켜지 않아서 고장 난 차인가 했는데 그 근처에서 어른거리는 사람 그림자를 봤대요."

"검은 차?"

"자전거포 주인이 근처에 사는 동생네서 오다가 차를 봤고 집에서 미스코리아 대회를 시청하고 있는데 끼이익 차 소리가 요란하게 나더래요. 한 번이 아니고 여러 번 같은 소리가 들리기에 무슨 사고가 났나 싶어 대문을 열고 나갔는데 보이는 건 없고 붕붕거리는 자동차 소리를 들었대요. 그

273

소리가 참 이상했다고 하더라고요. 자동차 라이트도 안 켜고 말이죠."

이 여사는 술잔이 넘치게 술을 부어주고는 말린 문어를 잘게 찢었다.

"그래서 미란이 죽인 놈을 봤대?"

"검은 차가 그 근방에 있는 것만 본 거죠. 그 집이 언덕배기에 있어서 시야가 탁 트였더라고요."

"차 탄 놈들이 범인인가? 그럼 김이 아비는 왜 풀어주질 않아?"

"아직은 모르죠. 경찰서 가서 목격했다는 진술 좀 해달라고 통사정을 하고 오는 길입니다."

아득한 기분이 들어 이 여사는 대접에 든 술을 마냥 바라봤다. 유백색의 맑은 술. 이준의 머리카락이 선풍기 바람에 슬슬 흔들렸다.

"그 자전거포 주인이 과거에 무슨 일이 있었는지, 아니면 전과자였는지 몰라도 경찰서에 가는 걸 엄청나게 두려워하더라고요. 시국이 시국이라 다들 몸 사리고 나서지 않으려 하니 참 큰일입니다." 이준은 잔을 비우고는 말을 이었다. "얼마 전 간첩이 폭동을 일으켰다는 소문은 가짜래요. 군대가 출동해서 이만 명 가까이가 학살당했답니다. 정확한 숫자는 아직 모르지만 어쩌면 더 당했을지도 모르죠."

"여순반란 사건 같은 게 터졌나? 빨갱이들이니까 군인이 나섰겠지. 이러다 전쟁 나는 거 아닌가?"

이 여사가 소곤거렸다.

"차라리 확 뒤집어엎었으면 좋겠어요."

"뭘 모르는 소리 마라. 네가 전쟁을 안 겪어봐서 그렇지 참말 징글징글하다."

이준의 추측이 맞는다면 정말 큰일이 아닌가. 전쟁이라면 치가 떨렸다.

누구에게 부탁해볼까. 교군을 드나들던 군인 마누라들을 하나하나 떠올려봤다. 요리교실에 왔던 부인들, 공짜로 얻어먹는 걸 좋아하는 재수 없는 것들, 그런데 그들과는 이미 갈라섰다. 이 여사는 그들의 쑤군거림을 눈치채고 있었다. 미란이 때문이었다. 자신의 입방정 때문에 그리되었다.

"기자한테 들었는데 손 선생을 당장 빼내기는 어려울 것 같다고 하네요. 더군다나 손 선생이 단신 월남한 이북 출신이잖아요."

"기자들한테 입조심해야 한다. 교군 어쩌고 기사가 나가는 바람에 전화가 빗발쳤거든."

"손 선생이 원체 어수룩한 데다 남의 말을 잘 듣고 마음이 약하다 보니 놈들이 판 함정에 걸려든 것 같습니다. 어떻게든 빼내야죠. 일단 목격자를 설득해서……."

"이준아."

"예."

"너는 이런 일이 적성에 맞는 거냐? 찾아다니고 캐내고. 참으로 겁도 없다. 난 네 얘기만 들어도 살이 떨려 죽겠는데 말이다. 이를 어떻게 감당하나."

"아무도 할 사람이 없으니 제가 해야죠. 분하잖아요."

"네가 뭐가 분해?"

이준은 대답 없이 술잔을 비웠다. 빈 잔에 부은 술을 이번에는 이 여사가 기세 좋게 들이켰다. 분한 걸로 따지면 나만큼 분할까. 하루에도 열두 번씩 지옥을 오가는 중이다. 미란이를 걸고 넘어졌던 그 일이 떠올라 무서워 미치겠다. 이준이에게라도 털어놓으면 좋겠는데 말이 나오질 않았다. 영감탱이의 최후통첩도 결국 순응하게 될 것 같아 화가 났다. 그럼에도 평소와 다를 것 없이 음식을 만들고 늘 보던 사람들과 세상사를 나누다 보면 앞으로도 전처럼 무탈하게 지낼 것 같은 기분이었다.

"분하지 않으면 사람이 아니죠. 엄연히 법이 있고 인권이 있는데 두들겨 패고 윽박지르면 그만이라니. 사람이 개돼지도 아닌데. 저도 맞아봐서 알아요. 아니까 못 참겠어요."

"뜨거운 맛을 봤으면 그것들 무서운 건 알고 있겠네. 그러니 과하게 설치지 마라."

불 피우는 영감쟁이의 큰조카인 이준은 대학 재학 중에 감옥살이를 해 졸업장을 얻지 못했다. 시켜주기만 하면 뭐든 열심히 하겠다는 그를 이 여사는 대번에 거절했었다. 반듯한 이마에 호랑이상이라 허드렛일을 견딜 인물이 아닐 거라 판단했다. 뭐든 쓸모가 있을 거라며 불 영감쟁이가 우기는 바람에 하는 수 없이 받아들였으나 곧 관둘 놈으로 찍어놓고 힘쓰는 일만 부려 먹었다.

과묵한 이준은 별 불만 없이 제게 주어진 일을 감당했고 작업이 없으면 방 안에 틀어박혀 책만 읽었다. 그러다 제가 원하는 일거리를 잡았다고 나간 뒤로 한동안 감감무소식이었다. 영감쟁이가 두부 먹여 데려왔다는 걸 보면 그때도 옥살이를 하고 나온 눈치였다. 무슨 일을 했느냐고 물으면 이준은 피식 웃으며 미친개를 몽둥이로 때려잡았다고 말했다. 짐승이 설치는 세상이지만 짐승은 어디까지나 짐승이지 사람이 아니거든요. 우리가 잡아야죠. 내가 먼저 죽더라도 알고 모른 체는 못 하겠습디다.

"손 서방은 잠시 놔두자. 법이 있으니 어떻게든 되겠지."

"자칫하면 사형선고 받습니다."

무어라 반박하려던 이 여사는 이준의 얼굴이 비장해 입을 다물었다.

그래, 네가 있어 든든하구나. 어깨를 두들겨주고 술잔을 채워주었다. 밥은 먹었니, 맛난 음식 해줄까? 이준은 입맛이 쓰다며 뒷주머니에서 새 담배를 꺼냈다. 담배 연기를 빼려고 방문을 조금 열자 서늘한 밤공기가 뱀처럼 기어들었다.

배 영감
상희야, 상희야

배 영감은 아침상을 받자마자 쳐다보지도 않고 그대로 물려버렸다. 앞
으로는 자신을 위해 상을 차리지 말라고 선언했다. 밥은커녕 교군에서는
물 한 모금도 마시지 않을 것이다. 절대로 입에 대지 않아. 저 무서운 년이
내게 무슨 짓을 할지 모른다. 배 영감은 김이를 안고 나가 동네 중국집에
서 자장면을 나눠 먹은 다음 문방구에 들렀다. 동그랗게 부푼 공기주머니
를 누르면 고무로 만든 말이 팔짝팔짝 뛰는 장난감을 김이가 골랐다. 여벌
의 옷이 달린 마론인형과 소꿉놀이 세트를 사주려 하자 김이는 색색의 유
리구슬만 손에 쥐었다. 가지고 싶은 게 있으면 실컷 사라고 해도 그 두 가
지만 골랐다.

배 영감은 값을 치른 뒤 문방구 주인에게 천 원짜리 지폐를 넉넉하게

건네줬다. 내 손녀가 문방구에 혼자 오면 저 좋다는 물건을 사게 해주오. 혹시 돈이 모자라면 이리로 전화해요, 교군의 전화번호를 불러주려던 배 영감이 고개를 갸우뚱했다. 허허, 이것 참. 갑자기 생각이 안 나네. 문방구 주인이 괜찮다고 해도 배 영감은 멀뚱멀뚱 생각에 잠겼다.

옆에 섰던 김이는 문방구 안의 주황색 공중전화기를 봤다. 가느다란 팔을 뻗어 작은 손가락을 다이얼에 대고 돌렸다. 수화기는 걸어둔 채 차르륵, 차르륵. 숫자의 이름은 몰라도 동그란 다이얼 안에 든 모양은 순서대로 외우고 있었다. 교군 안채의 전화번호다. 걸핏하면 친정으로 전화를 걸던 제 엄마의 손가락 놀림을 또렷이 기억하는 김이였다.

여보세요, 저예요…… 차르륵 차르륵 다이얼을 돌린 다음 수화기에 대고 말하던 그 목소리, 엄마 목소리. 다이얼을 돌리던 김이는 소리를 가둔 채 입모양만으로 여보세요, 저예요, 라고 반복해서 웅얼거렸다. 숫자는 모두 여섯 개다. 차르륵, 차르륵, 차르륵, 차르륵, 차르륵, 차르륵, 여보세요, 저예요……. 결국 배 영감은 주인에게 전화번호를 알려주지 못하고 문방구를 빠져나왔다.

한산한 오후였다. 동네 놀이터로 향하는 길은 보도블록을 깔다 말아 진흙이 군데군데 드러나 있었다. 어디서 달큼한 냄새가 풍겨왔다. 버스 정류장 옆에는 기계로 눌러 쥐포를 굽는 장사치가 파리 끈끈이를 내걸고 있었다. 파리가 날아드는 쥐포 더미를 김이가 신기하게 들여다보자 배 영감은 작은 손을 그러쥐었다. 먹고 싶냐, 묻자 김이는 대답을 하지 않았다.

"할아비가 무섭냐?"

역시 아무 말이 없었다. 대답을 기대하고 물은 것도 아니었다. 가판의 알록달록한 잡지를 보느라 김이가 서성거리자 주머니에 든 유리구슬이 찰

찰 부딪치는 소리를 냈다.

어젯밤 김이는 벽장에서 발견되었다. 한밤중에 아이가 보이지 않는다고 호들갑 떠는 목소리가 안채에까지 시끄럽게 울렸다. 일꾼들이 교군 별채의 빈방을 전부 뒤졌다. "김이야! 김이야!" 미로처럼 복잡하게 이어진 복도를 쿵쾅쿵쾅 뛰어다니며 저마다 아이 이름을 목청껏 불렀다. 이 여사와 한바탕 언쟁을 벌인 뒤 지칠 대로 지쳤던 배 영감도 안채의 방문 열두 개를 하나씩 열어젖혔다. 컴컴한 벽장 안에 꼬부린 채 잠든 김이를 발견했다. 어린것을 안아 내리는데 목덜미가 끈적거렸다. 얼굴에서 풍기는 시큼한 냄새에 부어오른 눈두덩.

"애 앞에서 소리 지르지 말라고 했잖아요? 당신 고함 소리에 놀라 여기 숨어 울었구나. 세상에, 불쌍해라."

이 여사가 눈을 흘기자 배 영감은 방에서 나가며 혼자 투덜거렸다. 쳇, 악다구니를 쓴 게 누군데. 홧김에 밥상을 둘러엎기는 했지만 사사건건 토를 달고 나오니 참을 수가 있나.

배 영감은 통 잠을 이루지 못했다. 미란이를 잃고부터 편두통이 날로 심해 꿈인지 현실인지 혼돈스러웠다. 이제는 눈물도 나오지 않아 안에 고인 슬픔이 종일 아프게 출렁거렸다. 시련에 지친 눈으로 바라보는 모든 것은 전부 쓰레기 같았다. 집구석이고 사람이고 모두 다 쓸모없고 거추장스러운 쓰레기였다.

다 늙어 이혼은 말도 안 되는 소리라며 이 여사가 길길이 뛰었지만 배 영감은 서류를 들이밀었다. 얼마 남지 않은 목숨, 조용하게 살겠다고 선언했다. 진심이었다. 어린 김이를 생각하자 정신이 번쩍 났다. 이런 난장판에서 아이를 키울 수는 없다. 혀에 단 것이 몸에 쓰게 마련, 먹고 취하고 먹고 노느라 인생을 이 지경으로 망치고 말았다. 손님들이 번잡을 떨며 왁자지껄 먹고 마시는 교군을 더는 참기 힘들다. 내 집의 주인인 내가 원상 복구시키지 않으면 김이까지 망가지고 말 것이다.

먹고 즐기는 것에 홀린 마누라는 제 살길 찾아 떠나라 하고 아이 봐주는 아줌마 한 사람만 들여 김이를 잘 키우면 된다. 마누라 아직 젊으니 얼마든지 새로 시작할 수 있다. 남보다 못한 사이가 된 지 이미 오래전이다. 갈라서자고 할 때마다 남 보기 부끄럽다고 매달리는 바람에 도로 주저앉곤 했지만 이제는 다르다. 김이를 위해서도 더는 안 된다.

배 영감은 김이의 정수리를 내려다보며 말했다.

"걱정 마라. 앞으로 잘 살면 된다. 김이 사달라는 것 다 사주고 부족함 없이 해줄게. 할아비가 제일 센 사람이거든. 교군은 바로 이 할아비 거다. 그러니까 김이 거야. 마당도, 연못도, 큰방도, 마루의 텔레비전도 전부 김이 거야. 이 할아비가 도장 쾅 박아놓을 거야. 아무도 못 빼앗아 간다. 전부 우리 김이 거야. 알았지?"

배 영감은 자신의 새끼손가락을 쥔 김이의 작은 손을 도장 찍듯 세게 움켜쥐었다. 스스로에게 포부를 밝히자 골머리를 썩게 했던 근심걱정이 순간 날아가버렸다. 젊은 마누라 치마폭에서 빌빌거리는 배택수가 아니란 말이다. 김이는 할미꽃처럼 고개를 숙이고 아장아장 걸었다. 볼록한 이마에 잔머리가 부스스했다. 커다란 슬리퍼가 작은 발을 버리고 도망가려는 듯 겉돌아 발걸음이 어기적어기적 신통치 않았다.

"엄마 보고 싶니?"

아이는 그대로 묵묵히 걸었다.

"손 씨 그놈은 아니, 아빠는…… 일하러 갔고 네 엄마는 저기 저 하늘에 있어. 저기서 보고 있어. 언젠가는 다 만나게 되는 거야."

김이는 고개를 숙인 채 눈만 치켜뜨며 하늘을 올려봤다. 아무것도 없는 새파란 하늘, 텅 빈 하늘. 아무리 봐도 변화가 없는 하늘. 다시 눈길을 땅에 내리꽂았다. 넘어지지 않게 땅을 잘 보며 걸으라고 했다. 엄마가 그렇게 일러주었다. 여보세요, 저예요…… 김이는 다시 입술 모양만으로 여보세요, 여보세요, 라고 우물거렸다. 김이의 작은 검지가 다이얼을 돌리듯 빙글빙글 돌았다. 전화를 걸고 싶었다. 어딘지 몰라도 전화를 걸어 그 목소리를 듣고 싶었다.

배 영감은 김이의 앙증맞은 발가락에서 눈을 떼지 못했다. 새로 사준 노란 슬리퍼가 아직 커서 발가락이 밖으로 삐죽 빠져나왔다. 옥수수 알갱이처럼 작은 발가락 중 둘째발가락이 드러나게 휘어 엄지를 덮듯이 바투 붙었다. 둘째 마누라 상희 발가락이 꼭 그렇게 생겼었다. 김이는 제 외할머니, 상희를 여러모로 닮았다. 발가락이 닮았고 말수가 적은 것도 닮았고 무표정하게 사람을 외면하는 차가운 성정도 비슷하다.

배 영감은 교군 마당에서 혼자 노는 김이를 보면서 엄마를 잃고 쓸쓸하게 노닥거리던 어린 미란이의 동그란 잔등을 떠올렸다. 방문을 열고 마당의 어린 미란이를 내다보던 수척한 상희가 환영처럼 문가에 슬그머니 나타났다가 귀신처럼 사라지곤 했다. 그렇게 상희를 본 날은 온종일 몽상에 빠져 입맛을 잃었다.

상희의 하얀 발은 뼈가 드러날 정도로 여위었었다. 언제 그 발을 처음 보았던가. 동경이었을 것이다. 시나가와 2층집, 육조 다다미 위를 사뿐거리며 걷던 상희의 맨발. 이것 좀 봐요, 경성에서는 이런 일이 없잖아요. 여기는 버선을 신고 다녀도 모래가 끼어요. 옴폭 들어간 발가락 사이에 반짝이는 모래가 붙어 있었다. 손으로 문질러도 잘 떨어지지 않아 일일이 혀로 핥아주었다. 옴폭 들어간 속살의 말랑거림. 유치처럼 곱게 반짝이던 자그마한 발톱들. 거칠게 옷을 벗기면 모래 떨어지는 소리가 들린다며 상희는 슬며시 눈을 감았다.

하얀 속살은 농익은 복숭아처럼 향기롭고 손을 대면 으깨어질 듯 보드라웠다. 살성의 육즙을 빨아 먹고 그만큼을 다시 채워주려 헐떡거렸던 숨결과 숨결의 뜨거운 교감. 그 아름답던 몸이 병으로 메말라가던 시절은 참담했다. 죽음이 서린 푸르스름한 눈매는 나날이 무섭게 시들고 미열에 들뜬 몸은 방구들로 꺼져 들어갔다. 상희가 자지러지게 기침을 하면 유리처럼 매끄러운 손가락에 혈담이 뭉글뭉글 붙어 났다. 베갯잇에 남은 점점이 붉은 흔적은 그대로 꽃이었다. 아, 상희, 상희. 그 시절의 기억은 하나의 그림처럼 조각조각 떨어져 있어도 바로 앞에서 보는 것처럼 선명했다.

딸을 잃은 슬픔에 목이 메다가도 문득 떠오른 상념에 붙들리면 그대로 멈춰버렸다. 그때 그 기억들이 최근 들어 유난히 사무치는 이유를 알 길이 없었다. 이것은 무슨 병인가. 죽으려는 건가. 미란이는 그대로 폐부를 찌르는 아픔이지만 상희와 관련된 추억은 설렘과 떨림이 일어 은근히 달콤했다. 달콤함에 젖다 보면 그때 그 시절로 끌려가 주저앉았다. 둘째 처 상희와 죽은 미란이와 김이, 이렇게 셋이 하나의 상처로 묶여졌다. 나머지는 없었다. 셋은 하나였고 그중 둘을 잃었고 이제 하나만 남았다. 불쌍한 김이만 오도카니 남았다.

"집에 가."

놀이터에 도착한 김이가 인상을 찌푸렸다.

"벌써?"

바깥 구경을 좋아해 그만 돌아가자면 시무룩해지던 김이가 웬일로 집에 가자고 잡아끌었다. 배 영감은 미끄럼을 한 번 더 타라고 김이의 등을 밀었다. 큰소리치고 나온 교군으로 돌아가기 싫었다.

늘 분주하게 돌아가는 교군, 지금도 뭔가를 부글부글 끓이는 냄새가 진동할 것이다. 언제인가부터 배 영감은 조리실에서 재게 움직이는 사람들을 외면하게 되었다. 칼을 들고 설치는 마누라가 작두 타는 무당처럼 보였다. 그동안은 알면서도 모른 체했다. 먹는 재미에 혼이 빠져 정작 중요한 걸 놓치고 있었다. 볶고 삭히고 데치고 끓이고 구워낸 맛난 살점을 꿀꺽꿀꺽 삼켰는데, 그게 바로 나였다. 내 인생 귀하디귀한 정수를 모두에게 나눠 먹였다. 나는 동의하지 않았는데 어느새 그렇게 되었다. 그악스런 종년 잔재주에 녹아 오장육부를 다 빼줬다.

멍하니 생각에 잠긴 배 영감의 손을 김이가 다시 흔들었다. 집에 가자고 재촉하는 것이다.

"졸리면 할아비 무릎 베고 한잠 자. 날이 더워 나도 졸린다."

"똥, 똥 마려."

김이는 다리를 배배 꼬며 동동거렸다. 에이, 좀 참아라. 근처 으슥한 곳을 살피던 배 영감은 낭패한 얼굴로 김이를 업었다. 어린것이 생각보다 실해 허리가 뻐근했다.

"가자, 가자, 가고 있으니 참아라."

공중화장실을 찾아 두리번거리며 부실한 다리를 휘청휘청 놀렸다. 힘에 부쳐선지 등에 실린 묵직함이 자꾸만 밑으로 처졌다.

아이를 언제 업어봤던가. 기억에 없다. 자식들보다 손자가 더 늘어 일일이 이름을 외우기도 힘들 지경이다. 미국에 사는 전처 자식 셋과 미란이 장성하기까지 배 영감은 무심했었다. 시시콜콜한 가정소사에 끼어드는 가장이 되고 싶지 않았다. 다행이 아이들은 낳아놓으면 저절로 컸다. 전처 자식들과는 상희 때문에 갈등이 끊이지 않았고 상희가 죽은 뒤로는 사업을 벌이고 거덜 내고 다시 일을 만드느라 세월을 등에 지고 마냥 달렸었다. 덕은이가 음식솜씨만 좋은 게 아니라 빽빽한 가족관계에 기름칠을 잘한다고 믿었기에 미란이 생일도 몰랐고 언제 학교를 졸업했는지도 몰랐다. 그애가 어떤 고민을 하고 어떤 소망을 가졌는지 몰랐다. 몰라서 편했다.

"내려, 나 안 넘어져."

김이가 배 영감의 귓전에 대고 칭얼거렸다.

"오냐."

등에서 내려주려고 몸을 일으켜 세우던 배 영감은 그대로 걸었다. 왠지 묵직한 무게감을 놓치기 싫었다. 강보에 쌓인 갓난애 비린내를 맡은 게 어제 같은데 김이는 벌써 이만큼 자랐다. 무럭무럭 자라고 있다는 실감이 지친 와중에도 위로가 되었다. 더 자라면 상희를 닮은 얼굴이 될 것이다. 교군의 실질적인 임자가 될 것이다.

배 영감은 그늘만 골라 걸으며 길게 한숨지었다. 김이가 훌쩍 자라 어른이 되는 모습을 지켜볼 수 없을 거라는 예감은 당연하면서도 쓸쓸했다. 수명이 다했다는 사실보다 원통한 게 있을까. 그러나 마음을 비워야 한다. 앞선 자들은 뒤에 오는 젊은것에게 등을 내줘야 한다. 미란아, 보고 있냐. 미란이, 미란이. 아까운 내 딸. 네 새끼, 걱정 마라. 아비가 목숨을 다해 김이를 지킬 테니. 허공에 대고 중얼거리는 배 영감의 마른 입술은 허옇게 떠 있었다.

이 여사
교군의 맛

우리는 모두 한 반죽에서 파생되었다.
손으로 뚝뚝 떼여 뜨거운 국물에 던져지는 수제비를 보라.
어떤 놈은 무심결에 잘났고 어떤 놈은 대책 없이 못났다.
우리의 인생, 이 복닥거리는 냄비 안은 얼마나 비좁은가.
저 잘났다고 뽐내봐야 대개 우연의 힘이다.

　- 『이딴 얘기 받아 적어서 뭐하려고』 (교군 이력은 여사 채록본 3)

　교군 앞마당이 꽃향기로 풍성해졌다. 하늘하늘한 유백색의 아까시 꽃
과 빳빳한 동백잎에 찹쌀 풀을 발라 하나씩 채반에 널어놓았다. 허연 풀
이 마르면 봄의 향기를 그 안에 가둬두게 된다. 꽃 부각의 핵심이란 향기
를 튀겨 먹는 것. 바싹 튀겨 단단해진 꽃잎이 입안에서 바삭바삭 부스러
지면 달고 진한 향기를 뿜어내게 된다. 한쪽에서는 꽃을 다루고 한쪽에서
는 큼큼한 냄새가 풍기는 메주를 늘어놓았다.

　올해는 흉사를 치르느라 장 담기가 늦어졌다. 늦어도 많이 늦었지만
포기할 수는 없다. 이 여사가 장 담기를 선언하자 일이 급박하게 돌아갔
다. 마당에는 주문을 넣은 식재료들이 속속 도착했고 풀어낸 자루가 아무
렇게나 버려졌다. 딸기잼 만들 싱싱한 딸기가 채반에 담겼고 푸릇푸릇한

푸성귀도 산더미처럼 늘어섰다. 그뿐인가. 잘 마른 메주를 씻어 말리느라 마당은 발 디딜 틈이 없었다.

배 영감이 집 나간 지 사흘째. 자다 일어나 속옷 바람으로 허겁지겁 뛰어나가더니 밤이 이슥해지도록 돌아오지 않았다. 다음 날 일꾼들이 미란이 살던 집에 찾아갔으나 허탕만 치고 돌아왔다. 고인의 위패를 모셔둔 절과 묘소에도 들러봤으나 아무 흔적이 없었다. 기원이나 서예교실에서도 같은 대답만 들었다. 이 여사는 입으로는 사라진 영감을 걱정했지만 내심 이대로 영영 돌아오지 않기를 바랐다.

교군은 예나 지금이나 드나드는 자들의 휴식처다. 죽은 자는 떠났고 남은 자들은 먹어가며 살아야 한다. 먹는 일을 어찌 잊을 것인가. 이맘때 술을 빚어야 향기롭게 익은 곡주를 한식에 내놓을 수 있고 이맘때 멸치젓을 담아야 푹 익은 젓갈로 김장을 담근다. 교군 마당은 딸기와 꿀을 부글부글 끓이는 달짝지근한 냄새, 아가미를 발라내는 비린내에 육간장 달이는 끔찍한 냄새가 온통 뒤섞여 화생방 훈련을 하는 것처럼 지독했다. 지독해도 즐거웠다. 초상 치르느라 정신이 쏙 빠져 이렇게 귀한 것들을 잊고 있었다. 게장 담글 알이 꽉 찬 암게를 놓쳤고 당진의 간재미, 산란을 위해 살이 통통하게 찐 간재미를 딱 그때 들였어야 제맛인데 선수를 빼앗기고 말았다. 그렇게 놓친 것이 어디 한두 가지인가.

미란이가 그렇게 되고 시신을 부검하네 마네 소란을 피우던 중에 요리장이 지나가는 말 비슷하게 영암에서 연락이 왔다고 전했다. 영암이라, 어느새 소문이 거기까지 퍼졌나. 문상객은 받지 않는다고 전하라 하자 요리장은 그게 아니고 흥정 때문이라고 했다. 어란이 완성되었으니 수량과 값을 정하자는 거래 요청이었던 것이다. 상황을 대략 설명하고 예의를 다

해 거절했다는 요리장의 말에 이 여사는 다리 힘이 스르르 풀렸다. 영암 앞바다 참숭어 알로 만든 어란. 반드르르한 갈색 윤기의 단단한 알 덩어리가 눈에 삼삼해 침이 꿀꺽 넘어갔다. 참으로 귀하고 맛난 물건이다. 거래 10년 만에 처음으로 큰 것만 골라준다고 했다니 놓친 사실이 원통해 말문이 막혔다.

네놈이 뭔데 묻지도 않고 거절했느냐며 요리장을 잡아먹을 듯 다그치고는 당장 구입의사를 전하라고 했다. 귀한 물건은 무조건 사들여야 옳다. 손님들의 수준 높은 미각에 충실하려고 상등품을 아낌없이 구매한다는 원칙은 절반 평계였다. 손님들의 입이 아닌 자신의 입이 먼저였다. 내 입, 내 혀, 내 목구멍의 즐거움을 위한 것이기에 값의 고하를 따지지 않고 선뜻 구입했던 것이다.

우주 삼라만상이 전부 내 입으로 인해 열리고 닫힌다. 밥상의 구색을 맞추려면 흔하지만 특별한 맛과 귀하고 익숙한 맛이 골고루 들어가야 한다. 이 여사는 명인이 먼저 연락해온 것에 들떴고 쫀득쫀득한 상등품 알 덩어리를 먹을 생각에 입맛을 다셨다. 그런데 영암으로 다시 전화를 걸었던 요리장의 얼굴이 어두워졌다. 귀한 상등품은 이미 팔려버린 뒤였다. 뒤늦게 알이 꽉 찬 참숭어를 구해보려 현지 시세를 물었으나 그조차 늦었다.

장례를 앞둔 상황에 그런 게 다 뭐냐며 요리장이 위로했지만 뭘 모르는 소리였다. 유독 좋아하던 것인 데다 놓쳐버린 맛일수록 미련이 남게 마련, 그 쫀득쫀득하고 짭짤한 향미가 시도 때도 없이 떠올랐다. 불에 달군 칼로 어란을 얇게 잘라 앞니로 잘근잘근 씹으면 그윽하고 농염한 향이 입안에 가득해진다. 찬밥을 물에 말아 어란과 함께 먹으면 다른 반찬이 생각나지 않는다. 당장 입에 넣어달라고 혀는 보채는데 이 일을 어쩌하나. 허락되지 않은 음식만큼 애닳는 것이 또 있을까. 이 여사는 장례 준비를 하면서도 마른침을 삼켰다.

살아 보채는 식탐을 달래지 못한 분노가 음식으로 폭발했다. 맵기로 소문난 교군의 빈소 음식이 기를 쓰고 매워졌다. 미란의 장례식장에 온 문상객들은 난생처음 겪은 지옥의 맛에 혼비백산이었다. 어찌나 뜨겁고 매운지 머리통의 구멍이 숭숭 뚫리면서 김이 피어올랐다. 불처럼 매운 육개장과 고추씨 넣고 지은 밥에 으깬 마늘 범벅인 시뻘건 김치가 금세 금세 동이 났다. 문상객들은 울면서 먹고 기침을 해가며 먹고 혼절을 했다가도 정신을 차리면 다시 숟가락을 들었다. 눈물 콧물을 닦고 땀을 훔치느라 두루마리 휴지 한 박스가 순식간에 동이 나버렸다.

초상을 치르는 내내 이 여사는 머리를 풀어헤치고 울었다. 죽은 미란이를 부르짖으며 통곡했고 놓쳐버린 계절 별미를 떠올리며 통분의 눈물을 흘렸다. 사진 속 미란이는 환하게 웃고만 있는데 그 몸은 갈기갈기 찢겼다. 미안하다, 미란아. 내가 너를 죽이고 말았구나. 나 때문에 네가 그리되었다! 이 여사가 자책하며 가슴을 치자 주변 지인들이 이 여사를 끌어안고 함께 울었다. 대체 어느 후레자식 놈이 그토록 끔찍한 짓을 저질러 우리 모두를 갈가리 찢고 나의 계절 별미마저 산산이 흩어놓았단 말인가. 이 여사는 한참 발버둥을 치며 울다가도 음식이 동났다면 한달음에 주방으로 달려가 토란대를 죽죽 가르고 고사리를 무쳐 맵디매운 국밥을 척척 끓여냈다.

미란이를 아는 문상객들은 물론이거니와 고인을 전혀 모르는 자들도 덩달아 곡을 하다 각자 제 인생을 반추하며 서럽게 울었다. 너무 매웠기 때문이었다. 빈소 음식은 사흘이 지나고부터 누구도 말릴 수 없이 가혹하게 매워졌다. "우라질, 딱 죽겠네!" "염병, 우릴 전부 죽이려는 거야?" "아이고, 이 여사가 많이 슬픈 모양이네. 이건 국밥이 아니라 독이다, 독."

혀는 이미 잿더미, 내밀한 슬픔을 마구 베는 칼날은 심신을 구석구석 난도질했다. 매운 국밥의 붉은 기운이 실핏줄처럼 그들의 생으로 활활 타고 들어가 오랜 상처를 욱신욱신 건드렸다. 저마다 제가 놓친 것, 제가 잃은 것, 시름겨운 제 인생을 떠올리며 굵은 눈물을 뚝뚝 흘렸다. 생전 처음 만난 이와 위로를 주고받던 이들은 하소연을 하는 와중에 가끔 입을 다물었다. 말을 하다 보면 저도 모르게 침이 주르륵 떨어지고 맑은 콧물이 인중을 타고 흘렀다. 눈을 감고 후후 숨을 내쉬며 매운 기운을 필사적으로 내뿜으려 해도 방금까지 뭐라고 떠들었는지 기억이 없을 정도로 정신이 혼미해지고 아득해졌다.

교군의 매운맛은 그냥 매운맛이 아니었다. 입으로는 그저 좀 맵다, 정도인데 점차 몸이 더워지면서 신경이 짜릿짜릿 곤두서고 몽롱해졌다. 영육이 분리되는 묘한 기분에 젖어 사람들은 자신의 껍질을 던져버리고 홀딱 벌거벗었다. 맛에 도취되는 반응은 언제 어느 때나 각기 달랐다. 어떤 사람은 방울방울 눈물을 떨어뜨렸고, 어떤 사람은 땀을 뻘뻘 흘리며 허풍을 떨었고, 어떤 사람은 제가 간직한 비밀을 술술 털어놓으며 울었다. 처음 만난 남녀가 몸을 섞은 뒤로 너무 맵게 먹은 탓에 실수를 했다는 변명을 늘어놓았다. 몸 깊숙한 곳에서 이는 불꽃을 어쩌지 못해 더 큰 불을 저질렀다는 말이었다.

대체 어떤 고추가 들었기에 이런 맛이 나느냐고 묻는 사람이 더러 있다. 그렇게 묻는 자는 교군의 진짜 맛을 모르는, 이제 매운맛에 첫걸음을 뗀 초보자에 지나지 않는다. 교군에서만 사용하는 특제 집장의 위력을 아는 사람은 더욱 다양한 맛을 보려고 용감하게 덤볐다. 이왕이면 맵게, 아주 맵게. 너무 매우면 속 깎인다고 경고해도 무턱대고 호기를 부렸다. "까짓 거 죽기밖에 더 하겠어? 숨이 턱 막히게 매웠으면 좋겠네. 심장이 터져버려도 맛만 볼 수 있다면 먹겠소."

오랜 단골들은 교군의 집장을 조금이라도 얻어 가고 싶어했다. 아무리 아부를 떨어봤자 이 여사는 거저 퍼주는 법이 없었다. 팔지도 않았다. 몰래 훔쳐가겠다고 하면 흐흥 비웃으며 어디 한번 훔쳐가보라 했다. 이 여사의 호언장담을 비웃기나 하듯 몇 차례나 도둑질을 당했다. 비법을 배우려고 일꾼으로 들어왔다가 항아리째 들고 도망쳐버린 사람이 어디 한둘이던가. 입에 든 혀가 머리통을 지배하면 눈앞에는 그것만 보이게 마련이다.

고추장과 된장, 간장, 청국장과 매운 집장을 만들 때면 이 여사의 얼굴은 화색이 돌았다. 이제 막 연애를 시작한 스무 살 처녀의 표정이었다. 이 여사의 머릿속에는 장 담그는 공식이 차곡차곡 들어 있었고 순서대로 만드는 기쁨은 어느 누구와도 나누지 않았다. 항아리에서 곰삭은 장을 새끼손가락으로 찍어 맛보면 대번에 성공과 실패를 판별해냈다. 오로지 이 여사만 가능한 능력이었다.

뚜껑을 열자마자 끼치는 냄새, 끈적이는 점성과 매운 기운의 차이는 분명 달랐다. 성공한 장과 실패한 장은 보기에는 비슷했으나 국에 들어가거나 푸성귀와 뒤섞여 맛을 일으킬 때는 그 차이가 매우 컸다. 성공적인 맛은 맵기만 한 게 아니라 중독성이 매우 높았다. 맵게 먹다 보면 저도 모르게 내면에 숨은 감정을 끄집어냈고 극한에 다가가고 싶은 충동마저 불러일으켰다. 그야말로 마약과 비슷해서 한번 맛을 본 사람은 헤어나질 못했다.

"갓 태어난 놈이 마침 있었대요."

이른 아침 도축장에 갔다 온 요리장이 스티로폼 상자를 안으로 나르며 신이 나서 외쳤다. 일꾼들이 그것을 구경하려고 일제히 모여들었다. 아무 때나 볼 수 있는 물건이 아니었다.

"마침 있었던 게 아니라 내가 그 날짜를 여태 기다린 거다."

이 여사는 스티로폼 상자의 뚜껑을 열었다. 배송하는 중에 얼음이 녹아 물이 찰박거렸다. 비닐을 벗겨내고 바스락거리는 한지를 펼치자 웅크린 형태의 회색 살덩어리가 드러났다. 가죽과 내장을 제거한 갓 태어난 송아지였다. 일꾼들은 덤벼들어 쿵쿵 냄새를 맡고 살을 쿡 찔러봤다. 야들야들 보드랍고 폭신한 고기는 아직 피가 돌지 않아 붉은 살코기와는 아주 다른 물건으로 보였다. 어린 송아지의 웅크린 모양이 가련해 보자마자 뒷걸음질 치는 일꾼도 있었다. 다른 스티로폼 상자에는 선홍색 핏빛의 뭉클한 쇠간이 들어 있었다.

소금물로 삶아 말린 베보자기에 회색 송아지고기를 집어 넣었다. 전복과 문어 등의 해산물은 다른 베보자기로 들어갔고 마늘과 파뿌리, 생강, 고추, 대추 따위 잔잔한 양념류 역시 커다란 베주머니를 뚱뚱하게 만들어 주었다. 묵직한 베주머니 전부를 커다란 항아리 안에 넣고 그 위로 작년에 만든 집간장을 콸콸 부었다. 진하고 짠 간장 안에서 세월을 보내다 보면 안에 넣은 재료들은 흐물흐물한 빈껍데기만 남게 된다. 음흉하고 짜디짠 간장은 태어나자마자 숨이 끊긴 송아지의 울분과 설움까지 몽땅 녹여 제맛으로 강탈할 것이다.

이 여사는 만족한 얼굴로 오늘 날짜를 적은 한지로 항아리를 봉했다. 이 순간은 늘 감격스러웠다. 먹을 갈아 붓으로 글씨를 적던 시절부터 매직

펜으로 휘갈겨 적는 지금까지 성취의 감격은 조금도 변치 않았다. 더군다나 일꾼들 모르게 자신만 아는 흔적을 살짝 남겨둘 때의 은밀한 기쁨이란, 묵은 장 뚜껑을 열어 첫맛을 볼 때만큼이나 두근두근 가슴이 설렜다.

"묵은 항아리를 끄집어내라."

"어이쿠, 이게 땅에 박혔나, 왜 이리 무거워."

"예전 일꾼들은 한 놈이 하나씩 꺼냈는데 너희들은 셋이나 달라붙어 끙끙거려?"

잔소리를 퍼부어도 사내 셋이 단번에 항아리를 들지 못해 어이쿠, 어이쿠, 신음만 내질렀다. 지하창고에 항아리를 넣고 빼는 일이 수월하지 않다는 건 다들 알고 있는 사실이었다. 그래서 장을 담자고 선언하면 허리 아프다는 핑계부터 대는 놈이 허다했다.

이번에는 재작년에 담갔던 육간장이 든 항아리를 개봉했다. 항아리 밖에 늘어진 끈을 들어 올려 안에 든 베주머니부터 끄집어냈다. 항아리 밑바닥에 처음 집어 넣을 때는 묵직했지만 지금은 짠 간장 기운에 사그라져 주머니 자체가 홀쭉하고 가벼워졌다. 물컹거리는 살점에서 고릿한 냄새가 역하게 풍겼다. 시커멓게 삭은 살점에서 풍기는 고약한 냄새 때문에 바로 땅에 묻어야 할 썩은 사체로 보였다. 간장이 든 항아리마다 집어 넣은 재료가 각기 달랐고, 하나하나 열다 보면 제아무리 비위 좋은 사람도 고개를 돌리고 숨을 참았다.

장정 셋이 항아리를 기울여 진한 간장을 커다란 솥에 옮겨 부었다. 한 방울이라도 허투루 흘릴 새라 지켜보고 섰던 이 여사가 불을 세게 올렸다.

"위에 뜨는 거품은 계속 걷어내. 이게 끓어 넘치는 날에는 너도 간장으로 만들어버릴 테니 그리 알아라."

"냄새 때문에 눈이 따가워 죽겠어요."

"멀찌감치 떨어져 수건을 뒤집어쓰고 있어. 자칫하면 눈이 멀어버려. 이에 비하면 간장 끓이기는 일도 아니다. 고추 작업 시작하면 한 달이 지나도 온몸이 따끔거려 죽을 지경이지."

누르스름하고 끈끈한 고추 효소에 다섯 종류의 고춧가루를 버무려 넣었다. 매운맛은 바로 이 장맛의 영혼이라 여러 종류의 고추가 필요했다. 신맛 나는 고추, 쓴맛 나는 고추, 지독히 맵기만 한 고추, 다디단 고추, 텁텁한 고추. 신맛 나는 고추는 입자를 크게 빻았고 맵디매운 고추는 분말로 곱게 갈았다. 아홉 가지 고추를 각기 다른 입자로 빻았다. 맵싸한 작은 입자는 큰 입자에 먹히고 큰 입자는 작은 입자의 공격에 텁텁함을 잃고 단맛으로 살아남을 것이다.

일꾼이 항아리를 밖으로 빼는 동안 이 여사는 뚜껑을 열어 안에 든 것을 살펴보았다. 가장 안쪽에 든 커다란 항아리는 뚜껑을 덮은 누르스름한 한지가 세월에 닳아 너덜너덜했다. 34년 전에 만든 집장이 든 항아리. 최초로 만든 이것에 해마다 새로 담근 장을 합해 모자란 만큼의 양을 채워 넣었다. 봐봤자 늘 같은 모양이지만 대견한 마음에 이 여사는 틈틈이 무거운 뚜껑을 번쩍 들어 열었다. 보기에는 검정색 끈끈한 소스에 불과하다. 손가락으로 찍어 맛을 보면 안 되고 가까이 들이대고 냄새를 맡아서도 안 된다. 견딜 수 없이 역한 냄새와 혀가 타들어가는 독한 맛에 정신을 잃을 수도 있다.

이것은 어둠의 맛이다. 징그럽고 칙칙한 덩어리가 세월의 작용으로 삭으면 처음과는 아주 다른 맛의 권력을 지니게 된다. 그대로는 독이기에 밀도를 희석하고 분량을 조절해 드문드문 섭취하면 몸이 적응하지만 한꺼번에 많이 먹었다가는 죽는다. 집장은 사람의 혀를 홀려 걷잡을 수 없는 식탐을 이끌어내는 맛의 전령이다. 독이 들어 있어야 사람의 혀는 중독되고 몸에서 이는 저항과 고통을 쾌락으로 환치시키는 것이다.

만드는 과정은 오로지 이 여사만 알고 있었다. 이제는 복잡하기만 하고 크게 효과가 없는 과정은 생략해버리는 내공이 생겼다. 흐물흐물해진 건더기를 걸러내고, 탁해진 간장을 끓이고 식히고 끓이고 식히기를 반복하다 보면 고약처럼 진하고 끈끈해진다. 그렇게 만든 집장의 종류는 다섯 가지. 조림용과 국과 탕용, 향신유와 무침요리에 들어가는 국간장용 베이스. 집장이라는 하나의 이름으로 뭉뚱그려졌어도 제각각의 맛과 쓰임은 비슷하지만 아주 달랐다.

매년 집장을 만들 때면 부리는 일꾼들의 눈빛이 달라졌다. 잘 배워서 써먹으려는 야망으로 번들거리는 눈빛. 요리장은 이 여사의 집장을 만드는 순서를 알아내려 혈안이었고 정인 역시 한 순간도 놓치지 않으려 했다. 사진을 찍고 공책에 받아 적느라 이른 새벽부터 밤까지 이 여사를 졸졸 따라다녔다. 하나라도 놓칠세라 묻고 또 묻고. 그래봤자 교군을 거쳐 간 많은 솜씨꾼들은 이 여사만의 집장을 전수받지 못했다. 집장 만드는 방법은 매년 달랐고 순서 또한 이 여사의 기분 내키는 대로였다. 더군다나 가장 마지막에 들어가는 중요한 요소는 아예 처음부터 쏙 빼먹고 알려주지 않았다. 그것은 알려줄 수가 없고 죽을 때까지 알려줄 마음도 없었다.

언젠가 요리장이 한숨을 쉬며 물었다.

"이거 정말 복잡하군요. 일부러 어렵게 설명하는 건가요?"

이 여사는 선선히 고개를 끄덕였다.

"누구 좋으라고 내가 술술 알려주겠어? 빼면 안 되는 중요한 대목은 아직 말하지 않았고 생략해도 될 과정은 세세하게 알렸어. 입에 혀가 달린 사람이라면 아무나 만들 수 있고 아무도 만들 수 없는 게 바로 이거다."

간소하게 만들면 희소성은 사라지고 만드는 과정이 복잡해지면 망칠 가능성도 그만큼 높아진다. 그래도 복잡해야 했다. 간장에 들어가는 콩의 종류와 소금에서 간수를 빼는 햇수, 고추의 품종과 조청의 농도와 불의 세기와 그해의 날씨까지…… 그중 하나도 소홀했다가는 집장은 똥이 되어버린다며 엄살을 떨었다. 자, 그래도 욕심이 난다면 만들어보시라. 열 번이고 스무 번이고 망쳐도 좋다면 어디 덤벼보시라!

이 여사
검은 혀

1593년 중무장한 일본의 십만 대군에 포위당한 진주성 사람들은 마지막을 직감했다.
성안 모든 식량을 한데 모아 국을 끓이고 비빔밥을 만들어 나누어 먹었다.
처절한 싸움 끝에 일본군에게 도륙당해 전원이 사망했다.
힘들 때는 함께 모여 밥을 비비고 국을 끓여 먹으며 고난을 이겨내는 방식.
우리는 그렇다.

- 『이딴 얘기 받아 적어서 뭐하려고』 (교군 이덕은 여사 채록본 3)

　집장 갈무리로 바쁜 와중에 정복 경찰 두 사람이 배 영감을 데리고 앞
마당으로 들어왔다. 경찰들은 다시 경찰서에 찾아와 난동을 피우면 공무
집행방해죄로 체포하겠다는 엄포를 놓고 갔다. 지난 사흘간 영감의 행적
을 알 것 같았다. 수척해진 영감은 툇마루에 무너지듯 주저앉았다. 숱 없
는 머리는 지저분하게 뭉쳤고 윗옷은 단추가 다 풀어져 축 늘어진 속살이
훤히 보였다. 그야말로 거지꼴이었다. 갈아입을 새 옷을 주며 이 여사가 혀
를 찼다.
　"손가락이 부러졌소? 전화 한 통 해주면 누가 잡아먹는답디까?"
　"이불이나 펴. 잠이 쏟아져 죽겠다."
　"진지 들고 주무시오. 일단 발부터 씻고 들어가요."

배 영감의 발은 천 리를 걸은 듯 땟국에 절어 꾀죄죄했다. 물 담은 세숫대야에 발을 넣자 금세 흙탕물이 되었다.

밥상을 들여가자 배 영감은 망부석처럼 앉아만 있었다. 이 여사는 배 영감의 밥상에 정성을 다했다. 잉어에 참기름을 듬뿍 부어 푹 고았고 평소 좋아하던 누름적을 고소하게 지졌다. 당귀떡에 육간장으로 담근 짭짤한 장김치를 곁들이고 말끔하게 광낸 은주전자에 국화주를 찰랑찰랑 넘치도록 담았다. 이래도 안 먹을 텐가, 은근한 협박을 담은 현란한 밥상이었다.

"생각 없다."

배 영감은 얄밉게도 밥상을 발로 쭉 밀어버렸다. 그러고는 시선을 회피하며 말했다.

"안채 빼고 나머지는 복덕방에 내놓았다."

"내 집을 팔아요?"

"네 집 아니다. 내 집이니까 팔지. 덩치가 크면 건사하기 힘들어. 여기는 내 알아서 할 테니까 너는 나가서 뭐 해먹고 살지 준비해라."

"나더러 나가라고요?"

"이 집이야 본래 상회 친정에서 준 거잖아. 평양 장인 장모 소식을 모르니…… 김이한테 가는 게 당연해."

이 여사는 멍하니 배 영감만 바라보았다. 마당의 매미가 질세라 악을 쓰고 있었다. 무쇠 톱니바퀴가 철근을 써는 소리 같았다.

"나하고 의논도 하지 않고 시루떡 자르듯 별채를 덥석 내놔요? 누가 이만큼 가산을 불려놨소? 난 순순히 못 나가요. 향숙이 엄마 쫓아내듯 간단할 거라 생각하면 오산이오."

"그만해. 싸우는 것도 지긋지긋하다. 사람을 불렀으니 깔끔하게 정리하고 도장 찍자."

"누구를 불렀소?"

"말하면 네가 알기나 해? 손 서방 일도 의논하고 재산 정리도 할 겸."

"손 서방은 어떻습디까."

"그 머저리 놈은 뭐가 어떻게 돌아가는지도 모르고 김이 걱정도 안 하고 그저 멀뚱멀뚱하더라. 손 서방더러 김이는 네 자식이 아니다, 김이를 임신한 상태에서 너를 만나 결혼했으니 이만 손 떼라고 구구하게 설명해줘도 멍하니 앉았더라. 그놈 낯짝을 보니 내 속이 뒤집어져서 패 죽이려다 말았다."

"그러지 마요. 이미 죽을 만큼 처맞아 골병이 들었대요."

"진술이 오락가락한대. 지가 멍에를 쓰기로 했으면 그대로 나갈 것이지, 왜 오락가락해? 미란이가 죽었는데 저는 살아 뭐하려고? 홧김에 그놈 면상을 몇 대 갈기려니 경찰들이 달라붙는데 내가 정신을 잃고 말았다. 깨어나니 유치장이라. 돈을 찔러줘도 그 지랄이야. 너도 돈 줬지? 그놈들 얼마 줬냐?"

"처음에 미란이 시신 인도 받을 때 줬고, 범인 잡아달라고 줬고, 손 서방 때리지 말라고 주고, 여태 세 번 줬소. 그럼 뭐해요. 처음에 수사하던 놈들 죄 다른 곳으로 가고 새로운 놈들이 와 똑같은 소리만 떠들고 앉았으니 우리 모르게 위에서 무슨 수작을 피우는지, 당최."

물 한 대접만 들이마신 배 영감은 이부자리로 엉금엉금 기어들었다. 가느다란 팔다리가 워낙 부실해 갓 태어난 망아지가 비틀비틀 어미의 품으로 파고드는 꼴이었다. 배 영감은 일본말을 혼자 웅얼거리다 고함을 빽 질렀다.

"민나 도로보데스! 민나 도로보데스!(모두가 도둑놈이야)"

이 여사는 손도 대지 않은 밥상을 확 패대기치고 싶었다. 기어코 밥상을 마다하다니. 왜 내 밥을 거부하는 건가. 다른 건 몰라도 내가 주는 상을! 이 여사가 다시 목청을 높여 퍼부었지만 길게 드러누운 배 영감은 텔레비전을 켜고 한가하게 부채질을 했다. 착착 접으면 가방에 들어갈 정도로 얇고 작은 몸이다. 배 영감을 이대로 꽁꽁 구겨 멀리 내다버렸으면 좋겠다. 나갔으면 팍 고꾸라져 죽었어야지 뭐하러 다시 기어 들어왔나.

안방으로 건너간 이 여사는 문부터 잠갔다. 장롱 깊숙이 넣어뒀던 통장들을 꺼냈다. 손때 묻어 닳고 닳은 통장이 스무 개가 넘었다. 한때 일수 이자를 받았던 손바닥 크기의 수첩도 고무줄에 칭칭 감아 전부 세 묶음. 부산 피난지에서 국밥 수레를 끌고 다니며 영감과 전처 자식들을 먹여 살리던 시절, 바를 정正자로 그릇 수를 확인하느라 계산지로 사용했던 미군 레이션 박스 쪼가리도 아직 가지고 있었다.

선비 흉내나 내는 남편과 그 종자들을 건사하느라 그 어린 나이에 악착을 떨며 돈을 벌었다. 아내로 인정받으려 얼마나 애를 썼던가. 남의 손에 넘어간 이 집을 되찾은 것도 자신의 벌이 덕분이었고 교군이 이만큼이나 확장하게 된 공도 자신의 것임을 모르는 사람은 없다. 세상 사람이 다 알아도 남아 있는 게 없음을 아는 이 여사였다.

어렵게 모은 돈, 투자한답시고 아파트고 상가를 사들이기도 했지만 최근 몇 년 동안 교군 확장에 야금야금 집어 넣었고 고급 혀를 달래주느라 흥청망청 써버렸다. 당장 돈이 문제가 아니다. 이대로 물러날 수는 없다. 이 여사는 통장과 서류들을 봉투에 도로 쓸어 넣었다. 천지간에 부모형제

하나 없다는 사실이 새삼 서러웠다. 설움이 북받치자 견딜 수 없이 배가 고팠다. 남의 집 부엌을 기웃거리던 어린 시절로 돌아간 것처럼 시도 때도 없이 허기가 들렸다.

그놈의 환幻에 젖어 배 영감이 악수를 두는 것이다. 김이를 통해 상희를 보고 있음은 전부터 알고 있었다. 김이가 제 외할머니를 닮았다며 전에 없이 상희 얘기를 자주 입에 담았다. 정말 그런가 싶어 김이를 들여다보면 그런 것도 같고 아닌 것도 같았다. 젊어 죽어 영원히 아름답게 남은 상희. 자신은 보잘것없이 늙어가고 있는데 상희는 여전하다. 영감이 무슨 생각으로 자신을 내치려 하는지 알 것 같았다. 상희에 대한 생각이 사무치니 종년과 부부로 지낸 세월이 새삼 부끄러웠을 것이다.

이 여사는 장롱 깊숙이 든 자개서랍장을 꺼냈다. 서랍장에 든 상자에 달린 자물쇠를 마저 열자 붉은 비단으로 만든 귀주머니가 나왔다. 귀주머니에서 도톰한 한지봉투를 세 개 꺼냈다. 거무스름한 가루의 양이 어느새 한줌밖에 되지 않았다. 엊그제 새로 담근 집장이 묵으면 이 몇 가지 가루를 넣는다. 독버섯이라 해도 워낙 미량이라 매운맛을 중화시켜주면서 혀를 마비시킨다. 이것을 넣었던 해와 넣지 않았던 해의 집장 맛은 큰 차이가 없었지만 음식에 넣고 난 다음 느낌이 달랐다. 어쩌면 기분 탓인지 모른다. 차이를 지적하는 이는 여태 한 명도 없었다.

미란이가 나 때문에 그리된 건가, 문득 괴로울 때 이 여사는 안방 문갑에 든 이 봉투를 떠올렸었다. 이걸 먹고 죽으면 그만이라고 생각했었다. 검은 가루들. 돌조각처럼 단단한 검은 덩어리는 자라의 피와 내장을 말린 것이다. 복어 내장을 먹인 자라에게서 얻은 부산물이다. 독초가루는 먹는 양만 조절하면 해당 환자에게는 명약이라고 천수원 사백이 할아범이 상희의 치료제로 내준 것들이다. 그때, 이것을 구입하던 시절은 너무나 먼 옛날인데도 어제 같고 방금 같다. 나쁜 꿈처럼 아련했다.

약재 담긴 한지봉투가 주렁주렁 매달린 동굴처럼 침침한 천수원을 찾아갔던 시절, 이 여사 나이 열여섯이었다. 골목부터 코를 찌르던 진한 탕약 냄새와 영감쟁이 고린내라니. 방 안에 앉았어도 입김이 허옇게 나오도록 추운 날이었다. 앞니가 하나밖에 없던 사백이 할아범은 새는 발음으로 주절주절 떠들어가며 꾸들꾸들 말린 송기떡을 화로에 구워줬다.

"과하면 죽지, 죽어. 근데 이게 들어가면 좋다. 맛이 참 좋아져. 도무지 잊지 못할 천상의 맛이 된다."

약값으로 치러야 하는 지전이 모자랄까 조마조마했던 덕은이는 떡을 씹으며 할아범에게 쏘아붙였다.

"먹으면 죽는다면서 누가 살아서 맛나다고 하던가요? 먹고 죽은 귀신이 그래요?"

"네년 젖퉁이 한번 만지게 해주면 내 다 알켜줄게. 네가 잘 여물었어. 앙팡진 궁둥이 아주 좋구나. 한번 하자."

젖퉁이나 만지라고 옷가슴을 풀어헤쳐주자 할아범은 헤헤 웃으며 약초 다루느라 까맣게 타들어간 손을 치마 속으로 헤집어 넣었다. 그러더니 바지를 쑥 벗었다. 한약방 그 쾌쾌한 동굴에서 할아범은 연이어 불발, 또 불발. 혼자 들썩거리다 얼굴이 시뻘게져서는 축 처진 양물을 붙들고 구시렁거렸다. "우라질, 못생긴 년이라 이놈이 좀처럼 일어서질 않는다. 못난 낯짝 저리 치워라." 뱀을 400마리나 고아 먹었다 해서 사백이 할아범, 변강쇠 뺨치는 색마라던 헛소문은 누가 퍼트린 걸까. 덕은이는 방바닥에 비스듬히 누워 구운 떡을 짭짭 씹으며 비웃었다. 했다 치고, 알려나 줘요.

먹을 바른 듯 시커먼 입술과 검은 혀를 달싹이며 할아범은 떠들었다.

"이건 아무에게나 맞지 않아. 죽어가는 놈만 맞다. 나도 예순 넘고 부터 맞더라. 죽을 놈은 먹어도 살 놈은 절대로 못 먹는다. 역해서 못 먹어. 먹어봤자 못 받아들여 게워내고 말지. 저승사자가 등짝에 쩍 붙은 것들만 이게 맛있어가지고 사족을 못 쓰는 거다. 알겠느냐? 살 놈을 죽이려면 반드시 맵게 해라, 그래야 몰라. 도야지족을 푹 고아가지고 족편을 굳히기 전에 물에 탄 가루약의 앙금만 따라서 합해라, 합해서 굳혀. 냉채도 많이 매워야 한다. 무슨 음식을 해도 이걸 넣을 적에는 매워야 해. 맵기 바빠서 장기가 녹아내리는 줄도 모르거든. 묵은 고춧가루는 안 돼. 선혈처럼 싱싱한 놈으루 곱게 빻아서 달고 칼칼하게, 식초는 금물이다. 식초는 저도 삭고 약도 삭게 한다. 기름이 좋다. 돼지기름, 생선기름 다 좋아."

극약으로 음식에 맛을 돋우는 비법은 할아범이 고아 먹은 뱀의 마릿수만큼이나 흔했다. 그래서 덕은이는 신이 나서 배웠다. 병을 낫게 하거나 죽음을 생각하기보다는 맛나게 하는 비법, 그게 제일 혹했다. 천상의 맛이라는 말은 듣기만 해도 황홀했다. 한창 세상의 맛을 겪던 덕은이, 몸으로 느끼는 쾌락은 뭐든 궁금했는데 그중 으뜸은 맛이었다.

하인들끼리 키득거리며 말하던 '그 짓'이 달짝지근한 홍시보다, 폭폭 삶은 고기무침보다 더 맛나다는 말에 덕은이는 애가 닳았었다. 남정네와 그 짓 한번 해보려고 천연덕스럽게 묻기도 많이 물어보고 음란한 딱지책도 읽어봤다. 음식보다 더 맛있다니 그것부터 해보고 싶었다. 해보니 별것 아니었다. 교군꾼 하나를 뒷방으로 끌어들여 훌렁 벗고 누웠으나 사타구니 찢어지게 아프기만 되게 아프고, 맛나기는커녕 몇 번을 해도 좋아지지 않고 입만 궁금했다.

깨엿이라도 우물거리고 있어야 그 길고 지루한 시간을 견뎌내지. 쳇, 겨우 그런 짓이 좋아 밤참 먹을거리를 마다하고 뒷물하러 우물가에 간다니. 나는 입으로 맛난 게 제일 좋다. 배가 불러야 좋다. 그게 최고다. 남정네가 좋으면 사람으로 좋은 게 아니라 어디 뜯어먹을 데가 있나, 내 배 부르게 해줄 건가, 그게 중하지 그깟 다리 사이에서 덜렁거리는 수세미 같은 물건, 덥석 잘라 소금 쳐 구워 먹으라면 몰라도. 덕은이 툴툴거리며 입이 찢어져라 누룽지 덩이를 밀어 넣자 종년들이 킬킬대며 비웃었다.

"저런, 걸귀 들린 년 같으니! 평생 남자 맛도 자식 재미도 못 보고 죽을 년이구나."

그 말이 씨가 되었나. 상희아씨의 서방을 제 것으로 차지한 뒤로 아무리 용한 보약을 먹어도 자식이 들어서지 않았다. 평생 남의 입을 채워주고 자신의 입을 만족시키는 음식만 죽어라 만들었지, 제 몸을 떼어내 만드는 자식이라는, 기특하게 꼬물거리는 따스한 살덩어리는 좀처럼 만들어지지 않았다.

한동안은 부지런히 독버섯을 구해 볕에 말리고 가루를 내 넉넉하게 비치했는데 어느새 한 주먹 분량밖에 남지 않았다. 귀이개로 털어 넣는 정도만 아주 살짝 집장에 집어 넣었기에 부족한 줄을 몰랐다. 그만큼 태평하게 살았다는 의미다. 치사량이 얼마였던가? 차 숟가락 하나 분량이던가, 아니면 그보다 적었나? 이 여사는 상희를 죽일 적에 얼마만큼의 양을 사용했는지 떠올렸다. 기억나지 않았다. 세세한 분량과 쓰임에 대해서는 거의 잊었다. 그러나 그날, 그 밤의 만찬은 방금처럼 선했다. 생각할수록 침이 괴는 찹쌀팥밥에 불곰탕과 고추버섯조림, 돼지족편과 창난젓, 말린 가지나물과 피마자나물에…… 색감은 칙칙해도 구색을 고루 갖춘 기막힌 밥상이었다.

"왜 그렇게 예뻐요?"

상희가 배택수와 교군으로 돌아왔을 때 코 찔찔이 여종 덕은이가 물었다. 상희는 빙긋 웃고 지나쳤다. 일본에서 피아노 공부를 하다 아이가 생겨 돌아왔다는 상희는 벙어리처럼 말수가 없는 여자였다. 덕은이가 묻고 싶은 건 그것만이 아니었다. 저렇게 곱게 생긴 여자도 방귀를 뀌고 측간에 가서 똥을 누는가? 조강지처를 버리고 새로 맞은 처가에서 마련해준 교군에 기어들어온 배택수는 한동안 교군꾼들의 위세에 기를 펴지 못했다. 그래도 신식물을 먹은 외양이 근사해 보이기는 했다.

부부가 마음먹고 차려입고 나서면 그야말로 눈이 부셨다. 깃털 달린 중절모에 로이드안경 낀 배택수, 레이스양장 차림의 상희마님은 김치 먹고 된장 먹는 조선 사람 같지가 않았다. 배택수 내외는 둘만 있을 때는 일본말로 대화를 나눴는데 사근사근하고 조신한 마님의 행동거지는 도무지 흉내 낼 수가 없는 경지였다. 몸에서 풍기는 향내는 얼마나 은은하고 그윽했던가.

백조처럼 우아한 상희마님은 까다롭고 예민한 신경질쟁이였지만 천애고아 덕은이에게만은 관대하게 대해주었다. 음식 좋기로 소문이 난 댁에 보내 실컷 배우게 했고 신기한 먹을거리가 들어오면 덕은이만 몰래 불러 맛을 보여주기까지 했다. 덕분에 이름난 반가음식, 궁중요리에 중국인의 기름진 청요리까지 익힐 수 있었다. 상희는 어린 덕은이에게 사람은 죽는 날까지 배우기를 멈추면 안 된다고 당부했었다.

해방이 되자 인력거꾼과 마부들이 앞장서 교군을 때려 부수려 했다. 가혹하게 착취당했다며 저마다 주장이 많았다. 교군의 원주인인 상희의 아비가 친일 악질로 분류되는 바람에 적산가옥이던 교군의 소유권 문제가 복잡하게 엉켜버렸다. 동네에 누런 군복을 입은 미군들이 들어와 설치고 배택수는 영어를 익히느라 파란색 책자를 손에 쥐고 주절거렸다. 그때부터였다. 그즈음부터 교군은 요릿집 비슷하게 변해갔다.

교군을 빼앗기지 않으려고 힘 가진 자들을 불러 모아 실컷 먹였고 취하면 사랑방으로 모셔 극진히 대접했다. 양놈이고 조선놈이고 높은 놈이고 간에 맛난 음식이라면 누구도 마다하지 않고 좋아서 겔겔 먹어 치웠다. 저놈도 먹고, 이놈도 먹고, 여러 놈이 한데 모여 먹고, 조선 팔도를 갈가리 찢어 아작 내듯 입 달린 놈들은 당연하게 교군에 찾아와 커다란 입을 벌리고 닥치는 대로 쑤셔 넣었다. 맛나서 먹는 게 아니라 원래 걸귀가 들린 놈들이라 뭐든 처먹을 뿐, 교군의 앞날 따위 관심도 없었던 것이다.

거저 얻어먹으려고 찾아오는 어중이떠중이들로 사랑방이 시끌벅적해도 상희는 혼자 방구석에 틀어박혀 음악을 듣거나 부모에게 편지를 썼다. 살려는 의지가 있었지만 버림받을 거라는 두려움에 상희는 이미 푸르스름하게 방구석에서 죽어갔다. 흔해 빠진 폐결핵이었다. 하얗던 피부는 핏기를 잃어 회색이 되었고 거죽만 남은 팔뚝은 시퍼런 핏줄이 툭툭 불거져 나왔다. 배택수의 극성스러운 친척붙이와 전처 자식들이 때만 되면 찾아와 용돈 달라, 학비 달라, 손을 벌렸다. 상희가 날로 쇠약해지자 배택수는 안방 근처에는 얼씬도 하지 않고 기생을 집 안까지 끌어들여 뻑적지근한 술판을 벌였다. 상희의 연애, 처자 있는 사내와의 요란했던 로맨스는 시커먼 혈담처럼 흉측하게 변질되고 말았다.

배택수는 환자가 사용하던 침구나 의복은 전부 삶아 빨라고 다그쳤고 병원비도 아까워 벌벌 떨었다. 처가에서 보낸 스트렙토마이신은 제가 먼저 먹어 치우고 환자에게는 맵게만 먹이라고 성화였다. 매운 음식이 기침을 멎게 한다며 되도록 맵게 아주 맵게 만들어내라고 부엌까지 들어와 간섭했었다. 실제로 약간의 차도를 보이자 밥상이 온통 붉은색으로 넘실거렸고 모두가 예방약을 먹듯 매운 음식을 치열하게 탐했다.

왕진 왔던 의사에게 무슨 소리를 들었는지 배택수는 시름시름 앓는 환자더러 평양에 있는 요양소에 가라고 했다. 처마 밑의 고드름이 송곳처럼 붙어 있던 엄동설한이었다. 배택수는 상희를 구슬렸다. 네가 살려면 그리로 가야 한다. 우리 미란이가 자꾸 열이 난다. 너한테 옮은 모양이다. 모두에게 병을 옮겨 다 죽일 셈이냐? 봄이 되기를 기다리면 늦는다. 네가 완쾌해서 돌아오면 봄이 될 것이다. 꽃이 피고 새가 우는 교군에서 우리 다시 만나자. 배택수가 나간 뒤로 상희는 미란이 젖어멈을 붙들고 한참을 울었다. 우리 미란이 부탁해요, 우리 아이를 잘 키워주세요. 하인들은 덕은이에게 이구동성으로 말했다. 너도 짐을 싸라. 가는 길에 송장 치우라고 너를 딸려 보낼 것이다. 너 말고 누가 있냐?

울다 지쳐 부들부들 떨던 상희아씨의 텅 빈 눈을 보며 덕은이는 결심했다. 교군을 떠나기도 싫고 상희아씨를 홀로 보내기도 싫었다. 그러니 잘 먹여야 한다. 피를 팔아서라도 아씨마님을 잘 모셔야 한다. 마지막 갈 곳이 평양이든 저승이든, 마지막 만찬은 잊을 수 없이 맛나게 차려 대접할 것이다. 그것이 갈 곳 없고, 있을 곳 없고, 오라는 곳 없어, 저잣거리에서 한뎃잠을 자던 고아를 거둬준 교군의 주인 어르신에게 은혜 갚는 방법이라 생각했다.

결말을 이미 알고 있었기에 그 죽음을 도와주었다. 어차피 같이 가야 한다면 함께 죽자고 결심했다. 외지에서 쓸쓸히 죽느니 제 집 안방에서 잘 먹고 숨을 거두는 게 나을 성싶었다. 솜씨 좋은 종년은 밤중에 홀로 일어나 어둔 전등 아래서 혼신을 다해 음식을 만들었다. 마님에게 품위 있는 죽음을 선사하려고 제 목숨보다 귀하게 여기던 쌈짓돈을 풀어 쇠고기를 사고 대추와 잣, 말린 해삼과 찹쌀을 몰래몰래 사들였다. 극약 가루를 넣자 끈끈한 국물이 암적색으로 변하면서 기묘한 향이 흘러나왔다. 한 숟갈 맛본 것만으로 혀에 구멍이 나듯 자극적이던 맛. 사백이 할아범은 틀리지 않았다. 그것은 진정 천상의 맛이었고 황홀한 안식으로 이끄는 섬세하고 온화한 맛이었다.

찹쌀이 든 팥밥을 얼큰한 국물에 적셔 맛을 본 아씨가 살짝 인상을 찌푸렸다.

"너무 맵잖니. 너의 정성은 갸륵하나 속이 깎이는 듯 어지러워 더는 못 먹겠다."

"밥보다 암죽을 먼저 드세요, 아씨. 속을 데워가며 천천히 입을 축이면 차차 입맛이 돌아올 겁니다."

상을 치우라고 할까봐 조마조마했다. 다행이 아씨는 식은땀을 닦아가며 느릿느릿 입으로 집어 넣었다. 씹다가 쉬고, 한술 떠 넣고는 멍하니 생각에 빠지고. 매운 기운을 후, 토해내다 지쳐 식은땀으로 흥건해졌다.

"아씨, 부디 천천히, 많이 드셔요. 먼 길 떠나려면 배가 두둑해야 한답니다."

바들바들 떨리는 손으로 간신히 젓가락질을 하던 마님은 점차 기운을 차려 여러 가지 요리에 열중했다. 푹 들어간 여윈 볼이 보기 좋게 우물거리며 점차 벌겋게 달아올랐다. 화색이 도는 것이다. 아씨가 먹는 것을 지켜보며 덕은이는 계속 침을 삼켰다. 먹는 속도가 빨라지다가 문득 정신을 차린 아씨는 덕은이를 보며 웃었다.

"내 혀가 이제 살아나는 모양이다. 살면서 이런 밥상은 처음이구나. 참말 예사롭지가 않아. 단정하고 칼칼하고 따스해서 마치 오케스트라 연주곡이 밥상에서 흘러나오는 것 같아. 예전에 좋았던 추억들이 생각나 눈물이 나는구나. 먹기가 아까울 정도야. 주인양반 자실 것, 충분하느냐?"

"그럼요."

밤새 간을 맞추고 맛을 보느라 한술 두술 떠먹은 덕은이는 피로 때문인지, 약효 때문인지 눈이 슬슬 감겨 고개가 툭 떨어지곤 했다. 그래도 마님의 마지막 모습을 지켜보려고 버티고 앉았었다. 마님이 떠나면 나도 남은 것을 먹고 함께 가리라. 매콤한 정찬을 깨끗이 비운 마님은 스르르 이불 속으로 파고들어 꿀처럼 다디단 잠에 빠져버렸다. 평양에 가려고 싸둔 보따리, 친정부모에게 전하려던 선물꾸러미가 윗목에 놓여 있었다. 상희는 각혈도 발작도 하지 않고 희미한 미소를 짓고 아름답게 절멸했다. 다만 청록색으로 변한 입술과 검게 탄 혀가 죽음의 특별한 곡절을 전하고 있었다.

덕은이 역시 상을 물려내고 아궁이 앞에서 남은 음식을 먹다 혼절해버렸다. 몽롱한 의식에서 와장창 그릇 깨지는 소리가 잔칫날 징소리처럼 호쾌하게 들렸다. 어지러운 꿈속을 깊이 유영하다 나흘 만에 이부자리에서 정신을 차렸다. 한동안 멍했지만 군불을 땐 방바닥이 짤짤 끓어 생의 온기, 살고픈 욕구를 돋워주었다. 아씨마님 장사 치르는 곡소리가 들렸고 소복 입은 사람들이 마당을 오가고 있었다. 운신을 하려니 온몸이 두들겨 맞은 듯 욱신거렸다. 꼬박 이틀 동안 비몽사몽 변소를 드나들며 피똥을 쌌다. 뭘 그리 처먹었기에 자다가 토하고 자면서도 게워냈니? 덕은이와 한방 쓰던 계집애가 한겨울 이불빨래에 몸서리를 쳤다.

간신히 털고 일어난 덕은이는 거울 앞에서 머리를 빗다가 검게 변한 제 혀를 발견했다. 혀가 죽어버렸는지 한동안 입맛이 통 없었다. 그럼에도 틈만 나면 침을 삼켰다. 앞에 있는 음식은 거들떠보기도 싫었고 속에 품은 맛만 홀로 그리워했다. 마님을 위한 마지막 만찬. 죽음이 서린 맛의 공포와 두려움은 짜릿한 쾌락과 비슷했다. 희뿌연 죽음을 가리던 붉은 매운맛. 또렷해서 두렵고 모호해서 짜릿한 그 어떤 순간의 황홀감. 이대로 죽고 싶다. 이대로 죽어버리련다. 그 맛이 첫사랑처럼, 짝사랑처럼 몸을 달뜨게 했다. 생각을 하지 않으려 해도 침이 꿀꺽꿀꺽 넘어갔다. 죽을 놈은 맛있고 살 놈은 역하다 했지. 사백이 할아범이 그랬다. 난 죽으려나 보다. 죽고 싶은 마음이 요만치도 없었다면 왜 맛있을까.

이다음에 또 그런 기회가 생긴다면 마다하지 않으리. 죽을지라도 원 없이 먹어 치울 것이다. 몸이 상하지 않으면서 슬쩍 비슷한, 그런 맛을 만들고 싶었다. 죽을 걱정 없이 맛을 즐긴다면 진정한 쾌락에 도달할 것이다. 맛만큼 선명한 쾌감이 있을까. 아씨의 죽음이 전해준 맛. 마치 그 맛을 만나게 해주려고 아씨가 희생된 듯했다.

상희의 죽음에 가책이 없지는 않으나 동란 중에 수없이 죽었다 살아나고, 돌멩이처럼 나뒹구는 무수한 주검을 목격한 뒤로는 생각이 정연해졌다. 잘한 짓이 분명했다. 모두의 애도를 받으며 품위 있게 갔으니 얼마나 다행인가. 하마터면 저렇게 길가에서 시퍼렇게 썩어 자빠질 뻔했다. 전쟁을 겪은 뒤로 삶과 죽음이 가벼워졌다. 사는 것도 죽는 것도 전부 찰나고 섬광이다. 죽어라 기를 쓰고 달려가는 이 길의 끝에는 죽음이 기다리고 있을 뿐. 앞서거니 뒤서거니 해도 결코 예외는 없다.

이 여사
엉킨 실타래

매운맛과 짠맛은 가난뱅이들이 주로 즐기는 품격 없고 저속한 맛이다.
삶이란 원래 고상하지 않다. 활활 타는 매운 동력이 없다면
이 험한 세상 무슨 재미로 살까.

- 『이딴 얘기 받아 적어서 뭐하려고』 (교군 이력은 여사 채록본 1)

　둔해 빠진 이 여름 대체 언제나 끝나려나. 별채에 나온 이 여사는 종일
조리실을 바라보고 있었다. 무력하게 침탈당한 기분. 자책의 고통. 잠시라
도 방심하면 누군가가 자신의 조리실과 그 안에 든 세월을 송두리째 앗아
갈 것 같았다. 뭘 먹어야 이 허탈한 속이 채워지려나. 속이 허할수록 입이
궁금해 자꾸 조리실로 눈길이 가 닿았다.

　속이 출출하다. 출출한 게 아니라 헛헛하다. 먹어도 먹어도 새로운 먹을
거리가 파노라마처럼 펼쳐지며 혀를 달싹거리게 만들었다. 이 여사는 총
총걸음으로 조리실로 건너갔다. 군것질 거리라도 찾아내려는데 마침 일꾼
들이 점심용 국수를 빚고 있었다. 냄비에 멸치 육수를 끓이고 소꿉장난하
듯 밀가루 반죽을 주무르고 있었다. 주먹만 한 반죽이라니. 손이 그리 작

아 뭐에 쓰겠나. 이 여사는 한심하다며 혀를 찼다.

"한 가지를 해먹더라도 제대로 해라. 이래서야 맛이 나나. 제 혀를 받들지 못하면서 남의 혀를 어떻게 만족시켜? 칼칼하게 고추튀김 넣어 먹자. 입안이 텁텁해 화끈하게 먹고 싶네."

"그럴까요. 튀김 냄비 내고 붉은 고추 내와라."

육수용 커다란 양은솥에 굵은 멸치와 북어대가리를 넣고 무와 양파를 썩둑 썰어 넣었다. 하얀 파뿌리, 다시마와 말린 고추씨를 듬뿍 집어 넣고 불을 세게 올렸다. 한옆에서는 잘 치댄 밀가루반죽을 국수기계에 넣었다. 국수기계의 낡아 빠진 손잡이를 끼릭끼릭 돌리자 뽀얀 빛을 머금은 면발이 일제히 가지런하게 빠져나왔다.

"이놈의 기계, 내 나이 열세 살 때 처음 봤지. 왜놈들이 쓰던 거라 제법 비싸게 팔더라. 이게 그렇게 갖고 싶어서 매일 점방에 들러 구경하고 만져보고 그랬거든. 처음엔 이렇게 시커멓고 우둔하게 생기지 않았다. 은색 윤기가 반드르르한 데다 나무 손잡이도 말끔했었지. 한동안은 아까워서 사용도 안 했었다."

국수를 뽑을 때면 매번 듣는 얘기라 일꾼들은 별말 없이 고명을 준비했다. 미나리를 데쳐 소금 간을 하고 샛노란 계란지단을 썰고, 이 여사의 가르침을 받아 적는 당번도 귀만 쫑긋 세울 뿐 공책을 꺼내지는 않았다.

"돈만 생기면 양놈들 감자 껍질 벗기는 칼을 사고 인천까지 찾아가 화교들한테서 대나무 찜통을 사들였어. 내 또래 애들은 얼굴에 찍어 바르는 코티분이나 꽃무늬 치마를 산다고 들떴는데 나는 새우 그려진 접시, 자개로 무늬를 넣은 구절판이 탐나더라. 지금도 예쁜 보시기만 보면 갖고 싶어서 가슴이 둥당거려."

"그게 재산입니다. 비품 조사한다고 꺼내보면 참 대단해요. 처음 보는 신기한 반죽이며 청동 신선로는 그대로 골동품이잖아요. 역사가 살아 있는 것이라 돈으로는 값을 매길 수가 없지요."

요리장은 역시 요리장. 아부의 달인이어야 교군 주방을 책임지게 된다는 속설대로 요리장은 감격스러운 웃음을 고명처럼 얹고 말했다.

"그렇지, 이게 다 내 건데. 안 빼앗기려면 빠짐없이 다 챙겨야지. 생각해보면 얻은 것보다 내가 일군 게 많아. 아주 많지, 너무 많아. 교군을 통째로 보따리에 싸가지고 도망치고 싶구나."

너희들도 내 거야, 원래부터 내 것이었고 앞으로도 내 것이다, 라고 중얼거리며 이 여사는 다진 고기와 두부를 반으로 가른 고추 안에 집어 넣었다. 육수 우러나는 구수한 냄새가 조리실을 후텁지근하게 채웠다. 허연 김이 피어오르는 육수 냄비에 불에 달군 무쇠 조각을 첨벙 집어 넣었다. 무쇠는 침몰하는 군함처럼 냄비 바닥에 툭 떨어져 육수의 잡맛을 제 속으로 빨아들일 것이다.

삶은 국수를 체에 건져 투명하게 빛나는 유백색 면발을 세 차례 물로 씻어 내렸다. 머리카락을 건져 올리듯 면발을 가지런하게 손아귀로 감싸 우묵한 사발에 나눠 담던 이 여사는 탱글탱글 빛나는 면을 한 오라기 건져 입에 넣었다. 밀의 찰진 단맛이 밋밋하게 씹혔다. 씹을수록 고소함이 진해지는 순백의 맛. 잘 삶아졌네.

한옆에서는 붉은 고추를 바삭하게 튀겼다. 차르르르 달아오른 기름에서 방울이 솟구치자 매운 냄새가 진하게 풍겨 나왔다. 김치와 깍두기를 보시기에 담는 동안 이 여사는 작은 단지를 꺼내 들었다. 국수 그릇마다 튼실한 고추튀김을 엑스자 모양으로 겹쳐 올려놓고는 구수한 육수를 붓자 달콤하게 매운 내가 은은하게 퍼졌다. 그 위에 검정색 매운 집장을 살짝 끼얹었다. 평소 일꾼들에게 허용하지 않는 특제 집장을 부어주자 모두들 기대에 부풀어 침을 꼴깍 삼켰다.

"자, 먹자."

뜨거운 국물에 부드럽게 풀어진 고추튀김을 젓가락으로 헤집자 알알이 고추씨가 소르르 쏟아졌다. 뜨거운 국물 위에 동동 뜬 노란 고추씨에서 향긋한 매운 냄새가 진동했다. 다들 대접을 들어 국물부터 들이켰다. 희한하게 간이 딱 맞았다. 모두들 질세라 후룩후룩 면발을 빨아들였다. 쫄깃한 면에 깃든 매운 기운에 목구멍은 화끈하고 속이 두둑해졌다.

"개운하지?"

"끝내주네요."

어느새 콧방울에 땀이 송골송골 맺혔다. 이 여사는 열심히 면발을 건져 먹는 일꾼들을 보며 안온한 기분에 젖어들었다. 도맛소리 끊이지 않는 생동감 넘치는 이곳을 버리고 살 수 있을까. 일꾼들과 오붓하게 즐기는 이 시간을 언제까지 누릴 수 있을까. 당연하게 소유하고 있던 것들이 사라지려 한다. 왜 하필 내 것을. 이게 전부 내 것인데. 이 척박한 터전을 내가 기름지게 만들었다. 매운 육수 때문인지 목울대까지 감정이 치받쳐 가슴이 싸했다.

천장을 떠받치는 오래된 목재는 시커멓게 변했고 미닫이문짝은 세월의 손때가 묻어 반들반들 윤이 난다. 햇살이 뿌옇게 들어오는 곳에 놓인 조리대 도마는 버틴 세월만큼 가운데가 움푹 들어갔다. 조리실 창으로 벚나무 휘어진 가지가 어루만지듯 닿아 있다. 찬장에 켜켜이 쌓인 고급 식기들, 첨단 조리도구와 격조를 갖춰 마련한 장식품 모두 이 여사가 애착하는 것들이다.

후룩후룩 면발을 빨아 먹을 때마다 후끈하게 감겨드는 매운 냄새. 목덜미가 땀으로 젖어 축축했다.

"너희들은 교군 나가면 뭐 해먹고 살래?"

이 여사가 일꾼들에게 물었다.

"아직 덜 배웠어요. 나가라고 해도 안 나갈 겁니다."

이 여사는 입이 근질거렸다. 배 영감과 갈라서기로 했다. 내가 이곳을 나가면 너희들도 따라나서겠느냐, 아니면 여기 머물겠느냐.

일꾼들 데리고 나가 조그마한 식당을 차려도 굶어 죽지는 않으리라. 예전부터 돈 대줄 테니 이윤 높은 장사를 하자던 제안이 많았다. 이 여사의 조그맣고 옹골진 손을 보고는 '재물 붙는 손'이라던 점쟁이도 있었다. 무엇을 하든 자석에 쇳가루가 붙듯 돈이 달라붙을 거라고 했다. 점쟁이 말대로 돈을 벌어들일 자신은 있다. 사람들 혀를 만족시켜주고 돈을 버는 일보다 쉬운 건 없다.

판단이 확고한 배 영감에 비해 이 여사는 매시 매분 매초마다 생각이 뒤집어지고 거꾸로 서고 곤두박질을 쳐댔다. 세상은 왜 이리 불공평한가. 교군에서 가장 쓸모없는 인간이 가장 쓸모 있는 자신을 내치려 한다. 영감의 만행을 호소하려고 본가 친지들에게 전화를 돌리려던 이 여사는 수화기를 내려놔버렸다. 잠깐 자신의 편을 들어주는 친지가 없지는 않겠지만 결국 팔은 안으로 굽기 마련, 영감의 고집을 꺾을 이는 아무도 없을 것이다. 이 집안에 자리를 잡은 이래 절기마다 어른을 살뜰히 모시고 친지들에게 후하게 베풀었으나 그들의 눈에는 어디서 굴러들어온 종년의 진화 이상도 이하도 아닐 것이다.

이 여사는 붉은 고추가 풀어져 붉게 번진 국수 국물을 남김없이 들이마셨다. 지랄 맞은 이 인생, 해결 방법은 하나다. 교군을 온전히 유지하려면 그가 사라져야 한다. 정신이 오락가락하는 영감은 언제 죽어도 이상하지 않을 것이다. 얼큰한 육수가 땀구멍으로 비죽비죽 빠져나왔다. 개운한 땀에 젖자 목표한 일을 이미 완성한 것 같은 기분이 들었다. 나의 교군은 무력한 늙은이의 부스러져 가는 목숨보다 귀하고 소중하다. 나의 맛은 상희아씨와의 만찬에서 시작되었다. 나의 맛은 혼의 울림이고, 나의 맛은 죽음과 같다. 입속으로 밀어 넣는 황홀한 죽음을 언젠가는 완성할 것이다. 나의 맛인 교군을 놓치면 나는 아무것도 아니다.

별채에는 빨래하는 아줌마 혼자 행주를 한 솥 삶고 있었다. 이 여사가 별채를 기웃거리자 아줌마가 고무장갑을 벗으며 뽀르르 달려왔다.

"다들 장 보러 갔나?"

"예. 장 본 물건은 배달키시고 종점약국에서 잔치가 있어 그리로 갔어요. 이번에 따님 장사 치를 때 많이 도와줬던 집이라 안 가볼 수 없다고 다들 갔거든요."

"그래, 도움 받았으면 인사를 해야지. 일 없으면 아줌마도 가봐요. 김이는 뭐해? 자나?"

이 여사는 텅 빈 별채를 보며 다른 궁리를 했다. 일을 꾸미기에는 더없이 홀가분한 날이구나.

"김이도 데리고 갔어요. 애들이 많이 온대요. 사모님도 같이 가요."

불 앞에 선 사람처럼 묘하게 상기된 이 여사의 얼굴을 빨래하던 아줌마가 바라봤다. 같이 가자고 다시 권해도 이 여사는 생각에 빠져 대꾸하지 않았다. 일꾼들이 없다. 다들 밤늦게나 돌아올 것이다. 드디어 오늘 밤인가. 모두가 없는 밤. 좋은 기회를 버릴 수는 없다는 생각과 괜히 서두르다가 일을 그르칠 수도 있다는 불안이 동시에 들이닥쳤다.

아무도 없는 교군은 고요하고 적막했다. 한낮에 악을 쓰던 매미들은 해가 떨어지자 잠잠해졌다. 살살 이는 바람에 나뭇잎이 조용하게 술렁거렸다. 목욕을 마친 이 여사는 벨벳처럼 사방을 무겁게 뒤덮은 어둠을 헤치고 귀신처럼 슬슬 걸었다. 삐그덕 마루 밟는 소리에 절로 흠칫 놀랐다. 두런거리는 목소리는 사랑방의 텔레비전 소리였다. 영감은 텔레비전을 켜둔 채 잠들어 있었다. 미동도 없이 죽은 듯 뻗어 있었다. 성가시게 떠들어대는 텔레비전 소리부터 줄였다. 숨죽인 파란색 음영이 널브러진 영감의 몸 위에서 일렁거렸다.

"그만하면 남부럽지 않게 잘 살았소."

이 여사는 혼잣말을 하며 영감의 옆에 앉았다. 퍼런 화면에 시위하는 군중의 모습이 잠깐 등장했다. 두꺼운 솜옷을 입은 전경들이 청년들에게 두들겨 맞고 있었다. 방패로 맞고 발길로 걷어차이는 전경들. 새로울 것이 하나도 없는 시시한 뉴스였다. 어른거리는 퍼런 불빛이 점차 흐릿해졌다. 영감과 몇 년을 살았던가. 햇수로 몇 년이었는지 잠시 셈을 하던 이 여사는 시간이 많지 않다고 생각했다. 노닥거릴 때가 아니다. 팔을 쭉 뻗어 수수껍질로 속을 채운 단단한 베개를 들어 올렸다. 그대로 영감의 얼굴에 대고 힘껏 눌렀다.

잠에서 퍼뜩 깼다. 꿈인가 생시인가. 배 영감의 얼굴을 베개로 눌렀던가. 언제 일을 쳤지? 가물가물했다. 이 여사는 몸이 축 처져 도로 눈을 감았다. 정신을 차리고 배 영감의 생사를 확인하려는데 이렇게 졸릴 수가.

어둠 속에서 희끗희끗한 것들이 확확 덤벼들었다. 어지러웠다. 귀가 찢어지게 시끄러운 아우성. 너무 시끄러워 귀를 틀어막았다. 우우 덤벼드는 것들이 무서워 눈을 감았다.

이게 뭔가? 살아 있다가 죽은 것들이다. 도끼로 모가지를 내리치자 길길이 뛰며 울부짖던 살찐 암퇘지. 피를 사방에 뿌리며 무섭게 아우성을 친다.

이건 뭔가? 토막 치기 전 손아귀 안에서 펄떡거리던 가자미. 미끄러운 몸체의 징그러운 비린내가 꿈틀거리며 저항한다.

이건 대체 뭔가? 홰를 치며 도망치다 도로 잡히자 꾸룩꾸룩 버둥거리던 수탉이다. 모가지를 확 비틀 때 날 쳐다보던 동그란 눈알. 유리 단추 같은 눈알. 젖은 눈알.

이건 뭐야? 한밤의 공습으로 일제히 픽픽 쓰러지던 피난민 행렬. 쌕쌕이가 날아들자 바퀴벌레처럼 달아나느라 이리 구르고 저리 자빠지고. 다리가 잘리고 피가 솟구치고. 살려주세요. 어머니, 어머니! 따스한 목숨으로 태어났는데 순간 흙구덩이에 처박혔구나. 눈을 감겨주기도 전에 흙이 되어 버린 인생. 누가 잡아먹었나.

무시무시한 환은 이 여사를 사로잡았다. 자신이 죽였던 모든 것들이 일제히 덤벼들었다. 내 잘못만이 아니다, 나만 그런 것도 아니다. 세상의 모든 것을 잡아먹고 내가 지금 여기에 있다. 내가 없으면 세상이 없고 세상이 있기 위해 내가 있다. 모든 것은 나를 위해 존재했고 나를 살리려고 사멸해왔다. 내가 살아야 한다, 내가.

이 여사는 영감의 얼굴 위로 베개를 올려 힘껏 눌렀다. 배택수도 수많은 먹을거리 가운데 하나일 뿐이다. 그의 바싹 마른 몸이 참새처럼 가늘게 푸드덕거렸다. 더 세게 힘을 줬다. 힘껏 버둥거려 봐라. 단단한 베개에 체중을 싣고 힘을 줬다. 세게 더 세게. 한때는 참 많이 좋아했었다. 매끈한 콧대에 두툼한 인중, 박식해서 허세도 많았던 이기주의자. 이렇게 정을 떼기 전에 끝냈어야 했는데. 베개 밑에 깔린 사지가 축 늘어졌다. 마치 오래 전에 죽은 낙지처럼 탁 풀어져버렸다. 그러다 다시 깼다. 어리둥절 정신을 차리려 드니 또 가물가물했다. 꿈인가.

더는 안 된다. 이제는 일격이다. 죽음을 선사하려면 바로 끝내야 한다. 단숨에 힘줘 꺾어야 한다. 이번에는 칼을 들었다. 서른 개가 넘는 주방 부엌칼 중에 제일 날이 잘 선 칼이다. 버섯코처럼 날렵하게 솟구친 칼날을 옆구리에 감추고 복도를 가로질렀다. 방문 앞에 상희아씨가 기다리고 있었다. 반가웠다. 변치 않는 미모에 차게 식은 미소. 아씨는 허연 입김을 내뿜으며 말했다. 덕은아, 서둘러.

난봉꾼 배택수는 개구리처럼 널브러져 자고 있었다. 목을 잘라라. 아씨의 목소리는 강경했다. 내가 잡고 있을 테니 어서 잘라라. 제 몸으로 힘쓰고 노력한 건 오로지 그 짓밖에 없으니 저놈의 양물도 잘라라. 모가지는 창성댁 형님이 달라고 했다. 창성댁이 누군가요? 이놈의 본처 말이다. 아하, 첫 번째 수혜자이자 희생자인 창성댁 형님. 그새 형님도 그리로 가셨소? 덕은이는 놈의 목덜미에 칼을 들이댔다. 이깟 놈 모가지를 뭐에 쓴데요, 박제를 하려나? 아씨가 검은 입술로 웃었다. 어디가 예쁘다고 벽에 걸어 놓겠니. 상희아씨는 배택수의 몸을 타고 올라 머리채를 암팡지게 휘어감았다. 어서 썰어! 이 잡놈의 목을 치라고! 참으로 친절하신 마님, 이놈을 손수 붙잡아주시다니요. 제가 잘 해보겠습니다. 덕은이는 생선 모가지를 자를 때처럼 배택수의 목덜미 깊숙이 칼날을 푹 쑤셔 넣었다.

"김이도 가마가 두 개구나."

"가마?"

"모르겠으면 할머니 머리 봐라. 여기다, 여기가 비었지?"

이 여사는 머리를 푹 숙여 자신의 가마를 손으로 가리켰다. 숫기 없는 김이는 슬쩍 보고 고개만 끄덕였다.

제 엄마를 닮아 이마에 곱슬곱슬 잔머리가 무성했다. 엉킨 머리카락을 참빗으로 빗어 내리다가 김이가 움찔거려 다시 큰 빗으로 바꿨다. 밭을 가는 가래처럼 성근 빗이라 한참 빗어도 엉킨 머리카락이 풀리지 않았다.

"가마가 사람 머리꼭지에 달린 표시거든. 요기서부터 회오리치듯 머리카락이 자라는 거지. 솜털머리로 태어나 나날이 수북해지는 게 사람이야. 김이는 밥 잘 먹고 잘 자니 키도 크고 머리도 부쩍 커졌구나. 그런데 네 엄마처럼 쌍가마라니. 어째서 너까지 가마가 두 갠 거지? 가마가 두 개면 일부종사 못 한다는데 말이다. 여자는 제 몸 간수를 잘해야지 헤프게 이놈 저놈 만나고 다니면 못써. 어, 가만히 좀 있어라."

"아파요."

더부룩하게 자란 머리카락을 움켜쥐고 고무줄을 감으려 하자 어린것이 진저리를 쳤다. 빗으면 빗을수록 머리칼은 윤기가 살아 점점 부드러워졌다. 말총처럼 가늘고 부드러운 머리채를 흔들자 느른한 단내가 풍겼다. 송아지 대가리, 강아지 정수리에서도 꼭 이런 냄새가 난다. 한창 자라는 것들이 세상을 먹고 밖으로 내미는 냄새. 이 여사는 머리채를 꼭 쥔 힘을 느슨하게 풀었다.

"아파도 참아. 안 묶으면 머리털이 사방에 떨어진다. 머리카락, 이 가느다란 놈들은 발이 달려가지고 할아버지 밥그릇에도 들어가고 간장종지에 둥둥 떠 있고, 제가 토란대인 양 국그릇에도 슬쩍 들어가 앉았거든. 머리카락이 머리통에 달려 있으면 곱지만 다른 데서 너울거리면 볼썽사나운 법이다. 여자란 제 머리털 간수를 잘해야 하는 거야. 하나로 묶을래? 아니면 두 개로 나눠줄까?"

김이는 대답하지 않았다. 인상을 찡그리며 아픔을 참아내고 있었다. 이 여사가 머리채를 힘껏 당겨 검정고무줄로 묶자마자 김이는 제멋대로 일어서려 했다.

"어딜 가?"

"할아버지 방에요."

"안 된다!"

이 여사는 김이를 억지로 주저앉히고 고무줄을 도로 풀었다. 다시 빗질을 시작한 손길은 방금 전과 달리 나사가 풀린 듯 제멋대로 투박하게 움직였다. 심사가 어지러웠기 때문이다.

김이는 잠자리에서 일어나자마자 그 방에 가려고 했다. 장난감과 동화책이 있는 할아버지 방에 가려고 일어설 때마다 이 여사는 얼굴이 허옇게 질려 화부터 냈다. 애를 붙잡아 둘 핑계로 빗질을 하던 중이었다. 아직은 할아버지 방에 가면 안 된다. 내가 발견해서는 안 되고 어린 네가 먼저 발견해서도 안 된다.

어젯밤 정인의 등에 업혀 온 김이를 안방에 눕혔다. 평소에는 할아버지 사랑방에서 텔레비전을 보다 잠들었지만 어제는 이 여사가 데리고 갔다. 시신 옆에 뉘일 수는 없는 노릇이 아닌가. 밤새 편히 잠을 이루지 못해 눈이 뻑뻑했다. 시간이 지날수록 정신이 맑아지며 팽팽하게 이는 긴장감에

묘한 쾌감까지 일었다. 꿈인지 생시인지 아직 가물가물하지만 왠지 익숙한 기대감이 일었다. 지옥을 이겨낸 기분이랄까. 그런데 누구를 들여보내 발견하게 한다지? 아침상을 정인이더러 들여보내라고 할까.

창밖을 내다보자 조리실 창에 불은 들어왔으나 누가 나와 있는지 알수 없었다. 아직 이른 시간이다. 이 여사가 생각에 빠져 빗질만 반복하자 김이는 "이거요" 하며 딸기방울이 달린 낡아 빠진 머리끈을 들이댔다.

"그건 해졌잖아. 고무줄이 헐렁하게 늘어나서 금세 쑥 빠져버려. 이렇게 단단하게 조여야 머리가 단정하지."

이 여사는 검정고무줄을 한 번 감아 묶었다.

"엄마가 사준 건데……."

김이의 혼잣말을 듣지 못한 이 여사는 딸기방울이 달린 머리끈을 휴지통에 휙 던져버렸다. 다 됐다, 선언하자 바로 일어서던 김이는 발이 저려 도로 주저앉고 말았다.

"콧등에 침을 발라."

이 여사의 말에도 인상을 쓰고 다리만 내려다보는 김이. 바짝 당겨 묶은 머리채 때문에 눈썹이 우스꽝스럽게 치켜 올랐다. 이 여사는 김이의 원피스 앞주머니에 얼룩진 기름자국을 발견하고 혀를 찼다.

"새로 산 옷도 또 그렇게 만들었니? 어미나 딸년이나 똑같네. 어째 그런 것만 닮았다니."

김이는 주머니마다 기름진 음식을 몰래 주워 넣었다. 빨래하는 아줌마가 고무장갑 낀 손으로 물에 젖어 너덜거리는 튀김이며 떡을 가져와 보여주었다. 제 아비를 먹이려 틈틈이 모았다고 했다. 생전의 미란이도 제 서방 먹이려고 눈에 불을 켜고 싸가더니 어린것 하는 짓도 딱 그렇다. 이 여사가 갈아입힐 옷을 장롱에서 꺼내는 동안 김이는 휴지통에서 딸기방울 머리끈을 찾아내 손에 꼭 쥐었다.

이 여사는 새 옷으로 갈아입은 김이를 앞세웠다.

"나가서 밥 먹자."

"만화."

"아직 만화 할 시간 아냐. 밥부터 먹자."

김이는 복도로 쪼르르 나가며 할아버지 방으로 고개를 돌렸다. 이 여사도 반사적으로 그쪽을 돌아보고는 눈을 의심했다. 방문이 열려 있었다. 밤새 닫혔던 방문이 활짝 열려 있다. 누가 저 방의 주검을 발견했을까. 말릴 겨를도 없이 김이가 그 방으로 쏙 들어갔다. 이내 텔레비전 소리가 크게 터져 나왔다. 이 여사가 방 안을 힐끔 들여다보자 어둑한 가운데 둘둘 말린 이불이 보였다.

김이를 부르려니 혀가 말려 소리가 나오지 않았다. 목구멍에 흙이 가득 든 것처럼 뻑뻑해 침도 삼켜지지 않았다. 이제 놀랍고 비통한 감정을 표현해야 할 때다. 마음을 굳게 먹은 순간 복도 끝 화장실에서 배 영감이 걸어 나왔다. 잔주름 가득한 얼굴에 인상을 쓰고 비틀비틀. 귀신을 본 듯 놀란 이 여사가 어쩔 줄 몰라 하는 사이 안채 유리문이 드르륵 열렸다. 쟁반을 든 정인이 시큰둥한 얼굴로 들어서고 있었다.

"잘 주무셨어요? 여기 가져왔어요."

정인은 얼음이 담긴 수건을 쟁반째 배 영감에게 건넸다. 이 여사가 영문을 몰라 묻자 정인은 배 영감의 편두통을 걱정했다.

"두통약은 이거고요. 식사를 제때 안 하시니까 머리가 아픈 거잖아요. 아유, 내 정신 좀 봐. 물을 안 가져왔네."

정인은 도로 나가고 배 영감은 쟁반에서 얼음수건을 집어 들고 텔레비전 소리가 요란한 사랑방으로 들어갔다. 평소와 다를 바 없는 자연스러운 태도였다.

이 여사는 간밤에 뭘 했던가 생각했다. 힘을 실어 베개로 꽉꽉 눌렀던 촉감, 목덜미 단단한 근육 속으로 칼을 쑤셔 넣었던 힘, 손아귀의 뻐근함까지 생생했다. 손바닥에 남아 살아 꿈틀거리는 감각이 무서워 이 여사는 마른 입술을 핥았다. 한편으로는 다행이었고 한편으로는 다른 형태의 악몽이 시작되었다. 그것은 예지몽이었구나. 그렇게 하게 된다는 뜻이지. 아니, 마음의 분함이 만들어낸 몽상일 뿐이다. 배 영감을 가만두지 말아야 한다는 각오와 그의 마음이 변하기를 기다려보자는 약한 마음이 경계를 넘나들며 맞붙어 싸웠다.

이 여사는 온종일 머리가 복잡했다. 아침밥을 어떻게 먹었는지 산지에서 보낸 통배추의 상태를 언제 어떻게 살폈는지 통 기억에 없었다. 기계적으로 많은 일들을 치르고 무심결에 해결해냈다. 손님은 없어도 주방은 늘 번잡했다. 배 영감은 어떤 언질도 행동도 없었다. 두통이 심하다며 사랑방에 콕 박혀 있기만 했고 김이는 일꾼들과 도넛을 만든답시고 밀가루반죽으로 장난을 쳤다. 까르르 아이 웃음소리가 매미 소리 비슷하게 신경을 긁었다.

다행이라는 한숨이 터져 나온 것은 해가 떨어질 무렵이었다. 죽이지 않아 천만다행이었다. 그 얼마나 끔찍한 일인가. 대체 뭐에 홀렸기에. 이 여사는 노르스름하게 튀긴 도넛을 맛보며 다가올 앞날을 생각했다. 일꾼들에게 새 직장을 구하라고 할까, 뭐라고 설명해야 하나. 궁리하면 할수록 컴컴한 동굴을 헤매는 기분이었다. 뒷마당을 서성이다 광에 들어가 묵은 집장을 들여다보고 소금물에 띄운 메주도 들여다봤다. 지난 하룻밤이 천년처럼 느껴지는데 장이 익으려면 아직 멀었다는 사실이 묘하게 서러웠다.

저녁나절 안방에 드러누웠던 이 여사는 전화를 받았다. 이준이었다. 알코올 기운이 들어간 음성으로 이준은 오래 주춤거렸다. 별일 없었느냐는 이준의 물음에 간밤의 일조차 아주 별일 없는 듯 느껴져 이 여사는 응, 짧게 대꾸했다.

"별일 없었다니 다행이네요."

"그래, 너는 지금 어딘데?"

"가까운 데 있어요."

이준은 주사를 부리듯 뭉개진 발음으로 말을 이었다.

"도청을 하고 있을지 모르지만 그냥 말씀드릴게요. 보름 전 탄천에서 익사체가 발견되었어요. 신문에 난 기사를 보고 그저 그런 사건인가 보다 했거든요. 알고 보니 미란 씨 사건현장을 목격했다던 바로 그 자전거포 주인입니다. 단순 실족사라고 넘어갔다는데…… 거기 물이 참 얕아요. 사람이 빠져 죽기에는 너무 얕은 곳이죠. 제가 오늘 거기 근처를 슬슬 걸어봤습니다. 냄새 때문에 골이 아플 지경이더군요. 시궁창 냄새가 심해 아무도 그리로 안 가요. 홍수에 물이 불었다면 몰라도 거기서 빠져 죽는다는 건 아무래도 수상해요."

"실수로 그렇게 됐겠지."

"그럴 수도 있죠. 그런데 이상하잖아요. 술은 입에 한 방울도 안 댄다는 양반이 주거지에서 멀리 떨어진, 인적도 드문 장소에서 떨어져 죽다뇨. 이상한 게 아니라 당연하게 느껴져서 무섭네요. 아니라고 말하면 죽고, 안다고 나서면 죽는 세상이니까. 이런 일을 당연하게 받아들이는 제가 이상한 거죠? 이거 세상이 왜 이러죠? 사람 목숨이 그렇게 간단한가요?"

"술 많이 마셨나? 네가 여기로 와라. 가까운 데 있다면서."

"피곤해요. 내일이나 가볼게요. 아니, 당분간은 모르겠어요. 저도 붙들려 갔다가 오늘 아침 나왔습니다."

"어디로 붙들려 갔어? 경찰서? 아니, 너를 왜."

"조사 받았어요. 워낙 엮여 있는 게 많아 시달렸지만…… 느낌이 팍 오네요. 잠자코 있으라는 건가봐요."

"협박을 하든? 손 서방이 잡혀 있는데 뭐가 켕겨서 그럴까?"

이 여사는 수화기를 오른쪽으로 바꿔 쥐었다. 우리에겐 안전장치가 있다. 이미 만만한 재물 하나를 바쳤는데 만족이 안 된다는 건가? 어서 교군으로 와 의논을 하자고 재촉하는데 공중전화가 허락해준 삼 분이 지나 전화는 툭 끊어졌다. 이 여사는 하고픈 말을 간추리며 기다렸지만 이준은 다시 전화하지 않았다.

목격자의 사망은 당장 피부로 와 닿지 않았으나 도청이라는 단어는 섬뜩했다. 앞으로는 전화기도 조심해야 한다. 문틈으로 누군가가 들여다보는 것 같아 이 여사는 창밖을 살펴보다 커튼을 쳐버렸다. 안방문도 잠갔다. 저러다 이준이마저 죽게 되면 어쩌나. 이준이를 노린다면 자신도 안전하지 않을 거라는 생각에 이르자 숨이 갑갑해져 왔다. 그 일을 아는 사람은 다 죽이려는 건가.

이 여사는 한자리에 꼼짝 않고 앉아 생각하고 생각했다. 밖에서 와글거리는 소리가 들리고 정인이 문을 두들겨도 가만히 생각에 잠겨 있었다. 자신의 목숨과 교군이 걸려 있는 중대사인지라 옆에서 물을 뿌려도 꿈쩍도 않을 기세였다. 어딘가에 눈알이 번들거리며 들여다보고 있을 것만 같아

숨도 쉬기 힘들었다. 더러운 놈들의 눈깔, 숨어서 들여다보는 어둠의 눈깔, 아무것도 할 줄 아는 게 없어 무능하고 나약한 겁쟁이 눈깔. 나와라, 이놈들아! 나와서 맞붙어보자.

쾅쾅쾅 문 두들기는 소리가 들렸다.

"사모님, 나와보세요! 영감님이 이상해요!"

정인의 다급한 목소리가 팽팽한 신경을 찢고 들어왔다.

"영감님이 의식을 잃으셨어요!"

"알았다."

이 여사는 건성으로 대답하고 그 자리에 그대로 앉아 있었다. 대수롭지 않은 일이었다. 숨을 틀어막아도 날만 새면 일어나는 오뚝이 같은 영감인데 그쯤이야. 내가 살아야 한다. 위협을 가하는 놈들에게 무릎을 꿇더라도 일단 살아야 한다. 살아난 다음에는 반드시 죽이리라. 당한 만큼 꼭 갚아주리라. 생각은 가지를 뻗고 뻗어 험하고 복잡한 골짜기로 흘러들었다. 결론은 어디쯤에서 날 것인가. 길이 막히면 막막했다. 이준에게 위협을 가한 것은 일종의 신호다. 까불지 말라는 신호. 그들이 진정으로 원하는 제물이 따로 있는 걸까.

전화기를 노려보던 이 여사는 수화기를 들었다. 마른침을 삼킨 다음 뚜우 울리는 신호음에 대고 또박또박 말했다.

"미란이는 손 서방이 죽였다! 손 서방인 줄 알고 있으니 우린 내버려둬! 더는 알고 싶지도 않다. 이대로 덮자."

도청하는 놈들 들으라고 한 소리였다. 수화기는 말귀 못 알아듣는 바보처럼 뚜우우 신호음만 길게 내뱉고 있었다. 그래도 똑똑히 잘 들으라고 반복해서 외쳤다. 아마 그놈들이 목격자를 처리했을 것이다. 주검으로 이득

봤던 인간은 일이 닥치면 가장 손쉬운 방법으로 죽음을 선택하게 마련이다. 그건 경험으로 알고 있다.

밖에서 문 두들기는 소리가 다시 들렸다.

"구급차가 왔어요! 영감님을 병원으로 옮긴다네요!"

"그래, 알았다."

이 여사는 마지못해 일어섰다. 천천히 방문을 열고 밖으로 나가자 앰뷸런스 경광등 불빛이 어두운 마당 너머에서 요란하게 번쩍거리고 있었다. 일꾼들은 구급차를 같이 타고 가네 마네 수선스럽게 언성을 높였다. 이 여사는 복도 끝에 선 김이를 발견했다. 노란 백열등 아래 딸기방울로 머리를 묶은 김이가 들것에 실려 가는 배 영감을 보고 있었다. 아이치고는 다 자란 여인 같은 표정이다. 작대기같이 마른 몸. 더 먹여야 할 텐데. 이 여사는 문득 깨달았다. 김이의 침침한 얼굴이 상희아씨와 몹시 닮아 보였다.

이 여사
자라는 어디로 갔나

혈관을 떠도는 매운 기운에 혀는 활활 타오르고
머리 뚜껑이 훌떡 열리면 걷잡을 수 없다.
피가 시키는 대로 삿대질하고, 사랑하고, 화내고, 모함하고, 죽이고.
타인의 입장을 고려하거나 사태에 대한 슬기로운 판단은
이다음 죽은 뒤에 찬찬히 한다 치고 당장은 버리는 대로 한다. 그래서 사람이다.

— 『이딴 얘기 받아 적어서 뭐하려고』 (교군 이력은 여사 채록본 2)

 역사 이래 교군이 이토록 활짝 개방된 적이 없었다. 나날이 손님이 늘
어 매일매일이 잔치였다. 환자를 보러 온 손님들은 마당 평상에 누워 낮잠
을 자거나 삼삼오오 모여 화투를 쳤다. 심심풀이로 시작한 화투가 내기로
번져 시끄럽게 언성이 높아지기도 했다. 벚나무의 휘영청 늘어진 가지가
만들어준 시원한 그늘 아래에는 동네 아줌마들이 모여 앉아 고구마 줄기
를 까거나 옥수수를 손질했다. 심심풀이 일을 거들며 저녁까지 해결하고
갈 참인 것이다. 언제 어느 때 들이닥치건 손님들은 종일 노닥거리다가 어
둑해져서야 돌아갔다.
 마음의 준비를 하라는 의사의 말에 이 여사는 자신이 해야 할 일을 차
근차근 헤아렸다. 제일 먼저 친지들에게 상황을 알렸고 일손을 보태줄 지

인들에게 의논을 구했다. 본처 자식들에게도 국제전화를 걸었다. 노쇠한 맏딸은 관절염 때문에 긴 비행시간을 견딜 수 없는 몸이었고, 둘째 부부는 스케줄을 맞춰보겠다고 했지만 그 후로는 소식이 없었다. 셋째 딸만이 냉큼 날아왔다. 영감의 칠순잔치에도 참석했던 셋째 향숙은 시가가 서울 연남동이라 한국 행차를 거르지 않았다. 이 여사는 영감의 수첩을 뒤져 지인들에게도 연락했다. 고향 친구와 노인정에서 잠시 어울렸던 동년배들까지 빠짐없이 불러들였다. 죽은 다음에는 소용없으니 의식은 없어도 듣는 귀가 살아 있을 때 만나보기를 권했다.

환자를 찾아오는 손님을 대접하는 일이 이 여사에게는 새로운 즐거움이 되었다. 하루에도 몇 번이나 상을 차려야 했고 손님들은 식사를 마치면 다음 끼니때까지 시간을 때울 소일거리를 찾아 어슬렁거렸다. 포만감에 젖어 나른해지면 뒤늦게 교군을 찾은 목적이 떠올라 주춤주춤 사랑방으로 들어갔다. 누군가 의식 없는 환자의 귀에 대고 속삭였다. 어르신, 그만 일어나세요. 이렇게 좋은 세상, 왜 누워만 계세요? 옆에서 화투를 치던 사내들이 낄낄거렸다. 이렇게 좋은 세상이라니? 칼자루 쥔 놈한테나 좋은 세상이겠지. 저 봐, 저기 칼자루 쥔 놈 나온다. 김재규가 죽 쒀서 개 줬어.

사랑방에 든 손님들은 지레 목소리를 낮추며 흑백 티브이 화면을 응시했다. 군인들이 지배하는 세상은 한동안 계속될 것인가. 김씨 성을 가진 정치인 셋은 뭐가 되는가. 돌아가는 사정에 대한 구구한 논의는 마늘 냄새 풍기는 트림처럼 누구에게도 환대받지 못했다. 노인들은 암살당한 대통령을 애석해했고 장년층은 독재자의 말로보다는 앞으로 다가올 미래를 기대하고 의심했다. 죽을 놈이 죽었고 재빠른 놈들이 벌써 자리를 다 잡아먹었다. 새로운 놈들이라 해도 거죽만 다르지 하는 짓은 더하다.

교군을 찾아온 손님들의 주된 화제는 죽은 미란이나 죽어가는 배 영감이 아니라 바로 음식이었다. 맛있기로 소문난 교군 음식을 공짜로 맛볼 절호의 기회. 모두들 밥상머리에 앉아 땀을 뻘뻘 흘리며 난생처음 맛보는 신기한 요리를 행복한 얼굴로 먹어 치웠다. 염치를 차리는 손님들은 굴비한 두름을 사오거나 쇠고기를 푸짐하게 끊어 오기도 했다. 포항에서 올라온 지인은 어마어마한 크기의 대구와 해산물을 들고 왔고, 양조장을 하는 지인은 술이 가득 든 트럭을 끌고 왔다. 환자가 저승길 초입에서 발길을 머뭇거리는 사이 병문안 온 손님들은 왜 여기 모였는지 왜 먹고 있는지를 잊고 그저 배 속 걸귀를 달래느라 먹고, 먹고, 먹어 치웠다.

때때로 이 여사는 교군 앞마당에 늘어져 있는 손님들을 보며 희미한 미소를 지었다. 언뜻 보면 가마를 세워놓고 쉬던 교군꾼 무리처럼 보였다. 까만 돌처럼 반지르르하게 그을린 가마꾼들은 삼삼오오 모이기만 하면 제가 물고 온 세상 돌아가는 사정을 떠들어대느라 몹시 시끄러웠다. 시끄럽기가 인력거 바퀴 자갈돌 위로 구르는 소리만 할까. 교군꾼 하나가 들어오면 또 한 명이 들어오고, 자갈 구르는 소리는 따끈한 음식을 어서 내놓으라는 신호나 마찬가지라 자그르르 자갈 치대는 소리를 듣기만 해도 가슴이 발랑거렸다.

그 시절은 궁핍했어도 참으로 낭만적이었다. 지금은 별채를 지어 사라져버린 너른 마당에 인력거 부대가 일렬로 늘어서 있었다. 연못 자리에는 원래 가마솥이 나란히 세 개 걸려 있었고 교군꾼들은 멍석에 주저앉아 국밥을 말아 먹다 모로 누워 자곤 했다. 얼굴이 새카맣게 탄 교군꾼들은 매운 기운에 헐떡이며 걸쭉한 농지거리를 내뱉었다. 궁둥이를 살랑거리며 돌아다니면 사내들의 시선이 궁둥이며 등짝으로 불침처럼 꽂히곤 했었다.

급할 것도, 안달 떨 것도 없이 느긋하게 흐르던 세월이었다.

"저기, 여사님. 술지게미 밥을 가져오라는 손님이 계신데요. 지금은 안 된다고 하니 화를 냅니다."

일꾼 하나가 이 여사에게 도움을 청했다. 피로에 절어 눈가가 거뭇거뭇 하니 졸음이 그득 실린 얼굴이었다.

"술지게미 밥?"

"예, 저쪽 손님이요. 제가 잘 말씀드려도 손님 분위기가 워낙……."

"술지게미 밥이라. 누구더라?"

이 여사는 일꾼이 가리키는 손끝 방향으로 걸어 나갔다. 휴업 중이라 해도 언제고 다시 재개할 일이니 어떤 손님이라도 비위를 맞춰야 했다. 교 군의 흉사를 소문으로 듣고 온 손님도 있고 전혀 모르고 찾아오는 손님도 있다.

별채 손님방에 든 사내는 군인처럼 정좌한 채였다. 느슨함이 없는 각진 정자세는 보기만 해도 움찔했다. 깐깐하게 구는 손님이 분명하다.

"손님, 지금은 술 빚는 철이 아닙니다. 술지게미 밥은 절기가 맞아야 먹 을 수 있는 음식이거든요. 저희가 원래 술도가도 아니고……. 아, 몇 년 전 에도 와서 그걸 드셨네요?"

"그런 적 없소."

"제가 기억합니다. 그해가 언제였더라. 아주 예전에 술지게미 밥, 육장, 군소조림, 주악을 드셨지요. 하룻밤 묵고 가셨잖아요. 우리 딸 쓰던 방에 서. 꼭 그 방을 달라 하셨잖아요."

"여긴 처음이오."

언짢아하는 얼굴은 언짢아서가 아니었다. 당황한 것을 들키기 싫은 것이다. 이 여사는 바로 사과했다. 닮은 얼굴이 있어서 착각했다는 말에 사내가 얼굴을 돌렸다. 어디를 보는지 알 수 없는 기이한 눈매에 예전에 사내에게 내놓았던 시큼한 술지게미 냄새의 기억이 뒤엉키자 묘하게 불길했다.

한정식을 먹는 사내를 이 여사는 멀찌감치 서서 살폈다. 왠지 눈길이 자꾸만 가 닿았다. 양복이며 시계, 구두는 흔하지 않은 외제품이었다. 사업가 타입은 아닌 것 같고, 공직자가 아니면 법조인인가. 앞으로 잘 모실 테니 명함 있으면 달라고 청해도 대꾸가 없었다. 그저 서늘한 기운만 감돌았다. 이 여사는 술지게미 밥을 낼 수 있는 절기와 시기를 미리 일러주었다. 사내는 특별히 귀 기울여 듣는 것 같지도 않았다. 번듯해 보여도 그 기묘한 눈매처럼 속을 알 수 없는 인물이었다.

선홍색의 자라 피가 유리잔에 찰랑찰랑하게 모였다. 자라는 빈껍데기만 남은 것처럼 나동그라졌고 도마의 움푹한 가운데는 피가 흥건하게 고였다. 잘라낸 대가리가 새끼손가락 마디처럼 작았다. 거죽이 쭈글쭈글한 것이 참으로 징글맞게 생겼다. 대접에 세워둔 자라 몸통에서 피가 조금씩 배어나왔다. 정인은 스티로폼 박스 안에서 자라 한 마리를 더 꺼냈고 조수는 모아둔 피를 작은 유리잔에 반씩 담았다. 작은 잔이 전부 네 개. 정인은 버둥거리는 자라를 묶어둔 파란 끈을 가위로 잘랐다. 김이가 초롱초롱한 눈을 빛내며 나동그라진 자라를 손가락으로 쿡쿡 찔렀다.

"만지지 마. 이놈은 죽었어. 안 움직이잖아."

야채를 썰던 조수가 김이에게 말했다.

"죽었어?"

"응. 만지지 말라니까. 자라탕 끓여야지. 꿈틀거리는 놈 데리고 놀아. 돼지비계 주면 잘 먹는다. 해봐."

조수가 작게 썬 비계를 김이에게 주며 남은 덩어리는 스티로폼 박스 안으로 던져 넣었다. 먹이에 덤벼드는 자라의 움직임 소리가 통 안에서 바스락바스락 들렸다.

한쪽에서는 종잇장처럼 얇고 납작하게 썰어둔 생강을 설탕 넣고 볶아 편강을 만들었다. 보양식을 준비할 때는 입가심을 할 편강도 넉넉해야 한다. 걸쭉해진 설탕물이 자작하게 졸아들며 맵고 단 냄새를 풍겼다. 곧 하얗게 설탕이 엉겨 붙으며 얇은 생강 조각이 노랗게 말라붙을 것이다.

낌새를 알아챈 두 번째 자라는 모가지를 집어 넣어버렸다. 첫 번째 놈은 어물거리다가 단박에 모가지를 잘렸지만 이놈은 고집이 여간 아니다. 눈치를 챘군. 앞서 붙잡힌 놈의 모가지가 댕강 잘려나가는 꼴을 봤나 보다. 나와, 어서 나오라고. 칼을 쥔 정인이 모가지가 들어간 구멍을 애꾸눈을 하고 들여다봤다. 오므린 구멍을 칼끝으로 톡 건드려도 꿈쩍도 하지 않았다. 날이 무더워 불 옆에 서면 땀으로 옷이 척척해졌다. 앞치마로 이마를 훔치는데 땀에서 자라 비린내가 물씬 풍겼다.

"그만 볶아. 타겠어."

정인이 생강을 졸이고 있는 조수에게 일렀다. 불을 끄자 생강의 맵싸한 냄새가 훅 올라왔다. 딱딱하게 굳은 편강을 입으로 가져가 오독오독 씹었다. 프라이팬 바닥에 볶고 남은 설탕이 수북하게 남았다. 정인은 매운 기운을 머금은 설탕 덩어리를 찻잔에 옮겨 담아 뜨거운 물을 부었다. 정인은 조수에게 찻잔을 밀어주며 말했다.

"식으면 김이 먹으라고 줘."

"애가 먹기에는 맵겠어요."

"쟤는 타고났어. 매운 걸 잘 먹더라고. 제 엄마가 배 속에 넣고 있을 때부터 엄청나게 매운 것만 찾더니. 어른들도 울면서 먹는 걸 김이는 아무렇지 않게 먹더라니까. 이렇게 매운 편강은 쟤한테는 과자나 마찬가지야."

김이는 자라가 든 커다란 스티로폼 박스를 들고 아장아장 걸어 마당으로 나갔다. 정인은 양 갈래로 묶은 김이의 머리를 보며 피식 웃었다. 온종일 땀을 흘리며 놀았는데도 머리카락이 한 오라기 빠져나오지 않고 반듯했다. 이 여사의 머리 묶는 솜씨는 지나치다. 저렇게 바짝 당겨 묶으면 많이 아팠을 것이다.

환자 옆에는 미국에서 온 셋째 딸 향숙과 이 여사가 앉아 있었다. 이 여사는 환자를 모로 뉘여 울긋불긋한 등을 닦아주었다. 고개를 천천히 돌리는 선풍기 바람에 환자의 솜털 같은 백발이 살짝 나부꼈다. 이 여사는 자라 피를 숟가락에 담아 한쪽 눈만 뜨고 있는 영감의 입에 흘려 넣어주었다. 피가 담긴 컵은 전부 세 개. 이 여사는 입으로 들어가지 못하고 턱으로 흘러내리는 피를 수건으로 닦았다.

향숙은 썩 내키지 않는 표정으로 유리잔을 치켜들었다.

"선홍색 피를 보면 미란이 엄마가 생각나. 방학이라고 교군에 와보면 각혈해 놓은 피가 이불에 덩어리째 몽글몽글하게 뭉쳐 있곤 했잖아요. 아버지가 질색을 했지."

이 여사는 하얀 분이 곱게 일어난 편강의 까슬까슬한 면을 손가락으로 매만졌다. 달콤하고 맵싸한 편강을 연이어 집어 먹으며 자라 피를 단숨에 들이마셨다. 피를 머금은 붉은 치아를 드러내고 웃으며 말했다.

"잿물에 폭 삶아도 피 얼룩이 안 지워져 애를 먹었지."

"우리 엄마는 그게 바로 남의 낭군 홀린 첩년이 벌 받는 거라고 했지.

내 어린 기억에도 기분이 좀 그랬어요."

이 여사는 영감의 입술을 붙잡고 숟가락을 모로 기울였다. 가르르르 목구멍으로 넘어가는 소리를 들으며 이 여사는 저도 모르게 이맛살을 찌푸렸다.

"어머, 아버지 코로 들어가잖아요. 잘 보고 하세요!"

향숙이가 소리 질러도 이 여사는 별일도 아니라는 듯 배 영감의 얼굴을 수건으로 대충 훔치고 다시 숟가락을 입에 쑤셔 넣었다. 망가진 인형을 다루듯 무감한 태도였다.

"아버지 모시고 들어가고 싶어요. 이런 나라에 내버려두고 갈 수는 없어요. 내가 들어가서 초청장 보낼 테니까 여기 정리하고 미국 들어와요. 아버지는 캘리포니아 따스한 날씨 좋아했잖아. 이렇게 많은 식구에 그 많은 일을 언제까지 하려고 그래요? 뭐하러 이렇게 일을 벌여가지고. 그 정도 솜씨면 미국 들어와 아무 식당이나 열어도 금방 자리 잡을걸요?"

"놀러 가는 건 좋아도 외국에선 못 살아."

"한국이 너무너무 무서워. 간첩이 폭동을 일으켰다고 하지만 외국에서는 다 알아요. 그냥 죄 없는 사람들을 군인들이 탱크 몰고 가서 마구잡이로 죽였다고요. 무섭지도 않아요?"

"난 영감이 욕창 날까봐, 저러다 눈 감으면 어떻게 하나. 그게 더 무섭소."

"참 속도 편해. 자칫하면 쥐도 새도 모르게 끌려가 죽기도 한다잖아요. 잠깐이라도 피신해요. 김이를 끼고 앉아 어쩌려고 그래요?"

이 여사로부터 미란이 혼사에 관계된 내막을 전해 들은 향숙은 미국으로 들어가자고 부쩍 졸라댔다. 아무것도 모르는 향숙은 미란이의 혼사부터가 잘못되었다고 이 여사를 타박했다. 뭐든 계모 탓이다. 허물이 드러

나면 그게 무엇이든 계모의 잘못. 미란이가 씨가 다른 아이를 배서 결혼
했다는 말에 향숙은 말했다. "내 그럴 줄 알았어. 미란이가 얼굴값 단단히
했네. 애 간수를 어릴 때부터 단단히 했어야죠." 미란이를 탓하다가 역시
나 만만한 계모에게 책임을 물었다.

향숙뿐 아니라 본처에게서 난 자식들은 미란이에게 남보다도 못한 관
계였다. 조강지처 밀쳐내고 들어앉은 미란이 모친의 화려한 존재감은 살
아서나 죽어서나 변함없이 압도적이었다. 이제 그 잘난 딸조차 끔찍하게
요절했으니 그 형제들은 어떤 감회를 가지려나.

향숙은 잠든 김이의 등짝에 부채질하며 방정을 떨었다.

"미란이는 얘를 어쩌려고 낳은 거야? 뭘 믿고 이런 애를 낳아?"

틀린 말은 아니다. 처음부터 잘못된 일이었다. 그렇지만 이제 와 뭐란다
고 되돌릴 수 있는 일인가. 향숙은 제 분을 못 이겨 덜컥 소리를 질렀다.

"우린 전부 죽게 될 거야."

향숙은 제 아비의 수명까지 미란이 탓으로 돌리며 흐느꼈다. 이 여사
는 향숙이가 어서 미국으로 돌아가기를 원했다. 저놈의 주둥이가 빨리 비
행기 타고 떠나야 속이 시원하겠다. 그런데 향숙은 얻어먹는 재미에 녹아
꿈쩍도 하지 않았다.

배 영감의 쪼그라진 입술에서 자라 피를 닦아내는데 사랑방의 열린 문
으로 정인이 드릴 말씀이 있다며 고개를 들이밀었다. 다급한 목소리가 전
해주는 불길함에 이 여사는 얼굴을 찌푸렸다. 뭔데?

"자라탕, 냄비 하나 정도밖에 안 나오겠어요."

착잡한 얼굴로 정인이 고했다. 자라는 손님들과 일꾼들 모두 나눠 먹으
려고 넉넉하게 주문했다. 그게 뭐 대수라고. 이유를 묻자 정인은 어색하게

웃었다.

"김이가 자라를 전부 풀어줬어요. 애들 시켜 도로 잡아오게 했는데 하나도 못 잡았어요."

"지금 김이는 어디 있어?"

정인이 조리실 옆 목욕탕을 가리켰다.

"손이고 옷이고 온통 흙투성이라 아줌마가 데리고 들어가 씻기고 있어요. 모가지 자른 자라를 땅에 묻어준다고 흙장난을 해서요. 아주 깊이 묻어버려서 파내느라 시간이 걸렸지만 흙 묻은 건 깨끗이 씻었어요. 그렇게 추려도 턱없이 양이 부족한데 어쩔까요?"

"이것저것 넣어서 늘려야지 별수 있나. 닭 몇 마리 넣고 국물 시원하게, 버섯도 썰어 넣고. 닭 있지?"

이 여사는 직접 탕을 끓이려 서둘러 나서다가 잠깐 한숨지었다.

"본 건 있어가지고 장례를 치러줬구나. 제 엄마 안 찾아서 신통하다 했더니 죽음이 뭔지 알고 있어, 저 어린것이."

"예, 그러니까 혼내지 마세요. 저도 눈물이 나서 혼났네요."

이 여사는 조리실에 들어가 자라탕이 든 냄비를 들여다보며 제 엄마 장례 때 다소곳하게 섰던 김이를 떠올렸다. 영감이 몇 차례나 혼절하는 바람에 장사 지내는 내내 아이를 챙길 겨를이 없었다. 지독하게 매운 빈소 음식을 먹고 모두가 통곡할 때 김이도 벌겋게 달아오른 얼굴로 울었다. 뭘 알고 우는 게 아니라 매워서 우는 줄 알았다. 그런데 아닌 모양이다.

이 여사
고추

마른 고추는 고동색보다는 진빨강색이 좋다.
고동색은 동남아 계통이고 진빨강은 북방 계통의 토종고추이다.
잘 마르면 광이 나고 덜 마르면 탁하다.
고추를 흔들어 달각달각 맑은 소리가 나야 좋다.
피가 얇으면 속이 투명하고 색도가 좋으나 끝물인 가능성이 높고 맛이 거칠다.
첫 번째 딴 것보다 두 번째 딴 것이 맛이 더 깊다.

— 『이딴 얘기 받아 적어서 뭐하려고』(교군 이덕은 여사 채록본 2)

　이준이 배 영감의 병문안을 왔다. 그 며칠 새 부쩍 추레하고 수척해졌
다. 이 여사는 손 씨 옥바라지할 돈과 오가며 써야 할 차비 명목으로 용
돈을 찔러주었다. 통 말이 없는 이준이 안쓰러웠다. 서울 오가기 힘들면 어
디 자취방을 구할래? 아니면 여기 있던가. 이준은 괜찮다고만 했다. 배 영
감까지 저리되어 심려가 많겠다고 외려 위로해주었다. 경찰서에 붙잡혀 갔
던 일은 어찌 되었느냐고 물어도 묵묵부답. 달리 해줄 게 없어서 잘 익은
술을 내주었다.
　괜히 너를 끌어들였구나. 이 여사는 고마운 마음을 그렇게 표현했다.
고향에서 홀로 된 어머니를 모시고 장가나 들겠다고 인사하러 왔던 이준
은 미란이 변을 듣고 주저앉았다. 네가 나 좀 살려줘라. 나 혼자 이걸 어찌

감당할지 모르겠다. 생각의 그릇이 크고 진중한 이준의 성품을 알기에 의지할 대상으로 점찍었다. 큰 충격을 받아 내내 괴로워하는 이준의 심경을 모르지는 않았다.

이준이 허드레 일꾼이던 시절, 가끔 집에 온 미란이를 황홀하게 바라보곤 했었다. 미란이가 신랑감으로 손 씨를 데려오자 교군을 떠났던 이준. 둘을 짝지워줬더라면 미란이는 죽지 않았을까. 당시에는 이준의 마음을 알면서도 미란이 배필로는 언감생심 말이 안 된다고 여겼지만 돌이켜 생각할수록 아쉬웠다. 세상 어느 사내가 손 서방보다 못할까. 이준이가 한식구가 되었더라면 교군은 어땠을까. 지금보다 못하지는 않았겠지. 그런데 어린 김이를 떠올리면 만약에, 라는 단서가 붙은 어떤 상상조차 그 자리에서 길이 딱 막혀버렸다.

김이가 손 서방의 자식이 아니라고 하자 이준은 담배를 깊이 빨아들였다. 미란이가 힘 있는 놈들의 노리개였다는 사실에는 몹시 우울해했다. 이 여사가 은근슬쩍 미란이의 정조관념을 탓하자 스스로 원해서 그렇게 된 것은 아닐 거라며 이준은 화를 냈다. 더러운 놈들에게 당했을 뿐이지 미란 씨는 죄가 없지 않느냐고 장광설을 늘어놓았다. 모든 일에는 인과관계가 있다. 사람은 저마다 제 역할에 충실할 뿐, 죄의 심판은 사람의 몫이 아니라고 했다. 그 말은 누구보다 이 여사 자신을 위로했다. 그렇다면 이쯤에서 털어놓아도 될까. 아마 이준이는 이해해줄 것이다. 대수로운 일도 아니지 않은가. 고작 고추인데.

이 여사는 방문을 닫고 이준에게 바싹 붙어 앉았다.

"내 얘기 좀 들어봐라. 작년에 말이다. 해마다 가을이면 건고추를 사들이는데 내가 거래하던 곳마다 고추가 없다는 거야. 생산자들하고 맺은 관계가 적게는 5년 길게는 30년이 넘었는데 고추가 없다고 하니 하늘이 무너지는 것 같았지. 그때는 까닭을 몰랐다. 결국 다른 곳에서 사기는 했는데 김장은 예전 맛이 안 나고, 집장은 배합을 맞출 수 없어 아예 포기해버렸거든. 손해가 이만저만이 아니었지."

느닷없이 꺼낸 고추 얘기에 이준은 눈을 끔뻑거리며 듣기만 했다.

교군의 매운맛은 맵기만 해서는 안 된다. 단맛, 쓴맛, 신맛, 구수하고 깊은 맛이 나는 종류별 고추 품종을 각각 거칠거나 곱게 빻아 정해진 비율대로 적절하게 배합해야 전통의 그 맛이 난다. 특히나 육간장을 배합해 만드는 집장은 아주 섬세한 과정을 거치기에 아무 고추나 집어 넣으면 안 된다. 교군의 장맛은 전통적인 덧장이라, 30여 년 묵은 장에 새로 담근 것을 더해 넣고 더해 넣어 맛을 한결같이 유지해야 하므로 준비가 덜 된 상태에서는 아예 시작도 하지 않는 것이 안전했다.

"살다 보면 그런 일 겪을 수 있고 작황을 망치는 해에는 음식 맛도 신통치 않았기에 그런가 보다 했다. 그런데 말이다. 매해 봄마다 생산자들을 불러 잔치를 하잖니? 올봄에도 했지. 교군을 배신한 고추농사꾼들이 괘씸했지만 잘 꼬드겨 올해는 기필코 질 좋은 고추를 선점하려고 꿀처럼 달게 대했다. 서너 명은 왔고 나머지는 거래를 끊으려는지 나타나질 않았는데, 나타난 사람들이 말하기를, 나 참, 기가 막혀서. 내 이름으로, 내가 산다고 해서 고추를 팔았다는 거야. 그년이 중간에서 사기를 친 거야."

"누가요?"

미란이 얘기를 나눌 때와는 달리 이준은 술과 안주를 즐기며 편히 대꾸했다.

"아주 거만하고 살찐 년이야. 남편이 요직에 있어 다들 떠받들어주니 제 잘난 줄 알고 어찌나 건방을 떨던지. 손님들 몰고 와 자주 식사를 했거든. 그 주제에 종갓집 종부라고 좋은 식재료 사는 곳을 물어보기에 다 가르쳐줬지. 잘 지내려고 밑반찬과 김치도 헐하게 팔았다. 넉넉하고 후하게 줬어."

"그런 여자가 고추가 왜 그렇게 많이 필요해요?"

"따지러 찾아갔었는데 말이다. 돈독이 올라 실하게 장사를 했더구나. 알고 보니 내 이름 팔아 재미 본 게 고추뿐이 아냐. 그러면서 뭐라고 하느냐면 제 밑으로 들어오라는 거야. 처음부터 끝까지 반말지거리를 하면서 교군 집장을 특허 내서 이윤을 반반 가르자는 거야. 내가 뭐가 아쉬워서 그런 짓을 해? 딱 잘라 거절했더니 교군 망하는 거 순식간이라고 협박하더라. 계열사 여러 개 가진 재벌 기업도 마음만 먹으면 얼마든지 해체해서 빼앗는데 까짓 교군 정도야, 뭐 이러는데 눈앞이 아득해지잖아. 아이고, 다시 말도 하기 싫다. 그 거만한 낯짝에 꼴같지 않은 말투하며. 지가 뭔데 감히."

대수롭지 않은 듯 듣는 이준의 표정을 보며 이 여사는 침을 꼴깍 삼켰다. 지금부터 내가 하는 말은 흘려듣고 말아라. 제발 듣기만 하고 넘겨버려다오. 다 털어놓고 마음만이라도 편해지고 싶다.

"그 자리에서 내가 너무 흥분해서 그만…… 미란이 얘기를 해버렸다."

숨결처럼 가늘고 낮게 이 여사가 속삭였다.

"미란 씨 얘기, 뭐요?"

이준이 눈살을 찌푸리자 이 여사는 잠시 뜸을 들였다. 술 때문인지 두려움 때문인지 숨이 가빠왔다.

"너무 화가 나서, 당하기 싫어서, 우리 집에는 귀한 손이 있다고 했어. 높은 분이 드나드는 집이니 나중에 언제고 피눈물 흘리게 해주겠다고 공갈을 쳤지. 나를 하찮은 장사치로 취급하기에 홧김에 그런 거다. 앞뒤 안 따지고 그 여자 코를 납작하게 해주고 싶어서."

"귀한 손이요? 김이 얘긴가요. 그 여자가 뭐라고 하던가요?"

"대번에 낯빛이 변하더라. 웃음기가 싹 걷히면서 고개를 끄덕이기에 알아듣는구나 싶었지."

"알고 계셨어요? 김이 친부가 누군데요?"

"……뭐라고 했는지 잘 기억이 안 난다. 높은 사람 이름을 아무렇게나 대버렸다."

이 여사는 입술을 핥으며 둘러댔다. 맹세코 근거 없는 거짓말은 아니었고 아무렇게나 댄 이름도 아니었다. 미란이는 높은 분들과 어울렸던 시절을 자랑하며 김이 친부는 김 씨 아니면 이 씨, 둘 중 하나라 했다. 돈 많은 이 씨 아니면 힘 있는 김 씨, 둘 중의 하나. 그 이름은 힘이 있어 잘난 이름이고 높은 이름이고 모두가 아는 이름이었다. 이번에 정권이 바뀌고 한풀 죽는가 했는데 그게 아닌 것 같아 더 불안했다.

이 여사가 감정을 다스리지 못하고 그 이름을 대자 그 살찌고 거만한 계집은 그게 사실이냐고 두어 번 물었다. 우리 미란이가 유명한 가수는 아니지만 미스코리아 뺨치게 예쁘잖아요. 그분에게 약속을 받았기에 가짜 결혼을 시켰죠. 조만간 우리 미란이가 천지가 뒤집어지게 등장할 건데, 교군을 무시했다가는 큰코다칠 겁니다! 엄포를 놓고는 입이 바싹 말랐다. 찻잔 드는 손이 떨릴 것 같아 차는 한 모금도 입에 대지 않았다. 그 집 대문을 빠져나올 때 이 여사는 맥없이 비틀비틀, 아주 중요한 물건을 두고 온 듯 발길이 떨어지지 않았다. 그러고는 잊어버렸다. 그 잘난 여자 패거리들이 교군에 발길을 싹 끊어도 그런가 보다, 했다. 이쪽에서 잊었으니 아예 없는 일이 될 줄 알았다. 없는 일이기를 바라는 마음은 그때나 지금이나 변함이 없다.

이준은 아무 말 없이 연이어 담배를 태웠다. 형광등 우는 소리만 낮게 울렸다. 이준의 입만 바라보는 초조한 시간. 낮게 깔린 침묵의 무게가 조마조마해하는 자신을 마구 유린하는 것 같았다. 이 여사는 궁박해진 자신의 처지에 슬그머니 화가 났다. 시간이 너무 늦었으니 그만 건너가 쉬라고 말하자 이준은 빈 주전자를 흔들었다.

"이 술, 광에 있어요? 제가 더 가져올까요?"

"그만 먹자. 골이 핑핑 돈다."

술 주전자를 내려놓은 이준은 다시 새 담배에 불을 붙였다. 라디오에서 애국가가 흘러나왔다.

"진짜 아비는 누군가요? 김이 친아버지."

목소리를 낮춰 속삭이던 이준은 라디오 주파수를 끼릭끼릭 돌려 미군 방송으로 맞췄다. 기름진 언어가 속사포처럼 튀어나왔다.

"잘 몰라."

"정말 모르세요? 알 만한 사람이 전혀 없을까요? 미란 씨가 믿고 의지하던 지인이나 친구에게는 털어놨을 법한데요."

"무슨 자랑이라고 떠들겠어. 나야 김이 낳던 날, 날짜가 하도 이상해 묻다 보니 알게 된 거지. 미란이는 그 애를 손 서방 딸로 키웠다. 파리 떼처럼 달라붙는 사내들이 미란이를 이용만 해먹었지만 손 서방과는 둘이 좋아지냈고 따스하게 살았다. 미란이가 워낙 예뻐서 다들 대단하게 생각하지만 사실 그리 똑똑한 애는 아니거든. 순전히 백치미다. 그래서 그 부부가 멍청한 걸로 죽이 잘 맞았지."

"그런데 검은 승용차라고 했잖아요. 그 동네에 어울리지 않는 큰 차."

"자동차?"

"목격자의 진술 말입니다. 대체 어떤 놈들이 그런 이유 때문에 전후좌우 알아보지도 않고…… 사람을 해쳤을까요?"

이 여사도 검은 승용차를 떠올렸다. 사건 현장에 있었다는 고급 차량. 택시도 트럭도 아닌 검은 승용차. 가슴이 빠르게 두방망이질을 쳤다.

"아니겠지. 고작 그런 일로 사람을 죽일 수는 없지. 그러니까 내가 지금 안 해도 되는 걱정을 사서 하고 있는 거야. 그렇지?"

이준은 아무 대꾸도 하지 않았다. 긍정도 부정도 하지 않는 무거운 반응에 괜한 얘기를 했다는 후회가 일었다. 자신의 잘못이 아니라고, 아마 다른 이유가 있을 거라는 말 한마디만 해주면 숨통이 트일 것 같은데 이준은 이 여사의 기대를 무너뜨리고 수첩을 꺼내 들었다.

그는 고추 사재기를 한 여자에게 따지러 갔던 날짜와 그 여자의 주변인물, 이후의 사소한 변화를 포함한 당시 상황을 꼬치꼬치 캐물었다. 이 여사는 취조당하는 기분으로 기억을 더듬었다. 자신을 지배하는 죄책감을 덜고 싶은 마음에 시시콜콜한 것까지 빠짐없이 털어놓았지만 별 뜻 없이 둘러댔다는 이름에 대해서만은 전혀 기억이 나지 않는다며 얼버무렸다. 이준은 그게 제일 중요한 부분이라며 몇 번이고 되물었다. 시간이 갈수록 수첩에는 깨알 같은 글자가 가득했다. 그 글자들을 슬며시 엿보며 이 여사는 한숨을 길게 내쉬었다. 모범생의 그것처럼 또박또박 적힌 글씨가 왠지 무시무시하고 징그러웠다.

"네가 생각하는 그런 게 아닐 거다. 절대로 아냐."

이준은 다시 그 이름을 물었다. 김이 친부를 누구라고 둘러댔어요? 기억이 나지 않을 리가 없어요. 아무에게 말하지 않을 테니 귀뜸해주십시오. 이 여사가 알지 못한다고 외면해도 그는 자꾸 물었다. 이 밤이 새도록 묻고 또 물을 기세였다. 모른 척하려 할수록 그 이름 석 자가 입술 밖으로 툭 떨어질 것 같았다. 한숨처럼 은연중에 새어나가고 침처럼 툭 떨어지고 재채기처럼 곧장 튕겨 나가려 해 이 여사는 입을 꼭 다물었다. 안에 넣고 살기에는 족쇄처럼 무겁고 버거운 그 이름, 이런 상황. 이준은 다시 물었다. 알고만 있을게요, 어쩌면 중요한 일이 아닐 겁니다. 당사자와 관계없을지도 모르고요. 누군가요? 그 집요함에 질린 이 여사가 신경질을 부리며 이름 석 자를 집어 던지자 이준의 눈이 크게 벌어졌다. 그의 놀란 얼굴에 이 여사도 놀랐다.

"왜? 아는 사람이니?"

"그 정치인은 마누라 덕분에 실세가 된 사람이죠. 부인이 누군지 모르세요? 허, 이것 참."

이 여사는 이준의 안색만 살폈다.

미란이가 입에 올렸던 그 이름만 알고 있을 뿐, 그 이름의 뒤에 최고 권력자와 대단한 것들 누구누구가 줄줄이 붙어 있을 줄은 몰랐다. 이준은 허옇게 식은 얼굴로 영부인의 사촌인 국무총리가 안기부의 주요 직책을 차지해서 어쩌고저쩌고 납덩이처럼 무거운 단어를 자꾸만 들이댔다.

"고추를 사재기했다는 여자가 가만히 있지 않았을 겁니다. 소문을 퍼뜨리거나 당사자 부인에게 알렸을 가능성이 있죠. 미란 씨 뒤를 캐봤을 것이고 배부른 모습도 봤을 것이고…… 질투란 참 무섭잖아요. 보통의 아낙이라면 시앗 머리끄덩이를 잡으러 들이닥쳤을 텐데, 그 부인은 그럴 수가 없죠. 그럴 수가 없는 사람들이라, 자기들 방식대로 일을 처리해야 했고, 그렇다면……."

이준은 꽁초를 비벼 껐다.

이 여사는 방바닥만 내려다보았다. 차게 식은 이준이 자신을 책망하고 있다. 말을 하지 말걸. 돌연 매운 게 먹고 싶어졌다. 맵고 뜨겁게 배를 채우고 싶어졌다. 뚱뚱한 여자 앞에서 나불거렸던 그때 주둥이보다 이준에게 실토해버린 방금 전의 주둥이가 더 미웠다.

"……김이는 잘 지내나요?"

"지금 잔다. 밥 잘 먹고 온종일 이 방 저 방 뛰어다니며 노느라 정신없다. 일꾼들이 돌아가며 데리고 놀아주니 심심치가 않지."

"김이를 어쩌실 겁니까?"

눈만 끔뻑거리는 이준의 얼굴은 묘하게 흐트러져 있었다. 갈기갈기 찢어진 신문지처럼 해독할 수 없는 활자를 잔뜩 지니고 있었다.

느릿느릿 서툰 숟가락질을 하는 김이에게 이 여사는 반찬을 밀어주었다. 데리고 있는 동안 많은 사랑을 주지 못했다. 외손녀를 예뻐하는 영감이 미워 어린것에게 정이 가지 않았다. 아직 젊은데 할머니라는 호칭을 듣기가 거북했다. 아이도 모르지 않을 것이다. 김이는 아주 어릴 적에도 이 여사에게 먼저 안겨든 적이 없었다.

참기름 발라 구운 김에 고슬고슬한 밥을 싸서 김이의 입에 들이댔다. 김이는 참새처럼 입을 짝 벌려 받아먹었다. 자그마한 유치가 밥풀처럼 앙증맞았다. 아이에게서 나는 시큼한 몸 비린내가 말할 수 없이 고소해 이 여사는 살그머니 김이 정수리에 대고 코를 벌름거렸다. 그사이 아이는 자랐다. 볼따구니가 복숭아처럼 말갛게 통통해져 전보다 인물이 훨씬 나아졌다.

데리고 있으면 밥이야 잘 먹일 텐데. 이게 잘하는 짓인지 모르겠다. 이 여사는 속에서 이는 의문을 잊으려는 듯 밥을 듬뿍 떠 뭇국에 척척 말았다. 김이도 따라 했다. 국에 만 밥을 떠먹는 작은 입이 후룩후룩 소리 내자 이 여사는 그냥 넘어가지 않았다.

"천하의 상놈들이나 먹을 때 소리를 내는 거야, 우리는 양반 가문이니 식사 예절을 잘 배워야 한다."

말귀를 알아듣지 못하는 김이는 잠깐 조심했다가 이내 얼큰한 맛에 빠져 후룩후룩 소리를 냈다. 수북하게 담긴 고추튀김을 두 개나 먹어 치운 김이에게 이 여사가 말했다.

"똑 외할아버지 식성이구나, 그리 맛있니?"

콧방울에 땀이 송골송골 맺힌 김이는 아무 말 하지 않았다.

"맵다고 울면 안 돼, 고추처럼 맵게 살면 아무도 건드리지 않아. 고추처럼 맵게. 아가, 알았지?"

이 여사의 당부에 김이는 멍한 표정으로 고개를 끄덕였다. 잔머리가 삐져나온 김이의 이마를 이 여사는 처음으로 다정하게 어루만져 주었다.

오후 낮잠 시간이 되자 김이는 평상에서 잠이 들었다. 기다리고 있던 이준은 간소하게 꾸린 가방을 트렁크에 싣고 잠든 김이를 안아 뒷좌석에 옮겼다. 일꾼들은 오후 손님을 받을 준비로 분주했고 이 여사는 사랑방에서 영감의 손발을 닦느라 내다보지 않았다. 정인이 문가에 와서 이준이 떠나려 한다고 두어 번 외쳤으나 아무 대답도 하지 않았다. 차 소리가 멀어지자 이 여사는 젖은 수건을 툭 떨어뜨렸다.

그날 저녁 이 여사는 자리에 누워서도 계속 뒤척거리며 일어났다 누웠다가 좌불안석이었다. 과하게 집어 넣은 점심에 명치가 쑤시고 아팠다. 기운 없이 침목을 베고 누웠다가 결국 일어나 앉았다. 이 여사는 부채질을 하다 선풍기를 틀어놓고 코를 벌름거렸다. 끔찍한 냄새. 배 영감이 든 방에서 냄새가 흘러나오고 있었다. 날이 갈수록 냄새가 지독해진다.

이 여사는 정인을 불러들였다. 손발이 차가워지며 선하품이 잦아지는 걸 보니 체기가 확실했다.

"손이 아니라 명치를 땄으면 좋겠다. 여기가 콱 막혀서 갑갑해 죽겠다."

이 여사의 엄지를 정인이 붙잡고 무명실을 칭칭 동여맸다.

"김이를 어디로 보내셨어요?"

"나도 모른다."

엄지에 실을 묶고 엄지 마디를 바늘로 찌르자 검은 핏방울이 눈곱만큼 비어져 나왔다. 손을 따고 활명수를 사먹어도 체기는 내려가지 않았다. 머리까지 아프고 속이 갑갑했다. 자라는 어디로 갔나. 자라를 김이가 묻었던가. 김이는 어디로 갔나. 미란이를 저기 묻었고 상희도 벌써 묻었는데 김이는 어디에 묻어버렸나……

잠자리에 들기 전, 주판알을 튕겨가며 결산하는 중에 이준에게서 전화가 걸려왔다. 이 여사는 왜 이제야 전화를 하느냐고 화부터 냈다. 애쓴 걸 알지만 수고했다는 말이 나오지 않았다. 혹시 도청이라도 할까 싶어 장소 얘기는 미루고 대충 얼버무려 보고하는 이준의 목소리가 아득히 멀게만 들렸다. 이 여사가 김이에 대해 물으려는데 신통치 않은 시외전화라 툭 끊어졌다. 다시 걸려오기를 기다리며 전화기 앞에서 서성거렸다. 그깟 동전이 뭐라고 말을 하다 말아.

여름은 길었다. 건드리기조차 무서운 여름이 끝도 없이 지속되었다. 지나치게 무더워 서늘한 한여름의 한기. 미란이 죽었을 때만 해도 이렇게 힘들지 않았다. 태풍에 휩쓸려가듯 손 서방과 김이와 배 영감, 그러니까 교군이 산산조각난 뒤로 설움과 분노가 북받쳤다. 자신이 원인을 제공했을 거라는 자책이 보태지자 견딜 수 없이 놈들이 미웠다. 이 여사는 스스로가 만든 감옥에 들어갔다. 검은 혀를 달싹이며 언제나 잘 먹고 잘 놀고 잘 떠들고 교군을 와글거리게 했지만 품에 넣어둔 독약을 한시도 잊은 적이 없었다.

어딘가에서 보고 있고, 듣고 있을 그놈들. 교군을 바라보는 섬뜩한 시선. 공포만을 선사하는 무능하고 추악한 시선. 그놈들을 누가 불러들였나. 결자해지라는 말이 자신을 옥죄고 있었다. 이 여사는 위를 올려다보았다. 돈 많고 힘 있는 자들에게 자신이 손수 만든 김치와 장류를 들이댔다. 정성 가득한 맛으로 홀려 그들이 지닌 정보를 구했다. 격을 맞추느라 지역단체의 직함을 얻고 예술품과 부동산 구입에 목마른 듯 굴었다.

차곡차곡 쌓아간 친분, 그 맨 꼭대기에서 김가를 만나고 이가도 만났다. 자갈밭에 씨를 뿌려 나무를 가꾸듯 지난한 과정이었으나 열매는 쉽게 얻어지지 않았다. 김가와 이가는 아니었다. 그 당시 이가는 탈세 혐의로 곤욕을 치르던 상황이었고 김가는 지병을 핑계로 외국에 도피 중이었다. 김가와 이가 그 두 사람을 대상에서 제외시킬 때 이 여사는 그간 들인 공이 아까워 피눈물을 흘렸다.

이 덜덜 떨리는 여름의 한기를 물리칠 방법은 정녕 없는가. 믿을 것은 오직 세월이었다. 이 여사는 조용조용 움직이며 특별한 장을 담갔다. 이것이 잘 묵으면 후에 어떤 역할을 할 것이다. 그 기회가 올 때까지 내내 연마할 것이다. 견뎌내야 한다, 이 여름을.

봄의 풍류를
즐기다

조선시대의 고추는 무기의 일종이었다.
고추를 태운 연기를 적진에 날려 적군이 눈을 못 뜨게 만들고
매운 기침으로 정신 사납게 한 다음 고춧가루를 얼굴에 던지며 기습했다.
지금 우리는 이 지독한 무기를 매일 배 속에 집어 넣는다.
육체라는 감옥에 달린 입으로 매일매일
독극물을 집어 넣으며 가혹한 실험을 하고 있다.

－『이딴 얘기 받아 적어서 뭐하려고』 (교군 이덕은 여사 채록본 1)

　잔소리 래퍼는 교군에만 있지 않았다. 사장은 속사포처럼 잔소리를 늘어놓으며 김이를 책했다. 과감하고 용기 있는 행동이었기에 내심 흐뭇했으나 정작 본인은 어디로 사라져 나타나지 않고, 3팀 팀원들은 외려 합리적인 해결 방안을 내놓았다. 손김이 씨를 파면한 것은 나의 결정이 아니었다. 사장은 중국 출장을 다녀온 이래 회사의 균열을 수습하느라 고군분투했다고 했다.

　"손김이 씨가 그런 식으로 잠적해버리면 우리는 일단 의심하는 거야. 떳떳하다면 왜 숨겠는가. 스스로 어떤 오점을 안고 있구나, 뭐가 잘못된 건가? 남은 사람들의 얘기를 먼저 들을 수밖에. 그래, 안 그래?"

　"그래요."

넓은 회의실의 공기는 약간 건조했다. 벽에 걸린 작은 플라스틱 통에서 시간에 맞춰 향기가 흘러나왔다. 라벤더 향이 커피잔에 스며들까 김이는 서둘러 커피를 마셔 없앴다. 맛이 쓰고 텁텁했다. 회사에 와보길 잘했다고 김이는 생각했다. 오지 않았더라면 자신이 파면된 상태인 줄도 몰랐을 것이다. 징계자가 된 자신의 이름도 낯선데 파면이라니.

회사는 김 부장의 실적과 배경을 사랑하지 않을 수 없다고 했다. 친형이 고급공무원인 데다 장인이 모 은행의 임원이라는 김 부장의 배경. 그가 거래처로부터 뒷돈을 받거나 결재금액을 후려쳐 제 주머니에 챙겼다해도 판공비로 돌리면 그만이라고 했던가. 징계 대상이었던 팀원들의 개인사 역시 드라마틱했다. 아이가 심장병이거나 집이 경매에 넘어갈 판국에 처했거나 등등.

김이는 팀원의 징계를 철회한 이유를 듣고 사장 또한 그들과 다르지 않다고 생각했다. 회사는 수익을 위해 존재하고 소수보다는 다수에게, 다수보다는 돈 벌어줄 자에게 의지하게 마련. 김이는 세련된 방식으로 자신에게 물 먹이는 사장과 그 일원들을 이해하려 애썼다. 관행이라는 단어도 미워하지 않으려 했다. 물론 다시 그 상황이 되어도 고발할 것이다. 누가 뭐래도 어떤 사안의 옳고 그름은 시야를 멀리, 높이 두고 판단하는 거다.

"그래서 복직은 생각 없어?"

"파면이 아니면 복직, 오직 둘 중 하나인가요?"

"파면이야 뭐, 서류상 오류는 수정하면 돼. 범죄자처럼 빨간 줄 간 것도 아닌데 신경 쓰지 마. 손김이 씨 첫 월급날이 생각나. 복도를 콩콩 뛰어다녔지."

"그래요. 회사에 합격했을 때도 정말 좋았어요. 다섯 명을 제치고 저만

붙었잖아요. 첫 월급으로 아버지 내복을 세 벌이나 샀고, 덕분에 학자금 융자도 다 갚았죠. 처음 이중장부에 대해 구두로 경고했을 때 부장님이 그러셨어요. 네 인성이 글러 먹었다고. 교묘하게 왕따가 되어갔어요. 제 업무는 계속 캔슬, 밤새 수정해도 통과가 되지 않고, 제 고유 업무는 신입한테 넘어가 저는 일 없이 놀게 되고. 인터넷쇼핑 좀 하다가 걸려서 망신당하고. 폭로를 하고 나서는 그 수위가 더 높아졌죠. 더러운 인간성에…… 그야말로 돼먹지 않은 인간이 된 거죠."

"인격적으로 들어오는 공격이야 전형적인 물타기 수법인데, 뭘. 손김이 씨는 야무지잖아. 김 부장을 쳤다며? 으하하하."

"저 겉만 단단하지 속은 곯았어요."

"그건 나도 그래. 속 편한 직장인이 어디 있어?"

사장은 인터폰을 눌러 시원한 아이스커피를 가져오라 일렀다.

"전 자기연민이 많은 편인가봐요. 어릴 적에 어떤 목소리를 들었거든요. 얘를 어쩌려고 낳은 거야! 쟤 때문에 우리가 다 죽게 생겼어! 제 외가는 신문에 날 어떤 일을 겪었고…… 오래도록 그 당시 얘기는 금지였어요. 세상에서 제일 무서운 건 누군가가 제 탓을 하는 거예요. 너 때문에, 너 때문에. 제 인성을 운운하면 금이 가 있기 때문인지 사정없이 깨져버려요. 원래 형편없었는데 형편없다고 하니까 달아날밖에요. 그래도 지금은……."

사장이 김이의 말을 잘랐다.

"그림자 없는 인간은 없어. 다 그래. 그런 거야."

사장은 김이가 내보이는 감정이 반가운 듯 흡족하게 웃으며 아이스커피를 마셨다. 김이는 아이스커피에 든 얼음을 우둑우둑 씹었다. 시작은 이제부터다. 두고 봐라.

"저기, 이거 받아. 손김이 씨 퇴직금 정산하고 보니 심적 고충에 비해 액수가 너무 적더군."

사장이 하얀 봉투를 김이 앞에 밀어주었다. 봉투는 단정하게 탁자 위에 놓여 있었다. 이준의 예측대로 돈 봉투가 나왔다.

김이는 생각했다. 이준이 알려준 피해자의 권리를 주장하는 숱한 방법들. 어딘가에 서류를 꾸며 제출하고 주장하는 이성적인 대응법. 서태후는 당장 그놈들을 죽여버리라고 했었다. 내 모가지 밟는 놈들은 똑같이 갚아주라고 했다. 그건 재미없다. 물리적인 죽음이 대수인가. 가지는 일단 물러서 관망하며 스스로를 추스르라고 했었다. 자신이 단단해지면 나아갈 방법이 보이고, 그때 가서 반격을 취해도 늦지 않는다고 했다.

김이는 자신을 응원하는 그들의 얼굴을 떠올리며 호전적인 여러 가지 대응방식을 떠올렸으나 이내 가라앉았다. 가라앉은 감정 안에 들어가 김이는 웃었다. 둥근 웃음으로 세상을 비웃는다. 내가 웃으면 세상도 웃는다. 아버지의 웃음, 그 웃음에게 배운 대로 처신할 것이다.

"제가 그냥은 못 돌아가요. 복직하지 않더라도 마찬가지죠. 먼저 부당한 파면을 철회해주셔야 하고, 그다음은 사내 게시판에 이 사실을 적시해서 저를 둘러싼 소문을 치워주세요. 제가 직접 글을 올리기 전에 해결해주세요. 저의 입장표명, 할 줄 몰라서 못한 게 아니라 안 한 겁니다. 사장님 입장도 명확히 해주세요. 그리고 또 하나 있어요. 저로선 이게 가장 중요해요."

나름 합리적인 대안이라며 제시한 것도 어떤 담벼락을 만나면 달걀처럼 깨질 수 있다. 그래도 김이는 지지 않고 조목조목 일렀다. 목소리를 높일수록 자신의 명예를 위해 스스로 노력하고 있다는 자부심이 커졌다. 그래서 웃음이 나왔다. 김이는 자신을 응원하는 그들에게 돌아가 자랑할 거리를 만들고 있는 중이었다. 그 이상의 진행에 대해서는 크게 기대하지 않았다. 검게 물든 세상의 견고한 이치를 완전히 바꿀 수는 없는 노릇이 아닌가. 그래도 지지 않고 한다. 다만 할 뿐이다.

커다란 무를 옆구리에 끼고 김이가 병실로 들어갔다. 하얗고 말간 무는 튼실해서 무거웠고 정인이 챙겨준 찬합도 무거웠다. 이 여사는 침대에 누워 링거주사를 맞고 있었다. 맞은편에 놓인 텔레비전에는 호들갑스러운 홈쇼핑 광고가 진행되고 있었다. 김이가 종이가방에서 반찬을 꺼내 냉장고에 집어 넣는 동안에도 이 여사는 멍하니 허공만 봤다.

"식사하셨어요?"

"미음이 도배용 풀 같더라."

"지금 차릴까요?"

환자는 고개를 내저었다. 이 여사가 식사를 한다고 나설 때까지 자리를 지킬 의무가 있는 김이는 침대 옆 의자에 앉아 홈쇼핑 광고를 봤다. 이 여사는 눈 뜰 기력도 없던 엊그제보다는 많이 좋아졌고, 어제보다는 오늘이 더 건강해 보인다. 병명은 식중독. 팔다리에 점점이 벌겋게 일어난 발진도 가라앉았다. 다만 더욱 검어진 입술과 혀가 문제였다. 의사들이 그 입술과 혀를 주목하자 정인이 나서서 해명했다. 원체 저랬어요. 이번에 그렇게 된 게 아니랍니다.

"엔지는?"

"수입차 수리 센터로 보냈어요. 가지가 견적을 받았고요. 그리고 강용수 노인은 아직도 연락이 없어요."

"그야 뭐, 죽으면 부고장이 날아오겠지. 우리 엔지가 불쌍하구나. 폐차고
비를 넘겨 다행이기는 해도."

"할머니는 알고 계시지 않았어요? 엔지, 브레이크가 고장 났잖아요. 위
험한데."

"몰랐다."

이 여사가 몰랐다면 모르는 것이다. 그러나 열쇠를 내준 사람이 누구겠
는가.

그날 교군 간이 조리실에서 식사를 마친 강용수 노인은 택시를 기다
리다 엔지를 끌고 호텔로 향했다고 했다. 골프장 철책을 뚫고 나가 석벽을
들이받은 채로 발견된 엔지. 노인은 엔지를 활짝 열어둔 채로 사라졌다.
그날 이후 아직 아무 연락이 없다. 호텔에 연락을 해도 짐이 그대로 있다
고 했고 달리 연락해볼 곳을 알지 못했다. 강철 본네트가 완전히 우그러진
엔지의 상태를 봐서는 부상 정도가 가벼울 리가 없다. 더군다나 엔지의 안
전벨트, 채우나 마나인 헐렁한 안전벨트를 생각하면 등골이 서늘했다.

강용수가 교군으로 찾아들었던 저녁, 김이는 대문에서 기다리고 있다
가 그를 맞이했다. 호텔로 전화를 걸어 식사 대접의 위험성을 경고했는데
도 부득불 찾아오는 그를 이해할 수 없었다. 김이는 자신을 모른 체하며
안으로 들어가는 노인을 붙잡았다. 전에 나눴던 대화를 상기시키며 재차
물었으나 그는 배미란을 모른다고 했다. 힛걸즈의 노래도 모르고 김이 아
버지도 알지 못한다고 했다. 무뚝뚝하게 부인하는 그의 태도가 매우 자연
스러워 그의 말을 곧이곧대로 믿고 싶을 정도였다. 혹시 치매인가?

"난 먹으러 왔어. 예전부터 지금까지 여긴 먹으러 와. 다른 거 없으니 귀
찮게 굴지 마라."

"어르신, 지나치게 매운 음식은 조심하세요. 건강을 해칠 수도 있습니다. 저희 교군에서는 어르신의 신분을 알아냈어요. 오래된 의심이었지요."

김이의 경고에 강용수는 멈춰 섰다. 무표정을 가장한 어떤 표정이 주름진 그의 얼굴을 일그러뜨렸다. 그는 구부러진 등을 펴고 교군을 바라보았다. 벚나무에 앉았던 까치가 푸드득 날자 나뭇가지가 스산하게 흔들렸다. 노인은 입맛을 쩝 다시며 말했다.

"그렇다면 준비를 많이 했겠군. 구미가 당기는구나."

노인은 그 말만 남기고 이 여사가 기다리고 있는 간이 조리실로 서둘러 들어갔다. 그날 밤, 어느 누구도 그 근처는 얼씬할 수가 없었다. 마침 바쁜 저녁이기도 했다. 일꾼 중 생일을 맞은 사람이 있어 시내 술집에서 깜짝 파티를 준비해놓고 있었다. 한바탕 잘 먹고 흥겨운 음주가무를 즐기다 정인과 교군에 돌아온 시간은 새벽 1시. 이 여사가 안채 마당에 쓰러져 있었다.

"텔레비전을 꺼라."

"식사 안 하실 건가요? 뭐든 드시게 하는 게 제 의무인데요."

"그래? 그럼 무나 갈아주고 가거라."

"고작 갈아요? 얼마나 여러 종류를 가져왔는데요. 하나씩 맛보세요."

"나 환자야. 씹을 기력 없다."

김이는 종이가방을 뒤졌다. 강판이 없으면 밖에 나가 사와야 한다. 다행이 아주 작은 강판과 과일칼이 비닐봉지에 들어 있었다. 정인은 이 여사의 마음을 훤히 꿰뚫고 있는 것이다. 김이는 손을 씻고 와 작은 조각으로 무를 잘랐다. 맑은 즙이 뚝뚝 떨어지는 훌륭한 무였다.

이 여사를 응급실에서 일반 병동으로 옮겼던 아침, 교군으로 돌아온 김이는 간이 조리실에 가봤다. 고무장갑에 마스크를 낀 정인이 조리실 안을 부리나케 청소하고 있었다. 스프레이로 뿌려대는 약품 냄새에 머리가 아팠다. 청소 방식이 다소 지나쳐 보였다. 정인은 음식 찌꺼기가 말라붙은 그릇, 수저며 칼과 도마, 음식을 무쳤던 커다란 대접까지 남김없이 쓰레기 봉투에 담았다. 씻으면 그만인 그릇들 전부를 통째로 버리면서 남은 음식과 재료도 몽땅 담아 단단하게 묶었다.

"식중독 우습게 알면 안 돼. 구청 위생과에서 단속 나오면 우린 망하는 거야."

정인은 허연 약품을 풀어가며 손수 바닥청소까지 착착 진행했다. 뭐라도 돕겠다고 김이가 나서자 어서 나가라며 매섭게 말했다. 범죄현장을 은닉하려는 듯한 서두르는 기색이 의심스러웠고 그 노련한 처치방식 또한 의문이었다. 뭔가를 알고 있다는 의심이 들어 꼬치꼬치 물어도 정인은 능구렁이처럼 살살 피하기만 했다. 다른 게 뭐 있어? 이깟 조리도구쯤이야 얼마든지 있는데. 이 여사 역시 마찬가지였다. 그날 강용수와 어떤 대화를 나눴느냐고 물어도 별거 없었다고 대답하고는 끝. 통 입을 열지 않았다.

병중인 이 여사의 식사 시중은 순탄치 않았다. 멀건 미음을 떠먹던 이 여사는 숟가락을 팽개치고 걸핏하면 누웠다. 입맛을 잃은 환자는 허공을 보며 나직하게 읊조렸다. "이건 썩은 행주 맛이야." 그러고는 원하는 음식을 요청했다. 맛난 무를 찾아오라는 거였다. 이 여사가 원하는 음식이면 뭐든 만들어 바칠 준비에 들떴던 교군 주방 일꾼들은 무 생산지마다 전화를 걸었다.

이 여사는 보드랍게 간 무즙을 입에 머금고 기운 없이 웃었다. 검은 입술에 허연 무가 촉촉하게 묻어 있었다.

"맛있어요?"

"달구나. 맛이 참 희한하지."

허공을 향한 이 여사의 눈이 뭔가를 발견한 듯 크게 벌어졌다. 한술 맛있게 떠먹으며 낯빛도 환해졌다. 김이는 알 것 같았다. 할머니는 예전의 그 무밭을 다시 보고 있는 것이다. 의미심장한 눈길 안에 든 할머니만의 푸르른 무밭, 그 너른 축복. 하얗고 튼실한 무가 흔해 다행이라는 기분이었다. 이 여사는 전에 김이에게 얘기했었던, 어린 날 봤던 무밭의 경이로움에 대해 다시 말했다. 그걸 먹고 내가 유치가 빠졌잖니. 어찌나 맛나던지. 김이는 처음 듣는 스토리인 양 감격의 추임새를 넣어가며 무를 쓱쓱 갈았다. 김이도 맑은 무즙을 맛봤다. 살짝 떠먹어본 무즙은 음식의 영혼에 해당하는 것 같은 순순하고 깨끗한 맛이었다. 침침한 검은색을 지워버리는 온전하고 맑은 빛깔이라 어떤 가미도 필요치 않았다.

생산자 초빙 행사는 이 여사가 퇴원을 하루 앞둔 토요일에 개최되었다. 예정보다 날짜가 미뤄져 손님이 뜸할 거라 예상했지만 기우였다. 이른 아침부터 하나둘 찾아든 손님들은 오후 3시가 되자 마당을 와글와글 메웠다. 주차장이 미어터졌다. 해수에 수산물을 담아 온 수조 트럭부터 교군 주차장에 집어 넣으려고 일꾼들이 호루라기를 불어가며 부산하게 움직였다. 나머지 차량은 근처 유료주차장으로 인도하느라 진입로가 막혀 아우성이었다.

이 여사 대신 정인과 김이가 대문에 나와 먼 데서 온 손님을 맞았다. 이 여사의 부재 이유를 묻는 손님들에게 정인이 간결하게 양해를 구했다. 이 여사와 오랜 친분을 쌓아온 생산자들은 몹시 실망해 당장 병원부터 가자고 문밖을 나섰다.

　제주도에서 날아온 해녀할멈은 틀니를 들썩이며 역정을 내기까지 했다. "우리 덕은이 없이 무슨 재미로 놀아? 주인이 아픈데 잔치가 웬 말이야. 병원이 어딘지 안 가르쳐주면 나는 이만 갈란다." 이 여사에게 서태후라는 별칭을 선사한 연천의 농사꾼은 대뜸 웃기부터 했다. "안 봐도 훤하다. 서태후가 또 과식을 한 게야. 뱃구레는 요만한데 먹는 양은 실로 어마어마하지. 그래서 탈 났지?" 어른 키 반 정도 되는 칡뿌리를 안고 온 곰보아저씨는 비교적 담담했다. "우리도 어서 먹고 탈이 나세. 병실에 나란히 누워 정답게 소주잔 주고받자고."

　전체 지휘를 맡은 정인은 초대장 없이 온 손님들에게 입장료를 받거나 손님들을 배석하느라 정신없이 바빴다. 올해의 행사도 변함없는 활기로 떠들썩한 것이다. 이준은 보이지 않는 곳에서 진행에 무리가 없도록 차분하게 일손을 거들었다. 생산자들이 현지에서 가져온 여러 종류의 박스들이 주방 앞에 차곡차곡 쌓여갔다. 차양 밑으로 '봄의 풍류를 즐기다'라는 글씨가 적힌 휘장이 바람에 건들건들 날리고 있었다.

　주방은 전쟁터였다. 여러 개의 국통에서는 다양한 육수가 동시에 폭폭 끓었고, 불 위의 프라이팬에서는 두툼한 도미와 동그란 분홍 새우가 각각 지글거리며 익었다. 마른 고추는 뜨거운 기름 속에서 저항하듯 맵고 향긋한 연기를 뿜어냈다. 일꾼들 모두 음식 만들기에 신경이 곤두선 상태라 누가 오더라도 말 한마디 붙일 정신이 아니었다. 요리장은 기다란 젓가락을 들고 땅콩과 더덕 소스로 버무린 파릇파릇한 참나물을 채끝살 위에 올렸다. 하나를 완성하면 또 하나를 해치워야 하는 전쟁터, 예상을 빗나간 실수가 드러나면 주방은 시끌벅적한 태풍에 휘말렸다.

5시를 기점으로 음식이 하나둘 식탁에 차려졌다. 이른 새벽부터 일어나 꼬박 음식을 준비한 주방의 일꾼들은 수십 개의 접시에 같은 요리를 나눠 담았다. 테이블이 채워지는 동안 정인은 떨리는 음성으로 요리 소개에 들어갔다. 각각의 재료와 조리방식, 미묘한 맛의 차이를 설명한 다음 생산자들을 한 명씩 호명했다. 한 사람씩 일어나 인사를 나누고 나자 정인은 이 여사가 늘 해왔던 방식대로 머리를 숙였다.

"여러분에게 늘 감사드립니다. 아름다운 햇과일과 햇곡식과 싱싱한 푸성귀를 정성껏 가꿔주시고 자식처럼 귀한 생산품들을 이 교군에 아낌없이 내주신 여러분에게 요리로써 보답할 기회를 제공해주셔서 감사드립니다. 여러분의 건강을 기원합니다."

이 여사의 회복을 부르짖으며 술잔을 높이 든 손님들은 일제히 짜릿한 한 모금의 술을 목구멍으로 흘려 넣었다. 잔치의 시작이었다. 요리를 맞아들인 손님들은 자신의 욕망을 향해 젓가락을 뻗었다. 혀가 주는 쾌감을 누리는 자세란 참으로 제각각이었다. 오물오물 씹고, 살짝 입에 넣고 보고, 흠칫 놀라고, 몰래 흐뭇해하거나 대놓고 기뻐하고, 아예 고개를 푹 숙이고 음식과의 긴밀한 대화에 들어간 이도 있었다.

오늘의 주인공 나물, 나물들. 관자와 돼지의 머릿고기, 황석어와 같은 두툼한 건더기들은 봄의 햇나물을 돋보이게 하려고 등장한 조연들이다. 엇비슷하게 보이는 초록빛 햇나물들은 각각의 특별한 향기를 뿜어냈다. 종류별 나물을 먹다 보면 순수한 자연 그대로의 풍미가 입안에서 부드럽게 녹아들었다. 김이는 덜 매운 요리부터 차례로 공략했다. 명란젓과 다진 고기로 구멍을 채운 하얀 연근은 땅속뿌리의 우아한 단맛이 났다. 쌉싸래한 곤드레나물은 흙냄새 올라오는 봄비를 연상시켰다.

나무끼리 연결해 줄에 매단 노란 등불이 점점이 켜졌다. 테이블 앞 사람들의 얼굴도 환하게 빛났다. 생산자들은 서로가 오래전부터 알고 지내는 처지라 테이블마다 밀린 수다가 폭발했다. 매운 음식이 종류별로 등장한 다음부터 깔깔거리는 웃음소리와 취기 어린 고함이 터져 나왔다.

새벽이 되자 얌전한 손님들은 돌아가고 호기로운 술꾼들만 남았다. 남은 술꾼들은 마당에 피운 모닥불 근처로 자리 잡았다. 타닥타닥 나무 태우는 연기, 스피커에서 흘러나오는 노랫소리가 그 밤을 낭만적으로 치장했다. 여기저기 시체처럼 널브러진 몸통에서 코 고는 소리가 났다. 객실에 들어가 쉬라고 해도 술 취한 고집쟁이들은 자리를 떠나지 않으려 했다. 뽀얀 사골 국물에 끓여낸 뜨끈한 칼국수가 5차 안주로 등장하자 반응은 몹시 뜨거웠다. 춤을 추다 면발을 빨아들이고 빈 술잔을 머리에 대고 털다 뜨끈한 국물을 대접째 훌훌 마셨다.

"그 정도 마셔가지고는 어림없어요. 자, 받아요! 이번에도 몸 사리면 콧구멍에 넣어줄 거야!"

취한 정인의 집요한 강요는 예년처럼 모두를 휘어잡았다. 도망가려는 손님은 더 악착같이 붙잡아다 벌주를 먹였다. 정인의 주사는 제법 거국적이었다.

"당신이 술을 안 마시는 바람에 우리나라가 이 모양이야! 통일을 해야지! 쭉 마시면 그 집 마당에서 석유가 나올 거야! 자, 석유 재벌 만세! 건배!"

어둑한 마당, 밑으로 축 처진 나뭇가지 밑 으슥한 모퉁이에서 김이는 가지가 주는 백김치에 빠져 있었다. 새하얀 김치, 고추씨로 맛을 낸 백김치는 은은하게 매웠고 골이 찡하게 독특했다. 가늘게 채친 무는 오독오독

짭짤하고 새콤했다. 김이는 물기 흥건한 배추를 우적우적 씹으며 감격하고 말았다.

"이거 고수의 솜씨인데. 오늘 먹은 것 중에 이게 최고야."

"맞아. 김이는 뭘 좀 아네."

간밤 이천에 다녀와 새벽부터 조리실 전투조에 투입된 가지는 피로에 절어 퀭한 상태였다. 김이는 찰박한 배추를 손으로 쪽 찢었다. 노르스름한 고운 결마다 매콤한 단맛이 물결처럼 일렁거렸다. 눈 쌓인 산골, 투명한 얼음을 이고 졸졸 흐르는 냇물을 손으로 떠 마시는 기분. 사방에 하얀 눈이 소복하고 촉촉한 공기가 가슴으로 들어오는 그런 개운함. 뭐라 말할 수 없는 깊은 향기가 코끝을 톡 쐈다. 김이와 가지 두 사람은 번갈아가며 대접째 국물을 홀홀 들이마셨다. 아, 맵고 시원하다.

"언제부터 이렇게 솜씨가 좋아졌어? 이거 보통 맛이 아닌데."

"실은 이거 어르신이 담근 거야. 요새 어르신이 직접 조리한 음식 먹기가 힘들잖아. 그날 간이 조리실에서 몰래 챙겨서 실온에 놔두고 살살 익혔어. 제대로 맛 들었지?"

"큰일 저질렀구나. 우리 자칫하면 죽을 수 있어."

"어차피 버릴 거였잖아. 대체 어떻게 담았기에 이런 맛이 나나? 어어, 한꺼번에 많이 먹지 마. 이거 은근히 맵다고."

김이는 홀린 듯 맑은 국물을 삼키다가 대접을 내려놓았다. 더 먹었다가는 입술이 검게 타들어갈 것 같았다. 빛깔은 순한데 맵기도 참 매웠다. 그 자체로 맵기보다 전에 먹은 매운 음식들을 다시 일으켜 세우는 맛.

가지 옆에 붙어 앉았던 김이는 땀 냄새를 들킬까봐 조금 떨어져 앉았다. 눈치 없는 가지는 다시 옆으로 밀어붙이듯 바싹 붙었다. 가지도 땀으로 푹 젖은 목덜미를 수건으로 훔치며 거친 호흡을 내뱉었다. 더우니까 더 맵네. 몽롱해. 고기 탄내 비슷한 기름진 냄새가 가지의 몸에서 풍겼다. 새벽이라 기온이 떨어졌는데도 체감온도는 여전했다. 저만치에서 웃음소리가 와르르 호탕하게 터져 나왔다. 음악 소리도 아까보다 더 커졌다.

"핸들에 핏자국이 있었어."

"핏자국?"

"코피인지 머리가 깨졌는지 핏자국만 봐서는 알 수 없지. 그런데 참 이상해. 처음엔 시동이 안 걸렸는데 정비공이 전선을 연결하고 어쩌고 꿈지럭거리니까 시동이 드르르르 걸리더라고. 배터리 박스가 터졌을 뿐 엔지는 멀쩡했던 거야. 죽은 아버지 살아온 것처럼 반가웠는데 카세트플레이어 소리가 쾅쾅! 귀청 떨어지는 줄 알았어. 그 노인네가 귀가 안 들렸는지 사운드를 엄청나게 크게 틀어놨던 거야. 그것도 하필이면 힛걸즈."

"힛걸즈?"

"그 노래 말이야. 나는 여기 있어, 당신은 거기 있어, 내가 먼저 왔어, 당신을 기다릴래…… 엔지를 마지막으로 차고에 넣을 때 나는 인디고 히트차트 들었거든. 힛걸즈 노래는 조수석에 놔뒀었다고. 그런데 시동 걸자마자 그렇게 큰 소리로 튀어나왔어."

김이는 힛걸즈의 노래를 흥얼거렸다. "나는 여기 있어, 당신은 거기 있어, 내가 먼저 왔어, 당신을 기다릴래. 그다음이 뭐더라?" 가지는 김이를 돌아보며 나머지 가사를 덧붙여주었다. "당신은 나의 느티나무, 나는 당신의 그늘. 그 노래가 아주 묘해. 신나게 부르면 바람맞을까 두려워하는 연인의 사랑가인데 느리게 부르면 좀 무섭지 않냐?"

그런가, 그런 노래였던가. 김이는 몽롱한 기분으로 컴컴한 하늘을 올려다봤다. 서태후의 김치를 먹고 나자 몸이 푹 꺾이는 느낌이었다. 몸이 뜨거워, 뜨거워, 뭐라 설명할 수 없는 기운이 속에서 폭발할 것처럼 잔뜩 장전된 상태였다. 그 노인이 왜 핫걸즈 노래를 듣다가 담벼락을 들이받은 걸까. 그 노래 듣기 싫다고 그렇게 타박하더니. 그날 음식을 대접했던 요리사는 앓아누웠고 손님은 종적을 감춰버렸다. 뭘까. 그날의 음식은 얼마나 맛이 있었을까.

노란 등이 점점이 켜진 마당 한가운데서 몇몇이 찰싹 달라붙어 춤을 추고 있었다. 매운 취기에 녹아 저마다 흐느적흐느적. 어딘가에서 싸움질하는 고성도 들렸다. 가지는 매운 기운으로 번들거리는 김의 입술을 타는 눈길로 쳐다보았다. 맛난 음식을 노리는 굶주린 자의 눈길이었다. 갑자기 가지가 김이를 일으켜 세웠다. "네 방에 가서 할 말이 있어. 가자!" 땀에 젖은 축축한 손은 억세고 뜨거웠다.

둘은 함께 성큼성큼 마당을 가로질러 갔다. 아직 할 일이 남았지만 취한 사람들로 북적이는, 미로처럼 복잡한 교군에서는 실종상태가 되어버리면 그만이다. 김이와 가지는 상대가 먼저 손을 놓아버릴까봐 굳세게 서로를 붙잡고 후닥닥 별채 2층으로 올랐다.

컴컴한 방, 마당의 노란 전등이 창으로 가지를 뻗은 나무 그림자를 기괴하게 비췄다. 가지가 김이를 번쩍 안아 올렸다. 가지는 김이의 볼을 붙잡고 핥아 먹을 듯 달려들었다. 매끄러운 피부에 점점이 박힌 따가운 수염. 뻣뻣한 털이 씹히던 돼지껍데기의 쫀득쫀득하던 감촉을 떠올리며 김이는 파고드는 입술에 열정적으로 호응했다. 냄새도 치감도 돼지껍데기와 거의 일치했다. 돼지 말고 너의 껍데기도 무척이나 훌륭하구나. 맛있겠어. 가지의 축축한 입술이 인중에 닿자 김이는 입을 벌려 혀를 내밀었다. 혀 없이는 우리 아무것도 할 수 없잖아. 혀가 전부야. 톡 쏘는 매운 기운이 혀에서 혀로 전달되었다. 축축한 혀끼리 어두운 입안에서 흥건하게 놀게 내버려두고 부리나케 옷을 벗었다.

벗어도 몸이 뜨거웠다. 화로처럼 달아올라 외려 춤기까지 했다. 김이는 가지의 품으로 들어가며 생각했다. 후회는 없을까? 할 수 없다. 맵게 먹어서 그렇다. 맵게 먹으면 이렇게 된다. 이러려고 맵게 먹는다. 교군의 모든 음식이 독이라 했다. 독은 독이다. 활활 타는 이 불길을 더 큰 불로 꺼트리기 전에는 절대 꺼지지 않는다. 심장의 고동 소리가 북처럼 둥둥 울렸다. 빨리 칼로리를 소진해야 나가서 더 먹을 게 아닌가. 땀에 젖은 촉촉한 살갗이 서로 엉켜들며 둔탁한 리듬을 만들었다. 마당의 불빛은 요란하고, 귀가 따갑게 시끌벅적했지만 방 안에는 달뜬 숨소리 외에는 아무것도 들리지 않았다.

스파이스 로드

양윤의

1. 독毒한 요리사: 노-후 know-who

백문이 불여일식不如一食이다. 수전 손택의 말을 살짝 비틀어보자면,
『교군의 맛』은 해석할 것이 아니라 먼저 맛보아야 한다. 여기 교군轎軍에
서 요리 연구에 평생을 바친 이덕은 여사를 소개하겠다. 고아로 태어난
덕은은 몸종 신분으로 교군에 들어와 주인마님이자 한식 명장明匠으로
거듭난 성공신화의 주인공이다. 일제시대와 한국전쟁, 4·19혁명과 5·16쿠
데타와 광주를 온몸으로 겪은 노장의 일생이 교군의 역사와 한몸이다.
고택 교군은 거대한 왕국이고 덕은은 누구도 범접할 수 없는 독한 손맛
하나로 이곳을 지켰다.

　교군의 맛을 음미하기 위해서는 담력이 필요하다. 칼칼하게 찌르는 찌
르르한 맛이 입속을 접수하고 나면 혀끝에 남은 알싸함과 화통함이 온
몸을 땀과 눈물로 젖게 만든다. 후끈거리는 흥분이 조금 가라앉으면 개

운하고 후련한 느낌에 사지가 노곤해진다. 화끈하고 매운 교군의 맛은 강한 중독성을 갖고 있기 때문에 매혹적이면서도 위험하다. 금단 증상을 앓고 있다는 손김이 양의 말을 들어보자.

> 미각은 지문처럼 천차만별이지만 김이가 간절하게 원하는 맛은 분명했다. 그것은 화통하게 혀를 볶는 맛, 미친 짐승처럼 길길이 날뛰는 맛, 울다 지쳐 혼절할 것 같은 맛, 뒷덜미를 찌르는 바늘 같고 심장을 관통하는 총알 같은 맛, 붉은 피를 머금은 맛, 목구멍을 태우며 배 속으로 쿵 떨어지는 맛, 8월의 태양 같은 맛, 심장이 두방망이질하는 맛, 영혼이 셀로판지처럼 얇디얇게 분리되는 맛, 쓰라린 칼침 같은 맛, 어머니로부터 물려받은 지독한 맛, 마약처럼 중독성이 강해 먹고 또 먹고 싶어지는 맛, 그것은 교군의 맛. (30쪽)

교군을 맛으로 향수鄕愁하는 김이는 이덕은 여사의 손녀다. 김이는 한동안 아버지 손 씨와 함께 살다가 독립하였다. 엄밀하게 말하면 김이가 덕은의 피붙이는 아니다. 하지만 복잡한 가계도를 거쳐 교군을 이어받을 유일한 자손인 것만은 사실이다. 삼대째 이어져온 교군의 가족사를 간추려 두자. 교군의 봄은 일제시대로 거슬러 올라간다. 김이의 외할아버지 배택수는 본처 창성댁을 두고 일본에서 피아노 공부를 하는 상희라는 여인과 살림을 차렸다. 상희가 택수의 아이를 갖자 두 사람은 상희의 부모가 살고 있는 조선의 교군으로 돌아와 정착하고 얼마 후 미란을 낳았다. 해방 이후 상희의 부모가 월북했다가 돌아오지 못하자 데릴사위인 택수가 교군을 관리하게 된다. 그즈음 교군은 요릿집으로 변했고 교군은 권력자들을 접대하는 요정정치의 주무대가 되었다. 상희는 몸을 풀고 얼마 지나지 않아 폐결핵으로 시름시름 앓았는데 택수의 냉대를 받아 더욱 심약해졌다. 상희는 몸종인 덕은이 준비한 매운 암죽과 잘 차려진 음식들을 맛있게 먹고, 결국 젊은 나이에 세상을 뜨고 만다. 교군의 이력에 음모론이 추가되는 순간이다. 택수는 덕은을 세 번째 부인으로 맞는다. 상희를 닮아 미모가 뛰어난 미란은 열아홉 살이 되자 가수의 꿈을 품고 상경한다. 딸에게 무관심한 아버지와 아버지보다 스물다섯 살이나 어린 양어머니를 떠나 제 꿈을 찾겠노라고 독립한 것이다. 미란은 짧게나마 '힛걸즈'라는 여성 트리오로 활약하기도 하였다. 그러나 화려한 연예계 뒤편에는 어린 여가수에게 고위층 인사의 애첩 노릇을 강요하는 패악이 도사리고 있었다. 미란은 가수로 성공하지 못한 데서 오는 박탈감과 잦은 성상납으로 심신이 쇠약해가던 중 누군가의 아이를 임신한다. 그녀는 서울생활을 정리하고 교군으로 돌아온다. 교군으로 들어올 때 미란은 한 사내를 신랑감이라고 소개하며 데려왔는데, 그가 김이를 키운 양아버지 손 씨다. 미란이 갑작스럽게 죽고 얼마 후 택수도 세상을 떠났다. 이렇게 해서 김이가 교군의 마지막 후예가 되었다.

교군이 저토록 긴 세월을 견딘 것은 덕은의 노고 덕분이다. 그래서일까. 덕은의 요리는 숨 쉴 틈을 주지 않고 사람을 후려치는 맛의 폭군으로 그려진다. 재난은 본래 신의 역현力顯이다. 도무지 알 수 없는 무한한 힘이 출현하는 순간이기 때문이다. 덕은의 요리가 불러일으키는 미각의 재난 역시 어떤 알 수 없는 강력強力을 현시하고 있다. 교군의 일인자가 덕은이라면 부엌의 이인자는 정인이다. 덕은의 요리법을 전수받은 정인은 자기만의 레시피를 만든 실력자다. 첫 맛은 맵지만 끝맛은 청량한 향내를 풍기는 요리가 바로 정인의 솜씨다. 그리고 막내 요리사 이정목이 있다. 수련생이기도 한 정목은 김이의 옛 애인이기도 하다. 정목은 가지요리를 완성해서 요리사로 등극하였다고 하여 이름 대신 '가지'라는 별명으로 불리기도 한다. 이처럼 교군은 맛의 천국이자 감각의 제국이다. 이곳에서 '누구인가?'를 안다는 것은 '어떤 맛인가'를 안다는 말로 치환될 수 있다. 사실 맛은 언어로 번역되지 않는다. 맛을 설명하는 언어는 비유의 주변을 돌 뿐이다. 덕은의 절대적인 힘이 밝혀지지 않는 것은 이 때문이다.

2. 신산고초와 쿠킹: 노-왓 know-what

소설은 교군의 역사에 겹쳐진 여인 삼대의 이야기이기도 하다. 이덕은, 배미란, 손김이 세 여인의 이야기 말이다. 물론 이들을 묶는 절대적인 존재는 덕은이다. 미란과 김이를 본능적으로 끌어당기는 힘은 덕은의 요리솜씨에서 나온다. 임신한 미란뿐 아니라 김이 역시 덕은이 만든 요리를 맛보고 황홀경에 빠졌다. 김이가 느낀 오감의 환희는 몸에 각인된 희열을 열망하는 중독자의 심정에 가깝다.

그런데 덕은의 주방은 일반적인 부엌과는 다르다. 일반적인 의미에서 건강, 영양, 맛을 추구한다고 볼 수 없는 곳이기 때문이다. 덕은이 요리하는 대상은 식재료가 아니라 어쩌면 그것을 먹는 누군가의 입, 혀, 몸 전체가 아닐까. 덕은은 "매운맛은 물리칠 도리가 없어 모두가 평등해진다"고 했다. 허위와 가식을 벗기려다 보니 음식이 점점 더 매워진다는 것이다. 『교군의 맛』을 한마디로 표현하자면 맵디매운 맛이 혀끝에 남기는 통증이다. 매운맛은 혀가 받은 통증이고 신체가 받은 자극이다. 교군의 요리는 온몸을 흥분시켜서 개운하고 후련해지도록 한다. 저 최루성 음식이 일종의 테라피 효능을 가지고 있는 셈이다. 이쯤 되면 통쾌하고 뜨겁고도 매혹적인 맛을 내는 요리사를 종족의 안위에 관여하는 제사장이라고 부를 수도 있을 듯하다. 수많은 혓바닥을 정복한 덕은은 교군의 대모Big Mother이다. 곧 덕은의 요리는 냉혹한 시대의 한기를 견디기 위한 생존법이자 무력한 아버지의 자리를 대신 채운 강한 어머니의 생존법이라고 말할 수도 있다.

교군에서 준비하는 빈소 음식은 사정을 봐주지 않는 매운 강도 때문에 문상객의 눈을 적시고 몸을 적시고 마음을 적시는 것으로 유명하다. 덕은이 평생을 바쳐서 만들어낸 치명적인 맛은 미각을 섬세하게 감동시키는 다채로운 맛이 아니라 미각 자체를 무디게 만드는 절대 맛이다. 맛의 범주에 넣을 수 있는 임계치를 보여주는 요리랄까. 교군의 차림표에는 다소 익숙하지 않은 요리들도 많이 적혀 있다. 그것은 문화적인 차이를 드러내면서 '먹을 수 있는 것/없는 것'의 구분을 교란한다. 김이가 정리한 기록물을 살펴보면 그 매운맛 속에는 무언가가 감추어져 있다. 그것은 바로 덕은 레시피의 핵심인 비약이다. 덕은은 택수의 전처 상희가 병상에 있을 때 사람을 홀리는 치명적인 맛을 낸다는 독가루를 구해다가 요리를 했다. 그 독가루는 삶에 대한 의욕이 넘치는 사람에게는 차마 먹지 못할 역한 맛으로, 죽음이 가까운 사람에게는 거부할 수 없는 최고의 맛으로 느껴진다는 묘약이다. 상희는 덕은의 음식을 맛있게 먹고 세상을 떠났다. 덕은이 매운 음식 속에 조금씩 넣는 독성은 혀를 천천히 마비시키는 효능을 갖는다. 독으로 영혼을 홀리는 그녀는 팜므파탈이다.

죽음의 맛이 삶을 일깨우고 지극한 고통이 열락으로 전환되는 곳, 일종의 임사체험을 통해서만 다가갈 수 있는 지복의 자리, 덕은은 이곳을 관리하는 제사장이다. 훗날의 역사가 증언하는바, 이대의 참혹한 죽음과 삼대의 삶은 그녀의 두 가지 맛의 표현형이라고 볼 수도 있다.

3. 그해 여름: 노-웬know-when

『교군의 맛』의 현재 시점을 책임지는 인물은 손김이다. 노년에 들어선 덕은이 김이를 교군으로 불러들였기 때문이다. 교군에서 김이는 이덕은 여사의 일생이자 교군의 역사를 문서로 기록하는 역할을 맡았다. 그런데 교군의 역사는 김이의 역사이기도 하다. 그전에 김이의 어머니 미란의 죽음을 상세히 알 필요가 있다. 미란은 김이를 임신하고서야 권력자들에게 철저히 농락당했음을 깨닫는다. 몸과 마음이 망가질 대로 망가진 미란은 순박한 청년 손 씨를 만난다. 손 씨는 지적으로는 모자라지만 벽돌 공장에 다니면서 성실하게 일하는 건장한 사내다. 손 씨와 몸을 섞은 미란은 난생처음 수치심 없는 섹스를 경험한다. 미란은 손 씨와 함께 교군으로 돌아와 결혼을 하고 가정을 꾸린다. 꿈은 오래가지 못했다. 손 씨의 아이를 임신한 미란이 권력자들에 의해 무참하게 죽임을 당했던 것이다. 훼손된 미란의 주검과 태아의 사체는 공터에 함부로 버려졌다. 목숨을 지키기 위해 교군에 둘 수 없다는 가족의 판단에 따라 김이는 영문도 모른 채 강릉의 한 보육원으로 보내졌고 초등학생이 되어서야 교군으로 돌아올 수 있었다. 몇십 년 세월은 비련의 여가수 배미란의 죽음이 안고 있는 미해결의 장을 덮어버렸고, 그사이 교군의 맛은 흉내 낼 수 없는 경지까지 숙성해갔다.

김이가 교군에 들어와 덕은의 육필원고를 기록물로 완성한다는 것은 두 가지 의미를 갖는다. 하나는 김이가 교군이 숨기고 있는 비밀에 접근한다는 것. 자신의 출생의 비밀을 알아가는 과정이다. 다른 하나는 그 기록을 통해 덕은의 손맛을 알아간다는 것. 한 인간이 평생을 응축시켜서 만들어낸 저 맛의 의미가 기록으로 남기 때문이다. 각 장의 서두에는 짧은 프롤로그가 배치되어 있다. 교군 이덕은 여사 채록본 『이딴 얘기 받아 적어서 뭐하려고』의 한 단락이 인용되면서 표지 역할을 하는 셈이다. 과거와 현재를 오가는 서술 시점의 변이를 용이하게 만드는 것도 이것의 몫이다. 서술의 흐름을 시간순에 맞추지 않고 서사의 내적인 논리에 따라 진행할 수 있게 된 것도 이 덕분이다. 소설 전체에서 불행과 절망은 끼니처럼 반복되는데 그것들이 슬프고 고통스러운 정서를 강요하지는 않는다. 그 역시 세 인물의 삶에 적절하게 끼어들어 서술 중간중간 간을 맞추는 메타적인 프롤로그의 기능 덕분이다.

김이의 불행은 미란이 끔찍하게 살해당한 '그해 여름'을 기점으로 시작되었다. 미란은 둘째 아이를 임신한 몸으로 귀가하던 중 검은 세단을 타고 온 남자들에 의해서 살해당했다. 그들은 미란의 배 속에 있는 아이에 대해서 오해하고 살인을 저질렀다. 그들은 미란과 성관계를 가진 권력자(총재 '김 씨', 재벌 회장 '이 씨') 중 김 총재의 측근으로 문제의 싹을 미리 잘라내기 위해 미란과 아이를 살해한 것이다. 김이는 가문의 천적이 남긴 치욕적인 결과였다. 어린 김이의 귓가를 떠나지 않았던 그 환청, 어쩌자고 저 아이를 낳았느냐는 원망과 두려움 섞인 누군가의 목소리. 그 환청은 김이가 떠안고 있는 원죄의식의 발현일 터다. 김이가 겪는 불행의 발생 근거가 바로 그녀 자신이었던 셈이다.

이 점에서 『교군의 맛』은 작가의 첫 번째 단편집 표제작인 「이로니, 이디시」의 확장판이기도 하다. 「이로니, 이디시」에서 몸종 고만이는 옆구리가 붙은 채 쌍둥이로 태어난 두 명의 아씨를 모시고 있다. 독일로 입양될 쌍둥이 아씨들은 그녀들을 데려갈 독일 선교사 부부를 기다리고 있다. 이 소설은 양부모에게 버림받을 처지에 놓인 쌍둥이를 이야기하면서 그들을 바라보는 고만이의 시점에서 서술된다. 「이로니, 이디시」는 두 아씨들의 독일식 이름이다. 그 이름을 조선식으로 바꾸면 '이동희, 이덕신'이 된다. 이로니와 이디시는 매우 함축적이고 상징적인 명명이다. 존재가 안고 있는 아이러니(이로니)를 체현한 인물과 마음을 정화하기 위한 글쓰기(이디시)를 반복하는 두 이름의 상징성은 작가의 소설론을 지탱하는 상징이라고 불러도 좋을 것이다. 치욕과 고통에 젖은 정한을 언문으로 쏟아내는 저 '한풀이'가 『교군의 맛』이라는 소설이 담고 있는 성격과 무엇이 다르겠는가. 불행의 근원이 자신이라는 아이러니, 흩어진 자의 언어로 기록될 수밖에 없는 운명이 모두 교군의 삼대에 스며들었다. 그 가운데서도 김이의 이름이야말로 그 운명의 집약이다. 어머니 미란이 관계한 세 명의 남자가 가진 세 개의 성씨가 모여 '손김이'라는 이름이 되었다.

4. 피의 향연: 노-웨어know-where

무능한 남편 대신 가장의 역할을 떠맡은 덕은과 가수의 꿈 대신 목숨을 잃은 미란, 소신 있게 살고 싶었으나 백수가 되어버린 김이는 삼대에 걸친 여성 수난의 다양한 국면을 보여준다. 그러한 고통의 장소가 바로 교군이다. 이제 교군이라는 독특한 장소에 대해서 이야기할 차례다. 경기도 외곽에 위치한 고택인 교군은 과거 가마꾼이 쉬어가는 쉼터이자 정거장 같은 곳이었다. '맨입에 앞교군 서라고 한다'는 속담이 있다. 먹이지도 않고 일을 시킨다는 말이다. 바로 이곳이 일하러 떠나고 돌아오는 일꾼들이 쉬어가는 간이역이고 플랫폼이다. 이동수단이 된 가마꾼의 신체는 언제나 배고프고 피곤했을 터. 곧 함께 음식을 나누는 것이 일종의 전통이 되었다. 이곳이 여관과 식당을 겸하는 소문난 한식집 이상의 상징적인 의미를 갖게 된 것은 역사의 고통이 이들의 신체에 스며들었기 때문이다.

양반들의 전유물이었던 가마는 민중들에게 딱 두 번 허용되었다. 시집가는 새색시에게, 그리고 세상을 떠나는 망자에게. 꽃가마와 상여가 미란의 운명을 집약한 것은 이 때문이다. 미란은 교군에서 신방을 차렸고, 장례 역시 교군에서 치렀다. 소설 첫 장면에 등장하는 미란의 참혹한 살해 장면에는 '1980년 초여름'이라는 표지가 붙어 있다. 미란의 죽음에 민중의 죽음이 겹쳐 있음을 암시하는 대목이다. 장례식에서 덕은 여사는 매운 빈소 음식으로 손님들을 울렸다. 기침이 터지고 눈물이 흐르도록 만드는 맵디매운 맛. 어쩌면 화풀이 같기도 한 농축된 슬픔의 뜨거운 맛. 취한 이들은 죽은 자에게 미안해하고 살아남은 것을 부끄러워하기도 했다. "온순한 희생양을 제물로 바치고 온전하게 지냈던 지난날이 새삼 수치스러"

(206쪽)워지는 이 순간은 살아남은 자의 슬픔을 되새겨야 하는 때다.

덕은이 만드는 요리는 신성한 생명을 바치는 일종의 제식이다. 본래 요리란 게 죽음과 죽임의 흔적을 품게 마련이지만, 덕은의 요리만큼 그것의 의미를 깊이 체현한 것은 다시 없을 것이다. 예를 들어 갓 태어난 송아지를 잡아서 만든 "음흉하고 짜디짠 간장은 태어나자마자 숨이 끊긴 송아지의 울분과 설움까지 몽땅 녹여 제맛으로 강탈할 것이다."(292쪽) 또 송치로 젓갈을 담그는 장면을 보자.

이것은 어둠의 맛이다. 징그럽고 칙칙한 덩어리가 세월의 작용으로 삭으면 처음과는 아주 다른 맛의 권력을 지니게 된다. 그대로는 독이기에 밀도를 희석하고 분량을 조절해 드문드문 섭취하면 몸이 적응하지만 한꺼번에 많이 먹었다가는 죽는다. 집장은 사람의 혀를 홀려 걷잡을 수 없는 식탐을 이끌어내는 맛의 전령이다. 독이 들어 있어야 사람의 혀는 중독되고 몸에서 이는 저항과 고통을 쾌락으로 환치시키는 것이다. (294-295쪽)

교군이 일종의 성지로 그려진다고 말할 때 미란은 상징적인 죽음을 현시한 인물이다. 이른바 '여가수 배미란 살인사건'은 무고한 손 씨를 범인으로 지목하면서 강제 종료되었다가 덕은과 이준의 노력으로 억울한 옥살이 4년 반 만에 손 씨가 무죄로 석방되고 나서는 그대로 묻혀버렸다. 소설의 후반부에서 두 가지 비밀이 드러난다. 하나는 미란이 유명한 정치인의 아이를 가졌다고 실언한 장본인이 바로 덕은이라는 사실. 미란이 김 총재의 측근인 강용수라는 자에게 죽임을 당한 간접적인 원인을 덕은이 제공한 것일 수 있다. 덕은은 혀를 잘못 놀린 죄책감을 평생 안고 살아야 했다. 두 번째 비밀은 미란을 살해하도록 교사한 범인 강용수가 몇십 년째 교군을 드나들고 있다는 사실. 덕은은 강용수의 존재를 알고 그에게 복수할 순간을 노리고 있는지도 모른다. 그 시간을 견디기 위해서 희석한 독성이 몸의 고통을 무디게 만들 필요가 있었던 것은 아닐까. 어쩌면 그것은 많은 사람들이 이유 없이 죽어 나갔던 1980년대의 사회적 풍경에 대한 은유는 아닐까. 최루탄과 미니스커트가 공존하던 기묘한 시대에, 민주화의 바람과 소비문화의 세태가 뒤섞이던 시대. 무고하게 죽어간 사람들에 대한 명지현식 애도라고 말하면 과한 해석일까.

5. 핫 스파이스 스페셜: 노-하우know-how

『교군의 맛』은 핫 스파이스spice 예찬론이기도 하다. 스파이스는 자극성 향과 맛을 가진 조미료라는 의미로 특별하다는 뜻을 가진 스페셜special과 같은 어원에서 나왔다. 향신료가 요리를 완성하는 식재료일 뿐 아니라 약재로 쓰이기도 하고 화폐를 대신하는 역할을 하기도 했다는 점을 감안하면, 그것은 찾는 자의 목적과 의도에 따라 다른 효력을 발휘하는 묘약인 듯하다. 향신료 전쟁으로 대표되는 역사적 사건을 떠올리는 사람이 있다면 저 풍미의 가치를 문화사적 해석에 기대 풀어볼 수도 있을 것이다. 교군에서 발견되는 핫 스파이스는 어떤 구체적인 맛으로 한정되지 않는다. 구체적인 풍미로 제한되지 않고 오히려 미감 자체를 무력하게 만들 정도로 높은 강도의 자극이라는 점이 두드러진다.

매운맛은 미각이 아니라 통각의 범주에 속한다. 입안의 점막과 혀의 표면을 아리도록 때리는 촉각이고 그로 인해 피부 전체가 달아오르는 공감각을 불러오는 통증이다. 매운맛이 몸속에서 발휘하는 기묘한 최루성은 정서적으로 어루만지는 감정의 전이가 아니라 감각적으로 공격하는 따가운 촉성을 발생시킨다. 자극은 입맛에 맞느냐 맞지 않느냐 이전에 작동하는 감각의 논리다. 자극은 누구에게나 공평하다. 때문에 『교군의 맛』에는 즉자적으로 눈물 흘리는 자들을 만날 수 있을지라도, 감정적인 슬픔에 갇힌 우울증자를 찾아볼 수는 없다. 울어라, 슬퍼지지 않을 것이다. 이것이 매운맛 사용 수칙이다.

그 덕분인지 『교군의 맛』은 1970-1980년대 격동의 시기를 호출하면서도 후일담계 소설과 거리를 둘 수 있게 되었다. 나쁜 후일담이 있다면 사적 추억을 소비하기 위해 공공의 슬픔을 훔쳐오는 이야기일 것이다. 『교군의 맛』은 개인의 감각, 그 개별적인 신산고초에서 시작하여 민중사로 퍼진다. 화기火氣를 품고 탄생한 치명적인 매운맛은 세상 모든 이야기를 자신의 식재료로 사용할 수 있다. 그건 예전에 작가가 귀띔해준 사실이다. "이 세상은 커다란 식재료 창고가 아닌가. 세상의 모든 것이 요리가 된다."(『이로니, 이디시』)

6. 원 테이블 오픈 마이크: 노-와이know-why

역사는 죽음을 끌어안아야 완성된다. 죽음이야말로 과거가 완성되는 방식이기 때문이다. 새로운 것이 시작되기 위해서는 이전의 것이 죽어야 한다. 소설의 첫 장면인 미란의 죽음과 소설의 후반부에 나오는 강용수의 죽음이 한 역사의 시작(수난담의 절정)과 끝(신원담의 절정)을 보여준다고 할 수도 있다. 이 대응관계는 『교군의 맛』이 망자를 대신하여 감행된 덕은의 복수극일 수도 있다는 생각을 하게 만든다. 그런데 이 과정 내내 죽음을 겪지 않는 인물이 나온다. 교군의 지배자, 덕은이다. 덕은이야말로 교군 자체이기 때문이다. 그는 역사의 바깥에서, 풍화를 겪지 않은 채 인물들에게 각자의 운명과 죽음을 배당하는 인물이다.

명지현의 유물론은 섭식과 성性이라는 기초적인 토대를 갖고 있다. 그것이 매운맛이라는 문화적인 요리의 형태로 드러나지만 그것 역시 인간과 동물의 경계, 문화와 본능의 경계에서 작동한다. 매춘이 매식과 유사한 모티프라는 사실을 강조할 필요가 있을 것이다. 입을 책임지는 덕은과 성기를 책임지는 미란은 쌍둥이 같다. 가부장적인 사회에서 여성의 몸은 결박되어 있다. 그렇다면 '매운 고추'로 상징되는 남성은 어떤가. 결국 강용수는 위험을 감수하고 덕은이 준비한 밥상을 맞는다. 이쯤에서 강용수가 미란을 죽인 범인인 것만이 아니라 미란에게 구애했다가 거절당한 사내라는 것을 언급할 필요가 있겠다. 그가 권력의 맛에 중독되어 평생 안고 갈 죄를 지었다는 것을. 결국 강용수는 교군의 고장 난 트럭을 몰고 나갔다가 사라진 후 행방이 묘연하다. 남성의 몸 역시 자유롭지 못하다.

소설의 마지막 장면에서 김이와 정목은 덕은의 음식을 나눠 먹고 온몸이 뜨거워져 사랑을 나누는 에로틱한 분위기로 끝을 맺는다. 김이에게는 상처가 있으나 자기비하가 없다. 사랑으로 파괴되었던 미란과 새로운 사랑으로 탄생하는 김이. 덕은이 만든 스파이스 로드는 이렇게 새로운 길을 낸다. 가루에 불과한 한 줌의 향신료가 서양과 동양을 연결했듯이. 교군은 맛의 길을 내는 거대한 식구食具이자 거대한 육장肉醬 상자이다. 우리는 죽음과 삶을 끌어안은 채, 끝끝내 그 독하고 매운 맛을 보아야 한다.

원래 뭘 쓰려고 했던가. 애초에 쓰려던 내용은 이것이 아니었다.

1940년대 서울에서 평양으로 건너가 청년 김일성과 마주 앉아 점심을 나눈 목사가 있다. 그는 긴 담소 끝에 자신이 저술한 책과 성경책을 김일성에서 선사했다. 서울에 돌아와서는 음식은 역시 그쪽이 한 수 위라고 말해 음식솜씨 좋은 아내를 자극했다. 그 목사는 연세대학에 신학과를 개설하고 총신대학을 세운 나의 외할아버지다.

역사에 등장하는, 우리가 흔히 아는 인물들과 널리 교류했던 그의 인생에 솔깃한 이야기가 포도송이처럼 주렁주렁 달려 있다. 의무처럼 권리처럼, 그것들을 내 소설로 취하려 했으나 이미 20년 전에 돌아가신 그의 웅대한 족적을 캐다 보니 놓칠 수 없는 재미가 달리 있었다.

60년대에 일찌감치 이민 간 외가의 여인들은, 하나같이 체구가 작고, 바지런하고, 정열적이고, 입이 맵고, 세속적이면서도 사회 비판적이고, 느낌에 대한 감성과 표현이 풍부한 분들이다.

대부분 이국인과 결혼했기에 외모가 우리와 다른 2세들이 나왔지만 결국 그게 그거. 외사촌들과 영어와 한국어를 섞어 의사소통하다 보면 채 오 분이 지나지 않아 서로의 기질이 같음을 알아챘다. 더러운 꼴은 죽어도 그냥 못 넘어가는 성미에 사흘 굶어도 내 입에 맛없는 건 절대 안 먹는다. 식도락에 돈 쓰고 품 쓰고 시간 바치는 것을 아까워하지 않는 성정이 '머리 나쁜 것들이 음식도 못하는 법'이라던 외할머니의 복사판인 것이다.

유복하게 자라 사치스러울 정도로 의식주 모두 고급을 지향했던 나의 외할머니는 엄청난 재산을 사회로 넘겨버린 남편 때문에 어지간히 속을 끓였다만 뜻한 바가 있으면 지아비보다 더 무섭게 실천하는 분이었다.

현재 우리 집 냉장고에는 '김결 여사님께'로 시작하는 김구 선생의 친필과 사진이 붙어 있다. 외할머니가 보낸 독립운동 자금에 대해 감사의 서신을 보낸 것이다. 김구 선생의 사진이 들어 있는 서신은 일종의 팬 관리를 위한 브로마이드처럼 보인다. 엄혹했던 시절이라 돈을 보내는 과정 자체가 목숨을 건 행동이었다는데, 외할머니는 본인의 쌈짓돈뿐 아니라 신도들에게도 소곤소곤, 악착스럽게 모금해 상해와 만주 등지에 자금을 보냈다고 한다.

우리가 가진 모든 기질의 원천인 외할머니는 얌전한 말투에 고운 용모, 애교가 넘치는 분이었는데 간혹 매서웠다. 무례하고 경우 없는 자를 용서치 않았다. 그분의 음식은 고상하고 풍부하고 담백하고 매혹적이었다. 집안의 막내인 나는 너무 늦게 태어나 어릴 때 겨우 몇 번 먹어봤을 뿐이나 그 황홀한 맛의 퍼레이드를 도무지 잊지 못한다. 그분은 자식들 때문에 말년을 외국에서 지내면서 각지에 흩어져 있는 외국인 사위와 그 대가족들 전부를 한국 음식 찬미자로 만들어버렸다. 이제 그 자손들은 조리방식의 모험을 두려워하지 않는다.

실존인물을 기술하려던 굴레를 스스로 버리자 맨발로 달리는 듯 홀가분해 지나친 분량을 쓰고 말았다. 장편은 실컷 길어도 되겠지, 라고 내 맘대로 상정하고 마구 달렸다. 분량이 많아도 너무 많아, 추려내고 깎아내는 작업이 쓰는 것보다 더 어려웠다면 엄살일까.

독재자가 민중을 억압으로 통치하는 시기에는 다른 것도 아닌 요리가 섬세하게 발달한다. 폭력이 극성을 떠는 어둡고 어려운 시기에는 보다 자극적인 음식을 찾게 되는 것이 우리의 입맛이라고 한다. 그러한 몇 가지 흔한 상식이 내 소설의 토대가 되었다.

나의 소설 인생, 이제야 입을 좀 떼기 시작한 기분이다. 세상을 향해 할 말이 많냐고 물으신다면 당신이 지닌 만큼은 나도 가지고 있다고 말한다. 책이란 것을, 내 소설로 채워서 출간할 때마다 다른 작가들처럼 힘든 척을 하고 싶지만 실은 마냥 기쁘다. 철이 없어서 그런지 순수하게 즐거운 작업으로 여겨진다. 이 책이 나오기까지 격려해주고 애써준 많은 분들 전부가 고맙고, 정말 고맙다.

2012년 10월
명지현

교군의 맛

지은이 명지현
펴낸이 양숙진

초판 1쇄 펴낸날 2012년 10월 19일
초판 2쇄 펴낸날 2012년 11월 29일

펴낸곳 (주)현대문학
등록번호 제1-452호
주소 137-905 서울시 서초구 잠원동 41-10
전화 02-2017-0280
팩스 02-516-5433
홈페이지 www.hdmh.co.kr

ISBN 978-89-7275-615-6 03810

* 이 책은 '문학나눔'이 무료로 드린 우수문학도서입니다. 문학나눔(www.for-munhak.or.kr)은
기획재정부 복권기금을 후원받아 책읽는사회문화재단이 주관합니다.